Amis et RIEN de plus

DÉJÀ PARUS DU MÊME AUTEUR

L'Amour et tout ce qui va avec
Tout sauf le grand Amour
Trop beau pour être vrai

KRISTAN HIGGINS

Amis et RIEN de plus

Roman

MOSAÏC

Collection :
MOSAÏC

Titre original :
JUST ONE OF THE GUYS

Traduction de l'américain par KARINE XARAGAI

Illustration de couverture : DP. COM

83-85, boulevard Vincent-Auriol, 75646 PARIS CEDEX 13.
Service Lectrices — Tél. : 01 45 82 47 47
www.harlequin.fr

ISBN 978-2-2802-7860-7

A Terence Keenan –
Epoux. Père. Pompier.
Dans cet ordre-là.

1

— Je crois qu'on devrait cesser de se voir.

De mon côté, c'est la stupéfaction la plus totale. Sous l'effet d'un hoquet, le champignon farci que je viens d'enfourner dans ma bouche file droit vers mon œsophage. Inconscient du drame qui se noue, Jason poursuit :

— C'est vrai, on a fait le tour, tu ne crois pas ? Ce que je veux dire, c'est qu'entre nous ce n'est pas comme si...

L'air ne passe plus par ma pauvre trachée, qui semble complètement obstruée. J'ai les yeux qui larmoient, la poitrine qui convulse — *Dis, Jason, avant de rompre avec moi, ça te dérangerait de me faire une petite manœuvre de Heimlich ?* Je frappe la table du plat de la main, ébranlant les couverts et la vaisselle en porcelaine, mais Jason paraît attribuer ma détresse au désespoir amoureux et non à un quelconque manque d'oxygène. Il détourne les yeux.

Mon amuse-bouche est en train d'avoir ma peau. Je savais bien que je n'aurais pas dû commander ces succulents champignons, mais Emo les fait revenir dans beaucoup de beurre, relevés par une persillade qui... euh, bon... *Faut que je respire, là. La critique gastronomique, ce sera pour plus tard.* Dans ma gorge, la pression monte. Je cale mon poing juste au-dessous de mon sternum et me jette de toutes mes forces contre le rebord de la table. Le champignon jaillit de mon gosier, heurte un verre à eau et finit sa course sur une serviette blanche. J'inspire à pleins poumons avant d'être prise d'une quinte de toux.

Jason considère avec dégoût le champignon que, machinalement, je récupère pour l'envelopper dans une serviette. Je prends une autre merveilleuse goulée d'air. Ah, respirer… C'est très sous-estimé, comme fonction. La voix rauque, je parviens à articuler :

— J'étais en train de m'étouffer, idiot !

— Oh ! Désolé… Eh bien, heureusement que c'est passé.

J'ai du mal à croire que j'aie pu sortir avec Jason, sans parler du fait qu'il est en train de me larguer. Me larguer, parfaitement ! Alors que c'est moi qui devrais le jeter !

Je regarde la serviette roulée en boule autour de ce qui a bien failli être l'instrument de mon trépas. Quand je pense au pauvre commis qui va devoir s'en occuper… Je devrais peut-être le prévenir ? Sans quoi il va, en toute innocence, secouer la serviette sans plus de précautions, expédiant dans les airs le champignon intact, qui atterrira sur le sol de la cuisine et finira peut-être écrasé sous la semelle d'une chaussure…

Concentre-toi, Chastity, concentre-toi. Tu es en train de te faire plaquer. Arrange-toi au moins pour savoir pourquoi.

— Ecoute, Jason, c'est très bien… Enfin, je veux dire que de toute évidence, entre nous ça n'était pas le coup de foudre. Mais sinon, ça t'ennuierait de me dire… eh bien, pourquoi ?

Jason, que je fréquente depuis trois semaines environ, boit une gorgée de vin, l'air parfaitement indifférent, et fixe du regard un point au-dessus ma tête.

— Chastity… Faut-il vraiment que nous analysions en détail le pourquoi du comment ?

— Eh bien, euh… Vois ça comme un désir de ma part de glaner quelques informations sur le sujet. Après tout, je suis journaliste, ne l'oublie pas…

Je tente de lui sourire en toute amitié, sauf qu'à cet instant je ne me sens pas franchement d'humeur affable. Ni maintenant ni jamais, à la réflexion. Du moins pas envers Jason.

— Tu tiens vraiment à le savoir ?

— Mais oui, absolument !

Je laisse passer quelques secondes ; une brusque bouffée

d'émotion me picote la poitrine. Notre brève relation aura été tiède au possible, mais je pensais être la seule des deux à ressentir un malaise. En réalité, pour moi, il s'agit surtout d'une blessure d'amour-propre. Nous n'en sommes qu'à notre quatrième rendez-vous, Jason et moi. Il habite Albany, et c'est un peu pénible de devoir faire le trajet en voiture — du reste, il arrive que la motivation nous fasse défaut à l'un comme à l'autre. N'empêche, je n'ai rien vu venir.

La langue de Jason fouaille du côté d'une molaire du fond. Sa bouche se tord, sa joue se gonfle, et je me surprends à espérer qu'il va s'étouffer, lui aussi. Après tout, ça ne serait que justice. Mais ses yeux ne se donnent pas la peine de chercher les miens.

— Très bien, acquiesce-t-il, réservant pour un divertissement ultérieur le fragment de nourriture coincé au fond de sa bouche. Tu veux savoir pourquoi ? Je ne te trouve pas assez séduisante. Navré.

Là encore, j'en reste bouche bée.

— Pas séduisante ! Pas séd... Je suis *très* séduisante !

Jason lève les yeux au ciel.

— Mais bien sûr, tu es une beauté ! Si tu le dis... Et avec les épaules que tu as, tu n'auras pas de mal à trouver du boulot sur le port.

Je proteste.

— Je fais de l'aviron ! Je suis musclée ! C'est censé être sexy.

— D'accord, mais enfin, on ne peut pas dire que tu aies embrasé ma libido en me prouvant que tu étais capable de me porter.

— On chahutait !

C'était l'autre jour. Le seul et unique moment de légèreté que nous ayons connu, en fait... Nous étions partis en randonnée, Jason s'est plaint qu'il était fatigué, alors j'ai pris les choses en main. Point final.

— Tu m'as porté sur ton dos durant près de trois kilomètres, Chastity. C'est le genre d'exploit qu'on attend d'un sherpa, pas de sa copine.

— Ce n'est quand même pas ma faute si tu es infichu de te taper une malheureuse rando de vingt bornes !

— Autre chose : tu cries.

— Je ne crie pas !

Je reprends, d'un ton guindé et nettement plus calme :

— J'ai quatre frères. A la maison, ce n'est pas toujours facile de se faire entendre.

— Ecoute, à quoi ça rime, tout ça ? Je regrette beaucoup, Chastity, mais je ne te trouve pas assez séduisante.

— Très bien. A ce propos, Jason, je trouve que tu devrais te laver plus souvent. Tout ce Seattle-grunge-patchouli, ça fait vraiment trop années 90.

Assez percutant, comme repartie, mais ça n'empêche pas d'avoir le visage en feu.

— Laisse tomber, dit-il. Tiens.

Et, tirant son portefeuille de sa poche, il dépose quelques billets sur la table.

— Ça devrait couvrir ma part. Prends soin de toi.

Il s'extrait du box.

— Jason ?

— Quoi ?

— Tu lances comme une fille.

Il lève les yeux au ciel et sort du restaurant.

Et alors ? Je m'en fiche, pas vrai ? Ce n'est pas comme si ce type était l'Homme de ma vie. Jason n'était qu'une expérience, une incursion du bout de l'orteil dans le grand bassin des célibataires mâles du nord de l'Etat de New York. Voyons plutôt le côté positif : je n'aurai plus à supporter la vue de ses jambes glabres et semées de taches de rousseur. Je ne serai plus obligée de le regarder couper ses aliments en tout petits morceaux qu'il mastique sans relâche jusqu'à ce qu'ils n'aient plus que le goût de sa salive. Je n'aurai plus à endurer le drôle de sifflement nasal qu'il émet en permanence sans en être conscient. Et puis, il mesurait un mètre soixante-dix-sept à tout casser, soit presque cinq centimètres de moins que ma charmante personne.

Charmante, oui ! Je repousse mon assiette de champignons — comment ne pas avoir l'appétit coupé après ça ? — et vide mon verre de vin d'un trait. *Pas séduisante.* Pauvre type, va ! Comment a-t-il osé me dire ça ? Non mais, il se prend pour qui, cette espèce de blaireau à grosse tignasse ? George Clooney, peut-être ? Non mais, il s'est vu ? Ce gringalet tout pâlot avec qui j'ai bien voulu sortir ! Parce que c'est *lui* qui est venu me chercher ! Je ne me suis pas jetée à sa tête. Je ne l'ai pas kidnappé. Il n'y a eu ni sac sur la tête, ni menottes, ni longs trajets dans le coffre de ma voiture. En aucun cas, je n'ai pas eu besoin de creuser une fosse dans mon sous-sol pour l'y garder enchaîné. Alors comment se fait-il que, tout à coup, je ne sois plus assez séduisante pour lui ?

Tout cela n'a aucune importance. Jason n'a aucune importance. Sauf que c'était le premier homme avec qui je sortais depuis mon retour dans ma ville natale. Et, maintenant que j'y pense, le premier homme avec qui je sortais depuis, euh... zut ! Depuis un bon bout de temps. En d'autres termes, Jason était pour moi, comment dire... une grenouille à embrasser. Parce que j'ai envie de me caser, c'est clair. Et il se peut que je commence à ressentir la pression de mon rêve de toujours : me marier et engendrer quatre enfants.

Je vais sur mes trente et un ans, et pour les femmes comme moi ce sont les années les plus ingrates. Où sont passés les hommes que je croisais à vingt-cinq ans sur le campus ou en salle de rédaction ? Il doit y avoir une frontière que nous, les femmes, franchissons à un moment ou un autre. La fac, le troisième cycle, le premier job... à cet âge-là, nous sommes de vraies bombes. Quelques années d'expérience professionnelle dans la musette et... planquez-vous, les mecs ! Elles veulent la bague au doigt !

Je promène un regard furtif autour de moi dans l'espoir de me changer les idées. Emo's est bondé, ce soir — familles, couples de tous âges, groupes d'amis. Mon tout récent statut de fille larguée semble avoir fait le tour du restaurant. A tout prendre, ça vaut mieux que de sortir avec Jason, mais... quand même.

Je suis la seule personne de la salle à ne pas être accompagnée. Emo's — un établissement tellement fréquenté par ma famille que nous y avons même un box à notre nom — se compose d'un bar et d'un restaurant, les deux parties étant séparées par des portes-fenêtres. De ma place, je vois que le bar est noir de monde. Mes chers Yankees jouent à domicile. Ils ont déjà remporté leurs cinq premiers matchs de la saison. Pourquoi donc ai-je accepté de sortir avec Jason, alors que je pouvais tranquillement regarder Derek Jeter à la télé ?

Sans m'interroger plus avant, je m'extrais du box — lieu de mon humiliation et de ma brève expérience de mort imminente — et, après avoir signalé le changement de programme au serveur, je passe côté bar.

— Salut, Chas !

Plusieurs hommes — Jake, Santo, Paul, George — m'interpellent en chœur, mettant un peu de baume à mon ego meurtri. Nantie comme je le suis de quatre grands frères, dont deux exercent la profession de sapeur-pompier à la caserne d'Eaton Falls sous les ordres de notre capitaine de père, je connais forcément la quasi-totalité des mâles du coin âgés de moins de cinquante ans. Hélas, jusqu'ici, cela ne m'a été d'aucun secours dans le domaine sentimental, vu qu'il semble y avoir une loi interdisant de sortir avec la petite O'Neill, c'est-à-dire moi.

— Tiens, salut, Chastity ! me lance Stu, le barman.

— Salut, Stu. Je vais prendre, euh...

— Une Bud Light ? suggère-t-il — c'est ma consommation habituelle.

— Nan... Et si je prenais un Scorpion Bowl ? Ça marche ?

Stu marque une pause.

— T'es sûre ? C'est pas vraiment prévu pour une seule personne...

— Je suis à pied, ça ira. J'en ai vraiment besoin, Stu. Oh... et mets-moi aussi quelques *nachos*, s'il te plaît. Autant faire les choses en grand !

Je déniche un tabouret libre et reporte mon attention sur

les Bombardiers du Bronx. Propulsé par son fameux saut en torsion, le stratosphérique Jeter s'empare de la balle et élimine par toucher le coureur qui a eu la naïveté de croire qu'il pouvait quitter la deuxième base sans risque. Double jeu — merci, Derek ! Bon, il y a au moins une chose qui va, ce soir. Stu pose devant moi le bol de cocktail agrémenté d'une seule paille ; j'en aspire une bonne dose avant de grimacer. Crétin de Jason ! Si seulement j'avais pu le larguer la première ! Certes, je savais que ce n'était pas auprès de lui que j'allais finir mes jours, mais j'espérais me prendre d'affection pour lui, au fil du temps. J'espérais que sa peau blafarde et criblée d'éphélides exsuderait certaines qualités, éradiquant de mon esprit la petite voix insidieuse qui me soufflait que, si je sortais avec lui, c'était faute de mieux.

Bon, ça ne s'est pas passé comme ça. Une autre gorgée de Scorpion Bowl m'incendie le gosier. *Te bile pas pour ce naze*, semble me dire le Scorpion. *De toute façon, il était crade.* Oui. Tu as raison, Scorpion. N'empêche que, question rupture, il m'a bel et bien coiffée au poteau. Nom d'un chien !

— Et voilà pour toi, Chastity.

Stu — un mètre quatre-vingt-trois pile — dépose devant moi une montagne de *nachos*. Dans mon assiette, le fromage dégouline de toutes parts, les piments *jalapeños* s'entassent sur un nuage de sauce aigre et, brusquement, je m'aperçois que j'ai une faim de loup. A la trappe, l'incident du champignon !

— Merci, Stu.

Je détache un gros morceau de *nachos* et mords dedans. Mmm… divin ! Encore une gorgée de mon infâme breuvage. Pas si infâme que ça, d'ailleurs, du moment qu'on le fait suivre d'une bouchée de *nachos*… Une agréable ivresse me brouille le cerveau. Ce bon vieux Scorpy ! Je n'en avais pas bu depuis une malheureuse soirée étudiante, mais à présent les raisons de son succès à l'époque me reviennent peu à peu à la mémoire.

La première manche du match s'achève et une publicité s'affiche à l'écran. Entre une bouchée de *nachos* et une gorgée de cocktail, je jette un regard par-dessus mon épaule, en direction du restaurant. De l'autre côté des portes-fenêtres, un homme séduisant est assis à la table la plus proche du bar. Je distingue mal la personne qui l'accompagne, mais ses cheveux blancs me laissent penser qu'il s'agit de sa mère, ou peut-être de sa chef. Il est vraiment très beau, avec cette perfection quelque peu stérile façon *New York Times Magazine*… Education de nanti, lèvres pleines, cheveux blonds retombant souplement, genre Dr Mamour, sublime ossature de visage. Un mètre quatre-vingt-huit. Il a beau être assis, je suis capable d'estimer sa taille au centimètre près, à condition bien sûr d'écarter l'éventualité peu probable qu'il ait été amputé des deux jambes. Un mètre quatre-vingt-huit… La taille idéale pour un homme. Exception faite de Jeter et de Viggo Mortensen incarnant Aragorn dans *Le Seigneur des Anneaux*, ce type-là représente à peu de chose près l'homme de mes rêves.

Tandis que je l'observe, mon moral dégringole d'un cran supplémentaire. Les hommes comme lui sont beaucoup, beaucoup trop bien pour moi. Sans être une affreuse vieille sorcière, voûtée et pleine de verrues, je suis néanmoins… comment dire ? Peut-être un peu… grande ? Mais c'est tendance, non ? *Les créateurs de mode raffolent des grandes*, m'affirme le Scorpion Bowl. Je renifle, sceptique. De celles qui font quinze ou vingt kilos de moins que moi, peut-être, mais il n'empêche. Mieux vaut mesurer un mètre quatre-vingt-deux qu'un mètre quarante-cinq. Oui, je suis costaude. Saine. Bien bâtie. Tout en muscles. Dans le genre camionneuse.

Je soupire. Non, jamais M. Rubrique Mode du *New York Times* ne lèvera les yeux sur moi. Et c'est bien dommage, car le seul fait de le voir mastiquer m'émoustille vaguement. C'est sexy. Il a une façon de mastiquer qui est sexy. Non, mais écoutez-moi ! Et pourtant c'est la vérité. Jamais je n'ai vu un homme mastiquer de façon aussi sexy.

Quelqu'un s'immisce parmi les clients agglutinés au bar et vient s'installer près de moi. Trevor. Génial… Il me lance un coup d'œil, rapidement suivi d'un second, donnant l'impression qu'il n'aurait pas choisi cette place au bar s'il avait su que la petite O'Neill s'y trouvait.

— Salut, Chas, dit-il d'un ton plutôt amène. La vie est belle ?

— Je ne sais pas, Trevor. Je viens de me faire larguer.

Je me mords la langue aussitôt. Ma réplique était censée refléter l'ironie et l'autodérision, mais au lieu de cela elle tombe à plat.

— Qui t'a larguée ? Pas ce petit maigrichon tout blafard, quand même ?

J'acquiesce de la tête sans regarder Trevor, qui n'est ni maigrichon ni blafard, mais parfaitement irrésistible avec son corps musclé et ses yeux chocolat.

— Tu rigoles ? Ce mec-là t'a larguée, *toi* ?

Un petit sourire étire mes lèvres.

— Eh oui ! Mais merci quand même.

— Ma foi, tu es mieux sans lui. Ce type est un idiot.

Trevor n'a vu Jason qu'une fois, mais, question jugement, je dois reconnaître qu'il a mis en plein dans le mille. Comme je ne réponds pas, Trevor me dévisage avec attention.

— Tu veux que je te ramène chez toi, Chastity ?

Il promène sur le bar un regard circulaire.

— J'ai l'impression qu'aucun des gars n'est là, ce soir.

Etant entendu que les « gars » en question sont mon père et mes frères.

Je soupire, un soupir un peu mouillé.

— Non, je vais rester ici et regarder les Yanks.

— OK. Je reste avec toi, alors, conclut-il avec son dévouement habituel.

— Merci, Trev.

Refoulant les pathétiques larmes que sa proposition — et sans doute, aussi, mon cher Scorpion Bowl — fait monter à mes yeux, je me tance vertement. Jason ne vaut pas la peine que je me lamente ou que je m'angoisse à cause de lui. Non, c'est simplement ce qu'il m'a dit… ses paroles m'ont blessée. Même si elles viennent d'un crétin empestant le patchouli.

— Viens, il y a un box libre, là-bas.

Trevor s'empare de mon assiette de *nachos* et moi de mon Scorpion Bowl.

Trevor — un mètre quatre-vingt-un — occupe une place étrange dans mon cœur. D'un côté, il est comme mon cinquième frère. Je le connais depuis le CE2 et c'est le meilleur ami de Mark et Matt, deux de mes quatre frères. En fait, au cours de ces dix dernières années, Trevor a passé plus de temps que moi dans ma propre famille. Il travaille à la caserne sous les ordres de mon père, son capitaine, à qui il voue une vénération sans bornes. Il est le parrain d'un de mes neveux et sans doute l'enfant préféré de ma mère, au mépris de toute considération biologique. D'un autre côté, et c'est sans doute le côté qui compte, c'est Trevor. Trevor James Meade. Un beau nom pour un beau mec. Et, bien qu'il soit depuis longtemps un intime de la famille et que, pour ma part, je le trouve extrêmement séduisant, Trevor n'entre pas dans la catégorie des options envisageables. *N'y pense même pas*, me conseille Scorpy. Scorpy marque un point.

J'essaie de ne pas regarder Trevor, de m'intéresser à Jeter — un mètre quatre-vingt-onze, Dieu le bénisse ! — ainsi qu'aux autres joueurs, mais le score est de… pétard ! 312 à 2 ou quelque chose comme ça, et les Yanks en sont déjà à leur onzième batteur rien que pour cette manche — on ne peut pas vraiment parler de suspense à couper au couteau… Je quitte l'écran du regard. En face de moi, Trevor m'adresse un sourire pour la forme, mais il paraît vaguement mal à l'aise. Impossible de me souvenir de la dernière fois où nous nous sommes retrouvés en tête à tête, tous les deux. Ah si, zut ! Je m'en souviens très bien. C'est le jour où il est venu à New York pour m'annoncer qu'il allait se marier. Le moyen d'oublier ça ! Autre souvenir embarrassant et sinistre. Je soupire, prends une gorgée de cocktail et une bouchée de *nachos*.

D'un geste hyperdécontracté, Trevor fait signe à la serveuse — étant de sexe féminin, celle-ci l'a remarqué dès l'instant où il a mis les pieds dans l'établissement. La fille se fige dans son élan, tout à sa joie qu'il l'ait hélée. Schéma classique.

— C'est ta première consommation, Chas ? me demande-t-il.

— Oui. Juste un tout petit Scorpion Bowl de rien du tout. Ils sont mignons, ces cocktails, pas vrai ?

Trevor m'adresse un sourire plus sincère que le précédent.

— J'espère que tu ne verras pas d'objection à ce que je te ramène chez toi ?

— Absolument aucune, sapeur-pompier Meade.

Je lui rends son sourire, mais un peu en vrac.

— Qu'est-ce qui vous ferait plaisir ? lui susurre la serveuse, d'une voix aguicheuse à la Marylin Monroe. Une bière ? La carte des vins ? Quelques gosses et un emprunt-logement ?

En réalité, la fille n'a pas prononcé cette dernière phrase à voix haute, mais c'était clairement sous-entendu.

— Je vais prendre une Sam Adams, répond Trevor en lui souriant.

— Et pour moi ce sera un autre Scorpion Bowl.

— Je m'appelle Lindsey, lâche la serveuse dans un souffle, m'ignorant totalement. Je suis nouvelle, ici.

— Enchanté de faire votre connaissance, Lindsey, dit Trevor.

Je ne prends pas la peine de répliquer, vu que, de toute manière, cette conversation m'exclut totalement. Sur l'écran, Jeter intercepte la balle au-dessus de la tête du joueur de première base et fonce vers la ligne, transformant son coup sûr en coup double. A croire qu'il sait que j'ai le cafard et qu'il se donne à fond pour me remonter le moral. Tiens, le voilà qui vole la troisième base ! Oui, ça crève les yeux. Jeter est amoureux de moi.

La serveuse fait discrètement passer un petit mot à Trevor. Son numéro de téléphone, sans doute. Peut-être sa taille de soutien-gorge et sa liste de prénoms favoris pour leurs futurs enfants. Crénom, je suis invisible ou quoi ? Comment peut-on ne pas remarquer une femme d'un mètre quatre-vingt-deux ? Et si Trevor sortait avec moi, hein ? Bon, ce n'est pas le cas, mais ça pourrait !

Trev a la délicatesse de prendre l'air contrit et mon irritation se dissipe. C'est bon. Je comprends. Sans être véritablement beau, Trevor fait partie de ces hommes qui laissent les femmes sans défense. Pris de façon isolée, ses traits n'ont rien d'extraordinaire. Mais, en les combinant, vous obtenez l'équivalent masculin d'une overdose fatale de chocolat. Un homme au charme fou, parfaitement irrésistible. Que le diable l'emporte !

J'avale encore quelques *nachos* et termine mon Scorpy adoré. Peut-être devrais-je tenter l'approche hardie avec les hommes, à l'instar de Lindsey, la serveuse aguicheuse ? Après tout, en une minute et demie, elle a réussi à filer son numéro de téléphone à un pompier aussi séduisant que sympathique.

— Désolé, s'excuse Trevor.

— Désolé de quoi ?

Je prends un air détaché en regardant une fois de plus en direction de la partie restaurant d'Emo's. Le mannequin du *New York Times* est toujours là. Qu'est-ce qu'il est beau... Son ossature de visage suggère une réserve glaciale, si tant est qu'une telle chose soit possible, contrairement à la physionomie de Trevor, aimable au premier coup d'œil. Un second Scorpion Bowl se matérialise devant moi, comme par magie. Mais non, la magie n'a rien à voir là-dedans. Stu, le barman, m'a remarquée, lui, au contraire de Lindsey la serveuse. Ce bon vieux Stu ! Dommage qu'il ait une épouse et soixante balais. Autrement, je lui sauterais dessus. J'aspire un peu de mon cocktail avec gratitude, cligne des yeux tandis que mes papilles gustatives protestent, et avale ma gorgée d'alcool. J'ai besoin de picoler, franchement. Après tout, ce n'est pas tous les soirs que je manque de m'étouffer avec un champignon et qu'en plus je me fais larguer.

— Et au fait qu'est-ce qu'il t'a dit au juste, ton rustaud de petit copain ? s'enquiert Trevor en me piquant un gros morceau de *nachos*.

Je laisse passer quelques secondes. Le Scorpion Bowl exige que je réponde en toute franchise.

— Que je n'étais pas assez séduisante.

Trevor cesse de mastiquer.

— Quel con !

Je souris. Encore une démonstration de loyauté de la part de Trevor.

— Merci.

Saisissant une chip dépourvue de fromage et d'olives, je la réduis en miettes avec lesquelles j'entreprends de dessiner une forme sur la table. Cet interlude me fait du bien, vu que si je lève la tête la salle se met à tourner. Scorpy II me suggère d'avoir recours aux lumières de Trevor. Après tout, Trevor est expert en matière de femmes. En outre, poursuit Scorpy, il me connaît depuis suffisamment longtemps pour être franc, ce qui est loin d'être négligeable.

— Trevor, dis-moi la vérité. Est-ce que je suis… jolie ?

Ses sourcils se haussent d'étonnement.

— Bien sûr que tu es… Oui, bon… « jolie » n'est peut-être pas le terme qui convient. Je dirais plutôt… « canon ». Ça te va ?

Je lève les yeux au ciel.

— Franchement, c'est plutôt nul comme qualificatif ! Canon… La Grosse Bertha, quoi. Comme quand on dit « tirer le canon ». Ou : « Hé, les mecs ! On va s'envoyer un canon. »

Trevor sourit largement.

— A partir de maintenant, tu vas t'en tenir à l'eau jusqu'à la fin de la soirée, d'accord ?

— Allez… Dis-moi.

— Que je te dise quoi, Chastity ?

— Enfin, tu as couché avec moi ! C'est bien que tu me trouvais séduisante, non ?

Trevor se fige, sa bouteille de bière à mi-chemin de ses lèvres. Je reviens à la charge :

— Le week-end de Columbus Day, tu te souviens ? J'étais en première année de fac. Tu…

— Evidemment que je m'en souviens, Chastity, m'interrompt-il à voix basse. Simplement, je n'avais pas compris que nous allions justement en parler ce soir. Ça fait quoi… douze ans ? La prochaine fois, tu seras gentille de me prévenir avant d'aborder le sujet.

— Oh là là… Nous fais pas ton petit père la pudeur, dis-je en prenant une gorgée de mon cocktail. Alors ?

J'ai l'intonation désinvolte, mais le visage… en flammes. Scorpy II me dit de ne pas m'inquiéter.

— Alors quoi ? réplique Trevor, la mine grave.

— Ma foi, tu devais bien me trouver séduisante, pas vrai ?

— Bien sûr que je te trouvais séduisante, répond-il avec prudence, en déplaçant son regard vers un point à gauche de ma tête. Tu es très séduisante.

Je l'encourage :

— Mais… ?

— Mais rien. Tu es une fille séduisante, OK ? Simplement, ta beauté ne correspond pas aux critères conventionnels. Mais ça n'est pas une raison pour que tu te laisses dévaloriser par cette demi-portion rachitique.

— Ça ne risque pas ! C'est juste que je me demande si… si les hommes me trouvent séduisante.

— Eh bien, moi, je me demande si tu n'aurais pas besoin de te mettre dans l'estomac quelque chose de plus substantiel que des *nachos* ! Et si on mangeait un morceau ? Un hamburger, ça te dit ?

— J'ai pas faim, dis-je, la bouche pleine.

Mon assiette est vide.

Trevor passe la main dans sa tignasse ondulée. J'ai toujours adoré ses cheveux : épais, brillants, souples et en bataille, couleur de café noir, doux comme de la soie… bon, je ferais mieux de m'arrêter là. Il me regarde d'un drôle d'air.

— Alors, que veux-tu de moi ?

Quatre enfants.

— Que tu sois franc, rien de plus.

— A quel propos ?

— A propos des hommes et moi.

Quelque chose dans l'expression de mon visage doit avoir éveillé chez lui une certaine pitié.

— Chastity… Tous les hommes t'adorent. Tu es hyper-marrante. En fait, tu as toujours fait partie de…

Il s'interrompt brutalement.

— De quoi ? J'ai toujours fait partie de quoi ? De la bande ? C'est ça que tu allais dire ? Que je fais partie de votre bande de mecs ?

Ma voix est perçante. Voire un peu forte.

— Euh, comment dire… oui, c'est ça, mais dans le bon sens du terme, tu vois ?

— Parce qu'il y en a un ?

Trevor accuse le coup.

— Ma foi, tu es très calée en sport, pas vrai ? Et la plupart des hommes adorent le sport.

Je pousse un gémissement ; Trevor fait la grimace.

— Et puis, tu joues aux fléchettes, au billard et à tous ces trucs-là. Hum, rappelle-toi, on s'est bien éclatés quand on a fait ce triathlon, il y a deux ans. C'était pour le Téléthon, tu te rappelles ?

Je soupire et tends la main vers mon Scorpy, mais Trevor, non content d'avoir mis le cocktail hors de ma portée, pousse un verre d'eau vers moi. Je lève les yeux au ciel… l'un d'eux semble rester coincé là-haut… et une fois de plus mon regard s'égare en direction de M. *New York Times*. Si seulement je pouvais me marier avec lui… Je me demande s'il existe une façon de lui faire passer le message. *Regarde par ici, mon gars. Epouse-moi.* Il sourit à ce que vient de dire sa compagne à cheveux blancs, et continue sa soirée sans savoir que son âme sœur est assise à quelques mètres de lui.

C'est le moment que choisit la jolie serveuse, cette pouffiasse refileuse de numéro de téléphone, pour réapparaître avec un troisième Scorpion Bowl. J'ai beau être pompette, je me rends bien compte que Trevor a raison. Je ferais mieux de ne plus boire une goutte d'alcool de la soirée. C'est alors que la lumière se fait dans mon esprit avec la fulgurance d'une glorieuse révélation. Quelqu'un m'offre un verre !

— De la part d'une personne qui aimerait faire votre connaissance, me glisse la Pouffiasse d'un ton lourd de sous-entendus en posant le cocktail devant moi.

Eh bien, voilà qui change agréablement ! Quelqu'un s'intéresse à moi ! Comme c'est excitant ! Mes joues s'empourprent de plaisir. Merci, mon Dieu ! Pile au moment où mon ego se tordait dans le caniveau, en proie aux spasmes de l'agonie, quelqu'un m'offre un verre ! Oh ! bonté divine… Se pourrait-il que ce soit M. *New York Times* ? Pas étonnant qu'il fuie mon regard… il attend de voir ma réaction ! Un flot d'adrénaline inonde ma poitrine, mes paupières semblent papilloter toutes seules. Je jette un coup d'œil en direction de sa table. Il persiste à ne pas me regarder. Un timide, sans doute… Oh ! c'est trop mignon !

— C'est de la part du — *dieu vivant* — monsieur à cette table ? dis-je en faisant un geste vague dans sa direction.

— Non. C'est de la part de, de cette… personne. Là-bas, précise la serveuse. Au bar.

Le cœur battant à tout rompre, je me dévisse le cou pour voir de qui il s'agit. Trevor fait de même.

Perchée sur un tabouret de bar, une femme me dévisage avec un sourire. Elle lève son verre de bière — une Miller, à première vue — et me salue d'un petit hochement de tête. Prise au dépourvu, je lui réponds d'un vague signe de la main. C'est une assez jolie brune — cheveux courts et rondeurs agréables — dotée, me semble-t-il, d'un visage sympathique. Toutefois, cela ne change rien au fait que je ne suis pas lesbienne. Trevor se cache les yeux derrière sa main. A tous les coups, il est en train de se marrer. Sa bouche se tord sous l'effet d'un rire silencieux. C'est bien ça. Le salaud !

— Pourriez-vous… Pourriez-vous dire à cette personne que… que je… C'est juste que je…

Mes joues me brûlent.

— Mademoiselle est avec moi, parvient à articuler Trevor, en prenant un air faussement ombrageux. Vous pouvez remporter ce cocktail, merci.

La serveuse opine du chef et repart en ondulant de la croupe à quelques centimètres de l'épaule de Trevor. Je m'appuie le front contre la table.

Trevor laisse libre cours à son hilarité.

— Oh ! Chas…

Sans relever la tête, je le menace de l'index.

Il quitte sa banquette pour venir s'asseoir à côté de moi et passe un bras fraternel autour de mes épaules.

— Ne te désespère pas, Chas. Tout finira bien par s'arranger.

— Mais oui, tu parles… C'est du blabla, tout ça…

Je résiste à l'envie impérieuse de lui envoyer mon poing dans le rein. Débiter ce genre de platitude à une célibataire est aussi efficace que de lancer une boule de bowling à un homme qui se noie. J'enrage à la pensée d'avoir supporté le tiède Jason et ses taches de rousseur, même si ça n'a duré que quelques semaines. J'enrage à la pensée que M. *New York Times* est à des années-lumière de s'intéresser à moi. J'enrage à la pensée qu'on vient de me prendre pour une lesbienne.

C'est pas juste. Prenez Trevor, cet aimant à créatures femelles, capable de tomber une fille en quatre-vingt-dix secondes chrono. Et mes quatre frères, âgés de trente-huit à trente-deux ans, qui doivent s'armer d'un Taser et d'une robuste chaise pour repousser les hordes de femmes qui se jettent sur eux. Alors que moi, à trente ans et des poussières, me voilà reléguée dans la caste des parias. Faites mention de mon âge à un homme et aussitôt il prend l'air accablé, comme si je venais de lui confier le nombre d'ovules viables contenus dans mes ovaires, ainsi que mon impatience à les voir fécondés. Non, c'est vraiment pas juste.

Assise à côté de Trevor, incarnation de tout ce qu'il y a de beau et de bon chez le sexe fort, mon premier amour, le premier garçon avec qui j'ai couché, l'homme que je vais devoir m'habituer à voir en compagnie d'autres femmes, je me fais une promesse.

A partir de maintenant, les choses vont changer. Il faut que je tombe amoureuse. Et vite.

2

J'ai toujours su que je reviendrais à Eaton Falls. C'était mon destin. Les O'Neill s'y succèdent depuis six générations, et je tiens à ce que ma future progéniture bénéficie d'une enfance aussi saine que la mienne : la pêche sur les rives du lac George, les randonnées sur les nombreux sentiers de montagne que comptent les Adirondacks, le canoë, le kayak, le ski, le patinage ; l'air pur, non pollué ; les employés de la poste et de la mairie qu'on connaît tous par leur prénom ; et, bien entendu, la proximité familiale.

Certes, j'avais imaginé que le jour où je reviendrais, ce serait parce que mon tendre époux et moi-même aurions décidé de nous y installer pour élever nos fameux quatre enfants. Au lieu de quoi, je suis revenue m'y installer seule. Journaliste au *Star Ledger,* je résidais dans la cité follement glamour de Newark quand le sort s'en est mêlé. La *Gazette d'Eaton Falls*, le quotidien de ma petite ville natale, était à la recherche d'un rédacteur en chef — informations courantes et reportages de proximité. Or il se trouve qu'ayant fait le tour de ce que peut proposer le journal d'une grande ville j'étais mûre pour passer à autre chose. L'affaire s'est réglée en deux coups de cuiller à pot : j'ai accepté le job, je suis retournée vivre chez maman et, deux semaines plus tard, je faisais une offre d'achat pour une adorable maisonnette. Vu le montant assez costaud de mon emprunt, j'ai pris mon plus jeune frère comme locataire, j'ai refait les peintures et j'ai emménagé.

C'était il y a six semaines. Au départ, les choses se sont

enchaînées un peu précipitamment, mais très vite tout s'est parfaitement mis en place.

Il fait très doux, ce matin, en ce beau samedi d'avril, c'est peut-être la plus belle journée de la création. Le ciel est bleu pâle, le brouillard s'élève en tourbillons de la majestueuse Hudson River, et seule la cime des arbres s'orne d'un nuage ouatiné de bourgeons vert tendre. Mes baskets frappent la chaussée tandis que je cours le long de Bank Street sans rencontrer âme qui vive. Au bout de la route se dresse une grande remise en tôle ondulée. Je m'arrête devant et inspire une goulée d'air pur et humide, savourant le bonheur simple, profond et parfait d'être de retour dans ma petite localité natale. Je loue cette remise au vieux McCluskey. Rien à voir avec les hangars à bateaux qui m'ont servi dans le temps, mais ça fera l'affaire. Je compose la combinaison du cadenas et ouvre la porte. Le voilà, *Rosebud*, mon splendide skiff de bois de la marque King.

— Salut, ma merveille…

Ma voix se répercute sur les parois en tôle. Empoignant les pelles, je les emporte jusqu'au ponton où je les dépose avec précaution, puis je repars vers la remise, extrais *Rosebud* de son harnais en toile et le transporte à l'extérieur. Il a beau faire neuf mètres, il est léger comme une plume — enfin, une plume de seize kilos. Je le mets doucement à l'eau, fixe les pelles, puis, tout en maintenant la coque contre le ponton, je grimpe dedans, noue mes lacets de sécurité et nous voilà partis !

Je me suis mise à l'aviron à l'époque où mon frère Lucky a intégré l'équipe universitaire de ce sport. Il lui fallait quelqu'un à impressionner… ce fut moi. Sinon, à quoi serviraient les petites sœurs ? Lucky m'a laissé essayer son skiff et, immédiatement, nous avons compris que j'avais l'aviron dans le sang. Dès mon entrée à l'université de Binghamton, j'ai été sélectionnée pour nager dans l'équipe d'élite en compagnie de trois autres filles aussi fières et baraquées que moi. Du temps où j'habitais dans le New Jersey, j'étais membre du club d'aviron de Passaic River, mais aujourd'hui, de retour à Eaton Falls, je rame seule et pense avoir découvert le véritable esprit zen de ce sport. La semaine dernière, j'ai vu une formation en V d'oies sauvages s'en retournant, comme moi, dans les Adirondacks après leur séjour dans le Sud. Elles volaient si bas que je pouvais distinguer leurs pattes noires plaquées contre leur ventre duveteux. Jeudi, c'était une loutre et, hier, j'ai aperçu une gigantesque forme marron, peut-être un élan.

En automne, le feuillage flamboyant qui fait la renommée de la région incendiera nos collines de flammes jaunes et dorées. Un sacré spectacle !

L'étroite embarcation fend la surface du fleuve, seul le doux clapotis de l'eau contre la coque trouble le silence. Je jette un coup d'œil par-dessus mon épaule et tire de plus en plus fort sur mes pelles — palettes à plat, palettes au carré, palettes à plat, palettes au carré — augmentant peu à peu le volume d'eau contre mes palettes, les immergeant selon un angle précis, tout mon corps alternant contraction et extension à chaque coup d'aviron. De petits remous marquent ma progression vers l'amont de la rivière, et les pelles dégoulinantes dessinent la carte de mon sillage. Palettes à plat, palettes au carré, palettes à plat, palettes au carré…

C'est un excellent remède contre la gueule de bois avec laquelle je me suis réveillée ce matin, après ma soirée passée en compagnie des Scorpion Bowl, et un bon traitement préventif contre le mal de tête qui ne manquera pas de m'accabler chez maman, tout à l'heure. Repas de famille, présence obligatoire. A savoir papa, maman et mes quatre frères — Matthew, Mark, Luke et John, plus connus sous les diminutifs de Matt, Mark, Lucky et Jack — accompagnés de leurs épouses et de leur nombreuse progéniture.

Jack est l'aîné. Marié à Sarah, il est l'heureux père de quatre enfants : Claire, Olivia, Sophie et Graham. Lucky et Tara les talonnent avec trois rejetons : Christopher, Annie et la petite Jennifer. On désigne fréquemment Sarah et Tara par le raccourci de « Starah ». Mark, le troisième fils O'Neill, se débat actuellement dans l'âpre bataille de divorce qui l'oppose à ma plus ancienne amie, Elaina. Ensemble, ils ont un fils,

Dylan. Puis vient Matthew, célibataire et sans enfant, que j'héberge pour le moment, et enfin moi, le bébé de la famille.

Dans la fratrie, on pourrait également citer Trevor en sa qualité d'O'Neill officieux, quasiment adopté par mes parents alors qu'il était encore adolescent, et très souvent convié aux événements familiaux. Ce bon vieux Trevor ! Je tire plus fort, plus vite sur mes pelles, traçant mon sillage sur l'Hudson dans un glissement cadencé. Les muscles me brûlent sous l'effet d'une agréable douleur, la transpiration assombrit mon T-shirt et seul parvient à mes oreilles le bruit de l'immersion des pelles et de mon ample respiration.

Au bout d'une heure, je termine ma nage avec la sensation d'être nettement moins polluée que lorsque je l'ai commencée. Je replace *Rosebud* dans son filet, lui tapote affectueusement la coque et rentre chez moi en trottinant. Eh oui, je suis une fondue de sport ! Tout cet exercice me permet de m'empiffrer sans grossir de toutes les cochonneries de la terre, et rien que pour cela le jeu en vaut la chandelle. Je gravis au pas de course les marches du porche, ouvre la magnifique porte d'entrée de bois et me plaque contre le mur.

— Maman est de retour !

Et voilà mon bébé à moi : cinquante-cinq kilos de muscles flasques, de babines tombantes et d'amour canin d'une pureté sans mélange — Bouton-d'Or.

— Aaaahwoufffwoufffwoufff ! aboie-t-elle, ses énormes pattes dérapant sur le parquet.

J'ébauche un mouvement de recul. Elle rassemble ses membres relâchés et, d'un bond, s'écrase contre moi.

— Salut, Bouton-d'Or ! C'est qui ma jolie fille, hein, c'est qui ? Je t'ai manqué ? C'est vrai ? Oh ! mais à moi aussi, tu m'as manqué, ma belle !

Je lui dispense de vigoureuses caresses et elle s'écroule en un tas informe, reniflant de joie et de gratitude.

En tant que maîtresse de Bouton-d'Or, j'éprouve le devoir maternel de lui mentir sur son apparence physique. Bouton-d'Or n'est pas une jolie chienne. Le mois dernier, dès l'achat de la maison finalisé, je me suis rendue à la SPA. Au premier regard, j'ai su que c'était elle, car il était clair que personne d'autre n'en voudrait. Un tiers limier, un tiers danois et un tiers bullmastiff, elle a le poil roux, de longues oreilles et une queue en fil de rasoir. Une tête osseuse, un corps pataud, des pattes massives, des babines tombantes, un triste regard jaune... Bon, elle ne remportera jamais aucun prix de beauté canine, mais je l'aime, même si, jusqu'à présent, ses principaux exploits se résument à manger, baver et dormir.

— C'est bon, ma belle, lui dis-je après qu'elle m'a fouettée de sa queue et imbibé la manche d'un demi-litre de bave.

Elle remue une dernière fois la queue et tombe endormie presque à la seconde. J'enjambe son énorme corps et me dirige vers la cuisine, au bord de l'inanition.

Je déchire un sachet de Pop-Tarts cassonade/cannelle, la tête appuyée affectueusement contre le placard de la cuisine. J'adore mon nouveau chez-moi : c'est la première fois que j'accède à la propriété. Bien entendu, la maison présente quelques inconvénients — une chaudière capricieuse, un ballon d'eau chaude minuscule, une salle de bains principale inutilisable —, mais cela reste quand même la maison de mes rêves. C'est un cottage Craftsman (ils sont nombreux, à Eaton Falls, et j'ai toujours convoité le charme de leurs proportions modestes), agrémenté d'un porche soutenu par de robustes colonnes en pierre, de pittoresques fenêtres à carreaux sertis de plomb et de parquets à motif. Je dors à l'étage, dans la plus grande des deux chambres, tandis que Matt occupe la plus petite, attenante à la cuisine. Depuis que nous avons instauré le principe selon lequel « la lunette des toilettes doit toujours être rabattue », mon frère et moi cohabitons en assez bonne intelligence.

— Salut, Chas !

Ledit frère émerge de la petite salle de bains du bas dans son peignoir en tartan bleu râpé, enveloppé d'un nuage de vapeur d'eau.

— Salut, mon vieux. Une Pop-Tarts ?

— Volontiers, merci.

— Tu viens de prendre une douche, là ?

— Ouaip ! La salle de bains est à toi.

— Et bien sûr, vu que tu es le seul de mes frères à être un tant soit peu attentionné, tu as veillé à me laisser un peu d'eau chaude ? dis-je, pleine de grandes espérances.

— Oups… J'ai comme qui dirait un peu rêvassé sous la douche. Pardon.

Je soupire d'un air de martyr, avant de m'écrier :

— Sale enfant gâté ! Egoïste !

— Tu ne devrais pas parler de toi aussi durement, Chas…

Il sourit et nous sert à chacun une tasse de café.

— Merci, Matt. Dis donc, quand est-ce que vous comptez entamer les travaux de la salle de bains du haut ?

Je bois une gorgée de café avec reconnaissance.

— Ne le prends pas mal, mais j'ai vraiment hâte d'avoir une baignoire à moi.

— Bien sûr, répond mon frère. Euh… quand ? Ben, je sais pas trop.

Comme la plupart des pompiers, Matt a un second emploi, vu que les instances municipales jugent inutile d'octroyer à leurs héros un salaire décent. (J'ai entendu cette tirade toute mon enfance.) Matt, en association avec Lucky et quelques autres gars, effectue des travaux pour des particuliers, aussi l'ai-je engagé pour refaire la salle de bains. Un jour, elle sera splendide — un Jacuzzi, du carrelage neuf, une vasque sur colonne, de jolies étagères et toutes sortes de ravissantes petites boîtes pour ranger mes affaires de fille. Hélas pour moi, d'autres chantiers, commandés par des individus sans lien de parenté avec nous, ont priorité sur le mien.

La bouche pleine de Pop-Tarts, j'ironise :

— Vous pourrez peut-être vous y mettre avant ma mort ?

— Ouf, ça va faire juste…, réplique Matt, pince-sans-rire.

Dans l'autre pièce, Bouton-d'Or, qui dormait comme une souche, quitte tant bien que mal sa position sur le ventre en grattant désespérément le sol de ses griffes, comme si elle venait de flairer la piste d'un enfant disparu. Matt se plaque contre le mur.

— Salut, Bouton-d'Or !

— Aaaahwoufffwoufffwoufff! aboie-t-elle, ravie d'entendre la voix de Matt, comme si la guerre les avait séparés et non son propre roupillon.

Les bajoues frémissantes, la queue fouettant dangereusement d'amour, elle s'élance en se déhanchant lourdement de l'arrière-train et s'écrase contre le bassin de mon frère, avant de s'écrouler à ses pieds dans un grognement. Sans attendre, elle se met sur le dos, battant l'air de ses pattes grosses comme des balles de softball.

— Bon sang, mais tu es une véritable traînée, constate Matt en lui grattant obligeamment le ventre du pied.

— Et tu parles en connaissance de cause, dis-je en me penchant pour délacer mes baskets.

— A propos de traînée, comment s'est passée ta soirée ? Tu es allée chez Emo, non ?

Je soupire avant de lever les yeux vers lui. Il se retient visiblement d'éclater de rire.

— Tu le sais déjà, espèce de salaud ! Qui te l'a dit ? Trevor ?

— Santo m'a appelé. Il paraît que tu t'es fait une nouvelle copine ?

Matt se redresse, hilare.

— Alors comme ça, tu as viré ta cuti, Chas ?

— Va te faire voir, Matt !

Empoignant mon sachet de Pop-Tarts, je me dirige vers l'escalier.

— Bon, je vais finir de peindre mes lambris. Quand faut-il être chez maman ?

Matt fait la grimace.

— A 14 heures.

— Où veux-tu qu'on aille manger avant ?

— Au Dugout ? suggère-t-il.

C'est maman qui fait la cuisine. D'où l'intérêt d'aller se sustenter quelque part avant le repas.

— Bonne idée.

Quelques heures plus tard, Matt et moi sautons dans ma voiture, tandis que Bouton-d'Or, étalée sur la banquette arrière, ronfle comme un sonneur. Nous la laissons dormir et entrons au Dugout pour y commander des ailes de poulet et des calamars frits que nous dégustons agréablement en regardant Sports Center. Puis, après avoir réglé la note, nous nous mettons en route pour la maison de nos parents.

— Où étiez-vous passés ? lance maman dès que nous franchissons le seuil de la porte.

Le vacarme de la réunion familiale me frappe de plein fouet, avec la force d'un camion.

— Bougopor ! s'écrie Dylan d'une voix suraiguë.

Il se précipite sur ma chienne, qui s'affale par terre et roule sur le dos, de façon à ce qu'il puisse lui gratter le ventre. Dans la pièce d'à côté, Elaina me fait signe de la main. Au loin, j'entends mon frère Mark répliquer sèchement à quelqu'un depuis le sous-sol. Oh-oh… Elaina et Mark sous le même toit… il y a de la bagarre dans l'air.

Je me penche pour embrasser ma mère :

— Salut, maman. C'est gentil d'avoir invité Elaina.

— Il est grand temps que ces deux-là se rabibochent, décrète-t-elle en resserrant d'un coup sec les liens de son tablier.

— Et connaîtraient-ils une nouvelle lune de miel ?

— Pas vraiment. Elaina ne lui a toujours pas pardonné.

— Je te rappelle qu'il l'a trompée, maman !

— Faut-il vraiment que nous en discutions maintenant ?

— Non, non. Tout le monde est là ?

— Oui, nous n'attendions plus que vous, le rôti est bientôt cuit. Et maintenant, ouste ! Sors de ma cuisine ! Et emmène avec toi cette carcasse qui te sert de chienne. Allez, zou !

— Tatie ! Tatie ! On joue au rodéo ? S'il te plaît ? Allez… Allez… Steuplésteuplésteuplé ! me supplie Claire, ma nièce de neuf ans.

— Non ! Au grand méchant loup ! T'avais promis, tatie !

Annie, sept ans, me tire violemment par la manche.

— C'est bon, c'est bon, on va jouer au loup *et* au rodéo. Une minute. Laissez-moi d'abord déplacer Bouton-d'Or, OK ?

Mais Bouton-d'Or n'a pas la moindre intention de se lever. Elle se contente de me regarder en clignant des yeux d'un air de reproche. Je l'empoigne à bras-le-corps pour la mettre debout, mais, tel un amas de gélatine, elle refuse de rester sur ses quatre pattes. Je suis finalement obligée de la traîner par le collier jusque dans le séjour, où elle s'étale près de la porte, permettant de bonne grâce à Dylan d'inspecter le fond de ses énormes oreilles.

Papa, assis dans son fauteuil, fait semblant de dormir. Sophie et Olivia gloussent comme des folles en l'entendant ronfler.

— Réveille-toi, papy ! ordonne Sophie. C'est l'heure de manger !

Papa émet encore quelques ronflements et reniflements avant de se lever de son siège d'un pas mal assuré.

— Je meurs de faim ! rugit-il. Mais je n'ai pas faim de rôti. J'ai faim de... de...

Il considère ses petites-filles qui attendent, haletantes de joie.

— J'ai faim de petits enfants !

Dans un grognement, il se jette sur les fillettes qui se mettent à hurler et se libèrent de ses griffes pour revenir aussitôt vers lui et prolonger le jeu.

Je lance :

— Salut, tout le monde !

— Tatie, fais le grand méchant loup !

— Oui, une minute, les mioches. Bonjour, Lucky. Bonjour, Tara.

J'embrasse ma belle-sœur.

— Alors, la vie est belle ? Où est Jack ?

— Trevor et lui sont à la cave avec Chris. Je crois qu'ils jouent à la Nintendo. Mark est en bas, lui aussi, il fait tout pour éviter sa femme, m'explique Lucky.

— Son ex-femme, murmure Tara.

— Pas encore, rectifie mon frère.

— Hé, je suis là, je vous signale ! Alors si vous voulez

parler de moi, au moins, soyez discrets, merci, proteste Elaina en nous gratifiant de son inimitable mouvement de crinière typiquement latino. Salut, Chas, quoi de neuf?

Sans attendre ma réponse, elle soulève Dylan de terre et lui renifle le derrière.

— Nous reprendrons cette conversation plus tard, dit-elle en se hâtant vers l'entrée, ses boucles noires tressautant sur ses épaules.

— Tu es prête pour jouer au rodéo, tatie? implore Claire.

Tara intervient :

— Attends, Chastity. Avant que ça ne vire à la foire d'empoigne, je voudrais te demander un service. A la fin du mois, on fête notre anniversaire de mariage, Lucky et moi, et on se demandait... En fait, on espérait que...

— On priait, Chas, l'interrompt mon frère en passant un bras autour de sa femme. On priait à genoux pour que tu aies la bonté de bien vouloir nous garder les petits. Du vendredi au dimanche, le dernier week-end d'avril.

Je laisse passer quelques secondes, le temps de soulever le petit dernier de Jack — Graham, un an et demi — qui est en train de faire ses dents sur mon lacet de chaussure. Je me tourne ensuite vers Lucky et Tara.

— Non, mais vous avez perdu la tête ou quoi? Soyons sérieux! Vous voulez que moi — moi! — je garde vos petits monstres? Tout un week-end?

Ils ont la décence de prendre un air honteux.

— Vous vous souvenez de ce qui s'est passé la dernière fois? Des brûlures de corde sur mes chevilles?

Tara grimace.

— Et de Christopher, qui avait vomi derrière le sofa après avoir mangé du potiron cru? Et d'Annie qui avait fait pipi sur mon lit?

— Je m'en souviens! s'exclame joyeusement l'intéressée. J'avais fait pipi sur tatie!

Lucky laisse pendre la tête, accablé.

— OK, on oublie, marmonne-t-il. Désolé.

— Oh ! ne fais pas cette mine !

Je souris.

— Bien sûr que je vais vous les garder.

— Je te l'avais dit, murmure Lucky à sa femme.

Je frotte mon nez contre la joue douce et rebondie de Graham, puis imite l'oiseau pour le faire sourire.

— Tu es une sainte !

Tara soupire de joie.

— Dis-nous ton prix.

Je sens une rougeur envahir ma nuque.

— Eh bien…

Mon frère et ma belle-sœur haussent les sourcils, dans l'expectative. Ma nuque brûlante me picote de plus belle, mais je ne peux pas me permettre de leur demander une chose pareille.

— Ce que je voudrais, c'est… vous savez bien.

— Devenir lesbienne ? devine Lucky avec un clin d'œil entendu.

Je lui flanque une bonne bourrade dans les côtes, et le vois accuser le coup avec satisfaction.

— Ne serais-tu pas censé te jeter à mon cou pour m'embrasser, Lucky ?

— Si, si, bien sûr, s'excuse mon frère. Qu'est-ce qu'on peut faire pour toi, Chas ?

Les yeux au ciel, j'exhale un long soupir et me force à marmonner :

— J'aimerais rencontrer un type bien… alors si vous connaissez quelqu'un…

— Mais bien sûr ! s'exclame Tara. Pourquoi, jusqu'ici, la pêche n'a rien donné, à Eaton Falls ?

Je regarde fixement la peau crémeuse de Graham et ses oreilles d'un rose translucide qui dépassent de ses cheveux.

— Ma foi, ce n'est pas que je ne rencontre pas de célibataires. Simplement, ils auraient tous plutôt tendance à être… bizarroïdes. Je n'en voudrais pas comme père de mes enfants. Tu vois ce que je veux dire…

Non, en réalité, Tara ne voit rien du tout. A trente et un ans, elle est mariée depuis huit ans et mère de trois beaux enfants.

— Bref… Toute aide est la bienvenue.

— C'est un village entier qu'il faudrait mobiliser pour te venir en aide, murmure Lucky d'un ton de feinte compassion.

Je le fusille d'un regard étréci, mais j'ai besoin de lui. Les manuels traitant de la rencontre amoureuse (eh oui, je me suis avalé toute cette littérature !) conseillent de signaler à votre entourage que vous êtes à la recherche d'un compagnon. Si humiliant et mortifiant que puisse être cet aveu.

— Je vais ouvrir l'œil, promet Tara.

Mon frère confirme d'un hochement de tête. Depuis la chambre du fond du couloir, Jenny pousse un hurlement et tous deux partent voir leur petite dernière. Dans mes bras, Graham gigote pour que je le repose à terre, et il se précipite à leur suite en se dandinant.

Je m'aperçois soudain que ma main s'est posée instinctivement sur mon ventre, comme si je vérifiais la présence de mon propre enfant. Qui n'est pas là, bien entendu. A cet instant, j'ai du mal à imaginer l'effet que cela me ferait de voir mon ventre — aussi dur et plat qu'une planche de contreplaqué — grossir au même rythme qu'un bébé. Et l'effet que cela ferait à ce bébé aux joues roses et aux yeux ensommeillés d'être mon petit garçon ou ma petite fille.

— Tatie, regarde ! dit Olivia.

Je pose la main sur ses magnifiques boucles rousses (elle tient de ma mère et non des O'Neill, Irlandais bruns de poil).

— Qu'est-ce qu'il y a, petite tête ?

— J'ai une dent qui bouge ! déclare-t-elle en ouvrant la bouche.

Et avant que je puisse protester, avant même que je puisse émettre un son, son index potelé repousse très, très en arrière une de ses dents de devant pour révéler un cratère béant et cramoisi. Un filet de sang s'en échappe, s'insinuant entre ses autres dents. Mon estomac chute dans mes genoux et tout l'air semble chassé de mes poumons.

— ‘u la ‘ois ? me demande Livvy, sans cesser d’exposer le trou béant.

Un postillon sanguinolent atterrit sur ma main.

— ‘u la ‘ois ? Ch’est chelle-là, la ‘ent.

— Ne… Je… Ma puce…

Ma vision s’obscurcit, mes mains sont moites et glacées. Chancelant en arrière, je heurte mon père qui me rattrape de justesse.

— Livvy ! Tu sais bien que tatie ne supporte pas la vue du sang ! Va plutôt montrer ça à ton oncle Mark.

Je cligne des yeux, puis secoue la tête, écœurée par mon comportement.

— Merci, papa.

Je soupire.

— Ma pauvre petite poulette mouillée, plaisante-t-il en me tapotant affectueusement l’épaule.

Une fois de plus, je suis submergée par un sentiment familier, mélange d’irritation et de dégoût envers moi-même. Non contente d’être la seule fille (*et* célibataire, *et* sans enfant) de cette famille de mâles dominants héroïques, j’en suis également l’unique mauviette. Au cas où je ne me sentirais pas suffisamment différente des autres. En dépit de ma silhouette bien charpentée, de ma capacité à courir le marathon et à crapahuter sur le Sentier des Appalaches, j’ai une faille dans ma cuirasse : le sang. Le sanguinolent. Les jumeaux Sang et Guinolent. Je suis la seule O’Neill à ne pas posséder le gène du sauveteur.

En leur qualité de sapeurs-pompiers de la caserne d’Eaton Falls, papa, Mark et Matt (sans oublier Trevor) ont sauvé des dizaines, voire des centaines de vies d’une manière ou d’une autre, que ce soit en évacuant des personnes d’un bâtiment en flammes, en prodiguant les premiers soins, en tirant quelqu’un d’une rivière ou simplement en installant un détecteur de fumée gratuit chez un particulier. Lucky, lui, appartient à la brigade de déminage de la police de l’Etat de New York. Quant à mon frère Jack, secouriste à bord d’un hélicoptère d'urgence sanitaire, il est désormais employé par une société privée d'Albany. On lui a même décerné la médaille d'Honneur du Congrès, en récompense d'une dramatique mission de sauvetage effectuée durant son service en Afghanistan !

Même ma mère, du haut de son mètre cinquante-sept et de ses quarante-neuf kilos, a mis au monde cinq enfants, tous pesant plus de quatre kilos à la naissance, sans jamais avoir recours à la moindre dose d'antalgique.

Moi, en revanche, je me suis débrouillée pour avoir une propension embarrassante à tourner de l'œil à la vue du sang. Quand Elaina m'a demandé d'assister à la naissance de Dylan, j'ai failli me faire pipi dessus. Un jour, dans le New Jersey, à l'occasion de la circoncision du fils d'un ami, j'ai été prise d'un accès d'hyperventilation qui m'a fait tituber dans le buffet des hors-d'œuvre, bousillant ainsi deux cents dollars d'œufs mimosa, de saumon fumé et de boulettes de pain azyme. Quand il a fallu qu'on dissèque une grenouille, au lycée, je me suis évanouie, heurtant de la tête le rebord de la paillasse. Une fois revenue à moi, je suis aussitôt retombée dans les pommes à la vue de mon propre sang.

Cependant, j'ai décidé de prendre le taureau par les cornes. Je n'en informerai ma famille qu'après coup, mais je viens de m'inscrire à une formation de secouriste. Histoire de devenir secouriste. Evidemment, il me plaît d'imaginer que sous les strates de sensiblerie due à ma trouillopathie aiguë se dissimulent les gènes qui permettent à mes frères de s'éclater dans leur vie saturée d'adrénaline. En outre, peut-être y aura-t-il un gars mignon parmi les élèves du cours…

Je me tourne vers mes nièces.

— Qui veut jouer au grand méchant loup ?

— Moi ! Moi !

Je me mets à genoux et commence à grogner :

— Grrr ! Crénom de nom ! L'hiver a été rude et j'ai une dalle de tous les diables ! Tiens, que vois-je ? Une pauvre petite lapine blessée !

Les filles hurlent de joie et tentent de s'enfuir en se traînant à quatre pattes. Je fonds sur elles, les tire en arrière et me mets à les mordiller. Leurs cris d'allégresse transpercent l'air.

— Alors, comment va ma petite fille ? m'interroge mon père tandis que je mâchonne ses petits-enfants.

Ses cheveux noirs, largement mêlés de fils d'argent, sont tout décoiffés.

— Tu as déjà commencé à travailler au journal ?

— Non, j'y suis juste allée pour les présentations d'usage. Grrr ! Je t'ai eue ! Miam, délicieux ! Et tu es le seul homme sur terre à oser encore me qualifier de « petite », papa. En fait, je ne commence que lundi.

— J'ai hâte de voir ta signature au bas d'un article !

Il m'adresse un clin d'œil.

— Salut, Chastity.

Je me retourne. Adossé au chambranle de la porte, Trevor me sourit et mes genoux se mettent à picoter scandaleusement.

Je m'enquiers d'un ton brusque :

— Comment ça va, Trev ?

— Fort bien. Et toi ?

Il me sourit d'un air de conspirateur — ah, oui, les Scorpions Bowl… — et mon estomac se noue sous l'effet de l'embarras.

Englobant mon père et Trevor, je demande, sans cesser de dévorer le peton potelé de Claire :

— Alors, quoi de neuf à la caserne, les gars ?

— Oh ! la routine, répond papa. On nous demande de vider la mer…

— … à la petite cuiller, achève complaisamment Trevor.

Mon père change de sujet.

— Qu'est-ce que c'est que cette histoire, ma belette ? Tu veux un petit ami ?

Mes mâchoires se contractent, mais par bonheur je suis sauvée par ma nièce Sophie qui vient s'écraser contre les genoux de mon père.

— Papy, tu peux nous remanger ? Tu peux faire semblant que tu dormirais, et puis nous, on jouerait avec tes cheveux et ensuite tu ouvrirais les yeux et tu dirais que tu as faim de petits enfants et tu ferais semblant de nous manger ? S'il te plaît ? Hein, s'il te plaît ?

— Pas maintenant, ma poulette. Papy a envie de manger un vrai repas.

— Dans ce cas, tu aurais mieux fait d'aller casser la graine quelque part avant, papa, ironise Jack.

Je lui fais coucou de la main.

— Je ne vous permets pas d'insulter les talents de cuisinière de votre mère ! Elle réussit des plats tout à fait délicieux, déclare papa d'une voix forte avant de poursuivre tout bas. J'ai fait un saut chez McDonald's, qu'est-ce que tu crois...

Trevor s'éloigne pour aller se chercher une bière, m'évitant ainsi une humiliation plus poussée, tandis que mon père reprend le fil de notre conversation.

— De toute façon, Chastity, pourquoi veux-tu rencontrer quelqu'un ? Tu ne sais donc pas que les hommes sont des ânes ?

Je finis de mâchonner Graham, mon dernier petit lapin blessé, et me remets debout.

— Il faut absolument que tu dépasses cette notion irlandaise à la noix qui veut que mon destin soit d'essuyer la salive sur ton menton, papa. Et pour répondre à ta seconde question, bien entendu que je sais que les hommes sont des ânes. Regarde autour de toi ! Tu m'as donné quatre frères.

Il sourit avec fierté.

— Je suis une personne normale, papa, dis-je dans un soupir. Evidemment que je veux me marier et avoir des enfants. Tu ne veux pas d'autres petits-enfants, toi ?

— J'en ai déjà trop ! D'ailleurs, il va peut-être me falloir en manger d'autres !

Là-dessus, il se jette sur Dylan qui éclate en sanglots.

— Enfin, papa ! Je t'ai déjà dit qu'il n'aime pas ça ! s'emporte Mark en soulevant son fils de terre. Ne pleure pas, mon bonhomme. Papy faisait l'idiot, c'est tout.

Il bouscule Elaina sans lui accorder un seul regard. Cette dernière lui décoche dans le dos une réplique bien sentie, avant de poser le regard sur moi.

— Passe à la maison tout à l'heure. Je suis tellement furax que je pourrais cracher du feu.

— Ça promet, dis-je. 20 heures, ça ira ?

— A table ! vocifère maman.

Nous passons dans la salle à manger en file indienne ; maman, papa, Jack, Sarah, Lucky, Tara, Elaina, Matt, Trevor et moi nous serrons autour de la table. Toujours dans le but d'éviter Elaina, Mark annonce avec une résignation de martyr qu'il mangera dans la cuisine pour surveiller les enfants.

Maman ôte d'un geste vif le couvercle d'un plat, dévoilant ainsi son œuvre. Qualifier cela de repas serait inexact et quelque peu cruel.

Jack fixe le plat d'un air accablé.

— Ce rôti en cocotte va ressortir de mon corps sous la même forme qu'il y sera entré. Filandreuse, grise et coriace. Et au prix de gros efforts.

— John Michael O'Neill ! Tu… tu devrais avoir honte ! bégaie maman tandis que nous nous efforçons tous de dissimuler notre hilarité.

— Merci pour ces détails, Jack, réplique Sarah avec une résignation amusée.

— Ça, c'était carrément vulgaire, mon pote, commente Lucky. Vrai, mais vulgaire. Et puis, tu as oublié de préciser : *à condition* qu'il en ressorte.

— Luke ! lance maman.

Lucky baisse la tête juste à temps pour éviter une gifle esquissée sans conviction.

J'admets volontiers que la cuisine irlandaise est très en vogue en ce moment, mais celle de maman évoque surtout la Grande Famine d'Irlande. Prenez un gros morceau de bœuf de qualité inférieure — faites-le bouillir. Une grosse casserole de pommes de terre grisâtres, achetées par sacs de dix kilos et entreposées un temps indéfini à la cave — faites-les bouillir. Des carottes ? Faites-les bouillir. Des haricots verts ? Faites-les bouillir. De la sauce ? Faites-la brûler.

— Mmm…, dis-je d'un ton faussement enjoué. Merci, maman.

— Fayote, marmonne Matt qui est assis à côté de moi.

— Va te faire voir !

Nous faisons tous semblant de manger, promenant furtivement la nourriture autour de l'assiette et ne nous risquant à en prendre une bouchée que lorsqu'il n'y a pas moyen de faire autrement. J'essaie de refiler en douce des morceaux de viande à Bouton-d'Or, qui me fixe d'un air douloureux de ses yeux cerclés de rose, et laisse sa tête retomber mollement par terre, dans un bruit sourd témoignant de sa totale absence d'espoir. Dans la cuisine, nous entendons Mark faire l'arbitre auprès des enfants.

— Dylan, arrête de lancer la nourriture, bonhomme ! Annie, ce n'est pas joli de faire ça, ma puce. Remets ce morceau dans ta bouche. Oui, je sais, mais c'est mamie qui l'a préparé. Attends, Graham, je vais te le tenir.

Il tente de toutes ses forces de se faire passer pour un saint. Elaina, de son côté, fait semblant de ne rien voir. Je ne peux vraiment pas lui jeter la pierre.

— Ma foi, le moment est aussi bien choisi qu'un autre pour vous l'annoncer, dit maman en reposant sa fourchette. Ecoutez-moi bien, vous tous. J'ai décidé de faire des rencontres.

A ces mots, nous nous figeons tous avant de nous tourner d'un seul bloc vers papa — à l'exception d'Elaina qui continue de couper ses haricots verts en microscopiques molécules qu'elle ne mange pas.

— Qu'est-ce que tu racontes ? demande papa.

Voilà environ un an que mes parents ont divorcé. La décision s'est prise sans drame ni colère — entre eux, cela tenait plus du jeu qu'autre chose. Papa habite désormais un appartement au centre-ville, mais à la maison rien n'a vraiment changé. Quand la chaudière tombe en panne, maman fait appel à papa. Si la voiture a besoin d'une réparation, maman fait appel à papa. Ils mangent ensemble deux fois par semaine, assistent à tous les matchs et spectacles de leurs petits-enfants, et je les soupçonne de continuer à coucher ensemble, même si ce n'est pas un sujet sur lequel je souhaite m'appesantir.

— Je veux faire des rencontres, Mike. Nous sommes divorcés, je te rappelle. Depuis un an, maintenant. Et, ainsi que je te l'ai déjà chanté sur tous les tons, j'ai envie de faire certaines choses. Et comme ces choses, tu as toujours refusé de me les donner, j'ai décidé de tourner la page.

C'est ainsi que démarre systématiquement leur traditionnelle dispute. Je m'enquiers :

— Quelqu'un veut un peu plus de vin ?

— Oui, merci, me répond le chœur antique.

Mes parents s'adorent, mais apparemment ils sont incapables de vivre heureux ensemble. Ce n'est pas facile d'être femme de pompier. Chaque fois que papa était en retard pour rentrer, maman allumait la télévision d'un geste brusque et regardait, la mine sombre, les infos régionales dans l'attente de l'annonce d'un incendie. Et si d'aventure sa crainte se confirmait, elle se mettait à tripoter nerveusement son alliance en nous houspillant jusqu'à ce que papa rentre à la maison, exténué, couvert de suie et shooté à l'adrénaline.

Outre l'angoisse de perdre son conjoint dans d'horribles circonstances, il y a la réalité d'être mariée à un pompier. Certes, c'est une profession héroïque. Certes, leurs épouses sont très fières d'eux. Ces gars-là sont formidables, nul ne prétend le contraire. Mais combien de Noëls, de Thanksgiving, de matchs, de spectacles scolaires, de concerts, de leçons, de compétitions de natation et de dîners se sont déroulés en l'absence de papa ? Des dizaines. Des centaines. Même les jours de repos, il laissait le scanner allumé, téléphonait à un de ses collègues, se rendait à une réunion syndicale ou organisait une séance de formation. Les rares week-ends où papa n'était pas de service, il était si nerveux, quand arrivait le dimanche soir, qu'en fin d'après-midi il passait à la caserne rien que pour s'assurer que tout allait bien.

Et puis, il y a deux ans, Benny Grzowski, un pompier relativement nouveau dans le métier, a fait une chute mortelle du toit d'un immeuble en flammes alors qu'il découpait un conduit d'aération. Il avait vingt-cinq ans.

Il n'existe pas d'événement plus sombre et plus spectaculaire que les funérailles d'un pompier. Le clan O'Neill a assisté à celles de Benny au grand complet, le visage impassible (sauf moi : je bramais). A notre arrivée au cimetière, nous avons tous défilé devant la stèle qui portait déjà gravés le nom de Benny ainsi que ses dates de naissance et de mort, suivies de la traditionnelle formule : *Epoux. Père. Pompier.* Je me souviens de maman contemplant la stèle après la cérémonie.

— Pour ton père, c'est en sens inverse qu'il faudrait graver l'inscription, avait-elle marmonné en se détournant. N'épouse jamais un homme qui te préfère son métier, Chastity.

C'est après le décès de Benny que maman a commencé à presser papa de prendre sa retraite. Elle voulait partir en croisière, jouer au bridge, s'inscrire au club du troisième âge d'Eaton Falls qui organise des sorties aux champs de courses, au casino, dans des magasins d'usine et aux chutes du Niagara. Elle a demandé, attendu, exigé, attendu, ordonné, attendu et, pour finir, elle a entamé une procédure de divorce. Au départ, elle devait penser que papa céderait une fois le divorce prononcé, aussi a-t-elle continué d'attendre un peu.

Mais il semblerait que le temps des prolongations soit écoulé. Fixant mon père d'un regard impassible, elle prend une bouchée de sa viande filandreuse.

— C'est ridicule ! s'insurge papa. Il est hors de question que tu fasses des rencontres !

— Ah non ? Alors, écoute un peu ça, vieux schnoque ! siffle-t-elle avant de se tourner vers moi. Chastity, je t'ai entendue dire à Tara que tu souhaitais rencontrer quelqu'un.

— Merci pour ta discrétion, maman ! Bon ! Pourrait-on changer de sujet, maintenant ?

J'ai le visage en feu, mais maman poursuit d'un ton enjoué :

— Eh bien, je trouve que nous devrions faire ça ensemble. Organiser des sorties à quatre.

— Bonté divine…, dis-je dans un souffle.

En réponse au sourire narquois de Matt, je fais mine de le mettre en joue.

— Il est hors de question que tu fasses des rencontres ! répète papa. Tu fais ça uniquement pour me mettre en rogne et ça marche. Maintenant, ça suffit !

Mais il en faut plus pour démonter maman.

— On pourrait s'inscrire sur eHarmony, aller à des soirées dansantes pour célibataires…

— Il est hors de question que tu fasses des rencontres !

— … pratiquer le *speed dating*. On va bien s'amuser, toutes les deux ! Mike, tu n'as pas ton mot à dire là-dessus, alors tais-toi.

Papa est cramoisi.

— Il-est-hors-de-ques-tion-que-tu-fasses-des-ren-contres, martèle-t-il en détachant les syllabes.

— Maman…

Lucky, notre soldat de la paix, l'enfant du milieu, le démineur de la famille, tente de calmer le jeu.

— Maman, tu ne pourrais pas donner une seconde chance à papa ?

— J'ai déjà donné quatre « secondes chances » à ton père, rétorque-t-elle en foudroyant mon frère du regard. Il aime mieux sa caserne que sa femme !

— C'est tout bonnement stupide ! s'exclame mon père en roulant sa serviette en boule.

— Stupide, c'est le mot, en effet ! riposte sèchement ma mère. Je suis entièrement d'accord.

— Tu n'es qu'une idiote, femme ! Il est hors de question que tu fasses des rencontres ! Il n'y a pas à discuter là-dessus !

Il quitte la pièce au pas de charge, enjambant ma chienne au passage, et sort en faisant claquer la porte de derrière. Une seconde plus tard, nous entendons sa voiture démarrer.

Sarah et Tara se dévisagent. Comme obéissant à un signal muet, elles se tournent d'un bloc vers ma mère.

— Nous avons apporté le dessert ! annoncent-elles en chœur.

Une fois tout le monde parti, j'interroge ma mère.

— Bon, maman, c'est sérieux, cette histoire ?

La maison est silencieuse ; dehors, les oiseaux s'interpellent tandis que le soleil se couche sur les montagnes. Ma chienne a son énorme tête posée sur le pied de ma mère, comme en signe de solidarité.

Maman soupire.

— Je sais que tu as toujours préféré ton père, Chastity…

Consciencieusement, je proteste :

— C'est faux.

— … mais je ne veux pas passer le reste de ma vie dans cette solitude-là.

— Papa va prendre sa retraite, maman. Il y sera bien forcé. N'existe-t-il pas des règlements syndicaux ou quelque chose dans ce genre ? Enfin, il a cinquante-neuf ans, non ?

— Cinquante-huit. Ton père prendra sa retraite quand ça lui chantera, ma chérie. Dans six ? Sept ? Dix ans ? Et moi, alors, pendant ce temps, je suis censée l'attendre ici les bras croisés ? Vingt-neuf ans que je supporte ça ! A présent, c'est mon tour de décider d'un ou deux détails concernant notre vie, et ça, il ne l'accepte pas. Ce n'est pas juste.

Elle se carre dans son fauteuil.

— C'est pourquoi je vais me chercher quelqu'un d'autre.

— Tu ne l'aimes plus, maman ?

— Bien sûr que si. Mais là n'est pas la question. La question, c'est que je veux un homme qui me fasse passer avant tout le reste, et franchement, avec ton père, ça n'a jamais été le cas. Non qu'il ait été un mauvais mari, mais avec lui je n'ai jamais eu la priorité.

Ma mère s'exprime d'un ton de professeur d'université énonçant des faits historiques. Je hoche la tête en tripotant la semelle de ma chaussure de randonnée. Après tout, qui sait ? Il se peut que son plan fonctionne et qu'un soupçon de jalousie fasse enfin réagir papa. Maman l'adore. En fait, elle ne veut personne d'autre que lui. Enfin… pas vraiment.

— Tu verras, ma chérie, on va bien s'amuser. Je nous ai déjà inscrites aux Nocturnes spéciales célibataires du supermarché. Ça a l'air marrant, non ?

— Euh… non.

— Oh ! allez ! Tu n'as encore jamais essayé ! C'est amusant comme tout !

— Tu l'as déjà fait, toi ?

— Non, mais faire ses courses entre célibataires, c'est forcément drôle, pas vrai ?

Et elle embraye en me décrivant la joie qu'elle se fait d'examiner prochainement des fruits et légumes en compagnie d'autres personnes à la recherche de l'âme sœur. Je fais la grimace et laisse ma tête retomber sur l'accoudoir du fauteuil.

En fait, je vais l'accompagner. Après tout, je n'ai pas de temps à perdre, pas vrai ? J'entends déjà mes ovaires soupirer d'impatience… *Nous sommes toujours opérationnels. Du moins, pour le moment…* Le souvenir flou de cette pouffiasse de serveuse surgit dans mon esprit. Je n'ai aucune envie de regarder Trevor tomber les filles pendant qu'assise dans mon coin, célibataire et sans enfant, je fixerai d'un œil morne mon annulaire dépourvu d'alliance.

C'est pourquoi je décide de conclure un pacte avec le diable ou plutôt, dans le cas présent, avec ma mère. Nous allons tenter l'aventure ensemble. Et pourquoi pas ? Après tout, qu'est-ce que j'ai à perdre ?

3

Ayant entamé mon récit par le soir où, après m'être fait larguer, j'ai dû repousser les avances d'une femme, il se peut que j'aie donné l'impression de ne pas avoir d'admirateurs masculins. C'est faux, des admirateurs, j'en ai... Simplement, ce ne sont pas les mâles que je recherche.

Exemple type : Alan de la Dent Grise, directeur de rédaction de la *Gazette d'Eaton Falls*, journal où je viens officiellement de me présenter pour mon premier jour de travail. Manque de chance, Alan et moi sommes seuls dans la « suite de bureaux », un bien grand mot pour désigner une vaste pièce divisée d'un côté en box tapissés de jute gris, de l'autre en salle de conférences et bureau exigu pour notre directrice.

— J'espère de tout cœur que tu te plairas ici, me dit en souriant Alan (un mètre soixante-douze, et encore, avec des Doc Martens à semelles épaisses).

Tel Judas au cours de la Cène, sa dent grise fait méchamment tache, plantée au milieu d'une rangée de dents qui, sans sa présence inquiétante, n'aurait rien d'extraordinaire. J'essaie de détourner les yeux, mais c'est plus fort que moi, la dent attire étrangement mon regard. Alan lève un sourcil. Oups...

— Certainement. Oui, je... euh, j'en suis persuadée. Merci, Alan.

— On pourrait peut-être aller boire un verre, tout à l'heure, histoire de clôturer la journée en beauté.

Ça serait plutôt « histoire de clore la journée en beauté », mon vieux Al...

— Je suis… Je ne…

Mes oreilles me jouent des tours. La Dent me tient en son pouvoir.

— C'est entendu, alors, conclut Alan. Un petit verre tout à l'heure. Génial.

Bonté divine ! Comment se fait-il que cette chose soit devenue aussi grise ? Alan ignore-t-il que sa dent est en train de pourrir dans sa bouche ? Ne devrait-il pas se la faire arracher ? En tout cas, on devrait lui mettre une couronne, c'est clair. Tandis qu'Alan continue de discourir, sa dent grise clignote sombrement, ses lèvres minces articulent des mots que je n'entends pas, fascinée que je suis par la force maléfique de La Dent. Tel l'Anneau de Tolkien, elle possède un indéniable pouvoir hypnotique. « Une dent pour les gouverner tous, une dent pour les trouver, une dent pour les amener tous et dans les ténèbres les mordre. »

Je frissonne, puis feins d'arranger quelques livres sur mon bureau.

— Il va falloir que je m'organise, dis-je à Alan en affichant ce que j'espère être un sourire d'excuse et non une grimace horrifiée.

— Donc, on dit 18 heures ? me demande La Dent.

Oui, Maître.

— Pardon ?

Je m'aperçois que j'ai l'air d'une idiote, mais franchement quelqu'un devrait lui dire, pour sa dent. Epouvantée, je prends subitement conscience qu'il vient de m'inviter à sortir avec lui.

— Non ! Non, pardon. Je ne peux pas. J'ai un… autre chose à faire.

Mon mensonge me fait rougir, mais Alan ne semble pas se formaliser outre mesure de mon refus.

— Pas de problème. Disons vendredi, ça te va ?

— Pour tout te dire, Alan, j'ai pour principe de ne jamais sortir avec un collègue. Désolée.

Et voilà. Le prétexte en béton. Ainsi, on ne froisse personne, pas vrai ? Au demeurant, Alan n'a pas l'air d'un si mauvais bougre. Il est juste physiquement répugnant à plusieurs égards. Oui, parce que La Dent n'est pas seule en cause. Il faut lui ajouter la bedaine qui retombe par-dessus sa ceinture... L'odeur de renfermé, genre chambre à coucher de mémé, qui l'enveloppe tel un nuage gériatrique, sa mèche rabattue à la Donald Trump... Mais tout cela reste dominé par la présence prépondérante de... La Dent.

— Ah, mais mon invitation n'a rien d'un rendez-vous galant, je t'assure. Rien qu'un pot entre deux camarades journalistes.

Ses paroles ne parviennent pas jusqu'à mon cerveau : je me surprends de nouveau à plonger le regard dans sa bouche, déglutissant maladivement chaque fois que le sinistre pouvoir de La Dent s'insinue jusqu'à moi. Je peux peut-être simuler un problème gastro-intestinal imminent ? De toute façon, si je ne détourne pas rapidement le regard, je n'aurai pas besoin de simuler quoi que ce soit.

La Dent revient à la charge.

— Bon. C'est d'accord, alors ?

— Ecoute, Alan, j'ai dû manger quelque chose de pas frais au petit déjeuner...

— J'ai de l'Imodium sur moi, me propose-t-il aussitôt, fouillant derrière le rabat de sa poche de poitrine.

Par chance (ou pas), Lucia pousse la porte et fait irruption dans la salle, tenant en équilibre un carton de beignets surmonté de plusieurs journaux d'une main et des gobelets de café de l'autre.

— Bonjour ! roucoule-t-elle, avant de piler net devant mon bureau.

— Oh ! Chastity... C'est vrai. C'est ton premier jour.

Son nez se fronce.

— Nous avons réunion tous les lundis et mercredis. Dans dix minutes. Rassemble tes idées.

— Ravie de te revoir, dis-je en haussant un sourcil.

Lucia occupe le poste de réceptionniste à la *Gazette d'Eaton Falls* qui l'emploie depuis dix-huit ans — autrement dit la moitié de son existence. Penelope, propriétaire et directrice de publication de la *GEF*, m'a confié que Lucia avait postulé pour mon job et qu'elle a été profondément vexée de ne pas l'obtenir.

En parlant de Penelope, la voilà qui franchit le seuil d'un pas mal assuré.

— 'jour, soupire-t-elle. Chastity, pourrais-je te voir tout de suite dans mon bureau ?

— Bien sûr, Penelope, dis-je en me levant.

Lucia me foudroie du regard et renifle bruyamment sur mon passage, ses yeux détaillant ma silhouette avec mépris. Faisant de mon mieux pour l'ignorer, je passe dans le bureau de Penelope en refermant la porte derrière moi.

— Donc ! Bienvenue au journal, évidemment. Nous sommes ravis de t'avoir dans l'équipe. Euh… dis donc, Chastity, tu t'y connais en cancer de la peau ?

Elle écarte d'un coup sec le col de son pull.

— Regarde ce grain de beauté. Il n'est pas en train de changer de couleur ? Je trouve qu'il a l'air malin.

— Ma foi, je ne…

— Ah, toi aussi ? Tu trouves qu'il a l'air malin ?

Je louche sur son cou.

— C'est-à-dire que je ne sais pas vraiment à quoi il ressemblait avant, alors…

— Mais tu ne trouves pas qu'il a l'air malin ?

— Je ne saurais pas te le dire. Tu devrais peut-être le faire examiner par un médecin, histoire de te rassurer.

Elle se laisse choir lourdement dans son fauteuil.

— Tu as raison, tu as raison… Pardonne-moi, mais j'ai passé la nuit à regarder des photos. Sur melanome.com. Atroce.

— J'en suis navrée pour toi.

— Pas de souci. Bienvenue ! Bienvenue à la *Gazette d'Eaton Falls* ! Lucia te bat froid ?

Elle sourit en se redressant dans son fauteuil.

— Pas vraiment, non, dis-je en lui rendant son sourire.

Elle a retrouvé son ton enjoué.

— Tout est prêt pour la réunion ?

— Absolument. Tu sais, Pen, je suis vraiment enchantée d'être ici.

— C'est nous qui sommes enchantés de t'avoir parmi nous. Je suis réellement soulagée d'avoir quitté le cauchemar urbain de Newark. Ici, je traiterai l'actualité courante et je rédigerai des articles de proximité : l'inauguration de nouveaux magasins, le départ à la retraite du proviseur, les jonquilles de Memorial Park. Alan continuera à couvrir les sujets plus chauds : la politique municipale, les affaires régionales, etc.

Dix minutes plus tard, nous sommes tous réunis dans la petite salle de conférences. L'équipe se compose de Penelope, d'Alan, de Lucia, de Carl, notre photographe, et d'Angela Davies, qui tient la rubrique gastronomique. Suki, reporter à temps partiel, couvre les sujets qu'Alan et moi ne pourrons pas gérer. Pete s'occupe de la publicité et Danielle de la maquette. C'est tout. Quel changement par rapport aux légions de personnel qui travaillaient à Newark ! C'en est presque… intime.

— Bien ! gazouille Penelope en tapotant son grain de beauté. Alors, qu'avez-vous de beau à me proposer ?

Alan est le premier à prendre la parole. Il résume les thèmes qui, selon lui, feront l'actualité de cette semaine, à l'exclusion des incendies, des meurtres et des attentats terroristes. Il travaille en ce moment sur quelques sujets nationaux qu'il va essayer de traiter sous l'angle local — un ancien habitant d'Eaton Falls s'est mis en lien avec la mafia de Floride, conséquence directe des tarifs du gaz pratiqués sur les locations d'été dans les Adirondacks. Alan aborde ensuite la question de l'interminable chantier du remplacement des canalisations de Main Street. Puis il en vient à l'enquête dont fait actuellement l'objet notre député pour avoir, semble-t-il, perçu (gloups !) des financements illégaux dans le cadre de sa campagne électorale. Hormis sa dent et son incapacité à saisir la moindre allusion, Alan me semble tout à fait compétent dans son domaine.

Vient alors mon tour. Je me lance :

— Bon, je voudrais d'abord vous dire ma joie d'être ici parmi v…

— J'ai eu une superidée de reportage, coupe Lucia en posant un regard de cocker sur Penelope. Une habitante de Pottersville a tricoté la quatrième plus grande écharpe du monde. J'ai pensé que ça pourrait faire un sujet magnifique : je lui demanderai quel type de laine elle a utilisé, le motif qu'elle a choisi, ses projets pour l'écharpe, la source de son inspiration… Nos lecteurs vont adorer !

Elle me coule un regard noir, espérant que je vais marquer mon désaccord.

— Non, je ne suis pas d'accord.

Penelope dissimule un sourire tandis que j'enchaîne :

— J'aimerais voir la *Gazette* se concentrer sur des sujets un peu plus substantiels.

Mon tir d'avertissement est accueilli par un jet de venin.

— Eh bien, il faudrait peut-être que tu commences par intégrer ce qui plaît à nos lecteurs, Chastity, riposte Lucia d'un ton cinglant. Tu viens à peine d'arriver ici et…

— J'ai grandi ici.

— … et il se pourrait que tu sois très étonnée du vif intérêt que les gens d'ici portent à leur terroir. Pas vrai, Penelope ?

Le sourire de Penelope s'évanouit ; elle se remet à tripoter son grain de beauté de plus belle.

— Euh… ma foi, pour le coup tu marques un point, Lu, mais je propose que nous laissions Chastity à l'œuvre afin de voir comment elle s'y prend. C'est la raison pour laquelle nous l'avons engagée. Elle a beaucoup d'expérience.

— Mais pas pour les reportages de proximité ! s'insurge Lucia. Le reportage de proximité, c'est…

— Master de journalisme à Columbia… Très impressionnant, dit Pen avec un sourire.

D'un hochement de tête, je valide l'obtention de mon prestigieux diplôme. Qu'importe l'endroit où j'ai fait mes études. Lucia est bien décidée à me haïr, de toute façon. Penelope m'avait mise en garde lors de mon déjeuner d'embauche. Elle m'avait confié que j'étais de loin la candidate la plus qualifiée qu'ils aient jamais eue pour le poste, mais que Lucia se battrait bec et ongles pour l'obtenir. Pen m'avait ensuite avoué, à son troisième verre de vin, qu'elle avait commis un jour l'erreur de confier à Lucia la rédaction d'un reportage de proximité. Cela se passait bien avant mon arrivée au journal et, de fait, l'article en question n'a jamais été publié, mais Penelope m'a montré le papier... Dix mille mots — un roman court, en fait — sur Mme Kent, gagnante du premier prix à la foire du comté pour son gâteau au chocolat.

— Des reportages de proximité qui aient de la substance. Moi, ça me plaît bien.

Alan lève un sourcil de façon suggestive, retroussant suffisamment sa lèvre pour que j'entrevoie La Dent. Je détourne les yeux.

— Quoi d'autre ? m'interroge Penelope.

La lèvre inférieure peinte en rouge rubis de Lucia avance obstinément en une moue boudeuse tandis que je poursuis :

— Il faut se concentrer sur les sujets hyperlocaux. Aux quatre coins de l'Amérique, les journaux voient leur nombre d'abonnements chuter. Les gens ont désormais la possibilité de s'informer partout — sur CNN, sur internet et même sur leur téléphone portable. Aussi devons-nous proposer aux lecteurs d'Eaton Falls des sujets dont on ne leur parle nulle part ailleurs. A mon avis, le public a envie de lire autre chose que des reportages gentillets ou des copiés-collés de communiqués d'*AP*. Et bien entendu tout ces sujets seront également mis en ligne sur notre site, que je vais considérablement étoffer.

Lucia renifle avec mépris.

Je lui souris, ce qui ne fait qu'accentuer son air renfrogné.

— Je sais, Lucia, dis-je, dans l'espoir de l'amadouer. Il s'agit avant tout d'un quotidien sur papier. Mais si les gens ne le lisent pas, incitons-les à consulter notre site qui est sponsorisé par nos publicitaires. D'un point de vue fiscal, ça se tient.

— Génial, Chastity ! intervient Penelope. C'est pour ça qu'on t'a engagée.

Lucia, pas le moins du monde amadouée, revient à la charge.

— De toute évidence, nous devons publier un article sur la Résurrection à l'occasion de Pâques.

Je déclare d'un ton ferme :

— Eventuellement un papier sur la chasse aux œufs organisée par la municipalité et sur certaines traditions locales, mais sinon il n'est pas question de publier un sujet sur la Résurrection. Ça n'est pas de l'info, Lucia. Ça s'est passé il y a presque deux mille ans.

Lucia en reste bouche bée.

— Penelope ! proteste-t-elle. Elle ne peut pas…

— Sur ce point, Lu, je m'incline devant Chastity, répond notre chef, en caressant amoureusement son grain de beauté. Bien, passons à autre chose. Angela ?

Angela, une femme de mon âge au visage aimable et à la voix douce, est restée silencieuse tout au long de la discussion. Rajustant ses lunettes, elle enchaîne dans un quasi-murmure :

— Eh bien, le Callahan ouvre demain, et je vais donc en assurer la critique gastronomique. Je vais également m'intéresser aux friandises allégées de Pâques en prévision du week-end prochain. L'article concernant les barres nutritives destinées aux scolaires traitera de…

Je m'efforce de m'intéresser à la recette détaillée de la bisque aux asperges grâce à laquelle Angela espère éblouir notre lectorat. Même si je n'ai rien d'un cordon-bleu, j'adore manger, et toute cette conversation sur la nourriture me donne faim. Angela porte le titre de critique gastronomique, mais elle travaillera sous mes ordres, et ses recettes et astuces donneront à nos lecteurs une raison supplémentaire d'aller consulter notre rubrique cuisine en ligne, qui pourra contenir davantage de renseignements que l'édition papier du jeudi.

Une fois la réunion terminée, je me mets au travail. J'appelle les pigistes en free-lance qu'emploie l'*EFG*. Je me présente à tout le monde, je passe en revue le calendrier de la mairie pour repérer les manifestations auxquelles je devrai me rendre, et je m'entretiens avec la charmante dame de la chambre de commerce. Je corrige un article pour notre prochaine édition, puis, après avoir jeté un coup d'œil à ma montre, je décide d'aller tendre le traditionnel rameau d'olivier à mon ennemie.

Empoignant mon sac à dos, je consulte mon téléphone portable et vais jusqu'au bureau de Lucia où je la trouve occupée à classer des documents.

— J'ai entendu dire que tu étais fiancée, Lucia ?

C'est mon gage de réconciliation, et il opère.

Elle est plus que ravie de passer les dix minutes qui suivent à fulminer contre les nombreuses occasions de stresser qui surgissent dès la publication des bans.

— Alors, j'ai dit comme ça à la fleuriste que je me fichais pas mal de ce qui était de saison ! Teddy, mon fiancé — je l'appelle Teddy Bear, c'est trop mignon, pas vrai ? Enfin, bref, Teddy est dingue des pois de senteur. Il les adore ! Il me faut absolument des pois de senteur ! D'ailleurs, Teddy veut qu'on les mêle à de la gypsophile ! L'effet serait vraiment ravissant ! Dans des coupelles, tu vois ? Avec des bougies. Et cette idiote de fleuriste qui me dit qu'elle n'a pas de pois de senteur ! Je n'en reviens pas !

Je me force à sourire, opine du bonnet et regarde ma montre en me demandant si toutes les futures mariées sont tarées à ce point, et si tous les futurs mariés s'investissent autant que Ted dans la composition des centres de table. Tout cela me semble… enfin, bon ! C'est quand même moi qu'on a pris pour une lesbienne, après tout, alors qu'est-ce que j'en sais ?

— Ecoute, j'adorais continuer cette conversation, mais j'ai une interview à faire. Je devrais être de retour avant 17 heures, d'accord ?

— Parfait, réplique-t-elle d'un ton cassant.

De toute évidence, il faudra faire plus que feindre de me passionner pour son mariage pour que nous devenions amies.

La journée est chaude, magnifique. Les feuilles sont d'un vert si tendre qu'on en mangerait et je m'arrête un instant pour contempler également les collines. Un sourire monte à mes lèvres. La majorité des bâtiments du centre-ville, édifiés au tournant du siècle dernier, témoignent d'un raffinement et d'une minutie qui, de nos jours, seraient jugés trop onéreux pour un plan d'architecte. Bâtis en brique ou en pierre calcaire, ils ne comportent pour la plupart que trois ou quatre étages et s'ornent de toutes sortes de détails ingénieux et de dorures. De petites ruelles rejoignent la rue principale, semblables aux affluents d'une rivière, et devant ce spectacle je sens une vague d'affection me submerger. J'entre dans une nouvelle phase de mon existence, bien décidée à faire en sorte qu'elle soit positive. Le véritable âge adulte. Une maison, un chien, et bientôt, espérons-le, un copain/fiancé/mari/père de mes enfants beaux, grands et costauds.

Je longe les trois pâtés de maisons qui me séparent du tout nouveau magasin de jouets, fort commodément situé près de Hudson Roasters. Une fois dans le café, je commande deux grands *lattes* auxquels, l'estomac gargouillant, j'adjoins une pâtisserie danoise au fromage, puis j'emporte mes provisions dans le magasin d'à côté : Marmalade Sky.

— Bonjour ! dis-je en poussant la porte.

C'est très mignon, à l'intérieur. Des jouets... oui, forcément... des puzzles, des Lego, des animaux en peluche, le tout dans une ambiance de joyeux fouillis.

— Kim ? Je suis Chastity O'Neill, de la *Gazette*.

Une jeune femme massive vêtue d'une robe-chasuble en denim marron émerge d'une porte située vers l'arrière du magasin.

— Kim Robison. C'est tellement aimable à vous d'être venue !

L'interview de Kim avait été programmée par mon prédécesseur, et j'ai décidé de la mener moi-même. L'inauguration de ce magasin de jouets est exactement le genre d'info courante que je cherche depuis toujours à couvrir, un sujet à des années-lumière de la folie urbaine de Newark dans laquelle j'ai vécu en immersion totale durant ces cinq dernières années.

Je lui tends un gobelet.

— Tenez, je vous ai apporté un *latte*.

— Oh ! comme c'est gentil !

Elle me sourit.

— Mais je regrette. Je n'en bois pas.

Encore une de ces adeptes du thé vert, me dis-je, à en juger par son ton assez pète-sec. Kim m'invite à m'asseoir dans le coin lecture, situé au fond du local. Là, entourée de livres d'images en papier glacé, de personnages de Winnie l'Ourson et d'un mobile en forme de bateau aux voiles arc-en-ciel, je sors mon calepin.

— Alors, Kim, racontez-moi : comment vous est venu le nom de Marmalade Sky ?

— C'est extrait d'une chanson des Beatles.

Elle sourit en se déplaçant sur son siège.

Je laisse passer quelques secondes.

— Celle qui fait l'apologie du LSD ?

— Non, *Lucy in the Sky with Diamonds*.

Je laisse encore passer quelques secondes.

— Ben, oui... leur chanson sur le LSD, quoi.

Le visage de Kim se décompose.

— Oh ! non, ce n'est pas vrai...

Elle réfléchit quelques instants.

— Oh ! pour l'amour du ciel ! Mais bien sûr que c'est leur chanson sur le LSD !

Je me mets à rire.

— Ne vous inquiétez pas. Je ne mentionnerai pas ce détail dans l'article. Bon, question suivante. Quand vous est venue l'idée d'ouvrir un magasin de jouets ?

— A l'époque où ma sœur a eu son premier enfant, je pense.

Un sourire aux lèvres, je l'écoute me confier sa passion pour les enfants et leur imagination sans bornes, en ponctuant son discours de hochements de tête et mentionnant à l'occasion l'un de mes huit neveux et nièces. Kim sourit souvent, ses joues rondes comme des pommes ressortant de manière charmante chaque fois qu'elle agite ses cheveux brillants. Elle se penche vers moi.

— Voyez-vous, Chastity, quand on offre à un enfant le jouet qui lui convient, on lui offre des heures d'amusement, de créativité et d'imagination ; c'est comme si on lui donnait la clé de… de son propre…

Sans cesser de griffonner, je suggère :

— De son propre univers ?

Elle ne répond pas. Je lève les yeux.

Kim se lève péniblement de son siège et baisse le regard sur son ventre imposant.

— Je crois que je suis en train de perdre les eaux.

Ma tête se rejette en arrière, et mon estomac dégringole dans mes talons comme si j'étais dans l'ascenseur express de l'Empire State Building.

— Vous… vous êtes enceinte ?

Pas massive, non. Ni ronde ni dodue. Enceinte. Ah, bravo ! Pour une journaliste, j'ai l'air fin !

— Oui, je… ooh ! C'est ça, je perds les eaux.

Elle relève le bas de sa robe longue et examine sa cheville.

— Oh ! Oh ! là là ! Oui, c'est commencé.

En réaction à ces paroles, je perds moi aussi les eaux — sous forme de transpiration. Je me retrouve brusquement inondée de sueur, de la plante des pieds jusqu'au cuir chevelu. Même si je n'ai jamais assisté à une naissance, je sais comme ça se passe. Douleur. Hurlements. Sang. Boucherie.

Je hoquette :

— Oh… oh…

Mon gosier se ferme hermétiquement, je n'arrive plus à respirer. Je lève une main tremblante pour repousser les mèches de mon visage — des images de placentas sanglants me traversent l'esprit.

— Chastity, vous pouvez… euh… vous pouvez téléphoner à mon mari ?

Kim s'enfonce de nouveau dans le siège, prend une profonde inspiration et entreprend de se masser l'abdomen.

— Est-ce que vous… euh… est-ce que vous…

Un filet de sang aqueux zèbre sa cheville nue. *Ne regarde pas. Trop tard… Ne regarde plus. Arrête de regarder.*

— Vous saignez, dis-je dans un murmure rauque, détournant à grand-peine mon regard de sa cheville et pointant le doigt dans la direction approximative de son pied.

Kim jette un coup d'œil à sa cheville.

— Oh ! il paraît que c'est normal.

Je déglutis à plusieurs reprises.

— Ah…

— Ça vous dérange ?

— Quoi ? Qu'est-ce qui me dérange ?

Mes oreilles bourdonnent, la voix de Kim me parvient de très loin. *Reste avec nous, Chastity ! Cette femme a besoin d'aide !*

— Vous voulez bien appeler mon mari ? Son numéro est mémorisé sous la touche 1. Mon téléphone est dans mon sac, derrière le comptoir.

Elle inspire par le ventre, exhale l'air dans un long chuintement, puis se laisse aller en arrière dans son fauteuil.

Je me force à me lever, bien que mes genoux se dérobent sous moi. Comment se peut-il que j'aie les jambes en coton à cause d'un peu de s… de truc rouge ? Moi qui suis capable de courir huit kilomètres sans même transpirer ! Je me précipite maladroitement vers le comptoir, fouille fébrilement dans le sac de Kim et, pour finir, le renverse carrément, éparpillant tout son contenu. Clés, portefeuille, lunettes de soleil, mouchoirs en papier…

Je crie d'un ton rude :

— Je ne le trouve pas !

Je m'exhorte intérieurement au calme. Problème : je ne m'obéis pas.

La panique monte en moi comme une onde glacée et, de fait, je me sens à deux doigts de me noyer, je suffoque comme un poisson hors de l'eau.

— Votre téléphone ! Où est votre téléphone ? Je n'arrive pas à trouver votre téléphone !

— Il est dans la… oh, mince…

Elle inspire profondément avant de relâcher lentement sa respiration.

— Ooh ! Une contraction ! Il est dans la poche de côté.

— La poche de côté, la poche de côté, la poche de côté…

Ma voix me parvient de très loin.

Du calme, Chastity, du calme… respire, respire, respire.

Il ne faut pas que je m'évanouisse. Il est clair que j'en ai envie, mais je ne peux pas. Je dois venir en aide à cette dame. Et si la présence de sang indiquait quelque chose de grave ? Il va falloir que quelqu'un l'aide ! Quelqu'un comme moi, par exemple, vu que je suis la seule personne dans le magasin. Un regain de terreur inonde mes veines. Je suis en manque d'oxygène, j'ai chaud et froid en même temps, je tremble comme une feuille prise dans un ouragan.

— Vous êtes sûre que c'est normal qu'il y ait du sang ?

La panique rend ma voix suraiguë.

Kim se redresse sur son siège et me regarde farfouiller dans son sac.

— Tout va bien. Le sang provient simplement de la dilatation du col. C'est tout à fait normal.

Elle inspire à fond, souffle lentement et me sourit.

— On dit que c'est très long, même à partir du moment où on a perdu les eaux. Le bébé ne naîtra pas avant plusieurs heures. Si ça se trouve, ce sera peut-être même pour demain !

« On dit ». Mais qui ça, « on » ? Et d'ailleurs qu'est-ce qu'il en sait, ce « on » ? Et comment se fait-il que Kim soit aussi calme ? N'est-elle pas inquiète pour son enfant ? A sa place, moi, je le serais ! Des bébés qui naissent dans toutes sortes de lieux insolites, on voit ça tout le temps ! Personnellement, je ne voudrais pas que mon enfant naisse sur un trottoir, à l'arrière d'un taxi, sur un manège de fête foraine ou dans un magasin de jouets !

Le téléphone !

— Ça y est, je l'ai !

Mais il glisse aussitôt de mes mains moites et part en ricochets sur le parquet. Je me jette dessus, l'empoigne fermement et considère le clavier d'un œil fixe. J'aimerais qu'on m'explique comment on est censé passer un appel d'urgence avec ces maudites touches d'un millimètre ! Avec, en fond sonore,

Kim qui effectue ses exercices de respiration, je m'applique à composer le 911 d'un doigt qui tremble violemment et attends avec impatience que la régulatrice me réponde.

— Les urgences, que puis-je…

— Une femme est en train d'accoucher ! Elle va avoir un bébé ! Là, tout de suite !

— C'est mon mari ? s'enquiert Kim.

— Où êtes-vous, madame ? me demande la régulatrice.

— Hum… euh… nous sommes, euh… voyons… euh… vous voyez le nouveau magasin de jouets ? A Eaton Falls ? Dans, euh… comment déjà… Ridge Street ? A côté du café, à environ huit pâtés de maisons de la caserne, vous voyez ? Alors envoyez-nous les pompiers, hein ? Ils ont une ambulance et tout ce qu'il faut ! Ils sont déjà en route ? Je ne vois personne. Où sont-ils ? Pourquoi n'arrivent-ils pas ?

— Ce n'est pas mon mari, n'est-ce pas ? me lance Kim d'un ton sec, depuis le fond du magasin. Vous avez appelé le 911 ? Pourquoi avez-vous fait ça ?

— Parce que vous allez avoir un bébé et que je ne peux pas vous accoucher !

— Les pompiers d'Eaton Falls sont en route, m'informe la régulatrice. Vous préférez rester en communication le temps qu'ils arrivent ?

— Oui ! Oui ! Ne raccrochez pas ! Ne me laissez pas !

Ma poitrine se soulève, mue par mes efforts désespérés pour inspirer un volume d'air suffisant. D'un pas mal assuré, j'arrive malgré tout à rejoindre Kim qui me considère d'un œil désapprobateur par-dessus son gros ventre.

— Ne poussez pas ! dis-je. Ils arrivent. Surtout, ne poussez pas ! Vous voulez que je vous apporte des serviettes de toilette ? Et le café que je vous ai proposé tout à l'heure, hein ? Il y a aussi une pâtisserie danoise, je me l'étais réservée. Mais vous pouvez la manger ! Bien sûr ! Vous la voulez, cette pâtisserie danoise ? Mais je vous en prie ne poussez pas ! Je ne suis pas douée pour ce genre de chose.

— Ah non ?

N'y aurait-il pas un soupçon de raillerie dans sa voix ? Alors qu'elle est en plein travail ? Mais comment fait-elle pour rester aussi calme ?

— Puis-je avoir mon téléphone, s'il vous plaît ?

Je continue de presser à m'en faire mal le portable contre mon oreille.

— Madame ? dit la régulatrice. Comment évolue la situation ?

Au bout de la rue, des sirènes se mettent à hurler.

Je m'écrie :

— Enfin ! Oh ! mon Dieu, dépêchez-vous ! Ne vous inquiétez pas, Kim, ne vous inquiétez pas, ils arrivent !

Kim se lève de son fauteuil — étonnant de la part d'une femme sur le point d'accoucher — et extirpe le téléphone de mes doigts crispés. Mes genoux flageolants finissent par céder et, dans un bruit sourd, je m'effondre lourdement par terre, cherchant désespérément ma respiration. Winnie l'Ourson me toise sans ciller et, comme il fallait s'y attendre, Bourriquet a les sourcils froncés de désapprobation.

— Bonjour, dit Kim dans son portable tout riquiqui. Ici la femme enceinte. Je vais bien… Non, inutile de les envoyer… j'ai perdu les eaux, mais je… ah, d'accord. Bien sûr, pas de problème. Merci.

Elle raccroche.

— Je voulais simplement que vous appeliez mon mari, me dit-elle d'un ton lourd de reproches.

De l'endroit où je gis, je dispose d'une vue bien trop nette sur la trace de sang qui zèbre sa cheville. Je prie vaguement : *Je vous en prie, faites que l'enfant aille bien. Mon Dieu, je vous en supplie.* Mes oreilles vrombissent, des trous noirs s'ouvrent devant moi, je suffoque. J'inspire désespérément, mais ma vue se brouille. Je laisse pendre ma tête entre mes genoux et m'efforce de respirer.

Le tintement du carillon de l'entrée me fait lever les yeux. Chargés de sacs de matériel, quatre hommes débarquent en file indienne dans le magasin : papa, Trevor, Paul et Jake, revêtus de leur uniforme de pompier — les lettres réfléchissantes brillent sous la lumière. *Merci, mon Dieu!* Ils pilent net en voyant Kim qui se tient au-dessus de moi, très calme, les mains sur les hanches.

— Bonjour, leur dit-elle. J'ai perdu les eaux. En fait, je ne voulais pas faire venir les pompiers pour ça.

Mon père baisse les yeux sur moi.

— Paul, tu veux bien aller chercher la bouteille d'oxygène?

— Je n'en ai pas besoin, affirme Kim avec fermeté.

— Ce n'est pas pour vous.

Trevor lui sourit.

— C'est pour quand?

— J'arrive à terme demain. Comme c'est mon premier, il paraît que ça va être long. Mais je me sens vraiment très bien, je vous assure.

Tous font cercle autour de moi et me contemplent de toute leur hauteur. Paul revient et s'agenouille à mes côtés.

— Calme-toi, cocotte.

Me forçant à lui obéir, je parviens à effectuer quelques inspirations à peu près normales, avant qu'il ne fasse glisser le masque sur ma bouche. J'inhale avec reconnaissance, savourant la légère bouffée d'oxygène pur.

— Oups, j'ai une contraction, dit Kim, qui reprend ses exercices de respiration.

— Vous voulez vous asseoir? propose Trevor.

— Non, non, je peux rester debout le temps que... voilà. C'est passé.

— Vous êtes un as, déclare mon père. Ma femme a eu cinq enfants. Accouchement par voie basse pour chacun. Vous verrez, vous allez vous en sortir comme un chef.

Merci beaucoup, papa! Et Kim! Elle ne pourrait pas en rajouter un peu, celle-là, histoire de ne pas me faire passer pour une idiote? Rester debout durant les contractions... frimeuse, va!

Maintenant que je ne suis plus en hyperventilation, mes joues se mettent à brûler. Bon sang... Ça recommence.

— Ça va, ma chérie? me demande papa.

Je ne prends pas la peine de lui répondre.

— Nous serions ravis de vous transporter jusqu'à l'hôpital, suggère Trevor à Kim.

— Mon mari travaille à l'école. Le temps de lui donner un coup de fil, et il passera me chercher. Mais merci quand même.

Papa informe la régulatrice par radio. Paul ramasse un modèle de Lego.

— Je crois que mon fils l'a, celui-là, murmure-t-il en le retournant. Ouais. Le Destroyer de la Guerre des Etoiles. Vous vous en souvenez, les gars ?

Il brandit la boîte.

— J'adore ce film, dit Jake d'un ton rêveur. « Que la Force soit avec toi… à jamais. » Trop cool.

Papa s'enquiert auprès de Kim des prénoms qu'elle a choisis pour son enfant, Paul ouvre un boîtier du *Miraculeux voyage d'Edouard Tulane.* J'inhale de l'oxygène. Trois minutes plus tard, le mari arrive et escorte tendrement sa femme jusqu'à leur voiture.

— Merci ! nous lance-t-elle en souriant. Verrouillez juste la porte avant de partir, d'accord ?

Je lui fais faiblement signe de la main.

Trevor s'agenouille à côté de moi pour me prendre le pouls.

— Alors, comment va notre petite sage-femme ? me demande-t-il, la bouche tordue de rire.

Peut-être pourrais-je en rire, moi aussi, si je ne me sentais pas aussi nulle. Peut-être me sentirais-je toute petite et choyée si je ne mesurais pas un mètre quatre-vingt-cinq à trois centimètres près, et si je ne dépassais pas allègrement les soixante-quinze kilos. J'inhale profondément.

— Chastity ? me demande Trevor. Ça va ?

Je soupire, embuant le masque que je retire à regret.

— Très bien.

Il lève les yeux de sa montre.

— Ton rythme cardiaque est redevenu normal. Tu as encore des étourdissements ?

— Puisque je te dis que je vais bien, Trevor ! Tu sais ce que c'est… Une peur irrationnelle provoquée par un objet inoffensif ou une situation sans danger et occasionnant des réactions physiques telles que hyperventilation, perte de connaissance, accélération du rythme cardiaque, et patati et patata.

— Je te posais simplement la question. Des sensations d'engourdissement ou de picotement dans les bras ou dans les jambes ? Une douleur à la poitrine ?

— Non.

J'ai l'air boudeur d'une fillette de quatre ans. Trevor me dévisage sans cesser de sourire.

— Comment se porte ma petite chérie ? interroge papa en s'accroupissant devant moi. Tu veux qu'on te ramène à la maison, ma belette ?

— Non, papa. Je vais juste… je vais retourner travailler.

Papa se relève.

— C'est bon, les gars ! On remballe !

Paul remporte la bouteille d'oxygène tandis que j'essaie de me relever, les jambes encore molles. Trev se propose pour m'aider, mais, ignorant sa main tendue, je me remets péniblement en position verticale sans l'aide de personne.

— A tout à l'heure, ma poulette, me dit papa.

Il me tapote l'épaule avec un petit sourire.

— Bye, Chastity ! lance Trevor avec un large sourire qui s'insinue dans mes entrailles.

Je repousse cette onde de chaleur importune.

— Merci, les gars. Désolée de vous avoir fait perdre votre temps.

— C'est toujours mieux que de regarder le Tyra Banks Show, affirme Paul.

— Tu trouves ? réplique Jake.

Tous sortent du magasin dans des éclats de rire, et quelques minutes plus tard ils reprennent la route, sirène et gyrophares éteints. Luttant contre un sentiment d'embarras, d'humiliation, de mortification et de stupidité générale, je soupire, verrouille la porte du magasin et referme derrière moi.

4

Elaina et ses parents ont emménagé à Eaton Falls l'année de mon entrée en sixième : jamais je n'avais vu de fille aussi agressive. Fascinée par son attitude, son léger accent et la couche de maquillage qui recouvrait ses traits d'adolescente, j'ai décidé sur-le-champ qu'il me la fallait comme amie.

— Salut, ai-je murmuré le jour de la rentrée, alors qu'elle passait la récréation assise sur un banc en bordure du bitume de la cour.

— Kestuveux, rat des villes ? a-t-elle répliqué en rejetant ses cheveux en arrière dans un geste de délicieux mépris.

— Je suis cap'de faire cent tractions d'affilée.

— Alors fais-le, a-t-elle ordonné en claquant des doigts.

Je me suis exécutée, j'ai gagné son admiration et n'ai plus jamais regardé en arrière. Tout au long du lycée, de la fac, du troisième cycle et au-delà, Elaina a été là pour moi et moi pour elle, et à ce jour elle demeure la seule créature vivante à laquelle j'aie parlé de mon amour pour Trevor.

En terminale, Elaina a invité Mark à notre bal de fin d'année — le reste appartient désormais à l'histoire. Ils se sont mariés il y a quatre ans et ont eu Dylan deux ans plus tard. Elaina était claquée et à cran, Mark encore plus à fleur de peau que d'habitude et, entre eux, la tension était grande. Et comment mon frère s'y est-il pris pour affronter les pressions de sa vie de famille ? Il n'a rien trouvé de mieux que d'avoir une aventure d'un soir. D'accord, c'est une initiative que Mark regrette profondément, ce qu'il prouve à sa manière de constipé affectif

— en s'en prenant à ceux qu'il aime. Autant dire qu'Elaina ne lui a pas pardonné son écart, vu que, de son côté, il ne lui a pas présenté d'excuses. Aussi restent-ils dans un statu quo ridicule — séparés, en instance de divorce, alternant l'amour et la haine, se disputant sans cesse, faisant amèrement le deuil de leur bonheur perdu.

— Ton connard de frère..., commence-t-elle, alors que nous sommes assises devant mon écran d'ordinateur.

Je remplis un questionnaire en ligne et Elaina me conseille pour les réponses. Bouton-d'Or ronflote à nos pieds.

Je demande d'un ton résigné :

— Quoi encore ?

— Il m'a dit qu'il ne paierait pas pour le camp de foot de Dylan.

— Dylan a deux ans, Lainey, dis-je en me tournant vers elle.

Mark a la garde de son fils ce week-end, aussi passons-nous la soirée toutes les deux chez moi, à boire du chardonnay et à m'inscrire sur e.Commitment, démarche humiliante, dégradante et scandaleusement amusante.

— Et alors ? Tous les grands joueurs ont commencé très jeunes. Ne réponds pas « oui » à celle-là, mon chou. C'est une question piège.

Elle se penche en avant pour lire à voix haute.

— « Trouvez-vous un grand nombre d'hommes séduisants ? » Ah, tu vois, ils essaient de savoir si tu es une fêtarde. Genre partouze et compagnie.

— Tu crois ?

Elle opine d'un air docte.

— Bon. Je vais cocher « sans objet », alors. Ça va, comme ça ? Et puis peut-être que Dylan devrait attendre d'être propre avant de partir camper, dis-je d'un ton raisonnable.

Elaina soupire.

— Je sais, je suis folle. J'ai juste mentionné ce camp en passant, comme quelque chose que Dyllie pourrait faire plus tard, tu vois ? Mais Mark s'est tout de suite braqué : « T'avise pas d'inscrire mon fils dans un camp sans m'en parler d'abord ! »

Alors moi, je lui ai rétorqué : « T'avise pas de me dire ce que je dois faire pour mon fils, espèce de salopard infidèle ! » On a fini par se hurler dessus, puis on a raccroché. Tu veux un autre verre de vin ? Et toi, la chienne, ôte ta grosse tête osseuse de mon pied ou je te le flanque dans le derrière.

— Ne sois pas méchante avec mon bébé... Et pour le vin, c'est oui.

Je m'étire, me masse les reins, ankylosés depuis le temps que je suis courbée au-dessus du clavier, puis me penche pour tapoter affectueusement ma pauvre chienne en butte aux injures.

— Tu sais, Elaina, un psychiatre aurait peut-être une interprétation à tous vos cris et disputes.

Elle secoue légèrement sa crinière comme elle sait si bien le faire, geste que, durant des années, j'ai tenté d'imiter, avant de comprendre qu'il manquait à mes gènes irlandais le dédain typiquement latin pour le réussir.

— Et laquelle, grosse maligne ?

— Que tu l'aimes encore et que ce genre de dispute est une manière d'avoir une relation passionnée avec lui, même si ce n'est pas ce genre de passion que tu recherches vraiment.

— Sans déconner, docteur ! Je vais chercher le vin.

Je souris, finis de caresser le pelage roux et rêche de Bouton-d'Or et termine de renseigner mon profil. *Profil.* Ça me fait penser à un dossier que le FBI aurait constitué sur moi. *Vous correspondez parfaitement au profil d'une tueuse en série, Miss O'Neill.* Bien entendu, il n'y a rien de honteux dans cette démarche ; des tas de gens font des rencontres sur internet, il ne faut négliger aucune piste, et patati et patata. Il n'empêche. Ça rend humble de devoir consulter un site en ligne pour trouver un compagnon. Jamais je n'aurais cru fêter mes trente ans — et encore moins mes trente-un — sans la présence d'un mari aimant et d'une paire d'enfants.

Le profil comprend une section consacrée à la personnalité qui ne compte pas moins de cent six questions. Il faut ensuite que je me décrive physiquement (quarante-deux questions), que je décrive mon cavalier idéal (à définir parmi vingt-trois options) et que je prenne une nouvelle adresse électronique assortie d'un pseudo. J'ai choisi BonneCopine.

e.Commitment se targue d'avoir fait se rencontrer de nombreuses âmes sœurs et d'être à l'origine d'histoires d'amour émouvantes — voire authentiques. Je m'interromps un instant. Peut-être — sans doute pas, mais peut-être — vais-je ainsi trouver l'Homme de ma vie. Le fait que le visage de Trevor s'impose soudain à mon esprit est assez irritant. Je le somme de sortir de mes pensées et le remplace aussitôt par une autre image. Celle de Derek Jeter. Miam-miam ! Bon, c'est peut-être un tout petit peu exagéré de ma part d'espérer rencontrer le dieu multimillionnaire du base-ball américain. Et pourquoi pas Aragorn, chevauchant son destrier ? Trop classe ! OK, OK... Ça aussi, c'est peut-être un peu irréaliste... Hum, voyons. Le type de l'autre soir, au restaurant. Voilà ! M. *New York Times*, mais oui, bien sûr ! Tout aussi séduisant que Trevor. Tout aussi craquant. Dans la foulée, supposons qu'il a bon cœur. Et le sens de l'humour. Bien élevé. Fort, mais vulnérable. Calme, mais expressif. Sensible, mais stoïque.

Elaina revient dans mon minuscule bureau qui est attenant au séjour. Matt travaille, ce soir, aussi avons-nous la maison pour nous seules.

— Ce cottage est fantastique, mon chou, déclare Elaina en me tendant mon verre.

— Je sais. Je l'adore. Je songe d'ailleurs à peindre cette pièce en jaune, qu'est-ce que tu en dis ?

Elaina a un flair infaillible en matière de couleurs.

— Parfait. Tu as terminé ton espèce de questionnaire ? me demande-t-elle en faisant tinter son ongle long contre le verre.

— Oui. Mais je te préviens, ça ne va rien donner.

Bouton-d'Or pousse un grognement comme pour marquer son assentiment.

— Qu'est-ce que tu en sais ? C'est mieux que de rêvasser à...

— Je ne rêvasse pas. Tiens, le téléphone sonne.

Sauvée ! Je m'empare du combiné.

— Allô ?

— Bonsoir, Chastity, ici ta mère à l'appareil.

C'est sa salutation rituelle.

— Tu remplis ton formulaire ?

C'est maman qui m'a appris, après avoir accompli une recherche exhaustive d'un quart d'heure sur internet, que e.Commitment surclassait largement tous les autres sites de rencontres en matière de résultats.

— Et je me suis aussi inscrite au cours de français. Ton père est fou de jalousie, c'est tout juste s'il m'adresse encore la parole. Tu veux qu'on se fasse faire une couleur, la semaine prochaine ?

— Bonsoir, maman !

Je grimace et me lance dans un numéro de mime au profit d'Elaina.

— Hum… Oui. Génial. Sans commentaire. Pas vraiment. Autre chose ?

— Alors ? Tu as des réponses, chérie ? Ton père est entré dans une colère noire quand je lui ai parlé du site de rencontres. Il a prédit que si je comptais m'y prendre comme ça pour me trouver un homme, il ne se passerait pas une semaine avant que je me fasse étrangler par un cinglé.

— Charmante perspective ! Je termine à peine de renseigner le questionnaire, maman. Elaina est ici. Nous…

— Alors ? Vérifie ton courrier électronique ! Quelqu'un t'a peut-être déjà répondu !

Je mets le pouce sur le micro du téléphone.

— Il semblerait qu'elle soit sous amphétamines. Parle-lui, toi.

— Bonsoir, Mamí, dit Elaina, engrangeant d'emblée dix mille points de bonus pour avoir gratifié sa belle-mère de ce petit nom.

Ma mère éprouve une authentique vénération pour Elaina — elle trouve ses excentricités charmantes, quand celles de ses propres enfants sont pour elle cause de désarroi et de tourment. Toutes deux bavardent gaiement en riant. Consciencieusement, je vérifie mon courrier électronique et ô miracle ! Qu'est-ce qui apparaît devant mes yeux émerveillés ? Un message, mais oui ! Ben alors !

Je clame avec fierté :

— J'en ai un !

La queue effilée de Bouton-d'Or me fouette le tibia.

— Elle en a un, traduit Elaina. Mais bien sûr, Mamí. Je vous la passe.

Elle me tend le téléphone et pioche une poignée de Doritos dans le bol que, pleine de prévenance, j'ai préparé à son intention.

— Oui ?

— Alors ?

— Alors quoi, maman ?

— Alors, tu le lis, ce fichu message ? Tu n'en as reçu qu'un, si je ne m'abuse ?

— Hum… eh bien, il n'y a que cinq minutes environ que j'ai créé mon profil.

Je pioche moi aussi dans le bol de Doritos.

— Quand as-tu créé le tien, maman ?

— Ah, c'est bien ! Le mien ? Je l'ai créé il y a une demi-heure.

— Super. Et tu as reçu des réponses ?

— Ma foi… j'en ai reçu, oui.

A son intonation, qui s'est faite étrangement douce et affectueuse, je devine qu'elle me cache quelque chose. Je grommelle :

— Combien ?

— Eh bien… plus d'une. Mais ne le prends pas personnellement, Chastity. Je suis sûre que toi aussi tu en auras vingt-trois en un rien de temps !

— Tu as reçu vingt-trois réponses, maman ?

Bouton-d'Or grogne dans son sommeil.

— Bonté divine ! s'exclame Elaina. Repasse-moi le téléphone ! Mamí, vous vous fichez de moi ? Oh là là, mais c'est trop génial ! Et il y en a des valables, dans le tas ?

Pendant que nous parlons, je regarde le message que j'ai reçu, intitulé de façon neutre « Salut ». Je clique dessus.

Chère BonneCopine,

Ton profil m'a beaucoup plu. On dirait que nous avons pas mal d'intérêts communs, tous les deux. Va consulter mon profil et si ça t'intéresse envoie-moi un petit mot.

Grainedemari.

Ma foi, il a un pseudo prometteur, c'est déjà ça.

— Vous voulez rire ! glapit Elaina. Chastity, ta mère a déjà quatre rendez-vous programmés ! Tu y crois, toi ?

— Non, j'y crois pas.

Je clique sur le profil de grainedemari, conformément à ses instructions, et parcours avec impatience la liste des qualités qu'il s'attribue. Potentiel de séduction : il s'est accordé 6,5 sur 10… Qu'est-ce que ce genre de score peut donner à l'arrivée ? Gollum ? Freddy Kruger ? Jason-les-pattes-tachées-de-son ? Bon, continuons… *Aime les activités d'extérieur.* Génial. *Apprécie la gastronomie.* (Franchement, existe-t-il une seule personne au monde qui ne l'apprécie pas ? — *J'apprécie les bouffes ratées et les désordres intestinaux qui s'ensuivent…*) Je lui pardonne et poursuis ma lecture. *Sportif*, super. *Très branché famille*, sympa. De fait, il m'a l'air très bien, ce garçon.

Elaina me rend le téléphone.

— Oh ! écoute ça, ma chérie, j'en ai un autre ! gazouille ma mère dans mon oreille. « Chère SagessedelAge, j'aimerais beaucoup prendre un café avec vous. Résidant à Thurman, je serai ravi de venir voir à Eaton Falls si vous êtes aussi merveilleuse que vous en avez l'air ! » Oh ! Chastity, c'est follement amusant, non ?

— Oh ! oui…

Mensonge.

— Et attends, j'en ai *encore* un autre ! Quand je pense que j'ai attendu tout ce temps avant de larguer ton père ! Et toi, tu en es à combien de réponses, à présent ?

Je vérifie mon courrier.

— Euh… toujours une.

— Bah, ne t'en fais pas pour ça, ma chérie ! Après tout, il suffit que ce soit le bon, pas vrai ?

Un bip me vrille le tympan.

— Maman, j'ai un autre appel. On en reparle plus tard, d'accord ?

J'appuie sur la touche qui me permet de prendre l'autre communication.

— Bons…

— C'est ton père. Tu savais que ta mère s'est inscrite sur un de site de cinglés ? Elle va se faire assassiner ! Je suis sérieux, Chastity. Il ne faut surtout pas que tu l'encourages dans ce sens. Ah, faut que j'y aille ! On vient de recevoir un appel. Au revoir !

Je raccroche en soupirant.

— J'ai faim. On se fait quelque chose à manger ?

Elaina se rengorge.

— Par « on », tu veux dire « moi », je suppose ?

— Oui. Accepterais-tu de nous concocter un délicieux petit quelque chose à partir des maigres denrées que contient ma cuisine ? S'il te plaît ? S'il te plaît, Elaina chérie ?

— Mais bien sûr, mon chou. Avec plaisir.

Elle m'ébouriffe les cheveux, enjambe Bouton-d'Or d'un bond et se dirige d'un pas léger vers la cuisine. Elaina nourrit une véritable passion pour l'art culinaire… passion incompréhensible à mes yeux, mais fort commode.

Je reporte les yeux sur grainedemari et décide de répondre à son message. Sur-le-champ. Après tout, ça n'engage à rien, pas vrai ?

> Cher grainedemari,
>
> Tu as l'air vraiment très sympa. Dis-m'en davantage sur toi. Quelle est ta profession ? Est-ce que ta famille habite dans les environs ? Quel genre de sports aimes-tu ? Tu n'es pas fan des Mets, j'espère ?

Je clique sur « Envoyer », enchantée. Je vais le laisser se dévoiler en premier. Je me méfie un peu de son 6,5, mais de toute manière il ne s'agit que d'un ballon d'essai. En outre, les hommes sont incapables de s'évaluer correctement. Jason, après tout, se jugeait trop beau pour moi. Personnellement, je me suis attribué un 7, ce qui, à mon humble avis, est une note tout à fait honnête. Et, dès que je serai passée chez le coiffeur, il se pourrait même que je m'octroie un 7,5.

La sonnerie du téléphone retentit de nouveau. Un coup d'œil à la présentation du numéro m'indique que l'appel provient de la caserne de pompiers d'Eaton Falls. Ce doit être encore papa.

— Salut, papa.

— Salut, belette !

Un sourire perce dans la voix qui me répond… et qui n'est pas celle de mon père.

— Trevor ?

Je plaque une main contre ma joue devenue soudain brûlante. Dans la cuisine, Elaina est en train de chanter.

— Salut ! Pardon, oui, c'est Trevor. Comment vas-tu ?

— Bien.

Se peut-il que moi, titulaire d'un master de l'université de Columbia, je ne sois pas en mesure de trouver une repartie plus spirituelle ?

— Très bien, même. Et toi ?

Je ferme les yeux, accablée par l'inanité de ma réplique.

— Je pensais que vous étiez tous partis en intervention.

— Non, juste le fourgon de secours. Cette semaine, c'est à moi que revient l'échelle.

— Ah…

Encore une réplique éblouissante.

Trevor laisse passer quelques secondes.

— Mon capitaine m'a donné l'ordre d'enquêter pour savoir si maman compte réellement faire des rencontres, me confie-t-il à voix basse.

Trev appelle ma mère « maman » depuis l'âge de seize ans. Quant à son capitaine, il s'agit de mon père, bien entendu.

— Oui. Je le crois vraiment.

Mes épaules s'affaissent légèrement. J'aurais dû me douter que son appel n'était pas de pure courtoisie.

— J'ai du mal à croire qu'elle se cherche un petit ami pour de vrai, m'avoue Trevor.

— Je comprends…

— Bon. Très bien. Je ferais mieux de me dépêcher, Chas. A plus.

— OK. Merci d'avoir appelé, Trev. Prends soin de toi.

Par chance, mon ordinateur émet un tintement mélodieux.

> BonneCopine, vous avez un nouveau message.

Hourra ! Grainedemari est de retour !

> Chère BC,

(Nous en sommes déjà aux petits noms — merveilleux !)

> Tranquillise-toi, je soutiens les Yankees. J'ai une grande famille. En ce qui concerne les sports et les passe-temps, je pratique la randonnée, le VTT et le kayak un petit peu. Et toi ? Tu as des hobbies ? Des animaux domestiques ? Qu'est-ce qui fait de toi une bonne copine ?

— On mange dans dix minutes, mon chou ! lance Elaina par-dessus un fracas de casseroles. *Quesadillas* au poulet !

— Le ciel te bénisse, Elaina ! J'arrive tout de suite. Le temps de répondre à un mail.

Grainedemari m'a l'air tout à fait… eh bien, formidable. Sympathique, très gentil. Je lui réponds aussitôt.

> J'ai moi aussi une famille nombreuse. J'aime la randonnée et l'aviron (skiff). J'ai des tas de neveux et de nièces. J'adore les animaux. J'ai une grosse chienne qui bave et je vénère les Yanks.

Je clique sur « Envoyer » et j'attends.

Au bout de trente secondes, bing !

> BonneCopine, vous avez un nouveau message.

Youpi ! Je clique immédiatement.

> Chastity ?

Pétard de sort! Grainedemari me connaît! Oh non… A moins que ça ne soit plutôt positif? Je pianote sur le clavier :

Oui ?

C'est moi, Matt.

Une main plaquée sur ma bouche pour bloquer le hurlement de rire (ou d'horreur ?) qui en jaillit, j'empoigne le téléphone et compose le numéro de son portable.

— Allô ? dit-il d'une voix étranglée.

C'est tout juste si j'arrive à hoqueter une réponse.

— Tu es dégoûtante, Chas. Draguer ton propre frère ! C'est répugnant !

— C'est toi qui m'as contactée le premier, espèce de pervers !

Je m'essuie les yeux et tente de maîtriser mon hilarité, en vain. Nous passons deux bonnes minutes à rire à gorge déployée, mutuellement horrifiés par ce quiproquo.

— Je t'interdis d'en parler à qui que ce soit, Matthew !

— Idem pour toi, Chastity ! réplique-t-il, toujours en riant.

— J'ai du mal à croire que tu n'arrives pas à rencontrer des filles, Matt, dis-je une fois calmée. Oh ! et à propos, tu mérites largement un 10 ! 6,5 en potentiel séduction ? Allons ! Tu ressembles à Mel Gibson !

— Beurk…

— Oui, bon… pas au Mel à la trogne d'alcoolo racorni par le soleil, au Mel au sommet de sa forme. Au Mel de *Mad Max*. Tu es très beau garçon, Mattie.

— Oui, mais tu sais, ça fait bizarre de répondre à toutes ces questions. C'est vrai, je rencontre des tas de filles, mais… comment dire ? Je n'ai pas encore trouvé la bonne. Alors, je me suis dit que je pourrais prendre un raccourci. Ça commence à bien faire, le célibat. Je ne veux pas finir ma vie en compagnie de ma sœur. Sans vouloir te vexer, Chas.

— Tu ne me vexes pas. Bon, je vais ouvrir l'œil pour toi, alors. Et de ton côté fais pareil pour moi, d'accord ?

— Ça marche ! Bien que je ne connaisse personne avec qui te brancher, Chas. Autour de moi, il n'y a que des pompiers, et tu ne veux pas finir comme maman, pas vrai ?

— Maman a reçu vingt-trois réponses sur son profil, Matt. Et elle n'est inscrite que depuis à peine une heure.

— Punaise ! Moi, je n'ai eu que quatorze réponses de toute la journée. Tu en as eu combien, toi ?

J'élude habilement sa question.

— Tu verras, dès que tu auras augmenté ta note de potentiel de séduction, tu en recevras davantage. Bon, faut que je te laisse. Elaina est ici et elle vient de préparer le repas.

— Ne lui dis rien, surtout ! Et garde-moi une part de bouffe pour tout à l'heure.

— D'accord. A plus.

Vérifiant une fois encore si ma boîte de réception contient de nouveaux messages — négatif — je soupire, toute ma bonne humeur envolée. Voilà maintenant quarante minutes que je me suis inscrite. Maman, elle, a reçu vingt-trois messages dans ce même laps de temps… De mon côté, je n'en ai eu qu'un, et de la part d'un de mes frères, par-dessus le marché !

— Allez… Cesse de te lamenter sur ton sort, me lance Elaina depuis le seuil de la cuisine. Ça ira mieux après une bonne *quesadilla*.

J'éteins l'ordinateur et, l'espace d'une fraction de seconde, je m'autorise à me remémorer la voix de Trevor. Puis je secoue la tête et vais rejoindre mon amie à table.

5

Au décès de la sœur de Trevor, nous étions, elle et moi, âgées de dix ans.

Ses parents s'étaient installés à Eaton Falls alors que j'entrais en CM1. Michelle était une fillette au teint pâle, dotée d'une belle chevelure brune. Son statut de nouvelle venue ainsi que ses beaux vêtements avaient assuré sa popularité parmi les élèves, et elle avait passé ce premier mois entourée par une cour d'admiratrices impatientes de tout savoir sur le glamour de Springfield, Massachusetts, ville dont elle était originaire. Lorsqu'on nous plaça dans le même groupe de lecture, nous commençâmes à bavarder et découvrîmes que nous voulions toutes les deux être entraîneurs hippiques quand nous serions grandes. A partir de ce jour, nous prîmes l'habitude de manger ensemble à l'heure du déjeuner. Mais, une ou deux semaines plus tard, Michelle tomba malade — personne ne savait ce qu'elle avait, simplement qu'elle était absente. Elle revint au bout de quelques semaines, mais seulement le temps d'un jour ou deux.

Son absence durait depuis plus d'un mois quand j'allai la voir chez elle, chargée de cookies confectionnés par maman. Comme elle n'habitait qu'à trois rues chez nous, maman m'avait permis d'y aller seule, à la condition expresse de lui téléphoner si jamais je devais m'attarder là-bas au-delà de quelques minutes. Je sonnai à la porte et le grand frère de Michelle me fit entrer dans le vestibule. Par-dessus son épaule, j'apercevais une forme allongée sur le canapé, dissimulée par un plaid duveteux.

— Est-ce que Michelle est là ? demandai-je. Je suis son amie de l'école.

— Elle est assez malade, répondit son frère. Elle ne peut pas jouer avec toi, pour le moment.

— Ah…

Toute rougissante, je lui tendis les cookies en me dandinant sur place.

— Tu lui diras bonjour de la part de Chastity.

Le frère de Michelle était en cinquième et il était comme qui dirait… craquant. Je jetai de nouveau un regard furtif par-dessus son épaule. Michelle leva une main. Je lui fis moi aussi un petit coucou, ignorant que je ne devais plus jamais la revoir.

— D'accord. Merci d'être passée, Chastity. Et merci aussi pour les cookies.

J'appris plus tard que la leucémie dont souffrait Michelle était d'une forme si aiguë que son système immunitaire affaibli ne pouvait être exposé au risque de germes apportés par des visiteurs extérieurs. Elle avait beau me manquer, tout cela restait pour moi très théorique — nous n'avions pas vraiment eu le temps de devenir amies intimes. Mon existence se poursuivit sans changements notables — basket, devoirs, football, catéchisme. Puis, un soir, des mois après que Michelle eut quitté l'école, maman entra dans ma chambre, le visage inhabituellement sombre.

— Tu diras une prière pour Michelle Meade. Elle est très malade.

J'obéis, psalmodiant les prières ardentes et pleines de ferveur d'une enfant.

— Je vous en prie, je vous en prie, je vous en prie, faites que rien de mal n'arrive à Michelle ! Faites qu'elle aille mieux. Faites qu'elle guérisse.

Michelle ne guérit pas.

Ma mère me fit manquer l'école afin que nous puissions

nous rendre aux obsèques. Je pleurai à gros sanglots tandis qu'on faisait rouler le petit cercueil blanc jusqu'à l'autel. Les parents de Michelle étaient hagards et blêmes de douleur. Debout entre eux, son frère, mince et ignoré, ressemblait à un accessoire non réclamé aux objets perdus. En le voyant, je pris conscience de la cruelle réalité. Un enfant pouvait mourir, je pouvais perdre Jack, Lucky, Mark ou Matt de la même façon que ce garçon avait perdu sa sœur — mes propres frères pouvaient me perdre, moi. Cette révélation me rendit presque hystérique. Maman dut me porter jusqu'à la voiture, d'un pas légèrement chancelant — je mesurais déjà presque un mètre cinquante-deux — en me tapotant le dos et en me murmurant des paroles de réconfort. Une fois installée au volant, elle s'essuya les yeux de ses mains tremblantes.

— Je t'aime tellement, Chastity, me dit-elle d'une voix mal assurée. Je t'aime tellement, tellement fort.

Quelques semaines plus tard, j'aperçus le frère de Michelle, seul, en train de dribbler avec un ballon de basket dans la cour de l'école. Maman était à l'intérieur de la classe, elle assistait à la rencontre parents/enseignant de Mark, pendant que dehors, je faisais semblant de lire *Bilbo le Hobbit*. En fait, je regardais à la dérobée le frère de Michelle marquer panier après panier. Enfin, les fées s'avisèrent de ma présence et le ballon, rebondissant sur le pied du garçon, roula jusqu'à moi. Je le ramassai et attendis la suite.

— Salut, dis-je alors qu'il s'approchait de moi pour récupérer son ballon.

— Salut.

Elevée par une Nazi de la lessive, ainsi que Jack et Lucky surnommaient notre mère, je remarquai tout de suite que le frère de Michelle portait des vêtements assez crasseux. Ses baskets avaient l'air au bout du rouleau et il avait besoin d'aller chez le coiffeur. Ses yeux étaient marqués de cernes sombres et il perdait son pantalon.

— Je m'appelle Chastity O'Neill. Je suis venue chez toi, un jour.

Une partie de moi-même désirait obtenir de lui une réaction, afin d'établir mon importance et de lui faire savoir que, moi aussi, je souffrais et que je comprenais sa peine.

Il regarda par terre.

— Oui, dit-il, laconique.

— Je suis la sœur de Mark et de Matt. Tu les connais ?

Trevor était pris en tenaille entre mes plus jeunes frères, au lycée — Mark le précédait d'un an, Matt avait un an de moins que lui.

— Un peu, répliqua-t-il, les yeux rivés sur le ballon que je gardais fermement coincé sous mon bras.

Nous restâmes silencieux pendant plus d'une minute jusqu'à ce que je lâche soudain :

— Je suis désolée que ta sœur soit morte.

Le frère de Michelle me considéra une minute de ses yeux sombres, puis il se pinça la base du nez et pencha la tête en avant. J'avais déjà vu mon père faire ce geste quand il nous chassait du séjour, mes frères et moi, pour raconter à voix basse à maman la sale journée qu'il avait eue, une journée où quelqu'un avait été grièvement blessé… voire n'avait pas survécu. Cela ressemblait à un geste d'adulte, et voir le frère de Michelle l'accomplir devant moi me serra douloureusement la gorge. Je me rendis compte que je ne comprenais strictement rien à son chagrin, que ma souffrance était infime comparée à la sienne.

— Tu veux venir manger à la maison ? murmurai-je.

Il hésita, les yeux toujours rivés au sol, puis acquiesça d'un mouvement de tête. Alors, je me relevai et, pour lui épargner la gêne d'être surpris en train de pleurer devant une fille de dix ans, je lui fis une démonstration de mon impeccable technique au tir en course et au *jump shot*.

Cette même année, les parents de Trevor divorcèrent, comme c'est fréquent lorsqu'un couple perd un enfant, devais-je apprendre plus tard. Apparemment, leur union battait déjà de l'aile, mais, après le décès de Michelle, M. Meade était parti s'installer en Californie et Mme Meade avait cessé de se comporter en véritable mère pour son fils. Je compris, en épiant de nombreuses conversations entre mes parents, que Mme Meade buvait beaucoup et, pire, qu'elle avait le vin mauvais. Maman était allée lui rendre visite, lui avait parlé de sa voix « de père Donnelly », comme nous la surnommions entre nous, cette voix douce et pleine de compassion, apanage à nos yeux des enseignants et des membres du clergé. Trevor se mit à venir de plus en plus souvent à la maison où il était nourri, choyé et où nous réussissions à le faire rire presque à son corps défendant. Très vite, il resta dormir le week-end dans la chambre de Mark, sur la couchette du bas des lits superposés, disputa des parties de billard au sous-sol avec Jack et Lucky et aida maman à faire la vaisselle après le repas.

A la fin de cette première année, il était devenu beaucoup plus amusant, et c'était même le roi des bonnes farces, lesquelles associaient souvent la faune sauvage et ma chambre. Il complimentait maman sur sa cuisine (chose qu'aucun d'entre nous ne songeait à faire) et suivait papa comme son ombre quand il bricolait au garage. Une ou deux fois, il m'aida à faire mes devoirs de maths quand aucun de mes frères n'était disponible, et de temps en temps il jouait au basket avec moi. S'il remarquait l'adoration que je lui portais, il avait suffisamment de tact pour ne pas y faire allusion. Au lieu de cela, il me traitait comme... eh bien, comme un membre de leur bande, m'incluant dans leurs jeux de garçons quand mes propres frères m'auraient ignorée. Lorsque, simple élève de première, je descendis l'escalier — moi ! — vêtue d'une robe longue et bouffante pour me rendre au bal de fin d'année d'un élève de Jurgenskill, Matt et Mark s'écrièrent que je ressemblais à Lucky déguisé en drag-queen. Trevor, lui, m'affirma que j'étais jolie.

Comment, dans ces conditions, aurais-je pu ne pas l'aimer ?

Trevor était en terminale lorsque sa mère partit vivre chez sa sœur, dans l'Idaho. Il passa l'année chez nous, attentif à tenir impeccablement son rôle de pseudo-fils sans toutefois tomber dans les travers d'un véritable O'Neill. Jamais boudeur, jamais grossier, jamais trop tapageur, il appelait mes parents

« Mike » et « maman », et s'acquittait des corvées domestiques sans qu'on le lui demande, presque comme s'il craignait d'être mis à la porte si d'aventure il se montrait moins que parfait.

C'est à mon père qu'il était le plus attaché, je crois. Matt et Mark étaient ses deux meilleurs amis, et Jack et Lucky, les deux grands frères qu'il n'avait jamais eus. Quant à moi, peut-être me voyait-il comme un substitut de sa petite sœur qui resterait pour toujours âgée de dix ans. Maman, qui avait de la peine pour lui, l'adorait. Elle le gâtait comme elle ne l'avait jamais fait pour nous, car après tout, nous savions que nous étions aimés. Mais notre père… Notre père devint le père dont Trevor avait cruellement besoin. C'est papa qui lui apprit à conduire, qui lui délivra son petit sermon sur le préservatif et qui le laissa traîner à la caserne les week-ends, lui faisant passer les véhicules au polish et préparer la popote pour les hommes. Aux yeux de Trevor, il incarnait le modèle à suivre.

Ces pensées me rattrapent ce soir alors que j'entre chez Emo, quelques jours après notre bref entretien téléphonique. Dans le box qui fait l'angle, papa et lui sont absorbés par une conversation d'une portée considérable, si j'en juge par leur expression grave. D'autres membres de la bande sont également présents, mais de toute évidence papa ne s'adresse qu'à Trevor ; c'est tout juste s'il accorde un regard à Jake ou à Paul.

A bien des égards, Trevor est autant le fils de mon père que ses fils biologiques. Trevor ressent pour lui un respect qui fait défaut à ses propres enfants, comme si, chez les O'Neill, on associait l'ADN commun au droit d'ignorer ses parents et de les tourner en dérision. Trev croise les bras de la même façon que papa, boit la même marque de bière que lui et emploie le même terme obscur de « panouillon » pour évoquer la sottise de quelqu'un. A présent que papa vit seul, Trevor passe souvent à son appartement ou l'invite à manger chez lui.

— Salut, Chas ! lancent quelques membres de la Brigade C en m'apercevant.

Je vais jusqu'au box situé juste sous une photo du malheureux Lou Gehrig[1], fierté des Yankees.

— Salut, les gars !

— Qu'est-ce que tu viens faire ici, beauté ? m'interroge Santo.

— Manger, dis-je en souriant.

Dîner chez Emo est devenu pour moi une sorte de rite sacré. J'ai horreur de cuisiner. Pour une seule personne, ça n'en vaut pas la peine, et ces temps-ci Matt enchaîne tellement d'heures supplémentaires que même si j'arrivais à nous mitonner quelque chose de savoureux… bon, inutile de poursuivre sur cette voie. Question cuisine, je suis la digne fille de ma mère.

— Ma fille ! Pile poil la personne à qui je voulais parler ! s'exclame papa.

Une pinte de Guinness accompagnée d'un verre à liqueur vide est posée devant lui, et il a déjà l'air un peu éméché. Il ordonne :

— Que personne ne mentionne le petit incident qui est arrivé à Chastity dans le magasin de jouets. D'accord, les gars ?

— Waouh, merci, papa ! Décidément, tu es passé maître dans l'art de la subtilité.

— Assieds-toi, Chastity, suggère Trevor en se levant pour aller me chercher une chaise.

J'exécute une rapide génuflexion devant St. Lou avant de rejoindre leur table.

La Brigade C se compose de mon père — le capitaine —, de Paul, Santo, Jake et Trevor. Sans oublier Joey McGryffe, dit « Le Lancier », qui se remet actuellement d'une blessure au genou. D'ailleurs, ce soir, c'est Matt qui le remplace au bar.

— Tu veux bien m'apporter une Bud et quelques ailes de poulet, Stu ?

Le barman acquiesce d'un air aimable.

1. Lou Gehrig (1903-1941) : célèbre joueur de base-ball américain de l'équipe des Yankees, décédé des suites de la maladie de Charcot.

— Tu as parlé à ta mère ? me demande papa d'un ton sec.

— Oui, oui.

— Tout le monde trouve que c'est une bonne idée, qu'elle fasse des rencontres.

Jake, ce lèche-bottes, opine du bonnet avec force et papa insiste lourdement :

— Tu as vraiment l'intention de t'embringuer dans toutes ces foutaises de célibataire avec elle, Chastity ? Draguer des types louches que vous connaissez à peine ?

Je soupire de façon audible et fortement exagérée. Mon père m'a déjà appelée rien moins que onze fois pour m'entretenir du sujet. Stu m'apporte ma bière.

— Merci, mon vieux Stu. Papa, je lui tiens compagnie, d'accord ? J'essaie de veiller à ce qu'elle ne prenne aucun risque, dis-je, espérant qu'il va passer sous silence mon propre statut de célibataire. Je garderai l'œil sur elle, ne t'en fais pas.

— Tu es une bonne fille, oui, une bonne fille, déclare papa en branlant du chef. Dis donc, ma belette, j'ai une idée ! Et si tu te renseignais sur les ordures qui s'intéressent à ta mère et que tu me refilais leurs noms ? Le reste, je m'en occupe !

Du coin de l'œil, je vois Trevor signifier discrètement à Stu de ne plus servir d'alcool à mon père.

— Je ne pense pas que soit une bonne idée, papa.

Matt émet un reniflement de mépris avant de lâcher :

— Pourquoi ? Tu veux que maman se fasse agresser par une espèce de pervers ?

— Je ne pense pas que Betty soit attirée par les pervers, murmure Trevor.

— Vous deux, fermez-la ! intervient papa d'un ton sec.

— Si vous voulez bien nous excuser, nous allons faire une petite partie de billard, déclare Santo en se levant en même temps que Paul. Jake ? Un billard, ça te dit ?

— Pas vraiment, non, réplique l'intéressé.

Mais Paul l'empoigne par le col pour l'obliger à se lever.

Stu m'apporte mes ailes de poulet et fait glisser un verre d'eau pétillante devant mon père.

— Ecoute, papa, dis-je en m'efforçant de rester aimable. Je veux bien surveiller maman, mais il est hors de question que je l'espionne. Désolée. Matt, si tu n'ôtes pas tout de suite tes pattes de mon assiette, tu vas te retrouver avec un moignon sanglant.

— Et toi, tu t'en mordras les doigts, quand tu te retrouveras avec un vicelard pour beau-père !

Papa boit une gorgée de son eau pétillante et prend un air boudeur. Je saisis une aile de poulet.

— Je ne vais pas avoir de beau-père, dis-je avec une patience infinie. Maman essaie simplement de t'inciter à prendre ta retraite. Elle fait jouer le ressort de la jalousie.

— Prendre ma retraite !

Mon père renifle comme si je venais de suggérer qu'il aille noyer une portée de chatons.

— Et pourquoi est-ce que je devrais prendre ma retraite, hein ?

Je lève les yeux au ciel, puis donne une tape sur la main de Matt qui tente de me piquer une autre aile de poulet. Je ne peux m'empêcher de remarquer que, contrairement au reste de la brigade, Trevor s'est changé avant de venir ici. Il porte un T-shirt blanc qui fait encore plus ressortir la couleur sombre de ses prunelles. Chocolat fondu, que Dieu me vienne en aide ! Il a les cheveux en bataille — une petite coupe ne lui ferait sans doute pas de mal —, et ma main se crispe d'envie de les lui lisser. Les manches de son T-shirt s'arrêtent juste à l'arrondi de ses biceps musclés. Il a de beaux bras. Zut ! Je force mon regard à s'intéresser plutôt aux fossettes de Lou Gehrig. Trevor et moi avons eu une aventure, dans le temps. Ça n'a pas marché. Fin de l'histoire. Inutile de continuer à me torturer pour ça.

Jake vient à mon secours depuis la table de billard :

— Chastity ! Viens par ici ! J'ai besoin de toi, chérie !

Il me sourit d'un air coquin et je lui rends son sourire avec gratitude. Non que le comportement de Jake cache une quelconque intention… « Toute créature vivante dotée d'une paire de seins », c'est sa devise. J'emporte ma bière et abandonne à Matt la dernière aile de poulet pour aller le rejoindre.

— Ça, c'est gentil, dit Jake. Bon, tu vois maintenant dans quel pétrin je me suis fourré. Tu vois cette petite bille, là-bas ? Tu peux l'empocher ?

Je suce un reste de sauce sur le côté de mon pouce avant de répliquer :

— Bien sûr que je peux. Reculez-vous, les gars, et prenez-en de la graine. Bille n° 5, trou du milieu.

Je m'empare d'une queue de billard, prends appui sur la table et frappe. Un claquement satisfaisant retentit tandis que la bille blanche va percuter la 5, qui rebondit contre la bande et va rouler jusqu'au trou du milieu.

— Bien joué, murmure Jake dans mon dos.

— Que je t'y prenne, à mater le cul de ma fille, toi ! rugit mon cher vieux papa à six mètres de là. Jake ! T'as envie de perdre des dents ou quoi ?

— Désolé, cap' ! La force de l'habitude.

Jake grimace.

— Ne le prends pas mal, Chastity.

— Je ne le prends pas mal, Jake, dis-je en battant des cils.

Trevor a rejoint la table de billard en tant que spectateur de notre petit quatuor.

— Bon, les mecs, c'est peut-être le moment de sortir la monnaie ! lance-t-il à Santo et Jake avec un sourire.

J'annonce :

— La 6 dans le trou d'angle.

Je me penche, prends appui sur la table, frappe et empoche. Paul sort son porte-monnaie en grimaçant tandis que papa poursuit son raisonnement.

— Parce que j'ai pas envie que ma fille finisse avec un panouillon de pompier !

— Pas de souci, papa, ça ne risque pas d'arriver ! La 2 au centre.

Clac, bing, plof.

Trevor m'adresse un clin d'œil.

— Ça, c'est Chastity !

Je lorgne déjà ma prochaine victime.

— Bille n° 6 dans le coin inférieur.

— Ce coup-là, t'arriveras jamais à le faire, déclare Paul.

— Dix billets qu'elle en est capable, réplique Trevor du tac au tac.

— Tenu !

Paul croise les bras d'un air suffisant. Il s'agit d'un coup plutôt ardu, je dois dire. Miss n° 6 va devoir passer à un poil de la 8 qui n'est qu'à deux centimètres du trou, puis traverser toute la longueur de la table jusqu'au trou arrière gauche. Il va falloir que je donne un bon effet latéral à la bille blanche, mais ce défi ne m'inquiète pas outre mesure. Je joue au billard avec mes frères depuis l'âge de cinq ans. Je prends appui sur la table, étudie mes angles, frappe, et vu que je suis superdécontractée, comme fille, je me retourne pour boire une gorgée de ma bière avant que la bille n° 6 atteigne sa destination. Elle tombe dans le trou avec un bruit sourd on ne peut plus jouissif.

— Merde ! s'exclame Paul, tandis que j'envoie un baiser à mon père.

Mais il ne me voit pas, trop occupé à fixer la table d'un regard sombre.

— Merci, Chas ! lance Trevor en saisissant le billet de dix dollars que lui tend Paul.

— Bille n° 8, trou de côté.

Je prends position une dernière fois et remporte la partie.

— Eh bien, je crois que c'est plié pour ce soir, Jake !

Les gars applaudissent, j'arbore un large sourire.

— Merci, beauté… Je veux dire, merci, Chastity.

Jake sourit et accepte les cinq dollars de Paul quand j'interviens.

— Je les ai bien mérités, tu ne crois pas ?

Jake lève un sourcil et me tend le billet de cinq en me gratifiant d'un regard lubrique. Tout à coup, je me sens plutôt belle. Ce que je veux dire par là, c'est que je suis entourée d'hommes, dont certains sont étrangers à ma famille et par-dessus le marché célibataires. Faire partie de la bande présente parfois quelques avantages.

— N'épouse jamais un pompier, grogne papa lorsque je retourne à sa table. Tous des panouillons, si tu veux mon avis. Tu finirais aigrie, desséchée et la rage au cœur, comme ta mère.

— Voilà une pensée réjouissante, dis-je dans un murmure.

Non qu'un pompier ait jamais osé inviter une O'Neill à sortir avec lui, notez bien. Je dépose un baiser sur la joue mal rasée de mon père, récupère mon blouson et rentre chez moi. Trevor veillera à ce que papa regagne ses pénates sans dommage. Ils n'habitent qu'à un demi-pâté de maisons l'un de l'autre.

6

Le lendemain soir, après ma journée de travail, j'emmène Bouton-d'Or effectuer sa ronde de nuit. J'inspire quelques goulées d'air pur des montagnes en admirant les jardins de mes voisins, un feu d'artifice de jonquilles et de muscaris. Bouton-d'Or s'arrête pour humer une fleur, puis tente de s'affaler dessus. Je tire sur sa laisse.

— Allez, viens, Bébé d'Or !

Elle s'affaisse par terre, manquant la fleur de peu, et me lance un regard éploré assorti d'un profond soupir. Un écureuil, ayant correctement évalué le niveau d'énergie de ma chienne, détale ventre à terre en bondissant par-dessus sa patte avant. Bouton-d'Or ne bouge pas d'un poil : elle se contente de basculer lourdement sur le côté en gémissant.

— Allons, Bouton-d'Or !

Tirant de toutes mes forces sur sa laisse, je finis par l'obliger à se relever, mais il faut pratiquement que je la porte jusqu'à la maison tandis que, de son côté, elle ne cesse de gémir en remuant la queue. Je crois qu'elle aime ce mode de transport.

— Tu es pathétique, dis-je en riant.

Elle remue la queue aimablement.

Dix minutes plus tard, je suis douchée, changée et prête à ressortir. Bouton-d'Or me gratifie d'un hurlement mélancolique, très semblable à celui d'un loup-garou ou du chien des Baskerville, avant de se laisser choir d'un bloc dans l'intention évidente de piquer un somme.

C'est ce soir que se tient mon premier cours de secourisme

et, même si je ne suis pas totalement certaine d'avoir envie d'y assister, j'en ai aussi par-dessus la tête de me ridiculiser chaque fois que quelqu'un se fait un petit bobo devant moi. Depuis toujours, la vue du sang me soulève le cœur (pour parler poliment). Il est temps de prendre les choses en main. J'aimerais tellement être comme… ma foi, comme Aragorn. Voilà bien un gars sur qui on peut compter dans les ennuis. Après la débâcle du magasin de jouets, après m'être rendue ridicule devant Kim, papa *et* Trevor, j'ai décidé que savoir, c'est pouvoir. L'heure de la désensibilisation à sonné.

Je me rends docilement au centre hospitalier d'Eaton Falls, où le cours se tiendra une fois par semaine. L'éventualité que j'y rencontre un type sympa resurgit dans mon esprit. Jusqu'ici, Tara et Sarah, si gentilles soient-elles comme belles-sœurs, sont rentrées bredouilles de la chasse aux partis possibles. Tous les hommes de leur connaissance semblent être déjà mariés ou parents avec moi. Je devrais peut-être ressortir mon annuaire du lycée pour en parcourir les pages. Passer un coup de fil à quelques anciens copains… Je soupire. *Salut, c'est Chastity O'Neill ! Comment vas-tu ? Figure-toi que je suis revenue vivre à Eaton Falls. Je me disais qu'on pourrait aller boire un pot tous les deux, marquer quelques paniers… et au fait, tu es marié ?*

Je franchis l'entrée principale de l'hôpital, perdue dans mes pensées, et percute une personne arrivant en sens inverse.

— Oh ! pardon !

— Non, c'est ma faute, réplique l'homme.

Et… pétard de sort, c'est lui ! Le type de chez Emo ! M. *New York Times* ! M. Pommettes ! Celui qui ne m'a pas offert de verre !

— Bonsoir !

J'ai l'air d'une ado toute pantelante d'avoir aperçu Justin Timberlake. Il m'accorde un sourire distant et poursuit son chemin, tandis que je le regarde s'éloigner, bouche bée. Beau. Il est beau, même de dos. Peut-être même particulièrement de dos. Le vent du soir fait voleter ses cheveux et les pans de sa veste de costume. Un costume, mais pas d'attaché-case.

Travaille-t-il ici ? Est-il venu rendre visite à quelqu'un ? Sans doute à sa top-modèle d'épouse, qui vient de donner naissance à des jumelles d'une beauté forcément parfaite.

— Est-ce que, par hasard, vous sauriez qui est cet homme ?

La dame d'un certain âge qui trône au bureau de l'accueil lève les yeux :

— Quel homme, ma chère ?

— Celui qui vient de sortir.

— Ah, désolée, mais je ne l'ai pas vu.

Zut ! Je joue vraiment de malchance, ces temps-ci. Je me dirige vers la salle de réunion où se tiendra notre cours hebdomadaire pendant les huit semaines à venir, et m'administre une piqûre de rappel : *Peut-être vais-je y rencontrer quelqu'un.*

Euh… non, ça m'étonnerait beaucoup. Enfin, pas le genre de quelqu'un que je recherche, en tout cas. Nous sommes six au total — trois hommes, trois femmes — et je tâche de ravaler ma déception : aucun de ces hommes n'est destiné à devenir mon mari. Sur les trois, deux affichent une cinquantaine d'années et tous portent une alliance. Notre instructeur sera peut-être un secouriste bien baraqué ou un médecin urgentiste… Non plus. Une femme d'âge mûr entre d'un bon pas dans la salle. Elle a les cheveux raides et gris, de robustes chaussures et un air énergique. Dégainant un porte-bloc, elle parcourt avec attention la feuille de présence.

— O'Neill ? lance-t-elle, les yeux fixés sur la liste des noms.

— Présente !

— Comment, mais… vous êtes parente avec les fameux O'Neill ?

Elle incline la tête sur le côté, comme un oiseau.

— Hum, si vous entendez par là que je suis l'un des enfants de Mike et Betty, alors oui.

Son visage s'éclaire d'un large sourire.

— Je suis Bev Ludevoorsk. Je connais votre père. Quant à vos frères, voyons… Matthew, Mark, Luke et John, c'est ça ?

J'acquiesce de la tête, à la fois fière et irritée. Fière de mes frères, irritée qu'on me colle une étiquette.

— Ils sont extraordinaires, ces types-là !

Je tente une plaisanterie :

— On voit que vous ne les connaissez pas tant que ça…

— Ha, ha, ha, ha, ha ! Pour vous, cette formation sera de la gnognotte, avec les antécédents familiaux que vous avez ! tonitrue-t-elle d'un air approbateur. D'ailleurs, regardez-vous ! Aussi baraquée que vos frères ! Ce n'est pas à vous que soulever un malade posera des problèmes, pas vrai ?

M'efforçant d'être flattée, je murmure :

— Sans doute pas, non…

— Quel est votre prénom ? Charity ?

— Chastity.

Une de mes camarades de formation sourit. J'explique :

— Mon père trouvait ça amusant. Je m'appelle Virginia en second prénom.

— Ouille ! commente la femme.

— Comme vous dites.

— Toute la famille de Chastity travaille dans les métiers d'urgence, poursuit Bev de sa voix de stentor. Pas vrai, Chastity ?

Je confirme :

— Trois pompiers, un démineur et un secouriste d'hélicoptère sanitaire.

— Et Trevor Meade, il n'est pas lié à vous d'une façon ou d'une autre ?

— En fait, non. Trevor est un membre honoraire de la famille O'Neill, mais pas un parent.

Misère de moi ! Je sens mon visage s'empourprer sous l'effet de mon excitation à parler de Trevor. Pour l'amour du ciel, je le connais depuis l'enfance ! Ensemble, nous avons eu une aventure qui a duré grosso modo soixante-douze heures. On pourrait croire que depuis le temps j'ai tourné la page !

— Ah, d'accord… Bon. Et maintenant si on se présentait en exposant les motivations qui nous amènent ici ? Alors, moi je m'appelle Bev, comme je vous l'ai déjà dit, ha, ha, ha, ha ! Et j'adore faire ce job parce qu'on vient en aide aux gens. C'est aussi simple que ça ! Il faut percuter à cent à l'heure, agir vite et garder son sang-froid. C'est un chouette boulot. A qui le tour, maintenant ? O'Neill ? Et vous, alors ?

J'hésite, ne sachant trop jusqu'où dévoiler la vérité.

— Eh bien, comme vous venez de le dire, toute ma famille travaille dans les secours d'urgence et j'ai pensé qu'il était temps pour moi de rejoindre la bande. Oh ! à ce propos, Bev, je les ai… hum… un peu étonnés en m'inscrivant à cette formation, donc, si jamais vous rencontrez l'un d'eux, j'aimerais autant que vous n'y fassiez pas allusion.

— Y a pas de lézard, O'Neill ! Suivant ?

Les autres participants — Henry, Ernesto, Ursula, Pam et Todd — expriment à peu de chose près la même idée que Bev : cette formation de secouriste leur apparaît comme une bonne façon de se rendre utile à la collectivité, voire comme un tremplin pour devenir professionnel de la santé, et patati et patata.

— OK, les enfants ! Pour ce premier cours, nous allons passer en revue les différentes situations auxquelles on peut être confronté sur le terrain.

Mes orteils se recroquevillent dans mes chaussures. *Détends-toi, Chastity. Tu en es capable. Savoir, c'est pouvoir.*

— O'Neill, vous voulez bien aller éteindre l'interrupteur du fond ? On va se faire un petit diaporama.

J'obéis, redoutant la suite. Mon estomac est glacé. Mauvais signe.

— Super, merci ! Alors, diapo n° 1 : double fracture tibia/péroné. L'un d'entre vous sait-il ce que ça signifie ?

Ma bouche s'assèche instantanément d'horreur. Là, sur l'écran, un os saillant de la chair s'étale en gros plan. Son extrémité blanche est irrégulière, ensanglantée, le cartilage fibreux est arraché. *Ne regarde pas. Ne regarde pas !* Ma nuque me semble aussi molle qu'un spaghetti trop cuit, ma tête dodeline, mes paupières papillotent et se ferment. *Des pensées heureuses, des pensées heureuses… Hum… voyons… l'aviron… oui, ça, c'est bien… Bouton-d'Or, la première fois je l'ai ramenée à la maison… des Twinkies… euh… Aragorn… Jeter…* Voilà.

Ça marche. Je déglutis la bile qui me remonte dans la gorge et force ma tête à reprendre sa position normale, mais mes yeux restent fixés sur le bureau, fuyant l'effroyable image qui occupe tout l'écran. Révulsée, je me couvre de chair de poule.

— Diapo suivante ! Ah, voici ce que nous appelons une plaie chronique ou plaie ulcéreuse. Les personnes âgées, les diabétiques, les grabataires y sont particulièrement exposés. Et ces sales petits bobos mettent des mois à guérir, si tant est qu'ils guérissent un jour !

Ne regarde pas, Chastity ! Mais c'est plus fort que moi. Mes yeux s'ouvrent juste à temps pour voir à l'écran une plaie ouverte barrant la jambe d'un homme extrêmement velu. Aussitôt, je reporte les yeux sur le bureau, mais c'est trop tard. *Inspire, expire, lentement, lentement*… Les lèvres fragiles, hargneuses dirait-on, de la plaie, son centre verdâtre semblable à une espèce d'œil hideux en décomposition… *Orlando Bloom et Viggo Mortensen, tous deux vêtus de cuir. Un gâteau au chocolat avec double glaçage. Des Yo-Yo à 11 heures du soir, la tête de Bouton-d'Or sur mes genoux.* Voilà. Envie de vomir supprimée.

— Et maintenant un dégantage ! Punaise, ça c'est vraiment moche !

J'ai le bon sens de fermer les yeux en inclinant la tête en avant, de façon à ce que Bev ne s'aperçoive pas de mon malaise… hélas, sa voix me parvient malgré tout.

— Vous pouvez voir ici comment la peau s'est retroussée jusqu'à la main. C'est plutôt propre, non ? Comme si la personne venait de se retirer la peau exprès, comme on ôte un gant. N'empêche qu'à réparer, c'est galère ! Des points de suture en veux-tu en voilà. A l'arrivée, on ressemble au monstre de Frankenstein. Ça va, O'Neill ?

A l'énoncé de mon nom, j'ouvre les yeux d'un coup. Oh non ! Maintenant, je l'ai vu, le dégantage ! Oh là là, c'est la pire image, jusqu'ici ! Un gémissement s'échappe de mes lèvres à la vue des doigts rouges de chez rouge, de la peau cireuse et jaunâtre retroussée comme du tissu… Oh ! mon Dieu, Bev a raison, c'est une blessure étrangement nette et propre, je vois les veines, le muscle et les ongles… Les ongles… les ongles… ils sont toujours là !

— Ça va, dis-je d'une voix étranglée.

Je passe le reste du cours à chanter dans ma tête *Born to Run* de Bruce Springsteen — la dernière chanson que j'aie entendue avant de partir de chez moi — et à étudier l'emballage d'un Snickers jeté par terre. C'est loin d'être simple — à la fin du cours, je suis encore moite de transpiration — car malgré tous mes efforts certains mots se sont insinués jusqu'à mes oreilles, passant par-dessus les paroles du Boss. Luxation du genou. « At night, we ride… » Hémorragie artérielle. « Through mansions of glory… » Traumatisme crânien grave. « In suicide machines. » Les paroles de Bruce n'ont jamais résonné en moi avec autant de sincérité, du moins pas dans mon souvenir. « Born to run », tu l'as dit !

Je fais un bref détour par les toilettes où j'évalue d'un coup d'œil la teinte grisâtre de mon visage. Il se peut qu'entreprendre cette formation ait été une erreur. Après m'être aspergée d'eau fraîche, je me sens un peu mieux. Je vais tenir jusqu'au bout de la formation. Je vais essayer. Il me reste même suffisamment d'énergie pour me demander si je reverrai M. *New York Times*, la semaine prochaine.

La semaine prochaine. Beurk… Car il faut que j'y retourne, n'est-ce pas ? La prochaine fois, ça ne sera peut-être pas aussi horrible… Je m'en tirerai peut-être mieux. Après tout, j'ai tenu jusqu'au bout, ce soir. C'est un début. Enfin, plus ou moins.

7

Quelques jours après ce premier cours, je me contemple longuement dans le miroir — le seul élément utilisable de la salle de bains du haut, vu que les garçons ne se sont toujours pas remué les fesses pour la remettre en état. Je sors, ce soir, aussi me suis-je habillée en fille. Jusque-là, tout va bien.

J'ai toujours fait partie de ces femmes qui tirent une certaine fierté de se moquer royalement de ce qu'elles portent. Mes vêtements sont depuis toujours choisis en fonction de leur confort et de leur résistance à l'usure, et non dans le but d'attirer le sexe opposé. Au bureau, je m'en tiens au strict look pantalon/chemisier, avec, parfois, un pull en laine de bonne qualité, le tout dans des teintes unies. A la maison, j'affectionne les sweats d'âges variés, le plus souvent frappé du logo des Yankees. J'ai aussi un faible pour les T-shirts du *Seigneur des Anneaux*. Sinon, des chemises à carreaux, des jeans et mes merveilleuses bottines L.L. Bean doublées de mouton qui me sont fort utiles dix mois par an.

Toutefois, l'autre soir, ma philosophie vestimentaire m'est revenue en pleine tête quand on m'a prise pour Lucky alors que je dînais au restaurant en compagnie d'Elaina. A la suite de quoi, j'ai été remorquée contre mon gré jusqu'au centre commercial par mon amie, qui affiche un goût marqué pour les chemisiers de couleurs vives très ouvert, lesquels mettent en valeur son splendide décolleté. Comme je traînais les pieds, Elaina s'est tournée vers moi.

— Tu veux bien arrêter tes jérémiades ? m'a-t-elle demandé

d'un ton sec. La ferme, *Madre de Dios* ! Porter une jupe une ou deux fois par an, ça ne va pas te tuer, *querida*. En revanche, si tu continues, c'est moi qui t'étrangle, pigé ?

Et c'est ainsi que ma penderie, qui jusqu'alors ne contenait que des pantalons en flanelle This Old House et des Levi's, se retrouve enrichie de jupes à imprimé fleuri, de deux pulls (dont un rose — par pitié, jurez-moi de ne le dire à personne !) et même de petits escarpins à lanières au bout très effilé, qui sont loin d'être aussi confortables que mes chaussures préférées, à savoir une paire bien usée de baskets montantes de couleur rouge. Je me persuade que je fais tous ces efforts au nom d'un intérêt supérieur.

Car il se peut que l'intérêt supérieur m'attende ce soir aux Nocturnes spéciales célibataires, si improbable que cela puisse paraître. Réprimant l'envie impérieuse de renfiler à la hâte mon T-shirt « Je ™ Mon Chouuu » et d'aller courir longuement, je lève les pouces devant mon miroir, me force à sourire et descends sans entrain au rez-de-chaussée, où Matt et Trevor regardent un match des Yankees. J'annonce avec optimisme :

— Je vais rencontrer quelqu'un, les garçons !

— A plus, réplique Matt au moment où l'un des nôtres marque. Ouais ! T'as vu ça ?

— Amuse-toi bien, Chas, dit Trevor.

Il me regarde avec un sourire. Pas d'ébahissement admiratif, pas de brutale prise de conscience. Il a simplement l'air… heureux. Heureux et parfaitement à l'aise — ravi, si ça se trouve — à l'idée que je vais (peut-être) rencontrer mon futur époux. Il se contente de me sourire et, quand Trevor sourit, ses yeux accomplissent une prouesse que j'ai passé une bonne partie de ces dix dernières années à tenter d'analyser. Son visage excède la somme de ses traits… ou quelque chose comme ça. Trevor James Meade est tout bonnement fait pour sourire, et son visage, séduisant sans être véritablement beau, se transforme en quelque chose d'absolument irrésistible.

M'avisant que je le dévisage avec insistance, je gazouille :

— Merci !

Bouton-d'Or, elle, au moins, semble chagrinée de me voir sortir. Elle gémit, se remet péniblement sur ses pattes et vient s'écrouler sur mes escarpins à lanières, m'implorant de ne pas partir. Mais il suffit d'un claquement de langue de Trevor pour qu'elle se dirige pesamment vers lui, fouettant l'air de sa queue en fil de rasoir, me reléguant instantanément aux oubliettes. Espèce de corniaud infidèle !

Je roule jusqu'au supermarché, tentant de me représenter un homme beau, équilibré et doté d'une bonne situation, qui en soit réduit à participer aux Nocturnes spéciales célibataires.

— « Papa et moi nous sommes rencontrés au-dessus des jarrets de porc », dis-je à voix haute.

Mouais... C'est bien ce que je pensais. On n'y croit pas une seule seconde.

Je m'engage sur le parking du supermarché et patauge entre les flaques, jusqu'à l'entrée où maman m'attend avec impatience, affublée d'un imper et d'un chapeau de pluie en plastique transparent.

— Allez, dépêche-toi ! Ça a commencé !

— Qu'est-ce qui a commencé, maman ? « Votre attention, s'il vous plaît, chers acheteurs célibataires ! En ce moment, on reluque les culs, allée n° 9. »

— Surveille ton vocabulaire, Chastity ! Tu ne trouveras jamais un homme, si tu t'exprimes de cette façon.

— Merci pour tes encouragements, maman !

Et, levant les yeux au ciel, je la suis à l'intérieur du magasin.

— En fait, il faut réellement que je fasse quelques provisions, dis-je en sortant ma liste de courses.

— Oh ! pour l'amour du ciel !

Ma mère soupire.

— Bon, en tout cas, n'achète rien qui puisse refroidir un homme.

— Comme quoi, maman ? Une maxiboîte de préservatifs ? A moins qu'au contraire ça ne booste ma popularité !

Je me mets à rire dans son dos, car, déjà, elle file devant moi en faisant couiner ses petites chaussures à semelle de crêpe.

Je commence par le rayon des fruits et légumes. A première vue, on dirait une classique vente en nocturne au supermarché. Y a-t-il davantage d'hommes célibataires, ce soir ? Difficile à dire. Il y a, comme toujours, davantage de femmes que d'hommes. Mais oui, en effet, mon œil exercé de journaliste repère une note furtive dans l'ambiance de cette soirée. Les gens se coulent des regards en biais avant de s'éloigner d'un pas pressé. Une femme en train d'acheter de la coriandre se donne un mal de chien pour la humer d'un air extasié. *Mmm… Regardez-moi, je suis une femme sensuelle, qui sait profiter des petits plaisirs de la vie…* Misère ! J'attrape un sachet de pommes, le laisse tomber dans mon chariot et passe au rayon « Volaille ».

Il y a là un homme d'âge mûr, planté devant les blancs de poulet. Il sort les barquettes une à une, les examinant avec soin, métaphore à peine voilée de son véritable objectif pour la soirée.

— Depuis que ma femme m'a quitté, je n'ai pas fait un seul repas correct, déclare-t-il d'une voix forte.

Quatre femmes se précipitent pour le conseiller. Ne distinguant personne de mon âge au rayon « Cuisses de poulet », je bifurque vers les « Jus de fruits et Promotions ». Un type à cheveux bouclés, genre étudiant, me lance un regard aigu, puis me dépasse en poussant rapidement son chariot. *Te fatigue pas*, lui dis-je en mon for intérieur. Un type qui boit du Kool-Aid passé dix-huit ans ? De grâce ! Personnellement, je serais plutôt Gatorade.

Quand je pense que j'ai mis des chaussures neuves pour ça ! Direction « Biscuits salés & sucrés ». J'attrape quelques paquets d'Oreos Double Stuff. On n'en a jamais trop chez soi, de ceux-là — Matt et moi les gobons comme des chewing-gums. L'allée est vide — aucun autre acheteur célibataire n'est disposé à reconnaître publiquement qu'il mange des biscuits.

Ça ne marche pas. Bien entendu, je n'ai jamais réellement cru que ça marcherait. Poussant un soupir, je négocie un virage serré au bout du rayon et mets le cap sur « Céréales

& petits déjeuners ». Je suis à court de Choco-Puffs et Matt a croqué la dernière des Pop-Tarts hier soir. Et là, devant les flocons d'avoine censés réduire le taux de cholestérol (signalés par une étiquette spéciale), je tombe sur ma chère maman, en train de papoter avec deux hommes. Crénom ! Il n'y a que dix minutes qu'elle est entrée dans le magasin et elle a déjà deux touches à son actif.

— Chastity ! Viens par ici ! Tout de suite !

Dans sa voix perce une intonation militaire que je connais bien. J'obtempère et la rejoins, dominant ses soupirants de toute ma hauteur. Ma mère désigne un homme d'un mètre soixante-dix :

— Je te présente Grant. Et… Donald ?

— C'est bien ça !

Donald (un mètre soixante-deux) applaudit.

— Bien joué, Betty !

— Bonsoir. Je suis sa fille, Chastity.

Ma mère se tourne vers moi, les poings sur les hanches.

— Figure-toi que Grant et Donald seraient intéressés par une expérience à trois, déclare-t-elle d'une voix forte. Avec moi !

— Bonté divine !

J'en bafouille.

— Avec ma mère ? C'est hors de question, espèces de sales pervers ! Eloignez-vous d'elle ou bien je vous massacre tous les deux et balance vos cadavres dans le fleuve !

Et, devant les deux hommes pétrifiés de terreur, je balance un grand coup d'escarpin pointure 42 dans leur chariot, l'envoyant valdinguer à l'autre bout du rayon.

— Foutez le camp !

Epouvantés, ils s'enfuient en direction des huiles végétales.

— Merci, ma chérie, me dit maman d'un ton vif. Pouah… c'est répugnant ! Ah, je t'assure, les gens, de nos jours ! Une chose pareille, je n'en reviens pas !

— Et moi, je n'en reviens pas que tu m'aies traînée ici ! Tu ne regrettes pas de torturer papa de cette manière ?

Elle jette un coup d'œil au contenu de mon chariot.

— Oh ! mon cœur... pour l'amour du ciel ! Des Oreos ? Jamais tu n'attireras un homme avec des Oreos. Prends plutôt des pépites de chocolat.

— Pourquoi ? Pour faire croire que je fais des cookies ?

— Ah, tu commences à piger. Et si tu prenais un sachet de levure et de la farine ? Les hommes adorent les femmes qui savent faire la pâtisserie.

— Je ne suis pas ce genre de femme, maman.

Nullement démontée, elle s'empare de mes paquets d'Oreos et les fourre n'importe comment dans le rayon Quaker Oats.

— Rends-moi ça ! dis-je en récupérant mes malheureux biscuits. Il se peut que tu arrives à tenir avec deux mille calories par jour, mais moi, j'en suis tout à fait incapable !

— Bonsoir, Betty, dit une voix derrière nous.

— Tiens, bonsoir, Al !

Maman se tourne vers un homme au crâne chauve d'environ son âge et dépose un rapide baiser sur sa joue.

— Al, tu te souviens de Chastity, n'est-ce pas ? Chastity, M. Peters était placeur à l'église avec papa, tu te rappelles ?

— Comme tu as grandi ! s'exclame Al (un mètre soixante-dix) en louchant sur ma poitrine.

— C'est une nocturne réservée aux célibataires, déclare maman.

— Je sais, réplique-t-il en considérant mon sein gauche, puis le droit. Tu es célibataire, Chastity ?

Je lance un regard nerveux en direction de ma mère.

— Euh... oui...

Aucun doute là-dessus, même. Al me détaille lentement de la tête aux pieds.

— Très jolie, vraiment.

Trente secondes plus tard, Al se retrouve sous la pluie, viré sans ménagement du magasin par ma mère furibarde — cinquante-huit ans, un mètre cinquante-sept, taille 38.

— Un problème, mesdames ?

Un bel homme — assez corpulent, la cinquantaine bien sonnée — pousse son chariot dans notre direction.

— Au fait, je me présente : Louis Tuttle, veuf, soixante-deux ans, à un an de prendre ma retraite de chez IBM, détenteur d'un gros portefeuille d'actions.

L'expression de ma mère se fait spéculative. Je souris.

— Non, tout va bien, Louis. Je m'appelle Chastity, à propos, et voici ma mère, Betty O'Neill.

Ils échangent une poignée de main.

— Bien, dis-je, je pense que je vais aller faire un petit tour du côté des Ben & Jerry's avant de partir, maman.

Ma mère agite vaguement les doigts à mon intention, déjà en pleine conversation avec Louis Tuttle.

C'est plutôt mignon. Ma mère a toujours autant de succès auprès des hommes. Peut-être cela va-t-il faire réagir papa, de la voir sortir avec un ou deux prétendants. En ce qui me concerne, toute cette histoire n'est qu'une perte de temps, sauf qu'au moins j'aurai fait mes courses. Je consulte ma montre. 21 h 15. Je me demande où en sont les Yankees… Si seulement je pouvais être chez moi en train de grignoter des Oreos devant le match à la télé…

Ma foi, dans la vie on ne peut pas tout avoir, mais on peut tout de même se taper quelques Oreos ! Je déchire l'emballage d'un paquet et en croque négligemment quelques-uns, balayant les rayons du regard, ajoutant de temps en temps un article à mon chariot. Du riz, des haricots blancs… Un Kraft Dinner… Des Spaghettios format familial, une sauce à la vodka pour les jours où j'ai envie de quelque chose de plus raffiné. Du pop-corn… Des Sun Chips…

— La Reine de la Diététique fait son marché, à ce que je vois.

Je fais volte-face.

— Trevor !

Prise en flagrant délit ! Mes genoux en flageolent d'horreur. Je suis pourtant bien sûre de n'avoir dit à personne que j'allais aux Nocturnes spéciales célibataires.

— Mais qu'est-ce que tu fais ici ?

— Je suis à court de café.

Et, de fait, il a un paquet de café dans une main et une

brique de crème liquide allégée dans l'autre. Son visage me refait le fameux coup du sourire dévastateur.

— Alors, Chastity, qu'est-ce que tu es venue chercher ici ? Voyons voir... Des couennes de porc frites ou... autre chose ? Tu connais le taux d'acides gras trans contenu dans ces petits pièges mortels ?

Je lui arrache le sachet des mains.

— Tu en as déjà goûté ? C'est délicieux. Et pour répondre à ta question implicite, oui, je suis au courant qu'il s'agit d'une soirée spéciale célibataires. Et toi, tu le savais ? dis-je en le défiant d'un haussement de sourcils.

— Bien sûr. Je surveille les agissements de notre petite sœur préférée à tous. En plus, j'avais besoin de café, tu te souviens ?

C'est alors que je remarque les trois bouts de papier qui dépassent de la poche de sa chemise. Génial... Trevor suit mon regard.

— On ne rencontre jamais assez de gens, admet-il avec un large sourire.

Mon cœur a des ratés. Trevor aux Nocturnes spéciales célibataires ! C'est une proie facile.

— Et à ce propos...

— Bonsoir, Trevor ! lance une douce voix féminine.

La douce voix en question précède un doux corps féminin surmonté d'un doux visage de top-modèle.

— Tiens, Sally ! réplique Trevor d'un air décontracté. Comment ça va ?

— Très bien ! répond la fille en passant devant moi d'une démarche aérienne, avant de piler net devant Trevor.

— J'étais juste passée acheter quelques bricoles.

Notez bien qu'elle nie faire ses courses entre célibataires. Menteuse ! Sally n'est autre que la renifleuse de coriandre. Son chariot déborde de fruits et de légumes, ainsi que de levure et de farine complète. Maman approuverait.

— Alors, Trevor, minaude-t-elle. Quoi de neuf ?

Elle met en avant ses airbags à la Pamela Anderson et secoue sa chevelure d'un léger mouvement de tête.

Je lève les yeux au ciel et engouffre un autre Oreo.

— J'étais simplement en train de bavarder avec une amie. Chastity, je te présente Sally.

— Salut, dis-je avec l'enthousiasme d'un parpaing.

— Salut, réplique-t-elle avec une chaleur équivalente.

Elle se tourne de nouveau vers Trevor.

— Eh bien, j'espère que tu trouveras ce que tu es venu chercher, Trevor, susurre-t-elle, avant de murmurer de manière tout à fait audible à son oreille : Et si jamais tu changes d'avis tu connais mon adresse…

Et là-dessus elle repart dans l'allée d'un pas léger, en tortillant son croupion rachitique. Je pourrais la broyer dans mon poing !

Je me force à sourire.

— Sally, donc… ?

— Nous sommes sortis ensemble deux ou trois fois, m'explique Trev.

Ah… Trevor jouit d'une certaine notoriété, côté cœur. Les femmes, comme il se peut que je l'aie déjà mentionné plus haut, sont toutes dingues de Trevor. Toutes sans exception. Cinq minutes après avoir fait sa connaissance, elles tombent folles amoureuses, remuent ciel et terre pour sortir avec lui et connaissent dans ses bras un bonheur inouï, quoique bref, avant qu'il ne leur brise le cœur en rompant très tendrement. Par la suite, elles se souviennent de lui avec affection, comme du seul homme auquel elles ne vouent ni haine, ni rancune, ni méfiance, et pour lequel elles seraient prêtes à tuer père et mère dans l'espoir de se remettre avec lui. Inutile de dire que je sais parfaitement ce qu'elles ressentent.

— Alors, belette ?

Je le regarde, les yeux plissés de méfiance.

— Quoi ?

— Tu as rencontré quelqu'un de bien, jusqu'ici ?

Stupéfaite, je cligne des yeux. Ça, pour le coup, c'est nouveau ! Trevor et moi sommes en excellents termes, à Noël nous jouons ensemble à la pêche miraculeuse, et ces derniers temps, il arrive qu'on se voie chez Emo, mais jamais au grand jamais nous n'avons discuté de ma quête d'un mari.

— Eh bien, en fait, euh... j'accompagne maman, tu sais.

Il hoche la tête. Et puis zut ! Autant lui dire la vérité.

— En même temps c'est vrai que je... que j'ouvre l'œil, moi aussi.

Il me pique un Oreo et opine derechef. J'attends, pantelante, qu'il dise quelque chose, du genre : *Et moi, Chas ? Ça te dirait de sortir de nouveau avec moi ?* Le silence se prolonge. Tic-tac, tic-tac, tic-tac... les secondes s'écoulent... Je n'y tiens plus.

— Tu sais, Trevor, si je suis revenue à Eaton Falls, c'est dans l'intention de m'y fixer. Alors évidemment ça serait génial de rencontrer quelqu'un. De me marier. D'avoir des enfants. Et toi ?

Je lui tends la perche. *Saisis-la, Trev ! Lance-toi ! Demande-moi d'être la mère de tes enfants. Tu peux le faire, mon gars !*

J'ai le front un peu moite et les pieds en compote dans ces maudits escarpins. J'aurais dû mettre mes baskets rouges. Après tout, elles en jettent !

Trevor examine le contenu de mon chariot ; j'ai la très nette l'impression qu'il évite mon regard.

— Ma foi, je n'en sais rien. Je suppose que... non, je ne sais pas.

Il lève soudain les yeux et se force à sourire.

— J'ai déjà été fiancé une fois, tu sais, alors il est possible que ça m'ait un peu échaudé.

— C'est sûr.

Evidemment. La Parfaite Hayden Simms. Un mètre soixante-cinq, cinquante et un kilos, blonde, mignonne, intelligente, ouvertement adorée par les hommes, secrètement haïe par moi.

Trevor continue de me regarder.

— Mais oui, j'aimerais bien être père un jour. Avoir deux gosses. La totale.

Pour lui, c'est le moment ou jamais de m'inviter à sortir. Pour moi, c'est le moment ou jamais de lui parler. *Dis quelque chose, Chastity !*

— Eh bien, je… euh… Tu sais, je… (des gouttes de transpiration dégoulinent le long de ma colonne vertébrale)… Tu sais que… que je t'ai toujours trouvé… très… enfin, tu vois. Formidable.

Mon cœur cogne si fort qu'il se peut que je restitue tous les Oreos que j'ai croqués.

— Et tu feras un père génial, Trev.

Son regard s'adoucit. Fondant au caramel. Ses yeux ont la couleur des meilleurs fondants au caramel du monde.

— Merci, Chastity. Venant de toi, ça compte beaucoup pour moi.

J'attends la suite. Après tout, j'ai fait ma part ! *Je viens de te tendre une perche, mon pote. Alors si tu as quelque chose à dire, dis-le maintenant ou tais-toi à jamais.* Mais Trevor a terminé.

L'espace d'une seconde, je crains de fondre en larmes. OK, très bien ! J'ai l'habitude de ne pas sortir avec Trevor. Parfait !

Je lâche brusquement :

— Bon, tu veux que j'ouvre l'œil pour toi, alors ?

Histoire qu'il ne devine pas que je suis toujours accro à lui. Histoire que ça ait l'air « on est amis et rien de plus », que, dans leur bande de mecs, je sois celle qui a des lolos et des sous-vêtements plus mignons que les leurs.

Il laisse passer quelques secondes.

— Euh… Ce n'est pas ce que… Non. Ça ira.

— Salut, mon Trevor… !

Maman accourt vers nous et embrasse son enfant préféré sur les deux joues.

— Ne me dis pas que tu te cherches une petite amie ? Chastity, tu dois bien connaître quelqu'un qui…

Je me hâte de la détromper, pressée de changer de sujet.

— Trevor était à court de café, maman. Il n'est ici que pour refaire le plein. Et il lui fallait aussi de la crème allégée. Au fait, Trev ! Et les Yankees, ils ont gagné ?

Trevor sourit largement, à moi, à ma mère ou à toutes les deux, c'est difficile à dire.

— Le match n'était pas terminé quand je suis parti. Mais

ils menaient déjà 8 à rien, c'est pourquoi je les ai laissés sans trop m'en faire. Ils ont l'air en superforme, cette année.

— Mon Dieu, je vous en prie, faites qu'ils remportent un autre titre de champion !

De retour en terrain connu, je me détends un peu.

— Que Dieu t'entende, réplique-t-il. Bon, faut que j'y aille, les filles. A bientôt. Au revoir, maman !

Il embrasse ma mère, me sourit et s'en va.

Au bout de l'allée, une autre femme l'arrête et je détourne les yeux pour de ne pas avoir à les regarder.

8

Une fois mon bac en poche, je n'ai plus eu qu'une hâte : partir pour l'université. Je me morfondais à la maison — Jack s'était marié, Lucky s'était marié, Mark était imbu de sa personne et Matt... Ma foi, Matt ça pouvait aller, sauf qu'accomplissant sa destinée il suivait une formation de sapeur-pompier. Trevor était parti, lui aussi, mais pour l'université. Chez moi, je m'ennuyais à mourir, j'en avais par-dessus la tête de côtoyer mes anciens camarades de classe, et ma petite ville natale ne trouvait plus du tout grâce à mes yeux. Je piaffais d'envie d'aller dans un endroit où personne ne me connaîtrait, où je pourrais tracer mon propre sillon, être autre chose qu'une O'Neill des O'Neill d'Eaton Falls — la fille de Mike, la fille de Betty, la fille de Mike-et-Betty, la sœur de Jack, la sœur de Lucky, la sœur de Mark, la sœur de Matt, la sœur des frères O'Neill, la petite O'Neill. Il me tardait d'être tout simplement Chastity O'Neill. Affranchie de toute attente, de tout héritage, il n'y aurait plus que moi et les nouveaux amis que je me ferais en fac, moi et tous ces merveilleux professeurs aux cours passionnants. L'université de Binghamton me tendait les bras.

Oh... et Trevor ! Je ne l'ai pas précisé ? Ah... Il se trouve que Trevor fréquentait lui aussi l'université de Binghamton. Une heureuse coïncidence, me disais-je, rien de plus. Mais en aucun cas l'argument qui m'avait motivée à envoyer mon dossier de candidature là-bas. Trevor était étudiant en licence à Binghamton, il s'y plaisait, et c'était un excellent ami de la famille. Autant de raisons de le considérer comme un atout supplémentaire dans mon choix — j'aurais ainsi quelqu'un avec qui faire les trajets, c'est tout. Tu parles !

Lorsque nous arrivâmes sur le splendide campus, je tentai de dissimuler mon excitation pendant que maman faisait mon lit, l'air morose, et que mon père inspectait d'un œil sinistre les diverses sorties de secours. Je bavardai avec les autres filles de ma résidence, transbahutai le minuscule réfrigérateur marqué des coups et éraflures que lui avaient infligés trois de mes quatre frères, et punaisai mon poster de Dave Matthews de mon côté de la chambre.

Une heure après notre arrivée, Trevor passait me voir pour me souhaiter la bienvenue sur le campus.

— Salut, Chas, dit-il avec son grand sourire.

Il était toujours aussi beau, et ses yeux caramel fondu éveillèrent des ondes de chaleur au sud de mon abdomen.

— Trevor ! s'exclama ma mère. Tu veilleras sur elle, n'est-ce pas ?

— Bien sûr, maman, affirma-t-il en glissant un bras autour de ma taille.

Je tentai de ne pas rougir.

— Pas d'alcool, grommela mon père, irrité à l'idée que sa petite fille avait osé quitter la maison (et l'enfance tout court, d'ailleurs). Pas de drogue. Pas de petits cons. Et si jamais tu entends l'alarme d'incendie, tu te casses de ce putain de bâtiment en quatrième vitesse, compris ?

— Oui, papa. Merci.

Nous fîmes ensemble le tour du campus, achetâmes les sweats de rigueur à la librairie, admirâmes les grands arbres ombreux et les luxuriants parterres de fleurs. Quand ils ne purent plus différer le moment de partir, mes parents se dirigèrent à pas pesants vers le parking, Trevor et moi sur leurs talons.

— Vous allez me manquer, leur dis-je.

Un étau m'enserra la gorge et la panique me liquéfia les jambes.

Mon père regardait le sol fixement.

— Sois sage, marmonna-t-il.

Je fondis en larmes. Maman fit de même. Papa aussi. Et nous nous tombâmes tous dans les bras en sanglotant.

— Amuse-toi bien, articula papa d'une voix étranglée.

— Travaille dur, ajouta maman dans un hoquet.

— Je t'aime, maman, couinai-je. Je t'aime, papa. Vous allez terriblement me manquer.

Trevor intervint pour nous séparer avec gentillesse.

— Allons, allons… Tout va bien se passer. Et nous serons bientôt de retour à la maison. Allez, Chas, viens que je te fasse picoler !

— Tu te crois drôle ? dit mon père en s'essuyant les yeux. Eh bien, tu ne l'es pas. Pas d'alcool, Chastity.

— Et pas de rapports non protégés ! ajouta maman, qui boucla sa ceinture de sécurité avant de se moucher.

— Pas de rapports du tout ! beugla papa. Et aucune drogue que ce soit, jeune fille !

Il monta dans la voiture et pointa l'index sur moi.

— Pas d'alcool, ni de drogue, ni de sexe. Tu m'as compris ? Je te tuerai de mes mains si jamais une rumeur différente me parvient. Je t'aime. Appelle-nous ce soir.

Tandis que leur voiture s'éloignait, je pris subitement conscience de la solitude qui allait être la mienne.

— Alors, Chas, ça va aller ? me demanda Trevor. J'ai quelques trucs à faire, mais je peux rester un moment avec toi, si tu veux.

— Ça ira, dis-je, crevant d'envie qu'il reste un moment avec moi, mais trop coriace pour l'en prier.

— Brave fille ! Tu veux qu'on dîne ensemble, un de ces soirs ?

— Oui, bien sûr, répondis-je, les yeux toujours fixés dans la direction qu'avait prise la voiture de mes parents.

— Cool ! Je suis dans l'annuaire. Passe-moi un coup de fil !

Et, me gratifiant d'une accolade aussi brève qu'indifférente, il s'en alla à grandes enjambées. Quatre filles accoururent vers lui. Il s'arrêta le temps d'échanger quelques mots avec elles, puis reprit son chemin, faisant volte-face pour me faire signe de la main tandis qu'il tournait à l'angle du bâtiment.

Certes, j'avais rêvé de m'éloigner de l'attitude je-sais-tout de Mark. Du flot incessant de conseils et d'idées de Jack et de Lucky. J'étais impatiente d'aller en cours, de lire des ouvrages, de rédiger des devoirs, de prendre part à des TP, de me faire des amies et d'avoir un copain.

Mais c'était étonnamment difficile.

Je commençai à mesurer à quel point j'avais été définie jusque-là par mon statut de « petite O'Neill ». Ici, personne ne savait pourquoi je mangeais à cent à l'heure, pourquoi je me douchais plus vite qu'un marine, pourquoi je jurais avec tant de force et de verdeur. Je découvris assez rapidement que la plupart des étudiants ne tenaient pas à se faire immédiatement clouer au sol lors d'un petit combat de catch amical, pas plus qu'ils n'appréciaient d'être menés trois à un en basket ou de se faire rétamer au billard.

De la même manière, sympathiser avec des filles se révélait plus difficile que prévu. Il faut dire qu'Elaina et moi étions déjà les meilleures amies du monde depuis des lustres, unies par ce lien étroit et inaltérable qui tient les autres copines à distance. Quelle fille songe à se faire des amies quand elle possède déjà la meilleure amie du monde, quatre frères, leurs femmes, leurs copines et un Trevor ? Ces filles-filles en corsaire et sandalettes de toile, qui secouaient leur chevelure et flirtaient avec les garçons, m'apparaissaient comme des créatures aussi exotiques que mystérieuses. D'un certain côté, j'avais envie de leur ressembler ; d'un autre, je savais qu'avec mon mètre quatre-vingt-deux, mes soixante-quinze kilos et la carrure légendaire des O'Neill, il m'était impossible d'intégrer leur club du pull en cachemire.

J'étais seule.

Du moins je le fus jusqu'aux épreuves de sélection pour l'équipe d'aviron. Sous l'égide de Lucky, je remportai brillamment la première course. L'entraîneur me plaça dans le quatre d'élite, ce qui m'assura sur-le-champ l'amitié des trois autres filles de l'équipe, toutes étudiantes de troisième cycle et toutes en admiration devant les fameuses épaules des O'Neill. Du jour au lendemain, j'avais trouvé ma place par le biais de mes propres exploits. Désormais, on m'estimait en tant qu'individu à part entière, et non plus par rapport à ce que mes frères avaient accompli ou pas. Je me sentais merveilleusement bien dans ma peau. J'étais enfin devenue moi-même.

J'étais faite pour ramer. Dans l'équipe d'aviron, point de petites étudiantes menues aux cheveux brillants ! Jour après jour, nous nous enorgueillissions d'être infatigables, puissantes, impitoyables, acharnées. Les muscles brûlants et les T-shirts trempés de sueur symbolisaient notre statut. Nous mangions ensemble, bûchions ensemble, nous retrouvions les unes chez les autres.

A l'occasion de la Head of the Charles, régate se déroulant en octobre, le quatre féminin de Binghamton survola la compétition, infligeant quatre longueurs d'avance au quatre de couple arrivé deuxième, ratatinant au passage toutes les équipes qui comptent dans le monde de l'aviron : Harvard, mais aussi Yale, Penn et jusqu'à cette foutue équipe d'Oxford ! Nous étions euphoriques. Nous avions toutes été parfaites, synchrones, chacune de nos molécules focalisée sur notre coup d'aviron — un modèle de puissance, de concentration et d'unité. Quelle victoire ! Binghamton ne s'était jamais si brillamment classée lors d'un événement sportif de cette envergure, et nous revînmes à l'université auréolées du double statut de gloires locales et d'héroïnes du campus.

Pour marquer le coup, toute l'équipe féminine fut invitée à dîner chez Mme le doyen de l'université. C'était une soirée très chic — pour l'occasion, je m'étais même mis une jupe et du fard à paupières, mes coéquipières m'ayant affirmé que, non, je ne ressemblais pas à une drag-queen. Dîner chez Mme le doyen ! C'était un immense honneur. Nous avions toutes le trac, surtout moi. J'étais la seule étudiante de premier cycle à faire partie de l'équipe victorieuse, la seule première année du quatre d'élite de l'université et du reste, et on avait fait beaucoup de tapage autour de moi. Aussi, lorsque Becca, étudiante en licence, me proposa une vodka tonic avant le grand dîner, j'acceptai. Puis j'en demandai une autre. N'ayant jamais bu de vodka de ma vie, et n'ayant rien avalé de la journée pour cause de trac, j'étais... comment dire... plutôt détendue.

Et c'est ainsi que tout partit en vrille. Il m'arriva une de ces mésaventures stupides et somme toute assez banales qui sont le lot de bon nombre d'étudiants. La boisson, découvrais-je, semblait diminuer mes inhibitions et me délier la langue, mais je tenais bien l'alcool. J'étais même, de mon propre avis, tout à fait délicieuse en société. Et lorsque Mme le doyen me demanda — à moi ! — l'effet que cela faisait d'avoir remporté la première place en battant certaines des meilleures équipes du monde, j'émis ce que j'imaginais être une réplique aussi gracieuse que spirituelle.

— Ma foi, madame, ces petites friquées de l'Ivy League auraient dû être noyées à la naissance par leurs parents, vu qu'avec les spaghettis qui leur tiennent lieu de bras, ces chochottes rament comme des gosses de CE2 ! Non, mais sans blague ! Vous les avez vues, ces petites bourges anorexiques de Harvard ?

J'attendis que retentissent les hurlements de rire de mes coéquipières. Rien ne vint. Balayant du regard le très élégant salon de Mme le doyen, je m'aperçus que mes camarades de fac étaient... oh-oh... pétrifiées d'horreur.

J'avais oublié — très brièvement, dans le feu de mon discours — que, non contente d'être une ancienne de Harvard, Mme le doyen Strothers avait également pratiqué l'aviron à l'université. De plus, elle avait une fille — elle aussi étudiante à Harvard — également adepte de ce sport. Et qui se trouvait être membre de l'équipe à laquelle nous avions infligé cette cuisante défaite.

Je passai le reste de la soirée à me consumer de honte sous le regard haineux de Mme Strothers, m'efforçant de ne plus bouger d'un cil, de me fondre dans le décor, ce qui était loin d'être facile vu que personne ne voulait m'approcher à plus d'un mètre. Notre dîner de gala était gâché, Mme le doyen était furax, notre entraîneur horrifiée et mes coéquipières plongées dans l'embarras. J'aurais voulu ramper jusqu'à la rivière pour m'y noyer.

Lorsque le dîner se termina enfin, quatre ans après qu'il eut commencé, je traversai furtivement le campus pour regagner ma résidence. On était jeudi soir et, le lendemain, il n'y aurait pas cours — c'était le pont de Columbus Day. Mes coéquipières et moi avions prévu de prendre le campus d'assaut et de continuer à fêter notre victoire, mais après mon impair il était hors de question que je me prête aux célébrations. Il y avait de fortes chances pour que la conversation tourne principalement autour de moi. Or, je n'avais qu'une envie : être seule.

Par bonheur, ma camarade de chambre était rentrée passer le pont chez elle. Je me jetai sur mon lit et me mis à pleurer, consternée de m'être montrée aussi irréfléchie, aussi indélicate et surtout aussi stupide, stupide, stupide ! J'étais incapable de me conduire correctement en société. J'étais un éléphant dans un magasin de porcelaine. Je n'avais aucun savoir-vivre. Plus jamais je ne boirais d'alcool. Moi qui m'étais enfin fait des amies, voilà maintenant qu'elles me détestaient. J'étais une offense au noble sport de l'aviron. Je ne méritais plus de nager. Et cetera, et cetera, et cetera.

Quand, au bout d'une heure, on frappa à ma porte, je ne pris même pas la peine de me lever, trop occupée à pleurnicher sur le dégoût que je m'inspirais.

— Chastity, c'est moi, ma puce.

Trevor.

Je ne l'avais pas beaucoup vu depuis mon arrivée sur le campus, six semaines plus tôt, et lorsque nous nous croisions il était toujours entouré d'amis. Ou plutôt d'amies, bien qu'il fût populaire auprès des deux sexes. Il me faisait signe de la main, s'approchait pour me dire trois mots, me tapotait l'épaule et repartait aussitôt rejoindre les jeunes cools et branchés — ces merveilleux étudiants de troisième cycle, ces nuées de femmes qui semblaient graviter autour de lui.

J'avais espéré que nous nous verrions à la fac, que nous nous promènerions sur notre beau campus, que nous dînerions ensemble comme il me l'avait promis. Dans mon esprit de fille de dix-huit ans, notre longue amitié devait forcément s'épanouir en un sentiment plus fort — un amour profond et durable. J'en déduisais donc qu'entre Trevor et moi tout se terminerait par un mariage et beaucoup d'enfants, comme dans les contes de fées.

Toutefois, il était on ne peut plus clair que les choses n'allaient pas se dérouler ainsi. Trevor était trop étroitement lié à ma famille pour rechercher ma compagnie autrement que par devoir, respectant ainsi sa promesse faite à mes parents. Je souffrais de le voir si proche, si heureux, si inaccessible.

Mais je me persuadais bravement que tout cela m'était égal. J'avais l'équipe. J'avais mes propres amies. Et, quand j'arrêterais l'aviron, j'aurais sans doute le temps d'avoir un petit ami. Autrement dit, Trevor ne comptait pas. Du moins c'est ce que je me racontais.

Mais quand je le vis, ce soir-là, sur le pas de ma porte, les sourcils froncés à la vue de mon mascara dégoulinant et de mes lèvres tremblantes, je me jetai dans ses bras et mes sanglots reprirent de plus belle.

— Stupide… vodka… doyen… chochottes… stupide… Harvard, bredouillai-je, et tant bien que mal Trevor parvint à reconstituer toute l'histoire.

Au demeurant, il en avait déjà entendu plusieurs versions, d'où sa décision de venir me trouver dans ma chambre. Il me conduisit jusqu'au lit et s'y assit en m'obligeant à prendre place à côté de lui. Je continuais à pleurnicher et à me moucher.

— Ce n'est rien, Chas, m'affirma-t-il avec un sourire. Dans un mois, personne n'y pensera plus. C'est sur le moment que c'est horrible.

Je m'essuyai les yeux.

— Personne ne m'aime, Trevor. Les seules amies que j'ai, ce sont mes coéquipières d'aviron et maintenant elles me détestent. Je ne suis personne, ici. Juste une idiote de grande gueule avec les épaules des O'Neill.

— Moi, je t'aime.

— C'est ça, marmonnai-je en lui lançant un regard à la dérobée.

Ses adorables yeux pétillants de gaieté me souriaient.

— Tu ne m'aimes que parce que tu t'y sens obligé, par égard pour ma famille.

— Faux, répliqua-t-il en me chatouillant l'intérieur du coude.

J'ouvris la bouche pour dire quelque chose, mais j'en étais incapable, piégée par l'entrave familière de mon amour pour Trevor Meade, l'homme le plus populaire du monde.

— Faux et archifaux.

— Si, c'est vrai, bougonnai-je.

— Allez, Chastity ! Tu es une fille formidable, tu le sais bien.

— Epargne-moi ton petit discours d'encouragement, dis-je en m'écartant brusquement de lui.

Je me levai du lit. Qu'il aille donc chatouiller le bras de quelqu'un d'autre ! D'une de ses copines, tiens !

— Chas... C'est la vérité. Tu es belle, intelligente et drôle, et oui, en effet, tu as les épaules des O'Neill, de très belles épaules. Qui plus est, si jamais on a besoin de soulever un arbre abattu sur une voiture, on peut toujours faire appel à toi.

— Va te faire voir !

Il m'attrapa par la ceinture de ma jupe et tira si fort dessus que je basculai en arrière sur le lit (pour mon plus grand plaisir, même si je feignais la résistance).

— Assieds-toi et cesse de t'apitoyer sur ton sort.

— Tu te trompes, Trevor. C'est sur le tien que je m'apitoie, quand je te vois obligé de me servir de baby-sitter lorsque j'ai le cafard.

— J'aime bien te servir de baby-sitter, murmura-t-il.

— C'est vraiment pathétique !

Il ne répondit pas. Je lui coulai un regard en douce. Il se contentait de me regarder avec un petit sourire en coin. J'en eus le souffle coupé. Je sentis mon visage s'embraser. Ses satanés yeux rieurs se posèrent sur ma bouche et son sourire s'évanouit.

Puis, avant qu'il ait pu rompre le charme de cet instant, avant qu'il ait pu détourner la tête, je l'embrassai, et il ne fit rien pour m'arrêter. Il dégagea les cheveux de mon visage et me rendit mon baiser avec douceur et tendresse. Sa main glissa sur ma nuque tandis que ses lèvres douces et chaudes épousaient les miennes à la perfection. J'agrippai sa chemise, soupirai contre sa bouche et sus qu'aussi longtemps que je vivrais je me souviendrais du miracle de ce baiser.

— Chastity…, dit-il.

Mais je ne lui laissai pas le loisir de poursuivre.

Je le fis taire d'un baiser.

Sa bouche avait un goût mêlé de café et de menthe, ses lèvres étaient incroyablement douces et en même temps très expérimentées… Nos deux corps s'harmonisaient à merveille : celui de Trevor était robuste, fort, chaud — le mien aussi. Je me laissai aller en arrière, l'entraînant avec moi sur le lit, et notre baiser se fit plus profond, moins parfait, plus urgent. Mes doigts se frayèrent un chemin dans la fraîcheur soyeuse de ses épais cheveux brillants, et j'écartai mes lèvres pour le goûter davantage.

Embrasser Trevor, c'était comme l'été au mois de juin… agréable, langoureux et chaud, avec en ligne de mire un avenir miroitant de promesses et de possibles. Nous restâmes enlacés durant une éternité, bras et jambes emmêlés, à nous embrasser, nous caresser et nous câliner jusqu'aux premières heures du matin. Mon chemisier avait quelques boutons défaits, sa chemise aussi, mais nous n'étions pas allés plus loin, même si nous étions tous deux majeurs, haletants, moites et empourprés de désir.

Finalement, Trevor s'écarta. J'étais sous lui, les jambes nouées autour des siennes, la jupe retroussée sur les cuisses. Son épaisse tignasse brune était en bataille, il avait les paupières lourdes et je sentais la dureté de son corps pressé contre le mien. Ses bras tremblaient légèrement.

— Je devrais sans doute m'arrêter là, dit-il doucement en me caressant la lèvre inférieure de l'index. Il vaut mieux que je m'en aille.

— Non, ne t'en va pas, Trevor, murmurai-je. Et ne t'arrête pas non plus.

Il déglutit et me dévisagea d'un air calme et grave. Je le voyais évaluer mentalement la pertinence de ce que nous étions sur le point de faire, de ce que nous avions déjà fait — je lisais son hésitation sur son visage. Et comme je l'aimais depuis très longtemps, réprimant depuis des années le désir que j'avais de lui, ce fut moi qui pris l'initiative de glisser mes mains sous sa chemise, que je lui ôtai par la tête.

— S'il te plaît, Trevor, reste, insistai-je en embrassant son adorable nuque.

— Tu es sûre, Chastity ? s'enquit-il d'une voix rauque.

Je sentais son cœur cogner sourdement contre le mien.

— Oui.

Mais déjà il avait recommencé à me couvrir de baisers, plus torrides et plus urgents que les précédents, ses mains enfouies dans mes cheveux emmêlés. Oh oui, j'étais sûre, car après tout, cela faisait des années que je l'aimais… Des années que je le désirais. Des années que je me posais des questions, que je formais des vœux et que je soupirais après lui. Sentir sa présence, là, au-dessus de moi, sur ce lit à une place, me rendait plus heureuse que je ne l'avais jamais été et ne devais l'être par la suite.

Le choc brûlant de sa peau, la douceur satinée de son dos, le bruit de gorge qu'il émit lorsque je lui mordis l'épaule… Tout cela accentuait mon désir, ma tension, mon ivresse… et surtout ma joie. Mon cœur était emporté par une absolue certitude. Lorsque Trevor nous fit rouler de manière à ce que je le chevauche, ses mains toujours enfouies dans mes cheveux, il me sourit, et je crus défaillir de bonheur.

Il fut mon premier amant, même si, de mon côté, je n'ignorais pas qu'il avait connu d'autres femmes avant moi. Et après l'amour, au lieu d'inventer un prétexte quelconque pour s'éclipser ou évoquer un possible égarement de notre part, il se contenta de descendre un peu dans le lit, de façon à appuyer sa joue contre mon cœur, sans pour autant relâcher son étreinte.

— Ça va ? me chuchota-t-il au bout de quelques minutes.

— Oui, murmurai-je. Et toi ?

Il se mit à rire et leva la tête pour me sourire.

— Je ne me suis jamais senti aussi bien de ma vie, répliqua-t-il, et à cet instant je sus que je l'aimerais pour toujours.

Durant ces deux jours, nous sortîmes à peine de la chambre. Nous avions faim, bien sûr, et lorsque mes provisions de M & M's, de fromage frais et de Wheat Thins furent épuisées, nous allâmes manger dans un snack-bar de la ville. Blottis l'un contre l'autre sur la banquette, nous parlâmes des cours à la fac, des gens que nous connaissions et même de mon énorme gaffe chez Mme le doyen. Nous évitions soigneusement de mentionner ma famille, mais à part ça tout se passait exactement comme je me l'étais toujours imaginé. A un moment donné, alors que notre relation semblait s'être recalée sur un mode purement platonique (la discussion portait sur l'après-saison des Yankees), Trevor s'interrompit au beau milieu d'une phrase pour effleurer ma joue, et je sus à cet instant qu'il me trouvait belle, charmante et désirable. Je rougis violemment, éprouvant le brusque besoin de détourner les yeux. Trev se mit à rire, de ce petit rire grave et coquin que j'avais toujours rêvé qu'il m'adresse, et mon cœur se gonfla de tant d'émotions que je crus que j'allais me mettre à pleurer de bonheur.

Le dimanche, nous nous séparâmes à regret, chacun dans l'obligation d'étudier de son côté.

— Viens au match avec moi, me proposa-t-il, les Bearcats jouent à domicile. Quoi de plus romantique que de regarder du foot main dans la main dans les tribunes, blottis l'un contre l'autre sous un plaid ?

J'acceptai sur-le-champ.

Sur le pas de la porte, il prit mon visage entre ses mains et me contempla avec attention.

— Chastity, je…

Il s'interrompit, les sourcils légèrement froncés. L'espace

d'une seconde, un éclair de panique me fit dérailler le cœur, mais il me sourit.

— A tout à l'heure, conclut-il en m'embrassant avec tendresse.

Il s'engagea dans le couloir, s'arrêta, revint sur ses pas et m'embrassa de nouveau.

— Cette fois, j'y vais pour de bon.

Encore un baiser, encore un câlin, encore une étreinte et un ultime baiser. Finalement, c'est moi qui le repoussai.

— File, grosse bête !

Je lui souris béatement, sur un petit nuage.

Il me rendit mon sourire et partit en courant dans le couloir. Après son départ, j'obligeai mon cerveau saturé de phéromones à se concentrer sur la dissertation que je devais rendre sur les *Contes de Cantorbéry*.

J'arrivai avec un peu de retard sur le parking du stade, devant le poteau téléphonique où nous étions convenus de nous retrouver. Trevor me tournait le dos et je courus joyeusement vers lui avec la ferme intention de lui faire un plaquage et de l'embrasser dans le cou, voire carrément de le peloter. Mais, lorsque je vis qui l'accompagnait, je pilai net.

C'était Matt.

— Salut, mauviette ! rugit ce dernier en s'élançant pour me serrer de toutes ses forces dans ses bras.

Je lui rendis son étreinte, prenant subitement conscience qu'il m'avait terriblement manqué. J'avais là mon petit ami *et* mon plus jeune frère — les deux hommes que j'aimais le plus au monde.

— Bonjour, Matt ! Qu'est-ce que tu fais ici ?

Je souris à Trevor, qui ne me rendit pas mon sourire. Son regard passait alternativement de mon frère à moi, il serrait les poings dans ses poches. Mon cœur chuta sur l'asphalte dans un bruit sourd quasiment audible.

— Je me suis dit que j'allais venir au match, histoire de

passer quelques heures avec Trev et de voir comment tu t'en sors toute seule, répliqua Matt, le visage rougi par le froid.

Quelques filles du club du cachemire lui tournaient autour, tels des charognards, et le regard de Matt fila aussitôt vers elles. Oh ! celui-là ! Il allait faire des ravages durant le week-end, avec l'allure qu'il avait et son tout nouveau statut de sapeur-pompier.

— Génial ! m'écriai-je. Trevor et moi, on va voir le match, nous aussi, pas vrai, Trev ?

— Mais oui. Tout à fait, répondit-il avec un sourire forcé.

Il n'en fallut pas plus. Je compris à la seconde qu'entre Trevor et moi ça n'allait pas durer.

Après avoir repéré nos places bon marché, nous nous assîmes sur les gradins — moi serrée entre les deux garçons — et n'en bougeâmes plus de tout le match. J'encourageai nos gars, interrogeai Matt sur son travail et sa formation de pompier, sur papa et maman, et Trevor fit de même. Je m'interdisais de penser à la chaleur de sa cuisse collée à la mienne, à son odeur familière que j'adorais, aux rougeurs laissées par sa barbe sur ma poitrine. Je m'astreignais à n'être que la sœur de Matt, que la petite O'Neill, à faire partie de leur bande.

A un moment, Trevor se détendit un peu, ayant compris qu'il n'entrait pas dans mes intentions d'annoncer qu'il avait défloré la sœur de ses deux meilleurs amis, cette gamine qui se trouvait être la fille de ses parents de substitution. Néanmoins, il ne me parlait guère, préférant s'adresser à Matt par-dessus ma tête et ne me faisant grâce que de quelques commentaires sur le match. Il paraissait incapable de croiser mon regard plus d'une seconde.

A la fin du match, Matt me lança :

— Chas, on va faire un tour au pub, OK ?

Je compris que je n'étais pas incluse dans leur virée : pour commencer, je n'avais pas l'âge légal, et puis j'étais… la petite sœur. Je regardai Trevor. Il détourna la tête, la mâchoire crispée.

— OK, les gars. A dans quinze jours, Mattie ! Je t'adore.

— Moi aussi, je t'adore, répliqua-t-il en me serrant dans ses bras.

Trevor réussit à enfin à croiser mon regard.

— Salut, Chastity.

— A plus ! lui lançai-je d'un ton enjoué, le gratifiant d'une bourrade amicale dans l'épaule.

Comme je m'éloignai, j'entendis Matt s'exclamer :

— Waouh ! Vise la fille avec le blouson rouge ! Tu la connais ?

Je marquai un temps d'arrêt, désireuse d'entendre la réponse de Trevor.

— Pas encore, répliqua-t-il dans un rire.

Je repris mon chemin. C'était tout à fait normal, il taillait une bavette avec son copain Matt. Mais il ne… Je voyais bien que… Il n'était pas…

Des larmes brûlantes me montèrent subitement aux yeux, et je courus tête baissée jusqu'à la bibliothèque universitaire. Une fois là-bas, je me rendis aux toilettes qui étaient désertes et, le cœur à vif, laissai libre cours à de gros sanglots bruyants qui se répercutaient contre les murs. Lorsqu'une employée entra pour me demander gentiment si j'avais besoin d'aller prendre un calmant à l'infirmerie, je me ressaisis, m'aspergeai le visage d'eau froide et regagnai ma chambre. Sur ce, je me changeai et partis courir quinze kilomètres. A mon retour, ma décision était prise.

Ce soir-là, lorsque Trevor passa me voir dans ma chambre, les derniers doutes que je pouvais nourrir furent balayés par l'expression malheureuse de son visage.

— Salut ! dis-je avec une gaieté forcée.

Aussitôt, je lui proposai de sortir car, en dépit de ma détermination, je ne tenais pas à rompre dans la chambre où nous avions passé le week-end à faire l'amour. Nous marchâmes jusqu'à un banc situé sous un châtaignier particulièrement beau, et nous nous assîmes. Les branches de l'arbre s'élevaient vers le ciel, puis se recourbaient vers le bas, presque à toucher le sol. Son feuillage doré nous abritait du regard des passants, et l'ombre rendait un peu plus facile la déclaration que j'avais à faire à Trevor. Assis près de moi, il se tenait parfaitement immobile, le regard braqué droit devant lui, aussi tendu et silencieux qu'un chat.

Je lui pris la main.

— Trevor, je me demande si nous n'avons pas commis une erreur, tous les deux.

Ses épaules s'affaissèrent. On ne pouvait se méprendre sur l'expression de total soulagement qui éclairait son visage.

— Je m'apprêtais à te dire la même chose.

C'est étrange à quel point l'amour-propre peut parfois vous endurcir.

Je me tournai vers lui, le regardai bien en face et déglutis péniblement.

— Ecoute, Trevor, tu comptes énormément pour moi. Mais quand je t'ai vu avec Matt, eh bien…

Ma voix se brisa, mais je dissimulai mon émotion en toussant.

— Disons que nous sommes jeunes et inconscients, que nous avons la vie devant nous et toutes ces foutaises.

Je déglutis de nouveau.

— Nous n'aurions sans doute pas dû faire ça.

Je m'en sortais plutôt pas mal, estimai-je, si l'on considérait que mon cœur était pris dans un étau de plus en plus serré. Je tentai de sourire, y parvins, et regardai Trevor acquiescer de la tête, les mains enfoncées dans les poches de son blouson.

— Chas, j'aurais dû… Je n'aurais jamais dû…

Il déglutit péniblement.

— Je suis vraiment désolé. Tout ça, c'est ma faute, dit-il d'un ton malheureux.

— C'est notre faute à tous les deux, d'accord ? murmurai-je. Tu n'as pas à t'en vouloir. Simplement, nous avons tous deux bien trop à perdre dans l'histoire, tu ne crois pas ?

Il me regarda, le visage terriblement grave et sombre.

— Ce n'est pas… que je ne tiens pas à toi, Chas.

Il baissa les yeux.

— Parce que je t'aime vraiment.

Les feuilles se mirent à bruire dans le vent, une douzaine

d'entre elles se détachèrent et tournoyèrent mollement jusqu'au sol. L'une d'elles atterrit sur la tête de Trevor et je tendis la main pour la lui ôter des cheveux.

— Oh ! mais moi aussi, Trev ! Simplement, je ne voudrais surtout pas que nos relations soient faussées. Alors, peut-être qu'on ferait mieux d'arrêter là tant qu'il n'est pas encore trop tard.

Le visage de Trevor reflétait une tristesse immense. J'avais la gorge brûlante de larmes ravalées, les muscles tendus à craquer, et mon cœur battait la chamade. De tout mon être, de toutes les fibres de mon corps, je souhaitais qu'il proteste. Qu'il me dise : *Non, c'est impossible. Je suis amoureux de toi, Chastity. Ma place est auprès de toi.* Mais il se contenta de hocher la tête.

— Oui… Tu as raison, Chas.

Nous restâmes assis en silence durant encore quelques minutes, tandis que de mon côté j'essayais de ne pas déglutir trop bruyamment. Puis, Trevor passa un bras autour de moi et me serra violemment contre lui, si fort qu'il me fit craquer les côtes avant de relâcher son étreinte.

Il se leva et regarda vers la gauche, dans la direction de ma résidence.

— Tu veux que je te raccompagne ? me proposa-t-il d'un ton rude.

— Non, non. Je… hum… Je vais chercher un livre à la bibliothèque. A plus, mon grand !

J'attendis qu'il ait disparu pour verser d'interminables larmes silencieuses qui dégouttaient de mon menton, maudissant ma bêtise. Je tenais encore à la main la feuille que j'avais ôtée de ses cheveux.

Nous avions pris la bonne décision, je le savais. Dès que j'avais vu Trevor avec Matt, j'avais tout compris. Qu'il était terrifié à l'idée que notre liaison amoureuse puisse le priver de la famille O'Neill. A l'idée que sa situation soit modifiée dès lors qu'il serait devenu le petit ami en titre de Chastity. Et l'avenir, dans tout ça ? Combien de filles de dix-huit ans épousent leur premier amour de fac ? Inévitablement, nous aurions rompu, et alors que serait-il advenu ? Où aurait-il fêté Thanksgiving ? Ma mère aurait-elle continué à l'accueillir à bras ouverts, sachant que, dans ma chambre, je sanglotais parce que ce même Trevor Meade m'avait plaquée ? Papa aurait-il continué à le considérer comme son cinquième fils, à partir du moment où il aurait su que Trevor avait couché avec sa petite fille chérie ?

Trevor avait déjà perdu une famille. Je n'avais pas l'intention de le rendre une fois de plus orphelin.

9

En tant qu'élément du réseau social d'Eaton Falls, la *Gazette* figure parmi les sponsors d'une course de quinze kilomètres destinée à lever des fonds pour la recherche contre le cancer du sein. Depuis une semaine, le bandeau de la une est imprimé en rose, et les fameux petits rubans et bracelets roses ont tout envahi. L'idée est d'amener les gens à vous parrainer en payant votre participation à l'épreuve, puis de courir ou de marcher, comme ils veulent, mais à tout le moins de terminer la course. C'est une charmante tradition. J'ai déjà couru deux ou trois fois dans le cadre de cette manifestation, avant et après mon cursus universitaire, mais à présent que je travaille pour l'un des sponsors il m'est impossible de faire l'impasse sur ma participation.

J'arrive au point de rendez-vous, vêtue d'un cuissard en Lycra et d'un T-shirt du *Seigneur des Anneaux* — « Le Mordor est le pays des Amoureux ». Il y a là une estrade croulant sous les ballons de baudruche roses, des marchands de hot dogs et de bretzels, ainsi que des centaines de personnes venues assister au départ et à l'arrivée de l'épreuve. Le parcours part de l'espace vert municipal, suit River Street sur trois kilomètres, franchit le pont, entre dans Jurgenskill, longe de nouveau le fleuve, puis franchit le pont d'Eaton Falls au niveau de la centrale, et enfin retourne vers la ville pour l'arrivée.

Au côté de la *Gazette* s'aligne l'équipe de l'hôpital, mais aussi celle de la caserne des pompiers, de Hudson Roasters, de l'Adirondack Brewing et de la compagnie d'électricité. Je regarde autour de moi, remplie d'amour et de fierté pour ma pittoresque bourgade. Des drapeaux roses claquent à tous les réverbères. Plusieurs bâtiments de ce pâté de maisons arborent des banderoles roses à leurs fenêtres. La fanfare du lycée joue non loin d'ici — j'entends l'éclat des cuivres, les percussions vibrent jusque dans mon ventre. La course constitue un petit événement pour la ville, et je me réjouis de l'ampleur prise par cette manifestation.

C'est alors que je l'aperçois. *Lui*. M. *New York Times*! Ses pommettes, ses cheveux, son mètre quatre-vingt-huit de perfection masculine — bon sang, où est-il donc passé? Tendant le cou, je me dresse sur la pointe des pieds, mais il a disparu. Zut! A l'exception de Trevor, c'est le premier homme à me faire cet effet-là depuis des siècles. Il faut que je fasse sa connaissance. Il le faut absolument!

— Salut, Chastity!

C'est Angela.

— Waouh! J'adore ton T-shirt, s'exclame-t-elle. *Le Seigneur des Anneaux*, c'est mon film préféré. En fait, j'ai même une silhouette en carton de Legolas grandeur nature, chez moi, dans mon bureau.

— Eh bien, tu m'en vois désolée. Car Aragorn est cent fois plus sexy.

Elle se met à rire.

— Certainement pas! Et surtout Legolas est bien plus *cool*. Tu te rappelles l'espèce de cascade qu'il effectue pour monter sur le cheval?

— Sur le cheval d'Aragorn. Car c'est Aragorn qui lui sauve la couenne!

Dans notre dos, une voix s'élève.

— Franchement, les filles, vous êtes désespérantes.

C'est Pete, de la publicité.

— Je vous jure. Vous jouez aussi à Donjons et Dragons?

— Non, on a arrêté! dis-je.

— Ça fait des jours qu'on n'y a pas joué, renchérit Angela, avant que nous éclations de rire.

— Alors, les filles, vous marchez ou vous courez, aujourd'hui ?

— Oh ! je vais sûrement marcher, répond Angela.

— Moi, si je devais courir, mon cœur lâcherait à tous les coups, reconnaît Pete d'un ton affable. Mais marcher, c'est dur aussi. Quinze kilomètres ! Rien que ça ! Et toi, la Reine des Amazones ?

Pete prend une minute pour évaluer ma charpente et sourit d'un air appréciateur.

— J'ai toujours été attiré par les femmes dominatrices.

— Ne m'oblige pas à te faire souffrir, Pete...

— Mais je veux que tu me fasses souffrir ! Oups, voilà ma femme... Faisons comme si nous étions simples collègues.

La femme de Peter, que j'ai déjà rencontrée à deux reprises, lève les yeux au ciel.

— Tant que tu paies l'assurance-vie, chéri, tu peux faire ce qui te chante, ça m'est égal. Amusez-vous bien !

Je m'enquiers :

— Où sont passées les autres Gazelles de la *Gazette* ?

— Là-bas, dit Angela en pointant l'index.

En effet, tous mes collaborateurs sont là : Penelope, Alan de la Dent Grise (je n'arrive pas à me sortir ce sobriquet de la tête), Danielle et l'un de nos pigistes free-lance, dont le nom m'échappe. Lucia, en total look rose bonbon, se trouve à côté de Pen. Elle tient la main d'un homme élancé en T-shirt jaune vif et cuissard noir moulant.

Je murmure :

— Je vois que Lance Armstrong a rejoint notre équipe...

— Oh ! c'est vrai, vous ne vous connaissez pas, dit Angela tandis que nous nous approchons du groupe. C'est Ted Everly, le fiancé de Lucia.

— Ah..., dis-je dans un souffle. Enfin ! L'homme, la légende, *le nounours.*

— Bonjour, tout le monde ! lance Penelope. Bonjour, bonjour !

Elle porte un maxi T-shirt barré de l'inscription « *Gazette d'Eaton Falls* — Tous mobilisés contre la maladie » sur un pantalon de yoga.

— La course commence dans une dizaine de minutes, alors allons-y !

C'est une belle journée, le ciel est clair et une légère brise s'élève de la rivière — les conditions idéales pour courir. Nous rejoignons la ligne de départ en compagnie de centaines d'autres participants. J'effectue quelques étirements pour m'échauffer, sous le regard de Penelope qui fronce les sourcils et ordonne aussitôt :

— Hep, tout le monde ! Faites comme Chastity ! Chastity, tu es une dingue de sport, n'est-ce pas ? Montre-nous donc quelques mouvements d'étirement.

— Je préfère le terme d'« athlète », Pen.

Je leur fais une démonstration des étirements de base recommandés pour la course, isolant les principaux groupes musculaires des jambes, du bassin et de la région lombaire.

— Teddy Bear et moi, nous faisons de la gym Pilates, déclare Lucia. Nous n'avons pas besoin de ça.

— Salut, Teddy Bear, dis-je en m'échauffant les chevilles. Moi, c'est Chastity O'Neill.

— C'est ce qu'on m'a dit, marmonne-t-il. Ravi de faire ta connaissance.

A en juger par l'expression de ses traits anguleux, il est aussi ravi de faire ma connaissance que de boire un verre de ciguë ou de se trancher un doigt. Ma foi ! Il me semble parfait pour Lucia, dont la coiffure d'un blond à la Doris Day ressemble à une barbe à papa maintenue à grand renfort de laque. Elle a les lèvres peintes en rouge foncé et les cils poissés d'une couche de mascara qui se voit à vingt pas.

Le maire d'Eaton Falls nous gratifie d'un petit discours, remerciant les sponsors de l'épreuve et encourageant les participants à se donner à fond pour la bonne cause. Je scrute la foule à la recherche de M. *New York Times*, sans succès. Il y a des centaines de participants à la course. Je concentre particulièrement mon regard sur les concurrents qui arborent un

T-shirt « EF Hospital », mais le bel inconnu reste invisible. Pas grave. Je reste quand même très excitée. Papa et Matt participent également à la course — j'éprouve une bouffée de fierté à la pensée que mon père est encore capable de courir quinze kilomètres à son âge. Je crois que Mark compte s'aligner lui aussi, et peut-être même Tara, qui faisait partie d'une équipe de relais à l'université. Mais le reste des O'Neill sera posté sur le parcours à des endroits stratégiques, prêt à encourager les coureurs, voire à les rafraîchir au tuyau d'arrosage.

Le coup de feu du départ retentit et notre équipe s'élance en même temps que le reste des participants. Dans le groupe des marcheurs. Les coureurs prennent la tête à grandes foulées. Mes pieds me démangent de les rejoindre. Le personnel de l'*EFG* marche d'un pas vif, mais ce n'est pas la même chose. Je trottine quasiment sur place aux côtés de mes collaborateurs.

— Quelqu'un se sent de courir un peu ?

Pete me fusille du regard.

— A part Pete ?

— Je crains d'avoir un léger problème aux poumons, déclare Penelope en se tapotant affectueusement la poitrine. De la bronchite chronique, voire un début de pneumonie. Je redoutais que ce ne soit la tuberculose, mais j'ai bien réagi à la cuti.

— Ange ? Ça te dit de courir ?

— Euh… pas vraiment, Chas.

— D'accord.

Je soupire et me mets à tournicoter autour de notre petit groupe. Lucia et Teddy Bear ne daignent pas m'accorder un seul regard, ils se contentent d'avancer coudes au corps et en rythme, déroulant le pied — talon/pointe, talon/pointe — avec vigueur.

— Chastity, dit Penelope, si tu es capable de courir, fonce ! C'est bon pour l'image du journal. Vas-y, vas-y !

Exactement les paroles que je rêvais d'entendre. Il y a quelque chose dans la course à pied qui réveille en moi la compétitrice.

— Tu es sûre ?

— Fonce, je te dis !

Il ne m'en faut pas davantage. Ça y est, je suis partie, mes longues jambes avalent la chaussée de la rue. Dans certaines occasions, être bâtie comme une camionneuse amazone est un plus, et il se trouve qu'aujourd'hui c'est le cas. J'ai déjà fait de l'aviron ce matin, mais la course fait appel à un ensemble de muscles différent, et puis j'adore courir. Certes, il n'est pas question que je gagne, vu que je suis partie avec les traînards, mais je vais en rattraper quelques-uns, c'est sûr. Et de fait, moins d'un kilomètre après, j'aperçois déjà quelques-uns des T-shirts qui sont partis avec nous.

Ma respiration est fluide, régulière, ma foulée longue et véloce. Quinze kilomètres, ce n'est pas la plus longue distance que j'aie courue : j'ai terminé deux fois le marathon de New York et une fois celui de Boston. N'empêche, il va falloir y aller au courage.

— Jolie foulée, O'Neill !

Tournant la tête, j'aperçois brièvement Bev Ludevoorsk, mon instructrice de secourisme. Je lui adresse un signe de la main doublé d'un sourire.

— Z'avez fait du beau boulot, l'autre jour !

La semaine dernière, nous avons abordé la manutention des patients et, ainsi que Bev l'avait prédit, je me suis avérée naturellement douée pour soulever un malade.

Je franchis le pont à la marque des 9,5 kilomètres. Des tas de gens se sont arrêtés là pour reprendre leur respiration et admirer le paysage. Je les dépasse tranquillement et pénètre dans le quartier commerçant de Jurgenskill. Il flotte dans l'air des odeurs de hot dogs et de pop-corn ; le public nous encourage, agite la main et nous rafraîchit au tuyau d'arrosage. Le quartier devient plus résidentiel et le parcours se fait plus onduleux. Les habitants, installés sur des chaises longues, nous passent des titres motivants sur leur lecteur-radio. Reconnaissant au passage quelques mesures des *Chariots de feu*, je souris. Il y a même un groupe de musiciens dans une allée. Ils interprètent *Born to Run*, évidemment.

Au pied d'une montée assez longue et progressive, un son merveilleux parvient à mes oreilles.

— Allez, tatie, allez tatie ! Allez, tatie, allez !

Le clan ! Ils campent à environ mi-coteau, sur la pelouse des parents de Sarah — tous mes neveux et nièces trépignent de joie, m'encourageant à tue-tête.

— Allez tatie, allez tatie !

Rien que pour eux, mes adorables petits lapins, j'appuie sur l'accélérateur, je monte la colline à fond de train, dépassant les coureurs laborieux, ceux qui en sont réduits à trottiner pesamment. Du côté des enfants, c'est le délire ! Jack agite une clarine, maman me crie des encouragements, Lucky retourne des steaks hachés sur un barbecue au gaz.

Sans ralentir l'allure, je braille :

— Equiiiiiiipe… O'Neiiiiill !

La main tendue pour qu'ils me tapent dans la paume au passage. Le visage des petits brille de fierté et j'éprouve une telle bouffée d'amour pour eux, pour l'ardeur qu'ils mettent à me soutenir, qu'une boule d'émotion se forme dans ma gorge.

— T'es la meilleure, mon chou ! me lance Elaina, Dylan dans les bras.

— Chastity, tu es à quatre-vingt-dix secondes de l'équipe des pompiers ! me crie Sarah, l'œil sur sa montre. Vas-y, ma grande, rattrape-les !

Elle brandit un verre — un bloody mary, à première vue — et boit à ma santé.

Je lui crie :

— T'as raison !

Les pompiers. Je suis capable de rattraper cette bande de balèzes sans problème.

C'est un pur bonheur de courir, aujourd'hui. Le long des rues, le public m'apparaît de plus en plus flou. Je cours presque à une allure de sprint — il va falloir que je réduise ma foulée, tout à l'heure —, mais j'arrive déjà au panneau des 8 kilomètres et je le sens à peine. Le vent est fort et l'air sec — une sensation divine sur mon front humide. Mes pieds frappent l'asphalte à un rythme soutenu, ma respiration me donne le tempo. C'est alors que je les aperçois, les T-shirts bleu marine de la caserne de pompiers d'Eaton Falls, courant au coude à coude, en rang de cinq, comme pour un défilé. Mon père, Matt, Mark, Santo et Trevor. Je pique encore un petit sprint et je les rattrape.

— Tiens, salut, les gars ! dis-je, haletante. Je pensais bien que ce pack d'hétérosexualité, c'était vous !

Ils se mettent à rire.

— Tiens-nous compagnie, Chas, dit Trevor.

— Vous êtes trop lents pour moi ! Tu entends ça, Mark ? Je vais vous mettre une déculottée !

Mark me lance un regard calculateur et mord aussitôt à l'hameçon.

— Tu t'imagines que tu as la moindre chance contre nous ? OK, je suis partant.

Il allonge sa foulée.

— A plus, les mecs !

— Bonne chance, ma belette ! crie papa.

Sur les deux kilomètres suivants, Mark et moi restons au coude à coude, l'un testant l'autre. Ça fait un petit moment que nous n'avons pas couru ensemble, et la compétition nous stimule tous les deux, exactement comme quand nous étions petits. Mark était toujours celui de mes frères qui prêtait le plus d'importance à la victoire — Jack me laissait gagner, Lucky courait à mes côtés, Matt n'aimait pas la compétition, mais Mark voulait absolument remporter la course ; on aurait dit que sa vie en dépendait. De mon côté, j'avais toujours des tas de choses à prouver — que j'étais aussi forte que les garçons. Que je pouvais faire tout ce qu'ils faisaient. Qu'ils n'avaient pas besoin de veiller sur moi parce que je me débrouillais très bien toute seule. Mieux que très bien, en fait. Je leur damais le pion.

— Ça te dit de miser quelques sous sur la course ? dis-je à mon frère qui — maudit soit-il ! — ne montre aucun signe de fatigue.

— Dans tes rêves ?

M'efforçant de ne pas ahaner, je propose :

— Tu finis ma salle de bains, alors ?

— Nan… Je parie cent billets.

— Tenu !

Nous sommes au panneau des 11 kilomètres, et la foule des spectateurs semble comprendre qu'à ce niveau nous avons besoin d'eux. Encore quatre kilomètres à parcourir, principalement en montée, jusqu'à ce que nous atteignions le pont. A la sortie d'un virage, un nouveau défi se dresse devant nous.

C'est une colline si escarpée qu'on a l'impression de grimper à une échelle. Mes mollets se mettent immédiatement à protester. Je sens dans un genou quelque chose qui coince et qui n'y était pas la dernière fois que j'ai fait une course. Mais je ne peux pas ralentir. Aussi je m'accroche de toutes mes forces dans la montée afin de rester au niveau de mon frère.

— C'est ici que je décolle, me dit Mark.

Et sur ces mots il pique un sprint jusqu'au sommet.

Je tente bien de le rattraper, mais il gravit la colline à fond de train, tel un soldat engagé dans la bataille des Ardennes. Il me dépasse de cinq foulées, de huit… de dix. Je ralentis l'allure. Mes tibias me font un mal de chien, j'ai les mollets en compote. Dans mon genou, la sensation de blocage s'accentue.

— Tu ne vas quand même pas encaisser ça sans réagir, si ?

Trevor court à mon côté. Il me jette un coup d'œil, hilare.

— Allez, Chas, on peut le rattraper ! Tu connais Mark. Tout pour la frime ! Cette colline, ce sera son chant du cygne.

Avec Trev tout sourire à côté de moi, je ne peux pas m'empêcher de me sentir revigorée… et sacrément amoureuse de lui. Bon sang ! Ce type est un seigneur. Nous gravissons la colline en ahanant, sans lâcher prise.

— Salut, Trevor ! lance une voix féminine.

Trev lui fait signe mais sans regarder en arrière.

— Ça va ? me demande-t-il.

— Super…

Enfin, nous arrivons au sommet. De là, il reste environ trois kilomètres jusqu'au pont, puis seulement six pâtés de maisons jusqu'à l'espace vert.

— Alors, mets la gomme ! m'encourage Trevor. J'aperçois Mark devant nous.

A notre niveau, le nombre de coureurs s'est considérablement réduit. Nous sommes en tête du peloton… enfin, disons dans le premier quart — de toute façon, largement derrière les vrais coureurs de cross qui, à cet instant, sont probablement en train de franchir la ligne d'arrivée. Nous continuons de courir et je sens mon second souffle m'envahir, l'ivresse du coureur, les endorphines. A moins que ce regain d'énergie ne soit dû qu'à la présence de Trevor, avec ses cheveux humides de sueur, son visage empourpré, ses yeux sombres et étincelants.

Il faut que j'accélère, sans toutefois brûler toutes mes réserves, afin de me mettre dans la foulée de Mark jusqu'au pont, le tout sans qu'il sache que je le talonne d'assez près pour tenter une échappée. Mais Trevor a raison. Mettre toute la gomme dans la montée s'avère être une erreur pour Mark. Quand nous atteignons le pont, nous avons déjà réduit notre retard sur lui d'environ trente mètres.

— A toi de jouer, Chas ! me crie Trevor. Tu as le champ libre, maintenant. Mets le turbo !

— Merci, Trev ! Je n'aurais jamais pu y arriver sans toi !

Je lui envoie un baiser et applique son conseil à la lettre.

A présent, je file comme le vent. Le parcours présente une légère déclivité jusqu'au pont. Au moment où j'atteins le revêtement d'acier grillagé, je suis à fond dans mon sprint. Je dépasse Mark sans un mot, trop attentive à conserver ma foulée, à franchir le pont. Je bifurque dans Ridge Street, prends le virage à la corde sur les deux derniers pâtés de maisons qui bordent le parcours. Les rues grouillent de supporters déchaînés qui agitent des drapeaux roses en hurlant des encouragements, et le spectacle d'une sprinteuse lancée à fond les plonge dans un délire de joie. Sur le dernier pâté de maisons, je m'arrache, franchis la ligne d'arrivée les jambes flageolantes et m'écroule sur la pelouse, le cœur cognant à tout rompre, les poumons incendiés, ivre de joie.

— Ça va ? me demande un organisateur en m'aidant à me relever.

— Il fallait que je batte mon frère, dis-je en riant, le souffle court.

Mark termine quelques secondes après moi.

— Merde ! hoquette-t-il en ralentissant l'allure. Je pensais bien que c'était toi.

Il n'a pas l'air content du tout, et je le connais suffisamment bien pour ne pas jubiler devant lui.

— OK. Félicitations.

— Merci, mon vieux.

Nous échangeons une poignée de main. Mark me donne une tape sur l'épaule et s'en va chercher de l'eau sans m'adresser un mot de plus. Je reprends mon souffle et m'étire les mollets en attendant Trevor.

Lorsqu'il franchit la ligne d'arrivée, beaucoup plus gracieusement que moi tout à l'heure, il court droit sur moi et m'enveloppe dans une énorme étreinte mouillée de transpiration. Il sent l'homme, le sport et, d'une certaine manière, l'herbe coupée.

— Tu l'as battu, évidemment ? me chuchote-t-il, provoquant un chatouillis généralisé dans tout mon côté gauche.

— Evidemment, dis-je sur le même ton. Merci, coach !

— Bravo à toi.

Il relâche son étreinte — oh, la sensation de solitude, tout à coup ! — et boit longuement au goulot d'une bouteille d'eau distribuée par les organisateurs de la course.

— C'était un bien beau spectacle, commente-t-il en s'essuyant le front. Tu as survolé ce pont comme si tu avais des ailes.

Mon cœur est à deux doigts d'éclater de joie et de fierté.

— Ma foi, dis-je avec modestie, c'était une superjournée pour courir.

En un éclair, je décide de l'inviter à aller boire une bière pour fêter ça. Rien que lui et moi. Finalement, la probabilité d'une histoire avec Trevor n'est peut-être pas aussi nulle que je le prétends. Après tout, il se peut que la situation évolue, et de notre côté nous ferons en sorte de…

— Bonjour, Trevor.

Nous nous retournons. Et nous figeons.

C'est Hayden Simms, l'ex-fiancée de Trevor.

Le sang se retire du visage de Trev.

— Hayden, murmure-t-il.

Le regard de Hayden se pose brièvement sur moi.

— Salut, Chastity.

Dans son jean blanc et son chemisier rose, elle est fraîche comme un lis. Ses cheveux blonds encadrent son visage d'un rideau lisse et soyeux, et les nombreuses bagues en argent qui ornent ses doigts lui donnent un air décontracté et bohème. Des bracelets en argent se chevauchent dans un cliquetis mélodieux sur ses bras bronzés. Je prends brusquement conscience de l'odeur de ma transpiration. Je marmonne :

— Salut. Toi ici, je n'en reviens pas !

— Ma mère marchait, aujourd'hui, explique-t-elle en ramenant une mèche parfaite derrière ses minuscules oreilles. Elle a vaincu le cancer, c'est pourquoi je tenais à venir, évidemment.

Trevor, lui, n'a toujours pas prononcé une parole.

— Et toi, Trevor, comment vas-tu ? lui demande la Parfaite Hayden d'une voix douce.

— Ça me fait plaisir de te voir, Hayden, murmure-t-il.

Puis ses yeux se mettent à sourire et le reste de son visage suit le mouvement. Une brève montée de chagrin embrase ma poitrine.

— Bon, il faut que j'y aille, dis-je brutalement. Hum… encore merci, Trevor.

Il s’arrache à la contemplation de la blonde perfection de Hayden.

— De rien, Chas. OK, à un de ces jours, alors. Tu as fait une belle course.

Je marmonne un merci.

Et voilà. Pas de bière. Pas de fête. Pas de révélation.

La poisse !

10

Etudiante en troisième cycle, je m'étais crue guérie de Trevor. Je pensais que le temps avait fait son œuvre et pansé les blessures de mon pauvre cœur brisé, bref toutes ces foutaises, quoi. A la fac, j'avais eu un copain ou deux. A Columbia, j'avais une sacrée cote auprès des garçons, sachant m'intégrer dans leur bande comme une pro, mais j'étais trop occupée pour vivre une véritable histoire d'amour. Je sortais un peu… Avec Jeff, un camarade de troisième cycle à l'humour féroce et perpétuellement à cran, qui avait décroché un job à CNN lors de notre deuxième année. Et puis il y avait eu Xavier, qui enseignait la chimie à l'Ecole publique 109. Mais rien de sérieux. Ce n'était pas le moment. Nous vivions à New York, et à Manhattan, on ne commence pas à songer au mariage avant la quarantaine.

Au cours des six années qui s'étaient écoulées depuis notre brève aventure, Trevor et moi avions retrouvé notre ancienne camaraderie, cette relation affectueuse et décontractée — pas tout à fait des rapports de frère et sœur, et plus que de la simple amitié. Je mettais un point d'honneur à ne pas soupirer après lui, à être gaie et aimable en sa présence. Heureusement pour moi, il avait quitté Binghamton à la fin de ma première année là-bas et bouclé son cursus à l'université du Vermont avant d'intégrer une formation de secouriste professionnel. De mon côté, j'effectuai mon année de licence en France, et à mon retour, mon chagrin s'était quelque peu estompé. J'étais jeune, me disais-je. Tout le monde garde la nostalgie de son premier amour. J'arriverais bien à oublier Trevor.

Puis, un beau jour, alors que je terminais mon troisième cycle tout en arrondissant mes fins de mois au *New York Times* en qualité de contrôleur d'informations, Trevor m'appela.

— Chastity, je me demandais si on pourrait se voir. On pourrait peut-être dîner ensemble ? Je peux venir à New York, qu'est-ce que tu en dis ?

— Bien sûr ! Ça serait génial !

La rougeur de mes joues, le léger tremblement de mes mains traduisaient ma pensée avec exactitude.

Trevor sortait avec une certaine Hayden, ancienne étudiante de Binghamton — membre du gang des pulls en cachemire, en fait. Elle habitait à environ vingt minutes d'Eaton Falls et ils s'étaient mis à se fréquenter une fois leurs études terminées. Je l'avais même rencontrée, l'été précédent. J'avais accompagné les garçons chez Emo où je m'étais montrée égale à moi-même, amicale, drôle et détendue, remarquant à peine qu'elle était belle, étudiante en droit, et qu'elle affichait sans doute vingt-cinq kilos de moins que moi sur la balance. Je pensais avoir magnifiquement réussi à ne pas en prendre ombrage.

Mais soudain… soudain, Trevor faisait le déplacement jusqu'à Manhattan, un trajet d'au moins trois heures, rien que pour manger avec moi. Pour la toute première fois depuis cet horrible, ce merveilleux week-end de Columbus Day, Trevor souhaitait me voir en tête à tête. Il y avait forcément anguille sous roche. Lui et la Parfaite Hayden devaient avoir rompu, non ? Forcément. Et là, Trevor venait me dire qu'il ne m'avait jamais oubliée. Qu'à présent que nous étions véritablement entrés dans l'âge adulte (à l'époque j'avais vingt-quatre ans, lui vingt-sept), le moment était peut-être venu de comprendre que nous étions faits l'un pour l'autre. *Ne t'emballe pas, Chastity*, m'avertissait une petite voix intérieure. *Du calme. Ne sommes-nous pas en formation pour devenir journaliste ? Rassemblons d'abord des faits.* Je n'écoutai pas la petite voix. Elle pouvait bien aller au diable ! Je ne téléphonai pas non plus à la maison pour m'enquérir des derniers événements en date. Je n'appelai même pas Elaina. J'avais peur de me porter la poisse si jamais je mentionnais que Trevor faisait le trajet jusqu'à New York pour me voir. Je craignais qu'un de mes frères ne décide de l'accompagner, voire pire, un de mes parents.

Dans mon exaltation, je claquai deux semaines de salaire chez Long Tall Sally — la meilleure boutique de la ville pour nous, les grands gabarits — et achetai une tenue qui disait de moi que j'étais une fille décontractée, intéressante, originale, pleine d'aplomb, mais qui ne se mettait pas non plus en quatre pour plaire. J'achetai également une paire d'escarpins rouge vif à talons hauts. Je me fis faire une coupe et une manucure. Je pris conseil auprès de mes amies et de mes collègues pour choisir le restaurant où emmener Trevor, un endroit qui lui montrerait que j'étais devenue une New-Yorkaise dans le coup, un endroit confortable sans être relâché, informel mais plein de charme, bref un endroit d'initié.

— McSorley ? proposa une de mes collègues.

— Trop crasseux, répliquai-je.

— L'Aquavit ? suggéra mon chef.

— Trop stressant.

— Le Gotham Bar & Grille ?

— Trop branché.

Au bout du compte, je dénichai le restaurant idéal après plus de quatre jours de recherches. Un petit italien situé dans le Village, où les serveurs parlaient un anglais approximatif et où la carte était à tomber. Je savais que Trev adorerait. Le lieu était calme, le personnel nous laisserait prendre notre temps et c'était un endroit tellement, tellement romantique, avec ses toutes petites tables qui donnaient sur la rue, ses murs de brique et son plancher de bois. Il y aurait Tony Bennett en musique d'ambiance. Nos genoux se cogneraient sous la table, nous nous regarderions les yeux dans les yeux, nous éclaterions de rire, nous nous embrasserions. Dieu, qu'il m'avait manqué ! Depuis l'instant où j'avais raccroché le téléphone, (je ne sais plus où j'étais — en cours, au boulot, au lit, dans le métro), je me repassais cette scène en boucle. Et quand ma petite voix intérieure me conseillait de ne me laisser aller à aucune supposition, je lui ordonnais de la fermer et de me laisser savourer ce moment en paix.

Quand enfin j'appuyai sur le bouton de l'Interphone pour laisser monter Trevor jusqu'à mon minuscule appartement que j'avais récuré du sol au plafond, je tremblais comme une feuille. Enfin ! Enfin, j'allais le retrouver, car dans ma tête, c'était parfaitement clair : jamais je n'avais aimé un autre homme que lui. Pas à ce point-là. Non, jamais.

— Salut, Chastity ! me dit-il en me serrant très fort dans ses bras. Tu es superbe ! Waouh, c'est vraiment très joli, cette tenue !

Il pénétra dans notre séjour lilliputien, serra la main à ma colocataire, Vita, qui m'adressa un hochement de tête approbateur.

— Bon, on pourra revenir ici après le resto et traîner un peu, proposai-je d'un air suprêmement décontracté. Hé, Vi, tu veux manger avec nous ?

Comme je le lui avais ordonné un peu plus tôt, elle déclina élégamment l'invitation, prétextant un devoir à rendre et un rendez-vous tardif avec son copain.

C'est ainsi que Trevor et moi nous retrouvâmes à arpenter les rues de Chelsea jusqu'au Village. Il était impressionné par ma connaissance de New York, paraissait sincèrement heureux de me voir, et quand je le pris par le bras pour traverser un carrefour où j'estimais qu'il marchait trop lentement il ne chercha pas à se dégager.

— Ça me fait vraiment très plaisir de te revoir, Chas, me dit-il avec son fameux regard revolver.

Mon cœur bondit dans ma poitrine. *Note les moindres détails,* me disais-je. *Imprègne-toi bien de l'ambiance. Cette soirée, tu t'en souviendras toute ta vie.*

Ce fut d'ailleurs le cas, mais pas pour les raisons que je souhaitais.

Nous arrivâmes au restaurant, où je fus accueillie chaleureusement par le maître d'hôtel que j'avais passé une heure à interroger trois jours plus tôt. Il nous installa à la table que j'avais choisie, avec vue sur la rue, et mes genoux rencontrèrent bel et bien ceux de Trevor. Nous commandâmes une bouteille de vin, échangeâmes quelques propos sur ma famille, le boulot et la lutte anti-incendie.

— Alors, Chastity, tu vois quelqu'un en ce moment ? me demanda-t-il avec une légère hésitation, ses yeux chocolat brillant d'une ferme résolution.

J'inclinai la tête sur le côté.

— Ma foi, pas vraiment, non. Je suis sortie avec un ou deux types, il y a quelque temps, mais rien de sérieux. C'était juste pour s'amuser.

Une réponse parfaite, que j'avais répétée une bonne dizaine de fois devant mon miroir, histoire de lui montrer qu'avec les hommes j'avais du succès, mais aussi du discernement, et que j'étais tout à fait disponible pour m'engager dans une relation plus sérieuse.

— Ah, tant mieux.

Il sourit et je lui rendis son sourire, interprétant son « ah, tant mieux » comme sa façon à lui de se réjouir que je sois libre. Pour *lui*. Mes orteils se recroquevillèrent dans mes escarpins à talons hauts. Le serveur vint à notre table et nous commandâmes nos plats. Trevor prit une gorgée de vin, puis reposa son verre et entreprit de rectifier la position des couverts.

— Chastity, tu étais courant que depuis quelque temps je sortais avec Hayden, n'est-ce pas ?

— Bien sûr, dis-je, glissant une mèche de ma toute nouvelle coupe derrière mon oreille.

Les battements de mon cœur s'accélérèrent, mes genoux se mirent à picoter. *Nous y étions...*

— Eh bien, disons que les choses ont... hum... un peu évolué, poursuivit Trevor sans lever les yeux de la nappe.

Son sourire, remarquai-je, s'était fait plus contraint. Sans doute était-il encore un peu triste d'avoir rompu avec elle, alors que dans mon cœur j'exultais, au comble du bonheur. *Oh! merci, mon Dieu! Enfin!*

J'étais tellement prête à entendre « Nous avons rompu » que je faillis ne pas entendre les mots que prononça réellement Trevor.

— Nous allons nous marier.

L'espace d'un instant, mon sourire niais, ce sourire plein d'espoir et d'attente, demeura plaqué sur mon visage. Mes yeux s'agrandirent et je pris une rapide inspiration, suivie d'une autre, continuant d'afficher mon sourire de débile, aussi déplacé qu'une saucisse de porc dans un repas kasher.

Puis, d'un battement de paupières, je refoulai les larmes qui me piquaient les yeux. *Je t'interdis de pleurer, espèce d'idiote!*

Je me mis à piailler :

— Oh là là, Trev! Waouh! C'est formidable! Waouh! Génial!

— Tu le penses vraiment?

Son regard s'était empreint de compassion — ou d'autre chose —, et brusquement mon amour-propre rappliqua au grand galop sur le devant de la scène.

— Mais bien sûr! C'est... Je... je ne m'y attendais pas, tu comprends? Je ne pensais pas que c'était aussi sérieux entre vous! Mais toutes mes félicitations! Hayden est une fille formidable.

— Merci, Chas.

Il se pencha vers moi, les coudes sur la table.

— Je tenais à te l'annoncer moi-même.

— C'est tellement... tellement gentil de ta part! *(Salaud!)* Si, si, vraiment! Merci, Trevor, merci.

Je serrais les poings sur mes genoux et devais déglutir sans cesse.

— Et donc, vous avez fixé une date?

Le mugissement dans mes oreilles était suffisamment fort pour couvrir le récit détaillé du bonheur des charmants tourtereaux, mais pas assez pour faire taire ma petite voix intérieure. *Espèce d'idiote! Ne t'avais-je pas conseillé de ne pas t'emballer?*

Hein ? Je n'arrive pas à le croire ! Méfie-toi, si tu pleures, je nous trucide toutes les deux !

Mario, le serveur, nous apporta le menu que nous avions choisi. A partir de là, je bâfrai sans respirer jusqu'à la fin du repas — entrées, salade, mmm, ce pain… délicieux ! et ces *penne alla vodka*… carrément extraordinaires ! Et puis l'avantage, quand on a la bouche pleine, c'est qu'on n'est pas obligé de parler, pas vrai ? Je pouvais me contenter de sourire et d'opiner à tout ce que me racontait Trevor.

— J'étais un peu inquiet, m'avoua-t-il en s'essuyant la bouche. A l'idée de t'en parler, je veux dire.

— Pourquoi ça ? feignis-je de m'étonner en enfournant un gros morceau de pain imbibé d'huile d'olive.

Ses beaux yeux sombres se voilèrent de tristesse.

— Ma foi, tu sais bien… A cause de ce… de cette histoire entre nous, à la fac. Je me sentais un peu gêné de t'annoncer mes fiançailles. J'avais peur que tu sois…

— Que je sois quoi ? Tu rigoles ? Allons, Trev ! Pour moi, tu es comme un frère. Je me réjouis pour toi. Sincèrement. Cette fille a l'air d'être une personne tout à fait merveilleuse.

Trevor — qu'à cet instant précis je haïssais de toute mon âme — sourit, quoique d'un air assez embarrassé.

— Euh, oui… elle l'est. C'est certain. Entre elle et moi, c'est devenu sérieux assez rapidement… Enfin, bref. Merci, Chastity.

Il laissa passer quelques secondes, comme s'il était sur le point de vouloir ajouter quelque chose, puis enchaîna en m'interrogeant sur mes études.

Lorsque Mario nous apporta le tiramisu, je me levai de table en m'excusant. Une fois aux toilettes, je vomis l'intégralité de mon repas, puis m'essuyai la bouche et me contemplai dans le miroir.

— Idiote ! sifflai-je avec une dose impressionnante de dégoût pour moi-même. Tu n'es qu'une ridicule et lamentable idiote !

***

Trevor et la Parfaite Hayden partirent s'installer à Washington, où elle venait d'être engagée par un cabinet d'avocats de tout premier plan.

Trev, lui, trouva du travail comme secouriste professionnel. Ils firent l'acquisition d'un bel appartement dans un immeuble en copropriété et fixèrent une date pour leur mariage. Heureusement pour moi, ils ne vinrent pas passer Noël à Eaton Falls cette année-là. J'avais beau être habituée à traiter Trevor en bon copain, le voir amoureux de sa fiancée taille 40 aurait été un peu trop dur pour moi.

Cependant, leur idylle tourna court. Il se passa quelque chose entre eux, même si je n'ai jamais su que ce qu'on m'en avait rapporté à l'époque. D'après Matt, c'était la Parfaite Hayden qui avait tout annulé ; Trev, lui, voulait recoller les morceaux. Quoi qu'il en soit, Trevor s'en revint à Eaton Falls et reprit son job à la caserne de pompiers. Ce qu'il avait perdu en exubérance, il l'avait gagné en sérieux.

C'était il y a six ans. Depuis, pour autant que je sache, Trevor n'a pas connu de véritable histoire d'amour, malgré les hordes de femmes qui seraient prêtes à tout lâcher pour le suivre jusqu'au bout du monde. Il souffre peut-être d'un schéma d'abandon. A moins qu'il n'ait pas réussi à oublier Hayden. C'était peut-être la femme de sa vie. Peut-être que chaque soir il s'endort en pensant à elle, incapable de ne pas rêver à la vie merveilleuse qui aurait été la leur si seulement ils avaient pu ranimer la flamme, si seulement les choses avaient tourné différemment.

Et aujourd'hui, voilà que Hayden est de retour.

11

Quelques jours après l'épreuve de course à pied, Penelope me convoque dans son bureau. Rien qu'à sa voix, je devine qu'elle va encore me prier d'examiner une partie de son anatomie, par crainte d'une pathologie quelconque. Lorsqu'elle a appris que je prenais des cours de secourisme, c'est tout juste si elle ne s'est pas évanouie de joie. Tu m'étonnes…

— D'après toi, est-ce que ça ressemble à une MAV ? me demande-t-elle en désignant l'arrière de son genou.

— C'est quoi, une MAV ?

Je me penche pour jeter un coup d'œil à son creux poplité.

— Une malformation artério-veineuse, m'explique-t-elle avec une délectation de mauvais augure.

— Hum… Ma foi, on dirait une varice, si ça revient au même.

Je me relève.

— Autre chose ?

— Oui. Il y a un cours d'autodéfense au YMCA, ce soir. Je veux tu y ailles. J'ai eu une superidée de papier.

Pen se carre de nouveau dans son fauteuil.

— « Les héros d'Eaton Falls. » On pourrait interviewer l'instructeur — Ryan Machinchose, j'ai son nom quelque part par là. Il se consacre à la sécurité des femmes. Son but, c'est qu'elles soient capables de se protéger elles-mêmes (là, j'émets un reniflement), ce genre de truc, tu vois. De là, nous pourrions passer au classique reportage sur les flics et les pompiers, avec en prime quelques chefs scouts et peut-être aussi quelqu'un qui s'occupe de recueillir les animaux abandonnés. Qu'en penses-tu ?

— En effet, ça m'a l'air d'une bonne idée.

— En outre, ça ferait augmenter notre tirage. Ces derniers temps, le nombre d'abonnements n'a pas chuté, mais on ne peut pas dire qu'il ait augmenté non plus.

J'acquiesce :

— C'est vrai que les récits héroïques font toujours vendre. Ça, et les meurtres.

Penelope se redresse d'un coup.

— Mais au fait, j'y pense ! Tu as toute une flopée de sauveteurs dans ta famille, n'est-ce pas ? On pourrait peut-être même leur consacrer un sujet entier ! « Les O'Neill d'Eaton Falls. » « Une famille de héros. » « L'héroïsme, une tradition familiale. » « Chez les O'Neill, l'héroïsme, c'est de famille. »

C'est de famille *jusqu'à un certain point*, me dis-je. Et je me remémore le navrant épisode avec Kim, la propriétaire du magasin de jouets. Malgré tout, j'éprouve comme à mon habitude un picotement d'irritation et de fierté.

— Ma foi, si je rédige un article sur ma famille pour le journal qui m'emploie, il est clair que je vais me retrouver en situation de conflit d'intérêts.

— Certes, certes... Bon, écoute, si nous décidons de traiter ce sujet, je le confierai à un reporter free-lance. Mais restons quand même sur l'histoire du pompier, à condition qu'il ne soit pas de ta famille, ça te va ?

— Impeccable.

De fait, je n'y vois aucun inconvénient. Les pompiers ont sans conteste beaucoup de mérite, même s'il est vrai qu'ils passent la moitié de leur temps à se chamailler comme de vieilles pies.

— Je connais quelques gars qui consentiraient sans doute à me livrer leur témoignage. Et, outre les candidats habituels, le monde regorge d'autres héros qui ne demandent qu'à être dénichés. Nous pourrions, par exemple, nous intéresser aux éducateurs spécialisés, au bon Samaritain qui t'aide à changer un pneu sous la pluie, ce genre de trucs. Qu'est-ce que tu en dis?

Pen apprécie. Nous discutons encore un peu, puis je retourne à mon bureau. Alan est penché au-dessus d'Angela qui se rencogne tant qu'elle le peut sans passer à travers la cloison de son box.

— Ange, je peux te voir une seconde?

— Bien sûr! s'exclame-t-elle en bousculant Alan pour se précipiter vers mon bureau.

J'attends une seconde, le temps qu'il retourne au service des dépêches et qu'il décroche le téléphone.

— En fait, je n'ai rien à te dire, mais il m'a semblé que tu avais besoin qu'on vienne à ta rescousse. Considère que tu es le petit Pippin, et moi le noble et torturé Boromir qui massacre tous les Uruk-hai dans une tentative désespérée pour te sauver.

— Il faut vraiment que vous sortiez davantage, les filles, commente Pete en passant devant mon bureau.

Nous l'ignorons.

— Merci, Chastity. Alan est sympa, mais…

— Je sais. Ce n'est pas Aragorn.

— Pas même Gimli, réplique-t-elle, faisant allusion au nain d'un mètre vingt de notre trilogie préférée.

— Tu veux qu'on mange ensemble, à midi?

— Avec plaisir! répond-elle aussitôt.

— On dit une heure?

— Parfait. Maintenant, il faut que je me remette au boulot. Je suis en train de composer une page sur les repas préparés d'avance.

Elle marque une pause.

— Hum… juste une chose, Chastity.

— Oui? dis-je en m'inclinant en arrière dans mon fauteuil.

— Il se trouve que je t'ai vue aux Nocturnes spéciales célibataires, lâche-t-elle dans un murmure, rougissant de manière très séduisante.

— Je ne suis pas lesbienne, Angela.

— Oh! je sais!

— Je voulais juste que ça soit bien clair entre nous.

— Non… Hum, je me demandais si ton frère sortait avec quelqu'un en ce moment.

— Matt ? Non, avec personne, justement !

Je me redresse d'un coup.

— C'est un mec génial. Tu l'as déjà rencontré ?

— Non, je l'ai simplement vu au supermarché, l'autre soir, murmure-t-elle, le visage cramoisi. Et je l'ai aussi aperçu pendant la course, le week-end dernier.

Je laisse passer quelques minutes.

— Mais Matt n'est pas allé aux Nocturnes du supermarché…

La lumière se fait alors dans mon esprit.

— Tu veux sûrement parler de Trevor ?

— Le type qui a fait la bise à ta mère. Un brun… avec un grand sourire et des yeux marron…

Mon cœur fait des soubresauts dans ma poitrine.

— C'est ça, Trevor Meade. Mais ce n'est pas mon frère. C'est un ami de la famille, rien de plus.

Le visage d'Angela s'illumine d'espoir.

— Ah, d'accord ! Et… tu sais s'il sort avec quelqu'un ?

Mon enfant intérieur proteste, boudeur. *Non, celui-là, tu ne peux pas l'avoir. Je l'aime depuis que j'ai dix ans, bon sang de bonsoir !* Et puis, il y a la Parfaite Hayden. Je ne sais pas comment ça s'est fini entre eux, l'autre jour.

— Euh… je n'en sais trop rien, Ange, mais je ne pense pas qu'il fréquente quelqu'un en ce moment.

Elle se mord la lèvre et mon moral dégringole d'un cran supplémentaire.

— Tu veux que je me renseigne discrètement ?

— Ça serait génial ! Il est vraiment très séduisant. Enfin, je veux dire que dès le premier regard j'ai senti comme un… tu sais ? Cette espèce de picotement.

— Oui, dis-je avec un sourire forcé. Trevor est… très séduisant.

Je n'ai aucune raison de m'opposer à l'intérêt qu'Angela porte à Trevor. Lui et moi sommes les meilleurs amis du monde. Depuis des lustres et des lustres, même ! Qui plus est, son ancienne flamme, la fille qui lui a brisé le cœur, est de retour à Eaton Falls. Quoique, à tout prendre, je préférerais que ce soit Angela qui sorte avec Trevor plutôt que la Parfaite Hayden. Au moins, Angela est sympa, elle.

A cet instant, un cri perçant déchire l'air.

— Oh, mon Dieu ! Teddy Bear !

Lucia se jette sur son fiancé qui vient de franchir l'entrée.

— Teddy et moi devons aller voir des traiteurs, déclare-t-elle d'une voix aussi triomphante que si on venait de lui décerner le prix Pulitzer.

— Amusez-vous bien, dis-je aimablement.

— Le mariage est dans seize mois à peine ! Et il y a tant de choses à faire ! Oh ! mon Dieu ! Tu ne le croirais pas, Chastity ! C'est pratiquement un travail à plein-temps !

— J'imagine, dis-je sèchement. Depuis quand êtes-vous fiancés ?

— Quatre ans et sept mois, réplique Teddy sur-le-champ. C'est bon, allons-y, princesse !

Il se tourne vers Lucia, lui arrange le col et m'adresse un sourire faux. Il a une façon de prononcer les *s* qui ressemble à un sifflement de serpent.

— On ne peut pas se permettre de faire attendre les traiteurs, poursuit-il. Et puis, je dois retourner en vitesse au bureau, j'ai une réunion avec nos actionnaires.

— Teddy Bear est vice-président de sa société, fanfaronne Lucia.

— Je vois. Mes félicitations.

— Au revoir, tout le monde ! Faut qu'on file !

La tête haute, Lucia sort royalement du bureau, Teddy Bear sur ses talons.

— Si ce mec-là est hétéro, moi, je suis George Clooney, déclare Pete.

Je tressaille mais ne peux m'empêcher d'acquiescer.

A la fin de la journée, je rentre manger un morceau chez moi avant de me rendre au cours d'autodéfense. Mordant dans la pizza froide de la veille, je vérifie mes messages sur e.Commitment. Ma mère a déjà reçu cinquante-neuf réponses sur son profil. Cinquante-neuf! Moi, j'ai eu Matt, point barre.

Hé, oh! Mais j'ai quelque chose! Posant ma part de pizza, je clique sur le message.

Cher BonneCopine, jeum demanD si tu voulé kons voi. G vu ta foto et G trouvé ton profil sympa.

Décidant de fermer les yeux sur ces irritantes abréviations phonétiques, je vais consulter son profil sur le site. Hum... plutôt mignon. Loisirs préférés : *base-ball, roller, restaurant.* Jusque-là, ça va. Les trois choses les plus importantes dans sa vie : *Mon chat, ma mère, les Red Sox.*

Ah, désolée, mon vieux! A la rigueur, je pourrais tolérer un fan de Boston (du moment que les Red Sox acceptent de ne plus jamais battre les Yanks), mais, combiné avec son chat et sa mère, c'est sans espoir.

Je tends la main vers ma pizza — j'ai au moins ça — mais... elle a disparu. Etalée contre mon bureau, Bouton-d'Or fait semblant de dormir. Discrètement, elle lâche un rot.

— Tu devrais avoir honte, dis-je en lui caressant la tête de mon pied nu.

Sa queue frappe le sol.

Une heure plus tard, Angela me rejoint au YMCA, ayant accepté de m'accompagner. Elaina, elle, avait décliné mon invitation — elle souhaitait passer la soirée en tête à tête avec Robert Mondavi[1], mon neveu ayant eu raison de ses nerfs pour la soirée.

J'avais laissé un message à l'instructeur d'autodéfense pour lui dire que c'était moi qui effectuerais le reportage pour la *Gazette*, et que j'espérais qu'il aurait le temps de répondre à quelques questions après le cours.

— Coucou, ma puce!

1. Robert Mondavi (1913-2008) : grand producteur de vins californiens.

— Maman ? Mais qu'est-ce que tu fais là ?

Je regarde ma mère d'un œil méfiant.

— C'est ton père qui m'a conseillé de venir ici. Il prétend que si je dois fréquenter des tarés, des ordures et des pervers, j'ai intérêt à savoir me défendre. Bonsoir, ma chère, je suis Betty, la mère de Chastity.

— Bonsoir, répond Angela de sa voix douce.

— C'est papa qui t'a conseillé de venir ?

J'ôte mon sweat de l'équipe de Binghamton, révélant un autre T-shirt de ma collection *Seigneur des Anneaux* — « On recherche Elfe : compétences d'archer & tenue de cuir exigées ».

— Figure-toi que oui. Après tout, si jamais il m'arrivait quelque chose, qui lui préparerait ses repas ?

— Ce ne sont pas tes talents de cuisinière qu'il cherche à protéger, maman.

Ma mère se tourne vers Angela.

— J'ai divorcé du père de Chastity, ma chère. Et il a du mal à le digérer. Chastity, ma chérie, imagine-toi que j'ai passé une merveilleuse soirée avec un homme charmant, un certain Harry. Il se pourrait même que ça devienne sérieux entre nous.

Angela lève un sourcil dans ma direction, puis entreprend consciencieusement de renouer les lacets de sa chaussure de sport.

Je mens de manière éhontée :

— Dis donc, maman, c'est génial !

La salle d'arts martiaux est bondée de jeunes femmes, toutes plus séduisantes les unes que les autres, ne puis-je m'empêcher de remarquer. Je me sens un peu crade avec mes sweats élimés et mes T-shirts effilochés, alors que tout le monde semble porter ces survêtements qui m'horripilent… d'adorables petits coordonnés avec de jolies petites rayures sur le côté, des hauts à capuches ultracourts révélant de jolis petits ventres plats. Il y a de tonnes de gloss dans ce dojo, des tonnes de reflets dans les cheveux.

La porte s'ouvre, l'instructeur entre dans la salle et ma mâchoire se décroche sous l'effet de ma stupéfaction.

C'est M. *New York Times.*

Sa présence annihile toute autre pensée de mon esprit. Il est ici. M. *New York Times* est ici. Ce cours est animé par l'homme que je meurs d'envie de rencontrer depuis des semaines !

Au loin, mon cerveau enregistre un soupir collectif d'appréciation féminine qui lui fait quasiment voleter les cheveux. Et quels cheveux ! Blond foncé, assez longs pour rebiquer aux extrémités, juste assez longs pour lui donner l'air désinvolte et décontracté sans pour autant tomber dans le négligé. Il porte un kimono de karaté noir fermé par une ceinture sur le devant, révélant un profond triangle de peau luisante et dorée. Ma main frémit du désir de : Toucher. Ce. Torse.

— Waouh…, murmure Angela.

Son visage est tout rose.

Je souffle :

— Oh ! purée…

— Bonsoir, mesdames, dit-il en souriant.

Et, à partir de là, je ne sens plus mes jambes.

Ses mains se portent à sa ceinture et, l'espace d'une fraction de seconde, je crois qu'il va tirer dessus et ôter sa veste de kimono — *Oui ! Oui ! S'il vous plaît !* Une houle de désir déferle en moi. Mais non. Non, bien sûr que non : il se contente de resserrer sa ceinture, au contraire. Ça vaut mieux. Autrement, je lui aurais sans doute sauté dessus.

— Je m'appelle Ryan Darling et je suis ceinture noire quatrième dan en kempo karaté. Je suis également chirurgien traumatologue — *(Juste ciel !)* — et au regret de vous dire qu'il m'a été donné de voir de près le genre de blessures que peuvent présenter les femmes qui se font agresser.

A côté de moi, ma mère émet un claquement de langue réprobateur. Je l'ignore, trop envoûtée par le charme de Ryan pour faire autre chose que refermer la bouche et déglutir. Je l'encourage mentalement : *Regarde-moi.* Il n'en fait rien et continue son petit laïus. Je ferais mieux d'écouter plus attentivement ce qu'il dit, vu que je vais faire un article sur lui, mais mon ouïe semble être brouillée par le désir qui, présentement, me fait bourdonner les oreilles. Aucune importance. Je sais par expérience que ses paroles me reviendront plus tard… c'est une des ficelles du métier. Il se déplace avec une grâce féline, allant et venant devant les élèves tout en exposant la nécessité pour chaque femme de savoir se battre efficacement.

Ryan tape dans ses mains, me tirant brusquement de mon hébétude.

— Bien, et maintenant, commençons ! Choisissez chacune une partenaire. Au début, nous allons effectuer quelques positions de base, des blocages et des coups de poing.

Les blocages et les coups de poing, ça me connaît ! J'ai appris tout ça au cours de ma toute première semaine de vie. Nous nous mettons en ligne et imitons notre adonis d'instructeur. Il apparaît immédiatement que je suis la meilleure élève du cours. Oui — et je le confirme fièrement en aidant la femme à ma gauche à placer ses pieds correctement —, je suis naturellement douée pour repousser les hommes. Phénomène qui peut expliquer certains couacs dans mon parcours sentimental, mais c'est comme ça. Je corrige le petit poing faiblard d'Angela — son pouce ne passait même pas sur ses phalanges, la pauvre chérie — et effectue une démonstration de blocage avec vigueur.

Je ne suis sans doute pas la plus jolie des élèves, ni la plus menue, ni celle dont le charmant petit cul est le mieux mis en valeur par un survêt' de créateur, mais au combat je suis redoutable. Au fond de la salle, Ryan aide ma mère et deux autres femmes. Sa voix porte jusqu'à moi.

— Voilà, parfait, Betty ! Super ! Les jambes un peu plus écartées.

Bon Dieu, s'il me disait ça à moi, je le jetterais à terre, je prendrais mon pied avec lui, et au diable le reste des élèves ! Mon bas-ventre frémit de désir.

Nous passons aux zones de frappe stratégiques, et j'apprends, horrifiée, que certaines femmes tentent de marteler de leurs poings la poitrine ou les épaules de leur agresseur, au lieu de viser leur entrejambe si pathétiquement vulnérable ou leur fragilissime pomme d'Adam. Angela brandit une protection devant elle afin que je la bourre de coups de poing. De grâce ! J'aurais pu être la première de ce cours à l'âge de huit ans. Mais je consens tout de même à imiter les attaques de Ryan avec efficacité et vitesse, claquant la protection avec une force de frappe nettement plus développée que les autres filles, faisant chanceler Angela vers l'arrière. Le Dr Ryan Darling, ceinture noire et chirurgien, va certainement remarquer ma suprématie quand il s'agit de dérouiller un punching-ball ?

Malheureusement, ma stratégie ne fonctionne pas. Ryan ne voit que celles qui ont du mal à s'en sortir, et se déplace entre les rangées d'élèves pour corriger un poing par-ci ou faire une démonstration de blocage par-là. Etant donné mon expérience dans la lutte à mains nues avec les hommes, son regard me survole carrément.

— Bien, dit Ryan au bout d'environ une demi-heure.

Certaines de ces pauvres agnelles, Angela y compris, sont déjà en nage.

— Vous êtes toutes des élèves hyperdouées ! Aussi, nous allons pouvoir passer à quelque chose d'un peu plus difficile. Brittany, vous voulez bien me seconder pour cet exercice ?

Brittany, qui semble avoir aux alentours de dix-neuf ans, s'avance d'une démarche chaloupée ; ses longs cheveux blonds forment un rideau parfaitement lisse et sa bouche arbore une couche de gloss aussi visqueuse qu'une marée noire. Elle consolide son image de bimbo par un léger gloussement.

— Merci, dit Ryan. La prochaine prise est particulièrement indiquée dans le cas où quelqu'un vous fonce dessus. Vous empoignez l'individu par le bras et vous le tirez vers vous en utilisant sa propre énergie contre lui. Puis vous tirez son bras vers le bas d'un coup sec et… boum. Votre agresseur va se retrouver au tapis.

Il mime le mouvement au ralenti.

— On empoigne… on tire… on retourne. Vous voyez, c'est facile.

Il saisit la main de Brittany et refait le mouvement sans

toutefois la renverser pour de bon. La fille est radieuse, elle se cramponne à la main de Ryan comme s'il était en train de l'extraire d'un puits de lave en fusion.

— Empoignez… tirez… retournez. OK, et maintenant, à votre tour d'essayer ! Remettez-vous avec votre partenaire et décidez de qui commence…

Sautillant en demi-pointes, je me tourne vers Angela.

— Ne me fais pas mal, Chastity, murmure-t-elle, affolée, en clignant rapidement des yeux.

— Mais bien sûr que non ! Allez, vas-y ! Agresse-moi !

D'autres femmes foncent déjà sur leur partenaire, y compris ma mère qui campe un agresseur tout à fait adorable, ne puis-je m'empêcher de remarquer. Personne ne se fait réellement retourner à terre, bien qu'une adolescente trébuche. Pour moi, c'est l'occasion ou jamais de briller, mais Angela se tord les mains en passant nerveusement d'une jambe sur l'autre.

Je lance :

— Allez ! Tu ne risques rien !

Elle grimace, ferme les yeux et fonce sur moi. J'empoigne. Je tire. Je retourne.

Angela voltige proprement dans les airs et atterrit sèchement sur le dos. L'air contenu dans ses poumons est expulsé dans un sifflement.

— Oh ! non ! Ça va ? Oh ! Ange, je suis vraiment désolée !

Franchement, je ne pensais pas qu'elle était aussi légère… Le remords et la culpabilité teintent mon visage de rose. Je me couvre la bouche d'une main. Angela gît toujours à terre.

— Ange, je te demande pardon !

Elle rajuste ses lunettes, expédiées de travers par le choc, et lève les yeux sur moi en clignant des paupières.

— Bien joué !

Ryan se matérialise à mes côtés et, la main tendue vers Angela, l'aide à se remettre debout. Cette dernière se masse les reins en me considérant d'un air de reproche.

— Je suis vraiment navrée…, dis-je dans un murmure.

— Ça va ? demande Ryan à Angela.

Elle hoche la tête et lui adresse un sourire contrit.

— Mon amie ne connaît pas sa force.

Une fois de plus, je me confonds en excuses.

Ryan Darling se tourne vers moi.

— Comment vous appelez-vous ? me demande-t-il en inclinant la tête sur le côté. Vous êtes vraiment douée, vous savez ?

Je murmure modestement :

— J'ai quatre grands frères.

Avant d'enchaîner avec un sourire :

— Je m'appelle Chastity O'Neill.

Il serait quand même temps qu'il me remarque, bon sang de bonsoir ! Mais je lui pardonne aussitôt. A elle seule, son ossature de visage serait capable de mettre le peuple grec sur le sentier de la guerre… et ses yeux ! Un vert pur, clair, à la Derek Jeter. Toutes mes félicitations, mon Dieu, c'est du beau travail.

Il me rend mon regard avec une intensité égale à la mienne. Mes genoux manquent de se dérober sous moi.

— La journaliste ? m'interroge-t-il à mi-voix.

Une voix agréable, calme, douce et profonde, que j'imagine déjà me disant : *Chastity, tu es la femme que j'ai toujours cherchée.*

Incapable pour l'instant de former de véritables mots, je me borne à couiner :

— Mm-hm…

— Génial.

Il me sourit, mon appareil génital se contracte, et Ryan se retourne vers les autres élèves.

— Chastity que voici a exécuté une manœuvre parfaite ! D'ailleurs, poursuit-il en me regardant, pourquoi vous ne viendriez pas devant les autres, avec moi ? Nous pourrions leur faire une démonstration de la technique pour se libérer d'une prise d'étranglement.

Il prend ma main — *Mets-toi sur pause, Chas, laisse la sensation t'envahir* — oui, il prend ma main dans la sienne, sa main chaude, forte et habile de chirurgien et me conduit devant toutes les élèves. Il y a beaucoup de visages aigris parmi celles qui me regardent, et je souris d'un air modeste (du moins je l'espère, parce qu'à vrai dire je me sens aussi triomphante qu'Attila le Hun conquérant l'Europe. Et toc ! Prenez ça dans les gencives, espèces de taille 0 !).

Ce genre de choses ne m'arrive jamais. Ce que je veux dire par là, c'est que, bien sûr, j'ai déjà craqué pour d'autres hommes que Trevor. Mais saliver devant Derek Jeter et Aragorn, est-ce que ça compte vraiment ? Le fait que Ryan — M. *New York Times* en personne ! — me tienne la main, même s'il s'apprête à m'étrangler, reste totalement prodigieux. Si l'on excepte l'amour impossible et décourageant que j'éprouve pour Trevor, je peux dire sans mentir que c'est la première fois qu'un homme m'attire autant.

— Super, Chastity, me murmure Ryan.

Il place ses mains sur mon cou — gentiment, presque avec respect, me semble-t-il — puis, d'un geste tendre, dégage quelques mèches de ma nuque. Est-ce un effet de mon imagination, ou les beaux yeux d'un vert jeteresque de Ryan sont-ils emplis de cette combinaison magique d'émerveillement et d'attirance ? Les joues me brûlent, ma poitrine se dilate presque douloureusement. Quoi que nous nous préparions à faire, je tiens à exécuter la manœuvre à la perfection. Je veux que Ryan Darling soit fier de moi. Qu'il soit en *admiration* devant moi. Qu'il tombe amoureux de moi, qu'il m'épouse, qu'il me fasse des enfants ou, au minimum, qu'il me demande mon numéro de téléphone.

— Bien, dit-il en se tournant vers les autres élèves.

Mon Dieu ! Ces pommettes ! Je fixe les magnifiques angles de vue qu'il me propose, enregistrant mentalement la longueur et l'épaisseur de ses cils. Incroyable !

— Il est clair que si on essaie de vous étrangler, vous devez réagir sur-le-champ. Car si vous n'arrivez plus à respirer, vous allez perdre le combat. Chastity, poursuit-il en baissant les yeux sur moi (oui, il me domine de six centimètres), vous êtes jeune, vous êtes en parfaite condition physique — *(Je réprime une exclamation de joie et de triomphe)* — et vous êtes visiblement musclée.

Je souris de nouveau. *Jeune, parfaite condition physique, musclée.* J'adore ces termes ! Plus que cela, j'adore ses mains sur mes épaules, ses pouces posés juste sur mes clavicules tandis qu'il explique aux autres élèves l'importance de marcher d'un air assuré, d'avoir l'air fort, etc. C'est tout juste si ses paroles me parviennent. Je ne sens que la chaleur de ses mains qui se propage en moi, m'emplissant d'une sorte d'alanguissement sensuel, comme si cet homme — mon futur mari — déversait du miel chaud dans mes veines. Mon imagination s'emballe : je vois ses mains parcourir mes bras dans un sens, puis dans l'autre, la chaleur de ses doigts irradiant ma peau nue, je le sens qui m'attire contre sa poitrine dorée, je vois sa bouche s'approcher de la mienne…

Soudain, j'ai la trachée comprimée — pas trop fort, mais comprimée quand même, notez bien — et, avant que mon cerveau ait pu faire le lien, mon genou remonte d'un coup. *Violemment.*

Et Ryan s'écroule comme un taureau dans l'enclos à bétail. Ma gorge est libérée, mais l'homme que j'ai l'intention d'épouser se tord de douleur par terre, enfonçant ses ongles dans le tapis de gym, car on dirait bien que je viens de compromettre sérieusement sa capacité à engendrer nos futurs rejetons.

12

— Ma fille a botté le cul d'une ceinture noire ! annonce fièrement papa, le lendemain soir.

Chez Emo, c'est l'*happy hour*. Il y a là deux brigades et demie, trois de mes quatre frères, un cousin ou deux, et Trevor qui bavarde avec la serveuse — Lindsey l'Allumeuse.

Le nez dans mon Scorpion Bowl, je marmonne :

— C'était son entrejambe.

Oui, nous avons remis ça, Scorpy et moi, ce qui vous donne une petite idée de la sinistrose qui s'est abattue sur moi depuis ces dernières vingt-quatre heures.

Quand Ryan s'est effondré, toutes les élèves ont accouru pour lui prodiguer les premiers soins et, dans la cohue, j'ai été proprement écartée. Mortifiée, je n'ai même pas pu lui parler, hormis de loin, pour lui adresser mes plus plates excuses, tandis qu'il retournait à petits pas vers sa voiture. Pour couronner le tout, je n'ai pas eu mon article et j'ai dû composer à la va-vite un papier traitant de l'influence de James Fenimore Cooper sur le roman contemporain. Si quatre personnes le lisent, ce sera le bout du monde.

J'aspire une gorgée de Scorpy à la paille et regarde le bar tout en gravant mes initiales dans une petite flaque de margarine solidifiée, ignorant le vacarme de l'*happy hour*. Le néant de mon agenda social bée tristement devant moi. Demain soir, je corrigerai chez moi les articles de proximité à paraître la semaine prochaine, vu que toute la journée je dois couvrir le Festival de la Jonquille. Le radiateur de la cuisine a besoin d'être décapé. Et du côté de Bouton-d'Or, un bon bain ne serait pas du luxe. Sans compter que vendredi, je m'installe chez mon frère et sa femme, histoire de me faire martyriser par leur marmaille pendant qu'à Saratoga, Lucky et Tara passeront deux jours à se regarder les yeux dans les yeux, la main dans la main. Voilà le week-end romantique qui m'attend.

Je pousse un soupir convaincu et enfourne une poignée de bretzels dans ma bouche. M. *New York Times* — alias Ryan Darling, docteur en médecine — incarnait mon plus grand espoir. L'espace d'un instant, même si ce fut bref, j'ai *su* qu'il éprouvait une certaine attirance pour moi. Je l'ai senti. Il m'a jaugée. Je l'intéressais. Jusqu'à ce que, bien sûr, je lui mette les testicules en compote.

Mais aussi, n'aurait-il pas dû s'y attendre un peu ? Ce que je veux dire, c'est qu'il était là, en train de m'étrangler… Je venais de retourner Angela comme une crêpe et de préciser que j'avais quatre frères aînés. Ryan lui-même venait de commenter ma force, ma « supertechnique » pour expédier mes copines dans les airs. Si j'en crois ma mère et Angela (que cet incident a énormément rapprochées), j'étais censée baisser les bras — ou les lever — (nous savons tous que je n'écoutais pas) — et briser sa prise d'étranglement. Mon genou n'était pas supposé intervenir dans l'affaire. Mais franchement ! Il s'agissait d'un cours d'autodéfense destiné aux femmes ! Or que vous apprend-on en premier ? *Visez l'aine, les filles ! Balancez-lui votre pied dans les couilles !* Je dois sûrement l'avoir écrit sur un de mes T-shirts.

Mon frère Jack se matérialise à mon côté.

— Allez, raconte-nous encore une fois comment ça s'est passé !

— La ferme…

Paul siffle le thème de *Casse-Noisette.*

— Allez…, insiste Santo d'un ton enjôleur. C'est bien parti pour entrer dans la légende.

— Ça t'intéresse d'être le suivant sur la liste, Santo ?

— C'est sa façon à elle de se démarquer, explique Mark,

plus proche de la vérité qu'il ne l'imagine. Les mettre KO et les traîner jusqu'à sa caverne.

Les gars hurlent de rire. Seul Trevor ne se joint pas à l'hilarité générale, mais je suis trop déprimée pour lui en être reconnaissante.

Je rétorque :

— Oh ! c'est vrai que toi, tu es un champion des relations avec le sexe opposé, pas vrai, Mark ? Tu n'as toujours pas digéré que je t'aie battu à la course, l'autre jour.

— Décidément, tu es obsédée par la compète, ma pauvre Chas ! réplique-t-il avec rancœur. Tu n'es qu'une vieille fille solitaire qui n'a que le sport dans sa vie.

— Mark, ça te plairait que je raconte à tout le monde ce que tu m'as dit un jour ? Que tu trouvais Patrick Swayze bien plus sexy que Luke Perry ? Non ? Alors, boucle-la.

J'ai réussi à détourner de ma petite personne l'attention toujours fluctuante des hommes. Bon, d'accord, grâce à moi, Mark sera en butte à toutes sortes de plaisanteries gay pour les décennies à venir, mais à la réflexion c'est le cadet de mes soucis. Hier soir, il a débarqué chez Elaina d'humeur belliqueuse, cherchant le conflit à propos d'un détail dans l'accord préliminaire de divorce. Il lui a hurlé dessus, a répondu sèchement à Dylan, et en repartant il a claqué la porte si fort qu'un carreau s'est fêlé. Pauvre type !

— Ta mère est allée à trois rendez-vous, cette semaine, me murmure férocement mon père à l'oreille. Il faut qu'elle arrête ça. C'est ridicule, sans parler que…

— La ferme, papa ! On ne t'a jamais dit qu'il fallait laisser tes enfants en dehors de ton horrible divorce ? Non ? Maintenant, on peut parler d'autre chose que de l'incroyable vie mondaine de maman et de ma propension à exploser les burnes des mecs que je rencontre ? C'est possible ? Hein, papa ?

Mon père, qui commençait déjà à protester, se ravise sagement et s'éloigne discrètement en direction d'un représentant plus aimable de sa progéniture. Je ne peux pas dire que je lui en veuille. Bon sang ! Je me sentirais de meilleure humeur si j'étais toute seule chez moi en train de regarder Tony Soprano dérouiller un mec à mort. Au moins, j'aurais Bouton-d'Or… et l'un de ces Snickers géants que j'ai achetés au CostCo la semaine dernière. Ou plutôt trois de ces Snickers géants. D'ailleurs, je vais peut-être rentrer chez moi, prendre ma chienne et mon sachet de Snickers sous le bras, et filer avec les deux chez Elaina, où le spectacle de Tony Soprano en train de dérouiller un mec à mort chassera nos idées noires.

Je vide mon Scorpy d'un trait — l'expérience m'a appris qu'il fallait que je me limite à un par soirée —, pivote sur mon tabouret, prête à partir, et me retrouve nez à nez avec Trevor.

— Salut, Chas.

Je grogne :

— Qu'est-ce que tu veux ?

Je ne suis pas d'humeur à affronter qui que ce soit, et surtout pas L'Homme que j'aime.

— Je voulais simplement te dire que j'étais désolé à propos de… hum… du petit incident qui t'est arrivé hier soir.

Il me fait un sourire.

Mon cœur bondit, réaction qui provoque un nouvel afflux d'irritation dans mes veines.

— Pourquoi serais-tu désolé ? J'ai mis une ceinture noire au tapis. Je suis extrêmement fière de moi, au contraire.

Je jette un regard par-dessus son épaule. Papa joue aux fléchettes avec Jack, Lucky fait un billard avec Santo et Jake, Mark se commande un autre Jameson's. Il n'y a pas d'autre fille que moi dans notre groupe. Rien que cette bonne vieille Chastity, mais, celle-là, elle fait partie de la bande.

— Tiens, voilà ta bière, soupire Lindsey l'Allumeuse en posant le verre sur le comptoir du bar, pressant au passage ses doudounes contre le torse de Trevor. Je peux faire autre chose pour toi ?

Je ne peux m'empêcher de lever les yeux au ciel.

— Non, merci Linds, répond Trevor. A tout à l'heure.

Sexy Minette s'éloigne en se tortillant, c'est limite si elle ne ronronne pas. Et bien entendu Trevor la suit des yeux.

Vu que ma soirée s'annonce pure et chaste à 100 %, pourrie de chez pourrie et sans espoir d'amélioration, je décide de crever l'abcès une bonne fois pour toutes.

— Trevor, tu comptes te remettre avec Hayden ?

Il me regarde, interdit.

— Euh… non. Non. Je l'ai croisée le jour de la course, c'est tout. Mais, c'est-à-dire que… elle s'est réinstallée dans la région. Elle vit à Albany, maintenant.

— Mais vous vous voyez, tous les deux ?

Il secoue la tête.

— Parce que… je t'explique. A la *Gazette*, je travaille avec une fille… très sympa, très jolie. Tu veux que je te donne son numéro de téléphone ?

Les sourcils de Trevor font un bond vers ses cheveux.

— Pardon ?

— Veux-tu sortir avec Angela, notre critique gastronomique ? Elle te trouve craquant.

Il laisse passer quelques secondes.

— Tu te sens bien, Chas ?

Je lève les yeux au ciel.

— Pour l'amour de Dieu, Trevor, c'est oui ou c'est non ?

Il est si près de moi que je sens l'odeur de son savon, que je vois qu'il a besoin de se raser, et si je me penchais juste un peu vers lui je pourrais frotter ma joue contre la sienne, puis nicher ma tête au creux de son cou et embrasser sa peau agréablement chaude. Salaud !

— Alors ?

— Euh, alors oui… je pense que oui, répond-il lentement, les sourcils froncés.

— Génial ! Je t'enverrai un mail avec son nom, son numéro de téléphone et tout le tremblement.

Je me laisse glisser du tabouret de bar et pars en bousculant Trevor qui n'a pas bougé d'un pouce.

— Chastity ? dit une voix.

Je tourne brusquement la tête.

C'est Ryan « Roustons » Darling. Le sang se retire de mon visage, avant d'y affluer de nouveau. Je bredouille :

— Oh ! Euh… Bonsoir… Hum, comment allez-vous ?

— Un peu tuméfié, reconnaît-il.

Je ne peux réprimer une grimace.

Trevor nous regarde.

— Salut. Je m'appelle Trevor Meade.

— Ryan Darling. Enchanté de faire votre connaissance.

— Vous travaillez à l'hôpital, n'est-ce pas ?

— Oui, répond Ryan. Je suis chirurgien traumatologue.

— Ah, d'accord. J'appartiens à l'équipe de secours de la caserne de sapeurs-pompiers d'Eaton Falls.

— Ah… bonsoir.

Ryan s'en tient là — de toute évidence, il ne remet pas du tout Trevor. Ma foi, je suppose qu'un chirurgien se concentre surtout sur son patient — du moins, il faut l'espérer. Mais n'empêche. Ne pas se souvenir de Trevor, c'est le genre de chose que mon esprit n'arrive même pas concevoir.

— Bon, à un de ces jours, Chas !

Trevor jauge Ryan du regard.

— J'ai été ravi de vous rencontrer.

Il rejoint le reste de sa brigade dans le box des O'Neill.

Je me retourne vers Ryan.

— Je tiens encore à vous renouveler mes plus sincères excuses pour hier soir.

Fermant les yeux, je secoue la tête.

— L'instinct a pris le dessus, je suppose.

— C'est… ma foi, cela illustre à merveille ce que j'essaie d'inculquer à mes élèves.

Il tente un petit sourire, et une autre vague de consternation déferle en moi. Pourquoi est-il venu ici ? Pour me faire un procès ? Suis-je en état d'arrestation pour coups et blessures volontaires ? L'attirance torride que j'éprouvais pour lui hier encore me semble appartenir à un lointain passé.

— Et donc… euh, voulez-vous vous asseoir ? dis-je en désignant le tabouret voisin du mien.

— Bien sûr.

Il se hisse précautionneusement sur le siège.

— Oh ! zut ! Je suis désolée. Une banquette serait peut-être plus confortable ? Ou de la glace ? Vous voulez une poche de glace ?

Il sourit largement.

— Non, non, c'est parfait. Autant rester ici.

Mon père m'observe d'un air soupçonneux. Il murmure quelque chose à l'oreille de Jack, qui jette un regard par-dessus son épaule et me fait signe du menton pour me dire de ne pas m'inquiéter, avant de ramener l'attention de papa vers la cible des fléchettes. Je prends note mentalement de garder très bientôt les enfants de Jack et de Sarah.

— Alors, hum... Ryan, c'est ça ?

Comme si son nom n'était pas déjà gravé au fer rouge dans la partie honteuse de mon âme !

— Que puis-je faire pour vous ?

— Vous n'avez pas pu m'interviewer, finalement. Il se trouve que j'étais là avec un collègue, je vous ai vue et je me suis dit que j'allais venir vous saluer.

— Vous interv... oh, mais bien sûr ! Bien sûr ! Ma foi, oui, j'aimerais beaucoup mener cette interview à bien.

Pétard de sort, jamais je n'aurais cru qu'on s'adresserait encore la parole un jour !

— Génial. J'espérais bien que vous seriez toujours intéressée. Ce n'est pas si souvent que j'ai l'occasion de m'entretenir avec une femme qui m'a mis au tapis.

Dieu tout-puissant, mais je rêve ? Il flirte avec moi ! J'inspire une bouffée de joie de façon audible. Je fais signe à Stu, l'allégresse éclatant dans mon cœur comme un crénom de lever de soleil.

— Ecoutez, Ryan, ça vous dirait de prendre un verre ? Je vous dois bien ça. C'est même le minimum.

— Un verre, ça ira, répondit-il avant de sourire. Pour le moment. Je prendrai un single malt si vous en avez, dit-il à Stu tandis que mes orteils se crispent dans mes talons hauts.

— Un Maclaren, ça vous va ? s'enquiert Stu en débarrassant mon bol de Scorpy vide.

— Ça m'ira très bien, oui.

— Et toi, Chas ?

Stu sourit.

— Un autre Scorp…

— De l'eau ! De l'eau, ce sera parfait. Merci, Stu.

Dix mille pensées me traversent l'esprit. Un, Dieu m'a prise en pitié et me donne une seconde chance avec Ryan. Deux, je dois écouter ma voix intérieure. Trois, Ryan est en train de *flirter* avec moi ! Et quatre, ma pensée préférée, tous les gars que je connais — Trevor inclus — me regardent bavarder avec un homme très séduisant. *Très* séduisant.

Ryan prend le verre que lui apporte Stu et se tourne vers moi, me balançant dans les yeux la beauté de ses pommettes force 10.

— Alors, quel genre d'angle recherchez-vous pour votre article ?

— Eh bien, vous savez… hum…

J'ai la tête vide.

— Des gens du coin qui, euh…

Il me dévisage de ses beaux yeux verts. J'ai toujours eu un faible pour les yeux verts.

— Des gens du coin qui… vous voyez… qui euh…

— Qui agissent pour le bien de la communauté ? me suggère-t-il, avec un petit sourire en coin.

— Voilà ! C'est ça. Exactement ! Qui donnent d'eux-mêmes et tout ça.

Je bois quelques gorgées d'eau, histoire de gagner du temps et de me ressaisir. Bien que je l'aie humilié hier soir devant toutes ses élèves, Ryan Darling demeure le premier homme qui ait éveillé mon intérêt depuis très, très longtemps. Je tiens à faire la meilleure impression possible sur lui. Un peu de pondération (alliée à une certaine sobriété) me serait fort utile.

— Vous savez quoi, Ryan ? Je n'aime pas agir ainsi, mais je me demande si on ne pourrait pas reporter cet entretien.

Je n'ai pas mon calepin sur moi, je n'ai pas les questions que je veux vous poser, ni quoi que ce soit.

Je marque une pause. Scorpy me conseille de foncer.

— Comme je m'en veux encore énormément pour votre… pour le… hum, traumatisme que vous avez subi, que diriez-vous si je vous invitais à dîner ? Nous pourrions faire l'interview à ce moment-là ?

— Bien sûr. J'en serais ravi, répondit-il du tac au tac.

C'est tout juste si je n'en tombe pas de mon tabouret. Il a dit oui ! Il m'a dit oui à moi, la petite O'Neill, celle qui fait partie de la bande. M. *New York Times* et moi allons dîner ensemble !

— Ah mais, flûte ! J'ai déjà quelque chose de prévu pour ce week-end, dis-je à regret. Mardi ou mercredi, ça vous irait ?

— Ça me convient parfaitement, à condition qu'on ne m'appelle pas pour une urgence chirurgicale. Puis-je avoir votre numéro de portable ?

En voyant son sourire, ses pommettes, ses yeux verts — tout ça pour moi —, je me sens enveloppée d'un nuage d'irréalité. Il y a bien longtemps que je n'ai pas été aussi attirée par un homme. Peut-être, je dis bien peut-être, Trevor n'est-il pas le seul homme de la ville, après tout.

Nous échangeons nos numéros de téléphone, et je lui promets de l'appeler mardi matin pour lui préciser les détails de notre rendez-vous. Puis je décide de filer avant que mon père ou un autre des gars n'ait l'idée de se joindre à nous.

— Je suis vraiment très heureuse que vous alliez mieux, dis-je avec une absolue sincérité. Et merci. J'ai hâte de faire cette interview.

Je glisse un billet de vingt sous mon verre d'eau, dis bonsoir à tout le monde et file avant que mes gars ne se rendent compte que L'homme-au-scrotum-meurtri est assis parmi eux.

De retour chez moi, j'ai l'esprit plus clair et mon humeur, est-il besoin de le préciser, s'est nettement améliorée.

— J'ai rendez-vous avec un homme, Bouton-d'Or ! dis-je à ma chienne tandis qu'elle fonce sur moi.

Elle bondit, bave, s'écroule et roule sur le dos.

— Figure-toi que je pensais à la même chose, ma cocotte. Viens ! Allons faire un tour.

L'air de la nuit m'éclaircit les idées. Scorpy n'est pas le seul à m'embrumer l'esprit, il y a aussi Ryan Darling. J'ai un rendez-vous galant — enfin, presque. J'ai rendez-vous pour une interview. Je vais cuisiner Angela pour qu'elle me conseille le restaurant le plus cool et le plus intime de la région.

A propos d'Angela, elle sera enchantée d'apprendre que Trevor est intéressé. Comme Bouton-d'Or s'effondre sur la pelouse des Manley, je décide de me réjouir sincèrement au sujet de Trevor et d'Angela. Mieux vaut Ange que cette mijaurée de Hayden Simms. Donnant un coup sec sur la laisse pour faire lever Bouton-d'Or, je l'incite à aller jusqu'au bout de la rue au moyen d'une saucisse sèche Slim Jim et je prends une résolution : Ryan Darling sera le nouvel homme de ma vie, qu'il le sache ou non. Et il va m'adorer.

13

Samedi soir. Christopher, Annie et Jenny sont enfin au lit (je n'ai eu à les menacer qu'une fois d'avoir recours au scotch). Après avoir nettoyé le chantier qu'ils m'ont laissé, j'invite Bouton-d'Or à me rejoindre sur le sofa. Luke et Tara ne me tiendront sans doute pas rigueur de faire monter ma chienne géante sur leur canapé, pas après les tendres soins que j'ai prodigués à leurs enfants. Caressant les fines oreilles tombantes de mon chiot et son énorme tête, je m'autorise à me détendre, tressaillant sous la douleur que me cause un tout nouveau bleu sur ma cuisse.

On s'est bien amusés, aujourd'hui… Non contents d'avoir joué au rodéo, au grand méchant loup, nous avons également fait une partie marathon de Monopoly que nous avons dû arrêter parce que Jenny voulait absolument avaler les hôtels. Nous avons fait une promenade, déjeuné de milk-shakes et de steaks hachés, construit un zoo en bûchettes Lincoln Log et regardé *Nemo*. Puis, j'ai fait semblant d'être un bébé géant et je me suis dandinée dans toute la maison en hurlant « Papa ! Maman ! Donnez-moi à manger ! » tandis que les deux aînés, pliés en deux, pleuraient de rire. Dîner (nuggets de poulet en forme de dinosaures, tout à fait délicieux), bain, histoire, bagarre avec tatie, coup de fil à papa et maman, coucher des filles, seconde partie de Monopoly (version rapide) et, enfin, coucher de Christopher.

Franchement, je ne pense pas avoir été aussi fatiguée après avoir couru le marathon de New York. J'ai mal à des endroits de mon corps dont j'ignorais l'existence. Et après ça on dit que l'aviron est le meilleur sport qui soit! Ce n'est rien à côté d'être maman. Et demain je remets ça! Mais en fait, je souris. Jenny était si mignonne dans son lit d'enfant, son petit derrière pointé en l'air. Ce bon petit diable d'Annie, que la fatigue avait rendue tout à fait angélique, se cramponnait à moi tandis je la mettais au lit. Quant à Chris, que dire? C'est un gamin formidable, d'une manière générale. Et par chance il n'y a eu aucun bobo à déplorer!

En fait, les seules occasions où la vue du sang ne me fait pas flipper, c'est quand un enfant se blesse. L'année dernière, Graham s'est fendu la lèvre en tombant, et je me suis montrée tout à fait compétente dans ma façon de lui administrer une poche de glace et des bonbons au chocolat Hershey — le remède universel des O'Neill pour tous les bobos, quels qu'ils soient. Un jour, lors d'une balade à bicyclette, Claire s'est salement écorché le genou. Eh bien, même si mes mains ont un peu tremblé en tamponnant sa plaie, à aucun moment je n'ai tourné de l'œil. D'accord, Olivia m'a réduite à l'état de gélatine avec sa dent qui bouge, mais si elle s'était vraiment fait mal et qu'elle ait eu besoin de moi, je pense que j'aurais assuré sans problème. Ça me fait plaisir de penser que mon instinct maternel surpasse ma phobie du sang.

Bouton-d'Or pousse un soupir qui fait tressauter ses babines. Je me mets à roucouler :

— C'est qui mon gros bébé?

Sa queue fouette quatre fois le canapé. Ce n'est encore qu'un chiot, de dix mois environ, mais si vous voulez mon avis, elle se comporte comme une vieille chienne de cent quatre ans, à rester couchée toute la journée. Sa seule activité consiste à se mettre sur le dos pour se faire grattouiller le ventre.

— Ça m'est égal, lui dis-je en tirant ses oreilles vers le haut pour rigoler.

Elle ressemble à un croisement de chien et de lièvre — très moche, genre ratage scientifique.

— Moi, je te trouve merveilleuse. Unique. Incomparable.

Je lui écarte les bajoues. Elle renifle joyeusement.

— C'est qui la plus jolie ? Hein, mon Bou-bouton-d'Or ?

Nouant ses oreilles sous son menton, je décide qu'elle ressemble à Aunt Jemima[1].

La sonnerie du téléphone retentit, mais j'ai eu la présence d'esprit d'emporter le combiné afin de m'éviter tout déplacement inutile.

— Supernanny, j'écoute ? dis-je, m'attendant à entendre la voix de Lucky.

— Salut, Chastity.

C'est Trevor.

Je jette un regard à la pendule de la cheminée — 21 h 45 un samedi soir. Etonnant qu'il n'ait pas rendez-vous avec une fille.

— Salut, Trev. Comment ça va ?

— Bien. Et toi, comment ça se passe chez ton frère ? Tu es toujours en un seul morceau ?

— Plus que seize heures à tenir et je pourrai filer à l'hosto, me taper deux transfusions et ça ira, dis-je, gratifiée de l'entendre rire.

Bouton-d'Or soupire de nouveau et je fais courir mon doigt le long de ses babines soyeuses.

— Alors, quoi de neuf, Trev ?

Il laisse passer quelques secondes avant de répondre.

— Eh bien, je me demandais si tu avais le numéro dont tu m'as parlé l'autre jour. Celui de la dame qui s'occupe de gastronomie.

Je relâche ma respiration, m'apercevant à l'instant que je retenais mon souffle.

— Ah, oui… Voyons. Angela Davies. 555-1066.

1. « Aunt Jemima » : figure emblématique d'une célèbre marque de préparation à crêpes.

— C'est vraiment chouette, dis donc. D'avoir une telle mémoire des nombres.

— 1066, bataille de Hastings. Guillaume le Conquérant envahit la Grande-Bretagne.

Il se met à rire.

— Très impressionnant. Et mon numéro, tu le connais ?

Je n'ai jamais téléphoné à Trevor directement, aussi ne puis-je me vanter devant lui du fait que, effectivement, je connais par cœur son numéro de téléphone. Que dans un moment de faiblesse — entendez par là : un bon mois de faiblesse — j'ai entré son nom sur Google, lu tous les articles de la *Gazette d'Eaton Falls* qui l'ont mentionné ces cinq dernières années, et que j'ai mémorisé son numéro de téléphone la toute première fois que je l'ai vu sur Switchboard.com. 555-2110. 21 octobre, la Journée des Amoureux, vous le croyez, ça ? Bien sûr que je m'en souviens ! Et je ne connais pas seulement son numéro de téléphone, je connais aussi son adresse : elle est gravée en lettres de feu dans mon cerveau.

M'avisant soudain de mon silence prolongé, je mens :

— Ton numéro ? Hum… non. Non, je ne le connais pas, en fait.

— 555-2110. Juste pour ton info.

— C'est noté.

J'ai beau chercher, je ne vois rien d'autre à ajouter.

Lui aussi marque une pause.

— Est-ce que tu sors avec ce type, Chas ?

— Qui, Ryan ?

Comme si je ne savais où donner de la tête parmi le nombre incalculable de mes soupirants…

— C'est ça, Ryan.

— Eh bien, oui. Nous dînons ensemble la semaine prochaine. Mais dans le cadre professionnel. C'est pour une interview. Tu vois le topo.

Juste au cas où tu voudrais intervenir, Trev, et me proposer de sortir avec toi au lieu d'inviter Angela…

— Ah… Ma foi, il a l'air sympa.

Je babille sottement :

— Ça, oui, tu l'as dit ! Il est très sympa.

— OK, Chas. Bon, merci de m'avoir donné le numéro d'Angela.

— Pas de souci, mon pote, dis-je en laissant ma tête retomber contre le dossier du canapé. Amusez-vous bien, tous les deux !

— Bonne nuit, Chas.

Je garde le combiné à l'oreille durant une minute, bien qu'il ait raccroché, puis me décide à appeler Elaina.

— Qu'est-ce qui se passe, *querida* ?

Elle a la bouche pleine de quelque chose de croustillant.

— Je sors avec le toubib à qui j'ai niqué les noix, dis-je, tentant de remplacer dans mon esprit le visage de Trevor par celui de Ryan.

— Wouah, dis donc, Chas ! C'est génial ! Je l'ai déjà croisé à l'hôpital.

Elaina est infirmière en pédiatrie.

— Il ne m'a jamais accordé un seul regard, tu sais, et pourtant, sans vouloir me vanter, je suis plutôt sexy comme fille, non ?

Je me mets à rire.

— *Trop* sexy.

— Et il ne sort avec personne de l'hôpital, ça, j'en suis sûre, vu qu'on ne parle que de ça dans les services. Et il est sacrément mignon, en plus ! C'est formidable.

Elle marque une pause dans son babillage.

— Chas, tu es toujours là ?

— Oui.

Elle laisse passer quelques secondes.

— Alors, c'est quoi le problème ?

Je ne réponds pas tout de suite.

— Il n'y a aucun problème, dis-je d'un ton ferme.

— Bon sang, Chastity… Ne me dis pas que c'est encore cette histoire avec Trevor, si ?

Ça me fait l'effet d'un coup de poing, vraiment, de l'entendre formulé à voix haute.

— Eh bien…

Ma voix se mue en chuchotement — il est plus facile de dire ces choses-là tout bas, c'est connu.

— C'est vrai que j'éprouve encore certains sentiments pour lui. Il est… il a été mon premier amour, tu te souviens ?

Bouton-d'Or compatit, elle, au moins : étirant une patte massive, elle la pose sur mon épaule dans un grognement.

— Oui, bon… Mark aussi était mon premier amour, et regarde le résultat : on nage dans le bonheur ! Ecoute, Trevor est un mec génial, d'accord ? Enfin, c'est le parrain de Dylan, bonté divine ! N'empêche qu'il a certains problèmes, tu sais ?

Elle s'interrompt.

— Et puis il a eu sa chance avec toi, si tu vois ce que je veux dire ?

On ne peut plus clairement…

— Oui… Non, mais tu as raison, Lainey, tu as raison. Ça doit être parce que je l'ai beaucoup vu, ces derniers temps, plus que d'habitude.

Je déglutis.

— Bref… Toujours est-il que je sors avec Dr Beau Gosse. Bon, c'est pour une interview. Mais j'ai comme l'impression qu'il s'agit d'un rendez-vous.

— Alors, qu'est-ce qu'il t'a dit, ce Dr Beau Gosse ? Raconte !

Je raconte. J'arrive même à paraître sincèrement enthousiaste, car il faut bien reconnaître que Ryan représente à mes yeux une perspective tout à fait exceptionnelle.

Et je ne pense plus à Trevor. Presque plus.

14

— J'en suis à mon troisième rendez-vous avec Harry. Qu'en penses-tu ? Il est temps que je couche ?

— Maman ! Enfin ! Fiche-moi la paix avec ça !

— Oh ! Chastity, quelle prude tu fais !

— Maman, je te rappelle que tu m'as appelée Chastity Virginia, d'accord ? Alors si je suis prude, c'est en partie ta faute.

— C'était une idée de ton père. Moi, sur le moment, je ne me suis pas rendu compte. J'étais bien trop occupée à rendre grâce à Dieu de ne pas m'avoir envoyé un cinquième garçon !

Je souris.

— Eh bien, quoi qu'il en soit, n'allez pas manger au Blue Moon ce soir, d'accord ? Parce que j'y serai. Avec le médecin. Alors, je t'en prie, n'y allez pas.

— Oh ! mais c'est vrai ! s'écrie maman d'un ton triomphant. Ce séduisant médecin ! Comment va son aine ?

— Je… je n'en sais rien. Mieux, je pense, dis-je en serrant les dents d'exaspération. Mais assure-toi bien que Harry ne t'emmène pas là-bas ce soir, d'accord ? N'allez pas au Blue Moon, ce soir ! C'est bien clair ?

— Mais oui, Chastity ! Je ne suis pas idiote !

Elle soupire.

— Evidemment, ton père est au trente-sixième dessous…

Moi aussi je soupire, jetant un œil à l'écran de mon ordinateur où s'étale l'article que je dois corriger et sabrer de soixante-quinze pour cent. La pigiste qui l'a rédigé refuse de se plier à la consigne que je lui ai imposée — cinq cents mots maximum —, mais, si passionnante que puisse être la vente de gâteaux organisée par l'église, il est hors de question qu'elle occupe cinq colonnes dans le journal.

— Papa t'aime, maman.

— Ma foi, là n'est pas la question.

— Tu es sûre de vouloir refaire ta vie avec un autre homme que lui ? Est-ce que tu y as vraiment réfléchi à fond, maman ? lui dis-je aussi gentiment que possible, tout en supprimant les paragraphes sept à vingt-trois relatant la vente de gâteaux.

A l'autre bout du fil, pas de réaction. Mauvais signe.

— Maman ?

— A quatre reprises il m'a promis de prendre sa retraite, et chaque fois il s'est passé quelque chose qui l'en a empêché. Jimmy Troiano était HS à cause de son dos. Les nouvelles recrues n'étaient pas encore bien intégrées. Le plan de retraite était en pleine refonte.

Elle soupire avec force.

— Je me suis mariée à vingt et un ans, Chastity. J'ai changé des couches pendant plus de dix ans sans un seul jour de repos. Tu sais combien de fois j'ai dû vous emmener aux urgences ? J'ai compté, l'autre jour. Vingt-neuf fois, Chastity, vingt-neuf fois. Je suis devenue grand-mère alors que ma petite dernière était encore en fac.

— Je comprends, maman, mais…

Mais rien. Elle est lancée à fond.

— Non ! Tu ne comprends rien du tout, Chastity !

Maman a sa voix « Général Patton » — sans appel.

— J'ai adoré être votre mère à tous, j'adore mes petits-enfants, mais je suis arrivée à un âge où j'ai envie que mon existence tourne autour d'autre chose que ma progéniture ! J'ai d'autres intérêts, dans la vie ! J'ai des désirs, Chastity !

— Je m'en réjouis, maman, mais…

— C'est si répréhensible que ça de vouloir faire certaines choses simplement parce que j'en ai envie ? De voyager, de m'amuser et d'entreprendre certaines activités pour la bonne et simple raison qu'elles m'ont l'air intéressantes ?

— C'est…

— Oh ! je te demande pardon, ma chérie ! Je ne voulais pas te crier dessus. Mais au moins à toi je peux te parler. Les garçons ne veulent même pas m'écouter.

Quoi ? Mes frères ne veulent pas entendre que leur mère a l'intention de coucher avec son nouveau petit ami ? Je me demande bien pourquoi !

— Ecoute, maman, je t'aime, et tu sais quoi ? Mon seul souhait, c'est de te ressembler.

— Ne dis donc pas de bêtises, Chastity !

— Je suis sincère, maman. Tu es une mère extraordinaire et, si l'on excepte la cuisine, tu as créé un merveilleux foyer pour ta famille. Nous sommes tous dingues de toi. Enfin, regarde-nous ! Cinq enfants et pas un qui vive au-delà d'un rayon de vingt-cinq kilomètres.

— Ce que je trouve pathétique, soit dit en passant.

Je me mets à rire.

— D'accord. Nous n'avons jamais été capables de couper le cordon. Mais de ton côté, assure-toi que tes aspirations sont réellement motivées. C'est tout.

— Entendu. Merci, chérie.

Elle laisse passer quelques secondes, radoucie.

— Alors tu veux qu'on aille au Blue Moon, c'est ça ?

— Non ! Ecoute-moi bien, maman. N'allez pas au Blue Moon. N'allez. Pas. Au Blue Moon.

— C'est bon, chérie ! Inutile de me traiter comme une enfant !

Serrant les dents, je raccroche, boucle le papier sur la vente de gâteaux, corrige l'article traitant des conséquences du manque de neige de l'hiver dernier et poste le tout sur le site du journal. Voilà ! Ma journée de travail est terminée.

Ainsi que j'en ai fait part à Ma Très Chère Maman, ce soir, j'ai mon grand rendez-vous avec Ryan Darling. Angela m'a recommandé le Blue Moon, qui vient d'ouvrir dans Jurgenskill, sur l'autre rive de l'Hudson. Dans sa critique du mois dernier, elle l'a qualifié de spectaculaire, cosy, élégant et fort cher.

J'espère pouvoir faire passer le repas en note de frais, puisque après tout il s'agit d'une interview.

Je fonce chez moi pour sortir Bouton-d'Or. Elle me paraît avoir davantage d'énergie, ces jours-ci. Peut-être avait-elle tout bonnement besoin de vivre à la montagne, me dis-je en la regardant trottiner devant moi dans la rue. Elle renifle le poteau d'une boîte aux lettres, s'accroupit pour faire pipi et poursuit gaiement son petit bonhomme de chemin.

— Allez, ma grande ! Maman sort, ce soir. Elle doit se mettre du mascara.

Sa queue pourfend l'air et elle revient lourdement vers moi, faisant tressauter ses oreilles.

— Qui sait, Bouton-d'Or ? Tu vas peut-être avoir un papa.

— Et donc, vous pratiquez les arts martiaux depuis toujours ?

— Oui, réplique Ryan avec un sourire. J'ai commencé à l'âge de six ans, je suis passé ceinture noire à quatorze et j'ai continué de pratiquer en sport universitaire.

J'ai l'impression d'évoluer dans un décor de cinéma. Le Blue Moon est exactement conforme aux promesses d'Angela… cosy, calme, classieux, rempli de clients aux cheveux brillants et tenu par un personnel à la voix feutrée. Les chandelles projettent des ombres vacillantes sur la table, le vin est excellent, mon vis-à-vis plus que séduisant, et quand il me sourit une onde chaude de plaisir m'enveloppe le ventre.

La soirée se déroule à merveille. Ma coiffure est réussie. Avec mon chemisier au décolleté plongeant et ma jupe à imprimé bleu et blanc — un des articles qu'Elaina m'a forcée à acheter —, j'ai l'allure qui sied à l'occasion, féminine sans être racoleuse. Des talons plats, mais pas mes chères baskets montantes rouges. De jolies petites ballerines. Ryan étant plus grand que moi, des talons auraient anéanti mon illusion d'être une fleur fragile. Quand je suis entrée dans le restaurant, Ryan m'attendait déjà. Il ressemblait au mannequin du *New York Times* pour qui je l'avais pris la première fois que je l'avais vu. Il m'a embrassée sur la joue et m'a avancé mon siège. Carrément surréaliste. Je suis persuadée que nous avons de l'avenir.

Concentre-toi, Chastity. Il te faut absolument l'interviewer avant de choisir le prénom de vos futurs enfants.

— Et où avez-vous fait vos études ?

— Harvard pour la licence, puis la faculté de médecine de Yale.

— Autrement dit, vous n'avez pas eu accès aux meilleures écoles ? dis-je, pince-sans-rire.

Ryan fronce les sourcils.

— Yale et Harvard sont de très bons établissements. Excellents, même.

— Non, je disais ça pour… bref. Oui, en effet. Il n'y a pas mieux.

OK, c'est un sérieux. Belle qualité.

— Ah, pardon, se reprend-il. C'était une plaisanterie ! Au temps pour moi. Je dois avoir laissé mon sens de l'humour à l'hôpital. Désolé…

— Mais non, pas du tout !

Je lui souris.

— Vous êtes chirurgien, c'est bien ça ?

Il incline la tête sur le côté.

— Chirurgien traumatologue, confirme-t-il avec un sourire modeste.

Je devrais sans doute être encore plus impressionnée par sa spécialité, mais il m'a déjà fait le coup une fois avec Harvard.

Je bois une gorgée de l'excellent vin qu'il a commandé.

— Qu'est-ce qui vous a incité à donner des cours d'autodéfense, Ryan ?

Son expression se fait plus intense.

— Eh bien, voyez-vous, Chastity, je me suis toujours senti très concerné par la sécurité des femmes.

— Ah…

— La plupart des femmes ne savent pas se protéger, poursuit-il.

Je lève les yeux de mon calepin.

— A ce propos, comment va votre aine ?

Quelques secondes s'écoulent avant que son visage ne s'éclaire.

— Bien.

— Tant mieux.

Je replonge dans mes notes, un sourire aux lèvres. C'était juste pour lui rappeler à qui il a affaire.

Il poursuit son explication : ces cours sont pour lui un moyen de rendre à la communauté ce qu'elle lui a donné, de partager ses connaissances, etc. Assez bateau, comme discours. Je suis plus intéressée par la façon dont ses cils accrochent la lumière. En tout cas, il est très sincère. Les sourcils légèrement froncés, il s'exprime par de longues phrases savamment articulées, toutes témoignant d'un impressionnant vocabulaire et d'une excellente maîtrise des structures grammaticales.

— Vous avez des sœurs ?

Je me demande en effet si son désir de responsabiliser les femmes ne cache pas autre chose. Non qu'il y ait quoi que ce soit à redire à sa démarche, mais il m'apparaît quelque peu, comment dire… condescendant. Bien sûr, il est chirurgien, ceci explique peut-être cela. Et si l'on intègre Harvard et Yale à l'équation, je suppose que ça devient inévitable.

— Oui, j'ai une sœur. Wendy.

Je souris.

— Wendy ? Votre sœur s'appelle Wendy Darling ?

— Mais oui, dit-il en inclinant la tête sur le côté. Pourquoi ? Vous la connaissez ?

— Tout le monde connaît Wendy Darling.

Il fronce les sourcils, perplexe.

J'explique :

— C'est un personnage de *Peter Pan*. Wendy Moira Angela Darling.

Et je me lance dans un extrait de la célèbre chanson.

« Wendy, Michael, John… Fée Clochette, venez ! Rêve ta vie en couleurs, c'est le secret du bonheuuuuur… »

Ryan cligne des yeux.

— Enfin, bref. C'est un personnage de *Peter Pan*.

— Je l'ignorais.

Il laisse échapper un petit rire amusé.

— Vous avez une très jolie voix, Chastity.

— C'est bien la première fois qu'on me le dit...

— Mais si, je vous assure. Avez-vous d'autres questions à me poser ?

— Hum... non, je pense que j'ai assez de matériel comme ça.

— Alors l'interview est finie ?

Il semble un peu dépité.

— A moins que vous ne souhaitiez me dire quelque chose de plus ?

Il se carre dans son siège et me dévisage attentivement. Oh ! ces yeux...

— Non, rien. Mais vous n'allez pas partir tout de suite, j'espère ?

Je souris modestement, réprimant un cri de victoire.

— Non, non, pas du tout. Et si nous commandions ?

Ceci fait, nous échangeons les renseignements d'usage — lieu de naissance, famille, expérience professionnelle, ce genre de banalités. Franchement, son parcours équivaut au CV du mari idéal. Enfance sportive. Environnement familial stable. Etudes brillantissimes. Carrière impressionnante. Hé ho ! Soyons honnêtes. Il est séduisant de chez séduisant ! Mes orteils se recroquevillent dans mes ballerines tandis que je l'écoute disserter de sa voix bien modulée. Je n'arrive pas à croire qu'il est en face de moi.

— Je crains que non. Ma sœur et son mari ont choisi de ne pas avoir d'enfants, est-il en train de me dire. Mais personnellement j'aimerais beaucoup fonder une famille. Et vous, Chastity ? Vous souhaitez avoir des enfants un jour ?

L'étonnement me fait battre des paupières. On est loin de la conversation habituelle d'un premier rendez-vous ! Pour ma part, j'étais sur le point de lui poser la question « Mets ou Yankees ? ».

— Ma foi, vous savez, je suis issue d'une famille nombreuse, alors je n'envisage pas ma vie sans enfants.

— Bien.

Il sourit largement, exhibant des dents d'une blancheur immaculée.

— Je pense qu'il est bon de savoir que nous voulons tous les deux la même chose avant de nous engager plus avant, vous ne trouvez pas, Chastity ? Ça m'ennuierait de sortir avec vous pendant trois mois pour découvrir, en fin de compte, que vous ne voulez ni vous marier ni fonder de famille.

— Euh, oui, c'est sûr…

Je me ressaisis et lui rends son sourire.

— Oui. Très bien vu.

— Je sais qu'il s'agit là d'une interview officielle, Chastity, mais j'avoue que j'aimerais beaucoup vous revoir. Un soir. Je crois que nous avons un potentiel, tous les deux.

Mes petits Darling, papa et moi nous sommes connus quand je lui ai flanqué mon genou dans l'aine…

— C'est… ma foi, Ryan, c'est très direct, comme approche.

Je laisse échapper un petit rire auquel il répond par un sourire. Il a un très beau sourire. Et s'il ne s'embarrasse pas de préliminaires, quelle importance ? Il a raison. Autant aller droit au but.

— Merci, Ryan. C'est très gentil.

— Bonsoir, Chastity, dit une voix douce que je connais bien.

Me retournant, j'aperçois Angela, le maître d'hôtel et Trevor.

— Tiens ! Salut, Ange ! Trevor !

Je bats des paupières à toute vitesse.

— Les amis, je vous présente Ryan Darling. Ryan, je pense que vous connaissez Angela, qui était à votre cours et… ah, mais oui… vous avez rencontré Trevor chez Emo, la semaine dernière.

— Ravi de vous revoir, murmure Ryan à Angela avant d'échanger une poignée de main avec Trevor.

— J'ignorais que vous comptiez dîner ici, vous aussi.

Cette remarque pouvant paraître à la limite de l'impolitesse, je me reprends aussitôt.

— Non, ce que je veux dire par là, Ange, c'est que je ne regrette vraiment pas d'avoir suivi ta recommandation.

Calme-toi, Chastity. Ton vieux copain Trevor sort avec une fille. La belle affaire! Il n'est pas avec la Parfaite Hayden, c'est déjà ça.

— C'est-à-dire que quand Trevor a su que je t'avais conseillé ce restaurant, il a pensé que ça serait bien qu'on y aille, murmure Angela. Comment se passe votre repas, jusqu'ici? La cuisine vous convient?

Ses joues sont écarlates.

— Nous n'avons pas encore commencé. Voulez-vous vous joindre à nous? propose poliment Ryan.

Le maître d'hôtel affiche un infime froncement de sourcils.

Non! Mon cœur cogne contre mes côtes tel un marteau-piqueur.

— Non, non, c'est très bien comme ça, répond Trevor calmement en me regardant. Nous voulions juste vous dire bonsoir. (Nous *dire bonsoir.*) Eh bien, bon appétit. A un de ces quatre, Chastity.

— Un de vos frères? s'enquiert Ryan tandis qu'ils s'éloignent vers leur table.

— Pas exactement.

Je me force à lui sourire.

— Trevor est un vieil ami. Un ami de la famille. Et le mien aussi. Un ami à moi, quoi. D'enfance.

Tais-toi. Arrête. De. Parler.

— Ah, je vois.

Ryan incline la tête sur le côté.

— Dites-moi, Chastity, vous lisez beaucoup?

— Oh oui, Ryan.

Et j'enchaîne en lui racontant le tout dernier livre que j'ai lu, lequel, coup de bol pour moi, se trouve être un ouvrage aussi branché qu'érudit et non l'une de mes BD du *Seigneur des Anneaux*. Trevor et Angela sont assis à trois tables de nous, juste assez près pour que j'arrive à saisir de temps à autre quelques bribes de leurs échanges.

Epier les conversations en douce est un talent précieux chez les O'Neill. Une compétence de survie, en réalité, vu que toutes les choses importantes et fascinantes de la vie — le sexe, l'argent, le crime — n'étaient évoquées chez nous qu'à voix basse, en dehors de la présence des Enfants. Ajoutez à cela ma formation de journaliste, et vous comprendrez que je suis passée maître en la matière. Que je suis parfaitement à même de mener une conversation tout en restant à l'écoute d'une autre. J'interroge Ryan sur ses goûts en matière de lecture (hélas pour moi, la réponse est : « Les revues médicales », bien que, pour ses patients, ce soit sans doute un avantage), mais c'est plus fort que moi, mon attention s'égare en direction de Trevor et d'Angela. Ils parlent nourriture, avec un gentil petit passage sur le métier de critique gastronomique d'Angela. Pétard, j'ignorais qu'elle avait fait le Culinary Institute !

— Oui, c'est ça, j'ai passé un an à Paris, dis-je en réponse à la question de Ryan. Je m'y suis beaucoup plu.

Entre-temps, Trev et Angela sont passés à la famille… Affectueuse mention du clan O'Neill de la part de Trevor, riposte d'Angela qui compte deux sœurs à son actif… Oh ! il lui parle de Michelle ! Franchement, c'est un sujet si intime et si douloureux que ça m'étonne un peu de sa part.

— Je n'ai jamais fait de voile, non, mais je suis passionnée par les sports nautiques. Je pratique l'aviron tous les jours et aussi le kayak, de temps en temps. Et vous, Ryan ?

Zut ! Trevor est en train de rire, et j'ai loupé la plaisanterie. D'un air presque vengeur, je reporte toute mon attention sur Ryan, qui n'a pas remarqué qu'elle était plus que fluctuante. Comme je l'ai déjà dit, je suis très douée dans ce domaine. Trevor se penche pour mieux saisir ce qu'est en train de lui confier Angela et je tends l'oreille, à l'affût, moi aussi.

A cet instant, le portable de Ryan se met à vibrer. Il lui jette un regard et fronce les sourcils.

— Veuillez m'excuser, Chastity. Je suis vraiment désolé, mais c'est l'hôpital. Cela ne me prendra qu'une minute.

Il se lève, effleure mon épaule et se dirige vers le hall d'entrée.

Le serveur apporte nos *bruschettas*. Me forçant à ne pas regarder dans la direction de Trevor, je désactive mes capacités à suivre les conversations en douce et j'en goûte un morceau. Mmm… elles sont divines et je meurs de faim. Le pain est tiède mais pas trop croustillant, les tomates sont succulentes, le basilic très frais. Je regarde le plafond, la table, mon sac. Tout sauf Trev.

Je prends une autre *bruschetta* et, juste au moment où j'ouvre la bouche pour mordre dedans, un gros morceau de garniture se détache du pain pour atterrir droit sur mon chemisier de soie blanche. Pile sur le sein gauche. J'ôte précipitamment le petit morceau de tomate — il laisse derrière lui une traînée d'huile d'olive et un peu de basilic concassé. J'essuie encore le tissu, rapidement, mais un bout de basilic de la taille d'une de ces petites piles rondes qu'on met dans les montres s'incruste.

Pile sur mon mamelon.

Et en plus c'est un peu froid. Vous voyez l'idée. J'ai une tache verte sur mon téton glacé.

— Merde…

Je tamponne mon chemisier à l'aide de ma serviette. Le basilic refuse de partir, on le croirait fixé à la colle forte. Je jette un coup d'œil par-dessus mon épaule. Ryan est toujours au téléphone. Bon. Tant mieux. Au moins, il ne peut pas voir mon petit problème. Je recommence à tamponner le tissu, mais le petit bout de basilic ne s'en va toujours pas.

Mes joues s'empourprent d'embarras. Si Trevor le souhaite — lui ou toute autre personne dans un rayon de cinquante mètres —, il peut avoir une vue imprenable sur ma bêtise. Je coule discrètement un regard dans sa direction. Il écoute le discours d'Angela avec attention, un sourire dansant au fond de ses belles prunelles sombres, mais il semble avoir conscience de mon regard posé sur lui. Comme ses yeux se tournent vers moi, je dissimule automatiquement mon sein offensant derrière mon bras, l'air gêné. Le regard de Trevor revient sur Angela, et je laisse échapper un soupir de soulagement.

Ryan se rassoit.

— Je suis vraiment désolé.

— Veuillez m'excuser, dis-je à mon tour. Je reviens dans une seconde.

Il est clair que je ne peux pas rester assise face à un Harvard/Yale avec du basilic sur le téton. Gardant mon bras gauche collé de manière empruntée sur mon sein, je m'empare de mon sac et file vers les toilettes en passant devant la table de Trevor et d'Angela.

Une fois à l'abri dans un box, j'écarte mon chemisier blanc de ma poitrine — évidemment, il fallait qu'il soit blanc ! — et entreprends de gratter le bout de basilic récalcitrant. Peine perdue. Il refuse de partir, il reste là, à me fixer comme un œil.

— Allez, va-t'en !

Je gratte de plus belle.

C'est une erreur.

Au lieu de s'en aller en un seul morceau, comme je l'espérais, le bout de basilic s'est pulvérisé.

— Oh ! non !

Maintenant, au lieu d'un petit fragment de feuille verte, je me retrouve avec un tache verte pile sur mon téton, comme si je sécrétais du pistou.

Arrachant deux serviettes en papier, je les passe sous l'eau chaude et recommence à me tamponner le sein. Grossière erreur. Non seulement le vert s'incruste, mais il s'étale avec l'aide de l'eau.

— Allez, va-t'en !

Mon chemisier blanc est tout mouillé, mon soutien-gorge est beige et il fait encore plus froid ici, dans les toilettes. Vous imaginez la scène. En me regardant dans le miroir, je vois ce qui semble être un téton vert vif, dessiné avec une précision anatomique.

— C'est pas vrai... ! dis-je entre mes dents serrées.

Peut-être qu'une fois sec ça se verra moins. Y a-t-il un sèche-mains électrique, dans ces toilettes ? Je darde tout autour de moi des regards désespérés. Non. Bien sûr que non. J'en suis réduite à employer des serviettes granuleuses en papier marron. Pourquoi n'ai-je pas fait l'acquisition de ce petit feutre blanchisseur si pratique que j'ai vu vanté tant de fois dans des pubs à la télé ? J'en avais pourtant bien l'intention ! Si, si, je vous jure !

Deux options s'offrent à moi. Soit j'assume la tache, ce qui revient à interdire à Ryan ainsi qu'à toutes les autres créatures humaines présentes dans le restaurant de loucher sur mon téton, soit je demande de l'aide. J'opte pour la seconde solution. Angela, en fille organisée, intelligente et réfléchie, saura sûrement quoi faire. Peut-être même aura-t-elle ce fameux feutre blanchisseur dans son sac. Je vais lui faire signe de venir me rejoindre, et ensemble nous trouverons une issue satisfaisante à cette crise.

Poussant d'un geste brusque la porte des toilettes, je manque de percuter Trevor.

— Hé, Chastity... Tu essayais de me dire quelque chose, tout à l'heure ? Tu avais l'air de...

Il baisse les yeux sur mon chemisier et laisse sa phrase inachevée.

— Oups...

— Flûte, Trevor ! Je me suis fait une tache.

— Je vois ça, murmure-t-il, sans quitter mon sein des yeux.

— Bon, alors ? Tu as un feutre blanchisseur ou quelque chose d'approchant ?

— C'est quoi, un feutre blanchisseur ?

— Arrête de me regarder ! Et une veste ? Tu n'as pas une veste que je pourrais mettre par-dessus ?

— Et si je demandais au maître d'hôtel s'ils ont quelque chose ? Un feutre blanchisseur, tu dis ?

Il force son regard à croiser le mien et me sourit d'un air rassurant.

— Oui ! Bonne idée, Trev. Un feutre blanchisseur. Dieu te bénisse ! Et arrête de sourire, d'accord ? Je suis dans le pétrin, là ! Tu peux dire à Ryan que j'ai dû prendre un appel ? Un appel urgent ? Et si on demandait à Angela de nous aider ?

Trevor pose ses mains sur mes épaules.

— Calme-toi, Chas.

Il sourit.

— Je reviens tout de suite.

Je réintègre discrètement les toilettes et me contemple dans le miroir. J'ai un téton vert et glacé. Hello, Eaton Falls !

Au bout d'une minute, Trevor frappe à la porte.

— Tiens. C'est de ça que tu parlais ?

Il me tend un spray nettoyant à l'eau de Javel.

— Ça fera l'affaire. Merci, Trev. Tu me sauves la vie.

Je referme la porte pour la rouvrir aussitôt.

— Tu as dit à Ryan que j'étais obligée de prendre un appel urgent ?

— Oui, dit Trevor, son regard s'égarant vers La Tache.

— Super.

Je referme la porte, dirige l'embout du flacon sur mon sein et appuie sur la gâchette. Rien n'en sort.

— Bon sang de bonsoir !

Ma voix se répercute sur les murs carrelés.

— Ça va ?

Trevor est resté posté derrière la porte.

Tournant l'embout en position spray, j'essaie de nouveau. Toujours rien.

— Je n'arrive pas à m'en servir, Trev !

— Attends, dit-il en poussant la porte. Laisse-moi essayer.

Il se place devant moi, me prend le spray des mains et l'examine attentivement.

— Il faut juste tourner ce truc pour le déverrouiller.

Il glisse sa main sous mon chemisier.

— Désolé, marmonne-t-il tout en m'effleurant du dos de la main.

Son regard vole vers le mien, puis se reporte sur mon sein. Toutes les cellules de mon corps vibrent de désir. Mes genoux se liquéfient. J'avale ma salive. *Oh! Trevor, recommence!* Il écarte un peu le tissu du chemisier et teste l'embout.

Je sens la chaleur de sa main qui n'est qu'à deux centimètres de ma peau. De mon téton glacé. Je me passe la langue sur les lèvres, m'efforçant à tout prix d'ignorer le fait que Trevor a la main passée sous mon chemisier — ça ne veut rien dire, il ne fait que m'aider — mais, crénom! Trevor a la main sous mon chemisier!

— C'est bon. Ferme les yeux.

J'obéis, après quelques battements de paupières.

Trevor appuie sur la gâchette. Rien.

— Eh bien? s'interroge-t-il, les sourcils froncés, en regardant alternativement l'embout, puis la tache.

— Il faut presser plus fort, dis-je d'une voix rauque, les genoux tremblants.

Il lève les yeux avec un grand sourire.

— Presser sur quoi, exactement?

— Sur la gâchette, Trev!

Ma voix résonne plus fort que prévu, se répercutant sur les parois carrelées.

— Allez! Appuie plus fort!

— Mais j'appuie, Chas!

— Je devrais peut-être me mettre dans un box et ôter mon chemisier, ça serait plus pratique, dis-je en me passant la main dans les cheveux.

Un petit couinement se fait entendre depuis la porte restée entrouverte. Une dame d'un certain âge, nous observe depuis le seuil, figée d'horreur, bouche bée.

— Excusez-nous, nous sommes un peu occupés, explique Trevor.

La dame s'enfuit, sa veste rose lui battant les fesses.

Et c'est parti! Mon fou rire est tel que seul un sifflement asthmatique parvient à s'échapper de ma bouche. Je chancelle contre l'évier, une main plaquée sur mon sein. Trevor se cache les yeux de sa main libre. Il rit lui aussi, d'un rire décomplexé, magnifique, empreint d'une joie sans mélange qui gonfle mon cœur d'allégresse.

Je parviens à articuler :

— Oh ! Trevor ! Je devrais peut-être m'esquiver par la porte de service.

— Non, non, dit-il en se calmant.

Il s'essuie les yeux du revers de la main et me sourit.

— On va y arriver. Tu sors avec un type sympa, il est hors de question de faire foirer ce dîner. Ne t'en fais pas, Chas. On va y arriver.

Il dévisse l'embout du flacon, verse un peu d'eau de Javel sur une serviette en papier et se penche pour tamponner mon chemisier.

— J'étais loin de me douter qu'enlever une tache pouvait être aussi amusant, murmure-t-il, la bouche retroussée aux commissures.

Mon sourire s'envole. Je veux qu'il me dise : *Pas de problème, allons-nous-en. J'explique à Angela qu'il faut que je file et on ira se chercher une pizza qu'on mangera chez moi.* Au lieu de quoi, il veut que mon rendez-vous avec Ryan se passe bien. Faut-il vraiment qu'il joue systématiquement les boy-scouts ?

— Voilà… Tu vois ? Le vert est en train de s'en aller. C'est pas mal du tout, je trouve. Attends un peu que ça sèche, et ton chemisier sera nickel.

Il se redresse en souriant. Je peux voir jusqu'au fond de ses yeux, ces adorables yeux de caramel fondu.

— Merci, dis-je d'une voix quelque peu crispée.

— De rien, répond-il tout bas.

Il se tait durant trois bonnes secondes. Puis, il recule d'un pas, rompant l'instant magique.

Je m'éclaircis la voix.

— Tu es vraiment le meilleur, Trevor. Si jamais ton boulot de pompier ne marche pas, tu pourras toujours ouvrir un pressing ou un truc de ce genre.

C'est nul, comme boutade, et pourtant il sourit.

— Hé, au fait, je te remercie. Angela est une fille géniale. Très agréable.

— Oh ! oui… elle est vraiment sympa.

— Bon. Passe une bonne soirée.

Il tourne les talons et sort des toilettes pour dames.

Je termine. Mon sein est humide, mais au moins il n'est plus vert, et, au bout d'une minute passée à frotter à l'aide de serviettes en papier, mon anatomie ne ressort plus avec autant de netteté que tout à l'heure. Je me lave les mains et soupire en contemplant mon reflet dans le miroir.

Je murmure :

— Ryan Darling… Ryan. En fait, il se trouve que mon petit ami est médecin. Bonjour. Je vous présente mon mari, Ryan. Il est merveilleux. Si attentionné. Si intelligent. Et avez-vous déjà vu des pommettes aussi réussies ? Non, mais sans blague ?

Enfin, je regagne mon siège. Finalement, je suis tout à fait capable d'ignorer la présence de Trevor, et même si, du coin de l'œil, je le vois sourire dans ma direction, c'est à peine si j'y fais attention.

15

— Alors, madame, que vous arrive-t-il au juste ? me demande Ernesto en se penchant sur moi.

Il me contemple avec inquiétude.

Je gémis :

— J'ai été frappée par la foudre !

Entre mes cils, je vois qu'il se retient pour ne pas éclater de rire.

— Vous souffrez ?

Je murmure :

— Oui. Une douleur atroce… J'ai mal partout. Et je saigne des yeux. Je vous en prie, aidez-moi !

Ernesto renifle et exerce quelques pressions sur la poire du tensiomètre afin que le brassard m'enserre correctement le bras. Il relâche la valve…

— 10/5 ? C'est possible, ça ? s'interroge-t-il en regardant la mesure, les sourcils froncés.

— Je fais de l'aviron, dis-je fièrement.

— Sans blague ! Alors c'est toi que je vois descendre le fleuve tous les matins ? Aux environs de 6 heures ?

J'arrache le brassard et le place autour du biceps d'Ernesto.

— C'est moi, mon pote ! Tu devrais essayer. C'est marrant.

— Ça me plairait énormément.

— Je te donnerai une leçon, si tu veux, dis-je en actionnant la petite poire. Et maintenant tais-toi, que je puisse entendre.

Je mets le stéthoscope à mes oreilles et laisse passer quelques secondes.

— 13/9, mon vieux. Il est temps de perdre quelques kilos et de te mettre à l'exercice. Je t'attends demain matin à 5 h 30, au petit hangar à bateaux qui se trouve au bout de Bank Street.

— Tu es du genre directif, à ce que je vois, murmure Ernesto d'un air suggestif.

Je souris.

— Et ça te plaît qu'on te donne des ordres ?

— Je suis marié. Bien sûr que j'aime qu'on me donne des ordres, réplique-t-il en me tapotant le bras. Tu es sérieuse pour cette histoire d'aviron ? Ma femme n'arrête pas de me casser les pieds pour que je fasse de l'exercice.

— Bien sûr ! Ce sera sympa.

J'arrache le brassard d'un geste théâtral.

— OK, bon boulot, les enfants ! lance Bev. Remballez-moi tout ça et fichez le camp ! O'Neill, je peux vous voir en privé ?

Toute ma bonne humeur s'envole. A tous les coups, ça sent le roussi.

Je ne me suis pas trompée.

Bev attend que Pam ait refermé la porte derrière elle.

— O'Neill, j'ai eu des échos de votre mise en situation.

Je me hérisse intérieurement. Bev soupire.

— Vous êtes sûre de vouloir aller au bout de cette formation ? me demande-t-elle gentiment.

— Ecoutez, je sais que la mise en situation ne s'est pas trop bien passée, mais…

— Un désastre, O'Neill. Un sacré désastre.

— D'accord, oui. Un désastre.

La formation exige, entre autres choses, que nous passions quelques heures à suivre une équipe d'ambulanciers dans leur travail. Ernesto, qui est passé le premier, s'en est très bien tiré. Un gamin asthmatique qui avait besoin d'un transport médicalisé. Franchement… de la gnognotte. Ensuite, c'est Ursula qui s'y est collée. Douleur thoracique. La belle affaire ! Et puis mon tour est venu.

Je tente de me justifier.

— C'était une sortie hyperintense, voilà tout. Pour ma première mise en situation, Bev! Je ferai mieux la prochaine fois.

— Ecoutez, ma petite, tout le monde n'est pas taillé pour ce genre de boulot, c'est tout ce que j'ai à dire...

— Mais je ne me suis pas évanouie! Moi, j'ai trouvé ça plutôt positif. Je suis en progrès.

Le regard de Bev s'étrécit.

— Vous avez laissé tomber la sacoche sur sa jambe, Chastity. Sur sa jambe fracturée.

Je courbe la tête.

— Oui, c'est vrai. C'était... c'était vraiment... nul.

J'ai paniqué. Et ce n'est pas bien sorcier de comprendre pourquoi. On nous a demandé de nous rendre d'urgence à un appartement. Au pied de l'escalier de l'immeuble, il y avait une assiette cassée dont les morceaux épars semblaient empreints d'un sinistre présage. Ensuite, nous avons vu le sang, une traînée rouge qui menait en haut des marches. Apparemment, la femme était tombée la tête la première dans les escaliers, s'était ouvert le bras et cassé la cheville. Puis, après avoir *rampé* jusqu'en haut des marches, elle avait réussi à appeler le 911.

Avant même que nous ayons sonné à son appartement, j'étais déjà en hyperventilation. Et une fois là-haut, bonjour les dégâts! Le muscle et le tendon saillaient de son bras inondé de sang, sa cheville décrivait un angle impossible, anormal — elle était retournée à presque 180 degrés. On aurait dit une scène de *L'Exorciste*, crénom de nom! Bien sûr que j'ai paniqué! Je n'en suis pas fière... Il semble néanmoins que je me sois souvenue de lui prodiguer quelques paroles réconfortantes, telles que : « Sainte Marie, Mère de Dieu, c'est vraiment horrible! » et aussi : « Vous croyez qu'il va falloir l'amputer? » Et puis oui, c'est vrai, cette stupide sacoche médicale, la seule chose dont j'étais responsable... elle a glissé de mes mains moites et atterri sur la jambe de la dame.

Mon compte en banque se trouve désormais allégé de deux cents dollars, vu que tous les jours j'envoie des fleurs à cette pauvre femme, sans parler des trois boîtes de truffes allemandes et de la corbeille de fruits que j'ai fait parvenir à l'hôpital.

— Je vous assure, Bev, que je fais des efforts. Mais, pour être franche, la vue du sang m'a toujours fait flipper. Simplement, je voudrais être…

Je m'interromps avant de lui avouer ma réelle motivation avec une sincérité empreinte de tristesse.

— Vous connaissez ma famille, Bev… Moi, tout ce que je veux, c'est être — *(une vraie O'Neill)* — normale. Une personne comme les autres, serviable et utile.

— Très bien, finit-elle par acquiescer. Nous verrons bien comment ça se passe. Mais je m'inquiète déjà pour votre journée aux urgences.

Elle n'est pas la seule. Le seul fait de l'évoquer me donne comme un goût de craie dans la bouche.

Les épaules basses, je traverse le hall d'un pas lourd et appuie sur le bouton d'appel de l'ascenseur. En attendant qu'il arrive, je gamberge… Bev a sans doute raison. Ce n'est pas comme si j'avais besoin de ce brevet pour gagner ma vie. Je n'ai pas l'étoffe d'une secouriste, contrairement à ma famille de héros.

Les portes de l'ascenseur s'ouvrent enfin et qui vois-je, vêtu d'une blouse blanche ? Ryan Darling.

— Chastity ! s'exclame-t-il en levant les yeux du dossier médical qu'il est en train de lire. Quel plaisir de vous croiser ici !

— Bonjour, Ryan, dis-je en rougissant.

Mesdames et messieurs, cet homme-là remplit joliment sa blouse. J'entre dans l'ascenseur.

— Vous travaillez, j'imagine ?

— Hm-mm, dit-il en reportant son attention sur le rapport médical. Et vous, que faites-vous là ? Vous me cherchiez ?

Je souris. *Ah, ces chirurgiens… Tous les mêmes.*

— Non. Je suis une formation de secouriste.

— Ah oui ? Comme c'est intéressant ! En tout cas, si jamais vous avez besoin d'un coup de main, faites-le-moi savoir.

Il sourit.

— J'ai hâte d'être à vendredi, vous savez.

— Moi aussi, Ryan.

Une fois la tache sur mon téton vaincue par KO, Ryan et moi avons passé une excellente soirée. Excellente. Aussi, quand il a demandé à me revoir, chez Emo cette fois, j'ai accepté sur-le-champ.

L'ascenseur s'immobilise de nouveau, et une femme d'âge mûr entre dans la cabine.

— Ma fille vient d'avoir un bébé, annonce-t-elle, le visage radieux.

— Toutes mes félicitations ! dis-je. C'est un garçon ou une fille ?

— Un petit garçon ! Patrick ! Il est tellement mignon !

Dans sa joie, ses yeux s'emplissent de larmes et je lui tapote le bras avec un sourire. Ryan ne dit rien, absorbé par la lecture de son dossier. Un cas difficile, sans aucun doute. L'ascenseur s'arrête encore et Ryan lève les yeux.

— Ah, dit-il d'un ton guindé, c'est l'étage où je suis attendu, je vous prie de bien vouloir m'excuser.

— Bonne soirée, alors.

Il se retourne et me plante un tendre et rapide baiser en plein sur la bouche.

— A toi aussi, Chastity.

Le temps que la rougeur ait fini d'envahir ma nuque, il a disparu. Je me mords la lèvre et souris. Il m'a embrassée. Ryan Darling m'a embrassée. Et c'était agréable. Bref, mais très agréable.

Les portes se referment encore une fois.

— Voilà ce que j'appelle un bel homme, commente la toute nouvelle grand-mère. Votre mari ?

— Non, non ! Nous… eh bien, nous sortons ensemble.

Je souris comme une idiote.

— Vous m'en voyez ravie pour vous, ma petite. Un médecin… et séduisant par-dessus le marché.

Elle sourit et soupire.

— Mais rien n'est plus merveilleux que d'avoir un petit-fils ! Patrick est mon premier, vous savez.

Mon ego, qui, suite aux critiques de Bev, avait pris un coup au casque, a été revigoré par cette brève rencontre. Comme l'a souligné cette dame, Ryan est un homme d'une beauté extraordinaire, d'une intelligence incroyable, un homme talentueux, bien élevé et tout à fait charmant.

Je repense à l'incident du basilic dans les toilettes. A mon téton. A la main de Trev. Puis je secoue la tête et me récite le mantra que j'ai mis au point il y a de cela très longtemps. Trevor et moi sommes d'excellents amis. Nous avons eu une aventure. Ça n'a pas marché. Si cela dépendait de moi, c'est lui que je choisirais, mais voilà, dans la vie, on n'a pas toujours ce qu'on veut. Cela ne signifie pas pour autant que je ne peux pas m'éprendre d'un autre homme. Que je ne peux pas me trouver quelqu'un d'autre. Rien ne m'oblige à rester bloquée sur Trevor James Meade pour le restant de mes jours.

Je rentre chez moi, fixe la laisse au collier de mon gros bébé et nous partons en promenade. Mai est un si joli mois ! Les cerisiers de mon voisin sont en fleur et des tulipes tardives hochent la tête le long de la chaussée. Il faudra aussi que je fasse un peu de jardinage, cette année. Bouton-d'Or, tout excitée, hume une plate-bande de fleurs avec un enthousiasme tel qu'elle manque aspirer un muscari par la narine. Un lilas promet d'être splendide dans une semaine ou deux.

J'oriente mes pas vers le centre-ville, dépassant le mémorial de la guerre de Sécession et la bibliothèque municipale avec ses bancs et ses grands ormes. Dans la douce lumière rosée des réverbères, je glane quelques scènes d'intérieur aux fenêtres des appartements situés au-dessus des magasins de Main Street. Quelqu'un possède une belle collection de livres. La chambre de quelqu'un d'autre est peinte en rouge. Quelqu'un apprécie les plantes vertes. J'adore ces aperçus fugaces du quotidien domestique, j'aime dérober aux gens ces minuscules tranches de vie.

Bouton-d'Or tombe en extase devant une bouche à incendie et, mettant ses gènes de limier en action, entreprend de la flairer avec frénésie. Ces jours-ci, je lui trouve davantage d'énergie, aussi n'est-ce plus une telle épreuve de la promener, bien qu'elle demeure extrêmement lente pour un animal de cette taille. Elle me jette un regard et continue à renifler la chaussée en remuant la queue.

Je me retrouve devant l'appartement de mon père même si, au départ, il n'entrait pas dans mes intentions d'aller lui rendre visite. Oh ! et puis mince ! Je sonne à la porte.

— Trev ? fait la voix de papa dans l'Interphone.

— Non, c'est Chastity, papa.

— Tiens, ma belette !

Il m'ouvre la porte de l'immeuble et j'entreprends de monter les trois volées de marches jusqu'à son appartement, tandis que Bouton-d'Or me force à la tirer jusqu'en haut. Je l'encourage alors qu'elle menace de s'écrouler au second palier.

— Allez, ma fille, tu peux y arriver ! On y est presque !

Enfin, nous atteignons la porte de papa, qu'il a déjà ouverte.

— Entre ! lance-t-il depuis la cuisine.

Je ne suis venue qu'une seule fois ici, c'était l'été dernier. L'appartement n'a pas l'air d'avoir beaucoup changé depuis. Il y a là un futon, une télévision dans l'angle et les mêmes tas de cartons qui n'ont toujours pas été ouverts. Deux chemises barrées de la mention « Caserne de sapeurs-pompiers d'Eaton Falls » sont étendues sur le radiateur.

— Décidément, papa, j'adore ce que tu as fait de cet endroit…

— C'est ça, fais ta maligne ! Tu veux boire quelque chose ?

Il est encore en uniforme — pantalon bleu foncé et polo orné de la croix de Malte, l'emblème des pompiers. Son épaisse tignasse poivre et sel est tout ébouriffée.

— Volontiers. Tu as de la bière ?

— Ça vient !

Bouton-d'Or se laisse choir lourdement devant le futon ; je l'escalade pour aller m'asseoir, faisant reposer mes jambes sur son large dos. Papa m'apporte une bière et, après s'être servi un whisky, il s'assied à côté de moi, un bras passé autour de mes épaules.

— Les Yanks ont un match, ce soir ?

— Non, réplique-t-il d'un ton sinistre. Journée de déplacement.

Il me dévisage.

— Alors, quel bon vent t'amène, ma chérie ?

— Oh ! je me baladais dans le coin, c'est tout, alors je me suis dit que j'allais te rendre une petite visite. Comment vas-tu, papa ? Tu vas te décider à déballer tes cartons un de ces jours ?

Il soupire.

— Ma foi, je n'aurais jamais cru que j'habiterais aussi longtemps ici, dit-il en ôtant son bras.

Il observe quelques instants de silence, savourant son whisky à petites gorgées.

— Ta mère voit quelqu'un, tu sais.

J'opine.

— C'est sérieux ? m'interroge-t-il. Parce qu'elle refuse de m'en parler.

— Je… je n'en sais rien, papa. Mais je crois vraiment que tu devrais envisager de prendre ta retraite.

— Peuh ! C'est ça ! Pour glander toute la sainte journée à la maison ? Traîner mes guêtres à la caserne en regrettant de ne plus être actif ?

Bouton-d'Or se lève. Elle remue tellement la queue qu'elle manque de renverser ma bouteille de bière. Heureusement, je la rattrape à temps et grattouille ma chienne derrière son oreille gauche.

— Wooooo, gémit-elle, au comble de l'extase canine.

Papa lui adresse un sourire contraint qu'elle interprète comme une autorisation à s'installer près de nous sur le futon. Elle loge son énorme masse dans l'espace restant, puis pose sa tête et ses pattes avant sur mes genoux.

— Tu es la chose la plus laide que j'ai jamais vue, lui avoue papa en caressant l'une de ses minces oreilles tombantes.

Bouton-d'Or remue la queue, aux anges.

— Revenons au sujet qui nous intéresse, papa. Si tu prenais ta retraite, tu pourrais faire tout un tas de choses ! Tu pourrais voyager, te mettre au golf, passer une journée à New York de temps en temps… enfin, tu vois ? Etre comme tout le monde.

— Je ne veux pas être comme tout le monde, rétorque-t-il sur un ton qui le fait ressembler à l'un de ses petits-enfants lorsqu'il boude. Je suis pompier.

Je laisse passer quelques secondes.

— Ça fait quel effet, papa ? De sauver quelqu'un, je veux dire…

Il se tourne vers moi, mais prend quelques instants avant de répondre.

— Tout va très vite, en fait, dit-il en tendant la main pour caresser ma chienne. Quand le sauvetage s'organise, que tout le monde fait son boulot et que tu arrives à arracher quelqu'un au danger, c'est une sensation assez unique.

Je tente de me représenter la scène. Sauver la vie d'une personne, la tirer d'une situation dangereuse, par pur altruisme… être celui qui a réagi de manière adéquate, au lieu d'être celle qui a paniqué et laissé tomber la sacoche.

— J'aimerais bien pouvoir accomplir ce genre d'exploit, dis-je dans un quasi-murmure. Sauver la vie de quelqu'un.

Je regarde mon père droit dans les yeux.

— Histoire de vous ressembler un peu plus, à toi et aux garçons.

Papa lève les yeux au ciel.

— Bref. Revenons-en à ta mère.

— A ta retraite, tu veux dire, dis-je en prenant une rasade de bière.

Papa me dévisage d'un air renfrogné, très semblable à l'expression que peut prendre le petit Dylan quand il s'enferre dans un caprice.

— Je ne veux pas déjà prendre ma retraite. Un point, c'est tout.

— Mais tu ne voulais pas non plus divorcer. Et tu ne veux pas que ta femme refasse sa vie avec quelqu'un d'autre.

— Ta mère n'ira pas jusqu'au bout avec ce type, affirme-t-il, exsudant la confiance en soi du mâle dominant. Elle cherche juste à me donner une leçon. A me torturer, Chastity. C'est l'essence même du mariage.

Il se carre dans le sofa et se frotte le visage avant d'enchaîner :

— En parlant de pompiers et de mariages pourris, tu as parlé à Mark ? Il est tendu comme une arbalète, ces temps-ci.

— Oui, je sais. Elaina et lui pratiquent l'essence même du mariage, dirait-on. Séances de torture à tous les étages.

Papa pousse un grognement aussitôt repris en écho par Bouton-d'Or.

— Mince, alors ! Et de ton côté, ma belette, quoi de neuf ?

Le sang ne circule plus dans mes jambes écrasées par la masse de Bouton-d'Or. Je me dégage à grand-peine, me lève du futon et entreprends de plier les chemises de mon père.

— Eh bien, je sors avec quelqu'un. Enfin, plus ou moins. Nous commençons tout juste à nous fréquenter.

— Tu tiens donc à être malheureuse comme nous tous ?

— Oui ! Ça a toujours été mon objectif.

Papa me considère d'un œil peu amène.

— Ce n'est pas un pompier, au moins ?

— Non, papa, dis-je avec une patience exagérée. Aucun pompier n'oserait sortir avec ton cher petit ange, tu le sais bien. Il est chirurgien.

— Ah, bravo, Chastity ! Un médecin ! C'est bien, ça.

Je lève les yeux au plafond.

— Enfin, tu comprends ce que je veux dire.

A son tour, il se lève et vient me serrer dans ses bras.

— Ça alors, regarde ! s'exclame-t-il. Un blanc ! Tu as un cheveu blanc.

Il tire sur une mèche, puis plonge les doigts dans ma chevelure pour isoler le cheveu blanc des noirs.

— Hé, tu en as quelques-uns, en fait !

J'écarte sa main d'un geste brusque.

— Bonté divine ! Merci mille fois, papa. Je les dois certainement à toutes vos disputes, à maman et toi.

Pour toute réponse, il sourit largement.

— Il faut que je rentre chez moi. Passe une bonne soirée.

— Garde l'œil sur ta mère, d'accord ? Et fais-moi un rapport complet sur ce Harry.

— Non. Il est hors de question que je joue Espion contre Espion entre maman et toi. En plus, tu l'as dit toi-même. Elle ne fait ça que pour te torturer. Et, si tu tiens absolument à ce que je prenne parti pour l'un de vous, alors je me range dans son camp à elle. Dix-sept heures de travail pour me mettre au monde, tu te rappelles ?

— Evidemment que je me rappelle. J'étais là. C'était le plus beau jour de ma vie.

— Je t'aime, papa, dis-je en l'embrassant. Et tu ranges le Jameson's, d'accord ? Un par soirée, c'est ta limite.

— Ça va, ça va… Moi aussi je t'aime, ma poulette. Et ne t'en fais pas pour ta mère et moi. Tout ça va s'arranger. Nous nous aimons. Et je ne fais pas d'excès de boisson.

— Ravie de te l'entendre dire.

Je récupère mon manteau ainsi que la laisse de Bouton-d'Or, la fixe à son collier et entreprends de la hisser au bas du sofa. Elle ne daigne même pas ouvrir les yeux, elle fait comme si je n'étais pas là.

— Cette chienne est encore en vie ?

— Je crois.

Bouton-d'Or dégringole enfin du sofa dans un bruit mat et cligne des yeux tristement. Comme elle refuse de se lever, je dois passer le bras sous son ventre pour l'inciter à se remettre en position debout. Elle y consent enfin, mais avec les plus grandes réticences.

Papa m'ouvre la porte.

— Sois prudente. Tu veux que je te raccompagne chez toi ? Ou tu peux demander à Trevor. Il habite juste au bout de la rue.

— Ça ira, papa. A un de ces jours.

Il agite la main.

— Et tiens-moi au courant pour le toubib ! En tout cas, bien joué, ma chérie !

Il referme la porte, un sourire toujours rivé aux lèvres.

Je redescends l'escalier en m'efforçant de ne pas m'irriter de l'attitude de mon père. Il est de la vieille école, après tout, et épouser un médecin, ça n'était pas rien, à son époque. Une époque où un médecin gagnait plus qu'un plombier et où les femmes quittaient leur emploi dès la conception de leur premier enfant. N'empêche, cette réaction m'agace un peu. Ça fait deux fois dans la même soirée qu'on me félicite de sortir avec un médecin. La belle affaire ! C'est peut-être lui qu'on devrait féliciter de sortir avec moi. Ça n'a donc traversé l'esprit de personne ?

— Calme-toi, me dis-je à voix haute.

La queue de Bouton-d'Or me fouette la cuisse.

— Désolée, ma grande. Mais je me sens… je ne sais pas comment dire.

Le chemin du retour m'amène à passer juste devant l'immeuble où habite Trevor. Et, puisqu'il n'est pas question que je déroge à mes bonnes habitudes, il est tout à fait naturel que je lève les yeux vers ses fenêtres, pas vrai ? Comme je le fais en temps normal. Et, de fait, il y a quelqu'un posté devant la fenêtre du troisième étage. Quelqu'un de blond. Quelqu'un qui ressemble à Angela. Ou peut-être à la Parfaite Hayden. De toute évidence, Trevor a un certain faible pour les blondes.

Je détourne les yeux avant de me mettre à l'épier pour de bon, mais ça ne fait rien, j'ai quand même le cœur gros.

16

Le lendemain matin…

— Chastity, dans mon bureau ! lance Penelope avec une sécheresse de ton qui ne lui ressemble pas.

— Que se passe-t-il ? dis-je en entrant.

Je laisse tomber mon sac à dos dans un fauteuil.

D'un geste brusque, Penelope fait pivoter l'écran de son ordinateur vers moi. J'en reste bouche bée.

— Oh !

Là, sur l'écran, s'étale en couleurs vives l'une de ces petites vignettes animées que l'on peut trouver sur le Net. Avec Aragorn en vedette. Et Legolas. Tous les deux dans une position plutôt compromettante, quoique Legolas paraisse prendre un pied d'enfer.

— Mais qu'est-ce que c'est que ça, bon sang ?

J'ai le cœur qui bat à tout rompre, la gorge sèche.

— Quelqu'un a sûrement piraté notre système informatique ! Je vais… Je dois… Il faut que j'enlève ce truc.

— Oui ! rugit Pen. Et fissa !

Je file à mon bureau et allume mon PC. Le temps qu'il démarre, je remarque que mes collègues s'appliquent scrupuleusement à ne pas me regarder. Lucia ne sait plus où donner de la tête entre les divers téléphones qui n'arrêtent pas de sonner, probablement pris d'assaut par des citoyens indignés. Carl s'entretient à voix basse avec Danielle au sujet de la composition de la maquette. Il me lance un regard consterné… Mais comment diable… ? Qui a bien pu faire ça ? Penelope et moi sommes les seules à connaître le mot de passe permettant d'accéder à l'administration du site.

— Dis donc, il a de sacrés abdos, Aragorn, murmure Pete sans lever les yeux.

— C'est pas drôle, Pete.

J'ai les yeux qui brûlent. C'est la tuile, bonté divine, la tuile, la tuile, la tuile !

Alan semble furieux. Ma foi, il y a de quoi ! Notre site internet diffuse du porno gay, bon sang de bonsoir ! Combien de personnes ont déjà vu cette vignette ? Combien d'enfants ?

Mon ordinateur a enfin fini de charger. Je lance le logiciel de conception de site, entre le mot de passe — mes mains tremblent tellement que je dois m'y reprendre à deux fois — et bingo ! J'ai sous les yeux Aragon en train de se taper Legolas.

C'est plus fort que moi :

— Meeeeer… credi !

Je clique sur l'image, la supprime et voilà — ouf, c'est fini, elle a disparu ! Après avoir enregistré les modifications, je publie le site sur internet et me tourne vers Pete.

— Alors, c'est parti ?

Il clique sur son écran.

— Oui. Dommage… Ça commençait à m'exciter.

— C'est toujours pas drôle, Pete.

Je passe l'heure qui suit à vérifier méticuleusement toutes les pages et tous les liens, histoire de m'assurer qu'Aragorn et Legolas ne s'envoient pas en l'air ailleurs sur le site. Mais Dieu merci, il n'en est rien. J'ai beau maîtriser parfaitement le processus de création de site, je ne connais pas grand-chose aux techniques de piratage. Comment quelqu'un a-t-il pu s'introduire dans notre système informatique, voilà qui demeure pour moi un mystère. Nous sommes protégés par des pare-feu, par un mot de passe composé d'une longue série de lettres et de chiffres choisis en mode aléatoire… non, vraiment je ne comprends pas. J'appelle notre hébergeur de site afin de lui expliquer notre mésaventure et le prie de bien vouloir, en conséquence, procéder au changement de notre mot de passe.

— Bah, me réplique ce cossard à l'autre bout du fil, si on arrive à pirater le ministère de la Défense, vous comprenez bien que pour un hacker, ça ne doit pas être bien sorcier de s'introduire dans un petit canard de province.

— Génial, dis-je sèchement. Merci pour votre aide.

Angela débarque dix minutes plus tard.

— Salut, tout le monde ! J'apporte des muffins d'une toute nouvelle boulangerie qui vient d'ouvrir sur le lac George. Servez-vous !

Prenant brusquement conscience de l'ambiance qui règne dans les bureaux, elle vient me voir dans mon box.

— Qu'est-ce qui se passe ?

— Quelqu'un a piraté notre site et y a collé du porno.

— Oh non ! s'exclame-t-elle, le visage décomposé. Comment une telle chose a-t-elle pu se produire ?

— Alors, ça, ça me dépasse.

Je lève les yeux sur elle.

— *Le Seigneur des Anneaux,* Angela… version hard. Aragorn et Legolas.

Elle blêmit.

— Oh ! non…

— Je sais.

Au bout de quelques minutes, Penelope passe la tête par l'embrasure de son bureau.

— Réunion de tout le personnel !

Semblables à des pingouins, nous nous dandinons tous vers la salle de conférences. C'est moi, la responsable du site. Je prends place à la table ; la réunion n'est pas commencée que je transpire déjà. Même Lucia paraît nerveuse.

Penelope prend la parole :

— Comme vous le savez tous, nous sommes dans une merde noire. Chastity. Explique-nous ce qui s'est passé.

— Hum… Eh bien, de toute évidence, quelqu'un a piraté notre site, dis-je en balayant tous mes collaborateurs du regard. Quelqu'un qui souhaite porter atteinte à notre image.

— Qui pourrait bien vouloir faire une chose pareille ? s'insurge Lucia en se rongeant une cuticule.

Silence général.

— Je l'ignore. Je suis en train d'essayer de comprendre comment le hacker s'y est pris, mais à vrai dire, la personne qui a été capable de déjouer le système de sécurité que nous avions mis en place est largement plus compétente que moi en informatique. J'ai d'ores et déjà changé le mot de passe d'accès au site et j'ai aussi commandé un pare-feu supplémentaire, Pen. Maintenant, si quelqu'un a d'autres suggestions à faire, qu'il s'exprime.

J'ai les joues en feu. Penelope reprend la parole.

— Nous avons déjà reçu plus de cinquante appels ce matin, Chastity.

Son visage habituellement amical est sombre. Je déglutis péniblement.

— Je me chargerai volontiers de répondre aux plaintes de nos lecteurs. Il est normal que cela m'incombe. Je regrette de ne pas pouvoir faire plus.

— Tu devrais peut-être vérifier le site chaque soir, suggère Angela.

— Absolument.

Mais je sais déjà que je ne vais pas me contenter d'une seule vérification avant d'aller me coucher. Je vais également me connecter en pleine nuit et dès le saut du lit pour parer à toute récidive.

— Et en ce qui concerne la gestion des dégâts ? s'enquiert Penelope.

— Je vais rédiger un article là-dessus, cela va de soi, réplique Alan. Nous pouvons toujours susciter la compassion du public, nous intéresser aux pirates informatiques, traiter de la sécurité sur le Net, ce genre de trucs.

Il secoue la tête en exhalant un profond soupir, puis regarde de mon côté, et l'expression courroucée de son visage s'adoucit.

— Je suis désolé qu'une telle chose te soit arrivée, Chastity.

— Merci, Alan.

— Autre chose ? demande Pen.

Personne ne pipe mot.

— Chastity, dans mon bureau, OK ?

Assise à sa table, elle laisse la porte se refermer avant de se pencher vers moi. Je suis assise au bord de mon siège, dans une position éminemment inconfortable.

— Cette histoire nous fait énormément de tort, Chastity. A ton avis, c'est une coïncidence qu'il s'agisse du *Seigneur des Anneaux* ? Parce que tout le monde au journal sait que tu es une grande fan de tous ces films.

Je marmonne :

— Angela aussi... Mais pour répondre à ta question, je dirais que oui, il me semble que c'est un choix plutôt fortuit, ce n'est pas ton opinion ? Franchement, Pen, qui pourrait vouloir faire une chose pareille ? Quelqu'un qui souhaite nuire à l'image du journal ? Ou me nuire à moi, personnellement ?

Nous nous dévisageons en silence, toutes deux partageant la même inquiétude. Au bout d'une minute, Penelope détourne le regard.

— Je sais bien que Lucia était plus que furax de ne pas avoir ta place, commence-t-elle, mais je ne la crois pas capable de faire quoi que ce soit qui puisse porter atteinte à l'image du journal. Elle adore la *Gazette*.

J'acquiesce de la tête.

— Et franchement, Pen, si Lucia possède les compétences nécessaires pour pirater un site internet, elle le cache bien. Elle n'est même pas fichue de me transférer des pièces jointes, alors que je lui ai déjà montré quatre fois comment s'y prendre.

— Oui, elle est assez empotée pour tout ce qui touche à l'informatique et aux ordinateurs.

— Je sais bien, Pen. C'est pourquoi je n'arrive pas à imaginer que...

Je laisse ma phrase en suspens.

— Et s'il s'agissait d'une personne de ton entourage, Chastity ? Y a-t-il quelqu'un qui pourrait vouloir se venger de toi ou un truc du même tonneau ?

Je secoue la tête.

— Non, pas à ma connaissance.

Le reste de la journée s'écoule dans une atmosphère de silence et d'abattement. Nous faisons tout notre possible pour limiter les dégâts en termes d'image. La chaîne locale envoie son équipe faire un reportage chez nous — autant dire que tous les ados mordus d'informatique d'Eaton Falls vont s'essayer au piratage dès ce soir. Après avoir encore passé une heure au téléphone avec un consultant spécialisé dans les sites Web, je télécharge de nouveaux systèmes de sécurité. Et puis je vais constamment sur le site, vérifiant chacune des pages, dans la crainte de ce que je pourrais y découvrir. Mais non, tout est normal.

C'est la première fois que j'ai des ennuis au travail. Ce sentiment de contrition, cette impression d'avoir déçu l'équipe, c'est tout nouveau pour moi, et je m'en serais passé volontiers. Une fois tout le monde parti, je m'attarde au bureau et, après avoir contrôlé les tout nouveaux pare-feu et mots de passe, je file en direction du fleuve. J'ai beau avoir déjà nagé ce matin, j'éprouve le besoin de brûler le mauvais karma qui m'a enveloppée toute la journée. Qui plus est, ce matin, j'ai donné à Ernesto son premier cours d'aviron, ce qui m'a empêchée d'accomplir mon exercice habituel.

Je garde toujours des vêtements de rechange dans la remise du vieux McCluskey. Après avoir enfilé ma tenue, je sors *Rosebud* de son harnais et le mets à l'eau. Quelques coups de pelles plus tard, je glisse sur l'Hudson. Jetant un regard par-dessus mon épaule, je vois que le fleuve est dégagé de toute circulation et j'attaque. Palettes à plat… palettes au carré. Palettes à plat… palettes au carré. Ce soir, c'est délibérément que je fais l'impasse sur l'échauffement. J'ai besoin d'expier. Mais l'image des ébats d'Aragorn et de Legolas refuse de s'effacer de mon esprit. S'agissait-il d'une attaque personnelle ? Qui pourrait me détester à ce point ? Se peut-il que mes frères aient voulu me faire une blague ? Je repousse cette idée tout en tirant sur les pelles, m'allongeant de toutes mes forces en arrière. Non, jamais les garçons n'iraient s'introduire dans le système informatique de la *Gazette* ! Pour commencer, ils en seraient bien incapables. Lucky, peut-être, aurait les connaissances techniques nécessaires, mais jamais mes frères ne compromettraient volontairement mon travail. Or, il est impossible de voir cet acte autrement que comme une manœuvre de sabotage.

Palettes à plat… palettes au carré. Palettes à plat… palettes au carré. Attaque et transmission… Attaque et transmission. J'immerge les palettes et tire en arrière, mais ce soir mon coup d'aviron ne vaut rien. Mes mouvements sont saccadés, la glisse de mon bateau moins longue que d'habitude. Sur l'attaque, je me précipite, et ensuite je suis trop lente — ma coulisse menace de dérailler. L'un dans l'autre, on peut dire que j'ai un coup d'aviron merdique.

C'est alors que je commets ce que l'on appelle communément une fausse pelle. Vu que j'ai l'esprit ailleurs et que mon rythme est bancal, je ne sors pas ma pelle bâbord à temps. Elle traîne dans l'eau, agissant tel un frein, et mon aviron me revient rapidement dessus. Durant une bonne minute, je me démène pour empêcher le skiff de se retourner, puis parviens finalement à remettre ma pelle en position. J'interromps ma nage pour reprendre ma respiration. Cette course a beau être pourrie, je halète comme un labrador au mois d'août. Jetant un regard vers le rivage, je m'aperçois que j'ai dérivé d'environ six mètres de la berge, je suis pile au niveau du parc qui à cet endroit longe le fleuve. Si jamais j'avais un spectateur, il n'aura pas pu manquer de voir mon inélégante bourde, ce qui n'arrange pas l'estime que je me porte à moi-même.

Je fais une pause de quelques minutes, laissant *Rosebud* dériver au fil du courant. Le parc est très joli, c'est l'un des plus beaux ornements d'Eaton Falls. Il est parsemé de bancs, et des tas de gens profitent de cette belle soirée de mai. Des couples se tiennent par la main, des enfants courent en tous sens à grand renfort de cris. Quelqu'un manœuvre un cerf-volant…

Je me demande si, parmi ces paisibles habitants, il y en a qui ont vu Legolas et Aragorn batifoler sur notre site, ce matin.

Quelqu'un me fait signe depuis un banc situé juste en bordure du fleuve, un peu en amont du point où je me trouve. Je le salue sur le même mode avant de pouvoir distinguer de qui il s'agit, puis je tire sur mes pelles et donne un ou deux coups d'aviron, histoire de me rapprocher. Il n'y a pas une mais deux personnes, en fait. Oh ! génial ! Trevor.

Il est en compagnie de la Parfaite Hayden.

— Salut, les amis ! dis-je bravement.

— Dis donc, Chastity, tu as l'air en forme ! me lance Trevor.

— C'est à ça qu'on voit que tu ne connais rien à l'aviron, banane !

— Bonsoir, Chastity, me dit Hayden d'une voix mélodieuse. Quelle belle soirée, n'est-ce pas ?

Et sur ces mots… mais non, je ne rêve pas, elle se serre encore plus contre son compagnon. Alors comme ça, ils ne sortent pas ensemble, hein ? Mon œil, oui ! Il faudra que j'aie une petite conversation avec Trevor. Ne dînait-il pas avec mon amie Angela, l'autre soir ? Et la Parfaite Hayden ? Ne lui a-t-elle pas, en son temps, piétiné le cœur à coups de talon aiguille ? Et maintenant regardez-les, blottis l'un contre l'autre sur un banc par cette magnifique soirée de printemps ! Mais attention, hein, ils ne sortent pas ensemble. Bien sûr que non !

Sans plus réfléchir, je fais faire demi-tour à *Rosebud* et repars en direction de la remise. Et si ma nage est plus efficace qu'élégante, qui pourrait m'en tenir rigueur ? C'est vraiment ce que j'appelle une journée de merde ! En guise d'excuse, je tapote affectueusement la coque de mon skiff en le remettant à sa place.

— Désolé, vieux. Je ferai mieux la prochaine fois.

17

En ouvrant la porte, le lendemain soir, je découvre Trevor, Jake et Lucky plantés sur le seuil de chez moi.

— Oh ! Dieu tout-puissant ! Soyez remercié pour Votre bonté !

— De rien, Chas, réplique Lucky en me bousculant. Salut, Matt !

— Bonsoir, Chastity, dit Trevor en passant devant moi.

Et, sans plus de cérémonie, ils s'affalent tous sur divers éléments de mon mobilier.

— Hé, les gars, une petite minute ! Vous êtes venus pour faire les travaux dans ma salle de bains, hein ? C'est ça ? Dites-moi que c'est ça !

— Ah, merde, c'est vrai ! soupire Lucky. Faut vraiment qu'on fixe une date. Matt, t'as de la bière ?

— Mais alors, qu'est-ce que vous faites ici ? Pas dans un sens existentiel, j'entends, car vu sous cet angle, on peut parler de fatalité perverse et néanmoins purement aléatoire. Non, je veux dire par là : qu'est-ce que vous faites ici, *dans mon séjour* ?

Bouton-d'Or se jette sur les genoux de mon frère, lui ôtant momentanément l'usage de la parole.

— Yanks/Mariners, résume Jake en me lorgnant d'un rapide coup d'œil. Hé, Matt, je prendrai une bière, moi aussi !

Je le regarde d'un air sévère.

— Puisque que vous êtes déjà là, les gars, pourquoi ne pas monter quelques outils et commencer les travaux ? Tout est à la cave. Emportez la radio là-haut, écoutez votre match, faites quelques installations, branchez quelques tuyaux… Hein, s'il vous plaît ?

— On n'a vraiment pas ce qu'il faut, Chas. Désolé, réplique Lucky en décapsulant une bière.

— Ça ne t'a pas empêché d'encaisser mon chèque il y a trois mois !

— Oui, c'est vrai. Et le boulot sera fait. Un jour. Bon, tu peux te pousser, maintenant ? Le match commence.

— Je t'en prie, Lucky. Tu es encore mon frère préféré. Ne m'oblige pas à partager une salle de bains avec Matt. Il bouffe des tonnes de nourriture mexicaine.

— Ouille, commente Jake en tressaillant.

— Chas, une bière ? me propose Matt, ignorant royalement mes doléances.

Je soupire.

— Non, je sors. J'ai rendez-vous avec quelqu'un.

Visiblement, cela n'intéresse personne.

A la télé, la voix familière de Michael Kay entreprend de vanter la supériorité des Bombardiers du Bronx.

— Un rendez-vous… avec un homme ? s'enquiert Lucky d'un air distrait.

— Oui. Avec Ryan. Le chirurgien.

— Super… Avec un peu de chance, il pourra se charger des travaux de ta salle de bains.

— C'est lui qui passe te chercher ? m'interroge Trevor.

— Non, dis-je d'un air vaguement suffisant. Il avait une consultation d'urgence à l'hôpital.

Lucky déplace Bouton-d'Or et la considère en fronçant les sourcils.

— Putain, Chas, ta chienne est en train de me saigner dessus !

— Quoi ?

Mon frère oblige Bouton-d'Or à descendre du sofa tandis que celle-ci lui présente aussitôt son ventre pour une séance de gratouillis, les oreilles rejetées en arrière comme des ailes. Trevor repousse la table basse et les trois hommes s'accroupissent autour d'elle, passant leurs mains le long de ses pattes et lui ébouriffant doucement le pelage à la recherche d'une plaie.

Je rassure ma chienne.

— Tout va bien, ma jolie. Ces gars-là sont des professionnels.

— Wooorooo, roucoule-t-elle en fouettant Jake en pleine figure.

— Gaffe à sa queue ! prévient Matt. C'est une arme mortelle.

— Merci du conseil, grommelle Jake en massant la trace qui lui zèbre le visage.

— Je crois que j'ai trouvé, Chastity, déclare Trevor en me regardant avec un grand sourire. On dirait bien que ta petite fille est devenue une femme.

— Qu'est-ce que tu racontes ? dis-je, sans cesser de caresser la tête de Bouton-d'Or.

— Elle est en chaleur.

— Beurk, lâche Jake.

Il s'empresse de se relever et reprend sa position sur le sofa.

Je proteste :

— Mais elle est stérilisée ! Au refuge, ils m'ont dit qu'elle était stérilisée !

— Ce qui explique qu'elle ait été un peu raplapla ces temps-ci, observe Matt. Il y a de l'amour dans l'air — toutes ces foutaises, quoi. Fini les os en peau de buffle, pas vrai, Bouton-d'Or ?

Les gars regagnent tous leur place, tandis que je demeure assise par terre aux côtés de ma chienne. La pauvre ! Les chiennes ont-elles aussi des douleurs menstruelles ? Faut-il que je reste à la maison et que je lui apporte une bouillotte, comme ma mère le faisait pour moi ?

Maudit refuge ! Il faudra que je les appelle demain matin pour leur demander de vérifier son dossier.

— Dites, qu'est-ce que je dois faire pour les saignements ? Vous avez des idées ?

Matt baisse les yeux sur notre chienne.

— T'inquiète, je vais m'en occuper. Vas-y, Chas ! Passe une bonne soirée. Bouton-d'Or s'en sortira très bien sans toi.

Et de fait, Bouton-d'Or a l'air d'être en pleine forme... Elle se lève pour fourrer son imposant museau dans l'entrejambe de Jake.

— Arrête, la chienne ! glapit-il.

Je souris largement.

— Elle se cherche un compagnon, Jake. Détends-toi et laisse-la aller jusqu'au bout...

— On se sent vraiment sale, dans ces moments-là, pas vrai ? renchérit Trevor, un rire au fond des yeux.

— Elle me saigne dessus ! Hé, les mecs, c'est répugnant !

Alors que Bouton-d'Or tente d'escalader la cuisse de Jake, je me décide à partir — Matt est tout à fait en mesure de gérer la situation. Après avoir vérifié que je n'ai pas de sang sur mon jean — non, il est propre, merci, mon Dieu ! —, je me relève.

— Bon. Merci. Simplement, faites bien attention à ne pas la laisser sortir. Il ne manquerait plus qu'elle se fasse mettre en cloque !

Une heure plus tard...

— Et toi, Ryan, tu soutiens les Yankees ?

Mon regard n'arrête pas de s'égarer en direction de l'écran de télévision qui trône dans la partie bar d'Emo's, mais hélas je n'arrive pas à voir le score de ma place. Zut !

Ryan me sourit d'un air aimable.

— Non. On ne peut pas dire que je m'intéresse au sport. *(Problème.)* Mais en saison mon père a des billets pour le Yankee Stadium. *(Problème résolu !)* Nous pourrions peut-être y aller un de ces jours, puisque de toute évidence tu es une mordue de base-ball.

— Ça me ferait très plaisir, dis-je dans un murmure, me repassant déjà mentalement la programmation des matchs à domicile.

Nous sommes installés à une excellente table donnant sur la rue. Emo's est bondé, les plats sont délicieux et, quand je l'ai rejoint au restaurant, Ryan m'a embrassée en s'excusant de ne pas avoir pu passer me prendre chez moi. Il est vraiment très bien élevé, ce garçon.

— J'ai énormément apprécié ton article sur moi, tu sais.

— Ah, tant mieux ! Je suis contente qu'il t'ait plu.

A vrai dire, l'article en question m'était un peu sorti de l'esprit, avec tous les soucis que m'a causé le piratage de notre site. Heureusement, jusqu'ici, aucun autre incident n'est à déplorer. Mais, après tout, l'article sur Ryan était réussi du moment que je l'affirme… Aucune mention n'y était faite de ses blessures à l'aine, et il était illustré par une jolie photo de lui dans sa tenue de karaté (miam !).

— En tout cas, il a reçu d'excellentes critiques de la part de nos lecteurs.

— C'est le premier d'une série, c'est bien ça ? s'enquiert-il en buvant une gorgée de vin.

— Tout à fait. Dans le prochain article, nous nous intéresserons aux sapeurs-pompiers.

— Choix prévisible…, murmure-t-il.

Je me cabre légèrement.

— Ma foi, oui, tu as sans doute raison, dans le sens où tout le monde associe l'héroïsme au métier de pompier.

Je laisse passer quelques instants. Ryan garde le silence, se contentant de m'adresser un petit sourire pour m'encourager à poursuivre.

— Après ça, je rédigerai un article sur une pédiatre du coin qui exerce son métier dans le cadre d'une mission humanitaire en Amérique du Sud. Elle y part tous les ans. Mais tu la connais peut-être ? Il s'agit du Dr Whitman. Jeannie Whitman.

— Je n'entretiens pas à proprement parler de relations professionnelles avec les pédiatres, sauf pour les briefer en vitesse sur un traumatisme, dans le cas où le blessé est mineur. Mais en général nous évacuons ces patients-là vers le Children's Hospital d'Albany.

— Je vois. Hé, mais au fait, tu dois sûrement croiser mon frère Jack de temps en temps ? Il est secouriste à bord d'un hélicoptère d'évacuation sanitaire. Jack O'Neill ? Un grand, avec des cheveux noirs, on se ressemble beaucoup, lui et moi…

Ryan secoue la tête.

— Non, ça ne me dit rien.

— Ah.

Nos plats arrivent et nous dégustons notre repas en échangeant des sourires. Je me creuse les méninges à la recherche d'une remarque spirituelle, mais rentre bredouille de ma quête. Sans doute suis-je trop habituée à faire partie de la bande… Et bien sûr, depuis le début de la soirée, je prends soin d'éviter tout ce qui a trait à la profession de chirurgien, bien que cela ne puisse pas durer indéfiniment. Finissant mon verre de vin, je décide de me lancer :

— Parle-moi de ton travail, Ryan. Tu as toujours voulu être chirurgien ?

— Chirurgien traumatologue, rectifie-t-il en se penchant vers moi. Oui, toujours, Chastity. Mon père étant également chirurgien, comme je crois te l'avoir déjà dit, j'ai eu la chance d'avoir un proche pour m'enseigner les ficelles du métier.

— Et c'est dur — psychologiquement, j'entends ? Il est clair que tes patients arrivent en très mauvais état…

Il prend une bouchée de son saumon.

— Psychologiquement, non, ce n'est pas dur. Mais ce qui est certain, c'est que ma profession exige des compétences hautement qualifiées.

Il sourit d'un air modeste.

— Dans ma spécialité, les cas les plus fréquents sont les splénectomies, les lésions intestinales résultant de traumatismes balistiques… c'est-à-dire de blessures par balle… Ah, sans oublier le traitement des hémorragies, les réparations musculaires… Et bien évidemment — il se penche vers moi d'un air gourmand, un grand sourire aux lèvres — plus le traumatisme est grave, plus le cas est passionnant.

J'avale ma salive tandis que Ryan poursuit, sans s'apercevoir que ma tension est en train de chuter rapidement.

— On pense sans doute que le plus glamour dans ce métier ce sont les traumatismes orthopédiques.

Sa voix se teinte d'une légère amertume.

— Alors que, de toute évidence, il m'incombe en priorité de stopper l'hémorragie d'un organe avant que les chirurgiens orthopédistes puissent évaluer les possibilités de rattachement, n'est-ce pas ? Qui se soucie d'un fémur fracassé quand la rate du patient pisse le sang et qu'on est à court de transfusions ?

— Mon Dieu ! Ouf… dis donc ! Mais c'est fascinant, tout ce que tu me racontes !

Essuyant mes paumes moites à mon jean, je repousse mon assiette.

— Ecoute, Ryan, il faut que je t'avoue que je suis un tantinet impressionnable en ce qui concerne ce genre de chose.

Il mc sourit avcc gentillesse.

— Comme la plupart des gens, me rassure-t-il, avec presque une certaine fierté. Tu préfères qu'on change de sujet ?

— Euh… oui, s'il te plaît…

Tendant le bras par-dessus la table, il prend ma main qui serre un petit pain de toutes ses forces.

— Je te trouve vraiment très sympathique, Chastity, dit-il en me souriant.

Je suis ravie d'apprendre que ma phobie a l'heur de lui plaire… Déglutissant de la bile, je lui rends son sourire.

— Moi aussi, Ryan.

Il est vraiment… comment dire, il est beau, ce type. Sympa, aussi.

J'extrais ma main de la sienne pour mordre dans mon petit pain.

— Et où as-tu grandi ?

— A Long Island. Au départ, nous vivions à Huntingdon, mais à présent mes parents ont un cottage dans les Hamptons. A East Hampton, plus précisément. Tout à fait charmant. Tu vas l'adorer.

Cela ne fait aucun doute, mais son affirmation me laisse songeuse. *Tu l'adoreras quand je te présenterai à mes parents, or tu ne songes pas à refuser, n'est-ce pas, vu que je suis génial comme mec. Arrête, Chastity. Ce type est tout à fait charmant. On se calme.* Ryan continue de parler. Je souris, hoche la tête et bois une gorgée d'eau.

C'est alors que me parvient un bruit… un bruit familier, bien qu'il soit trop loin pour que je puisse l'identifier. Un frisson prémonitoire me parcourt les jambes. Ce son éloigné me concerne… ou, du moins, il est sur le point de me concerner.

Je tourne la tête vers la fenêtre.

— Tu entends ça ?

— Non. Mais il y a beaucoup de bruit dans la salle.

Je n'arrive pas à distinguer la silhouette sombre qui vient de tourner à l'angle de la rue, mais mon pressentiment s'accroît.

— Que se passe-t-il ? s'enquiert Ryan.

— Je ne… Je ne suis pas… Oh non ! Bouton-d'Or !

— Aaaahwoufffwoufffwoufff !

Eh oui, c'est bien ma chienne lancée au grand galop — au grand galop ! — ses énormes pattes frappant sourdement l'asphalte sans aucune élégance tandis qu'elle court — qu'elle court ! — au beau milieu de la rue. Incroyable ! Une chienne qu'on doit traîner pour la faire sortir !

Et, pour éviter qu'elle ne constelle ma maison de gouttelettes de sang, on lui a passé sur l'arrière-train un boxer Calvin Klein d'un blanc lumineux appartenant à Matt. Sa queue, qui émerge de l'ouverture ménagée sur le devant, cingle comme un fouet. Je demeure saisie d'horreur sur ma chaise tandis que Bouton-d'Or s'oriente vers le trottoir, juste à la hauteur d'Emo's.

— Pourquoi le gros chien il porte une culotte ? demande une petite fille.

— Oh ! mon Dieu !

Je me lève d'un bond, cognant la table au passage. Le verre d'eau de Ryan se répand sur la nappe.

— Comment a-t-elle pu sortir ? C'est la première fois qu'elle s'échappe ! J'avais pourtant bien dit aux garçons de…

Mon petit amour, avec ses cinquante-cinq kilos de chienne

en chaleur, se dresse à présent contre la devanture, ses pattes de devant laissant de grosses traces boueuses sur la vitrine, toute à sa joie d'avoir retrouvé sa maîtresse au flair.

— Aaaahwoufffwoufffwoufff! module-t-elle, la tête rejetée en arrière d'extase.

— Dieu du ciel, murmure Ryan.

Je le regarde, interdite.

— Hum… Je crois qu'il vaudrait mieux que je… C'est mon… c'est ma chienne.

— Dieu du ciel…

Mais, déjà, je me fraie un passage en direction du bar. Les gens rient ou froncent les sourcils pendant que Bouton-d'Or continue de me chanter la sérénade. Le maître d'hôtel et deux serveurs discutent entre eux en la désignant du doigt.

— Je m'en occupe! dis-je. C'est ma chienne. Elle doit m'avoir pistée jusqu'ici. Elle a du sang de limier, vous comprenez? Et elle est en chaleur.

— Merci pour ces détails, réplique le maître d'hôtel.

Alors que je sors en trombe du restaurant, Bouton-d'Or décide soudain qu'elle n'est pas disposée à se laisser capturer. Elle quitte la devanture, fouettant l'air de sa queue. Elle s'éloigne de moi en trottinant, son boxer étincelant dans la nuit, puis s'arrête pour renifler un pneu.

— Bouton-d'Or… Au pied, ma chienne!

Je prends un ton faussement détendu, comme si son apparition inopinée m'enchantait au plus haut point.

A ce moment précis, un pick-up tourne au coin de la rue. Matt est au volant, tandis que Trevor, penché à la fenêtre, s'époumone à appeler ma chienne. Tous deux sont pliés de rire. Bouton-d'Or s'éloigne encore de quelques mètres au petit trot.

Je roucoule d'une voix mélodieuse :

— Bouton-d'Or! Allez, viens… Biscuit! Salami! Tu veux du salami? Hein, ma fille? Allez, viens, mon Bébé d'Or!

Ryan sort du restaurant.

— Mais qu'est-ce qu'elle porte?

— Un slip de mon frère. Hum, bon… Essayons plutôt de l'attraper.

Matt se gare contre le trottoir et sort du véhicule en s'essuyant les yeux.

— Désolé, Chas. Elle s'est échappée.

— Oui, j'avais remarqué.

Trevor descend à son tour du pick-up, titubant sous l'effet d'un fou rire silencieux qui lui fait émettre des sifflements d'asthmatique.

— Elle t'a retrouvée, articule-t-il à grand-peine. Elle adore sa maman.

— Oh ! la ferme, Trevor !

Mais je ne peux m'empêcher de sourire.

— Ne lui courez pas après ! Faites juste semblant d'avoir un biscuit ou une friandise quelconque à lui donner.

Six mètres plus loin, Bouton-d'Or s'arrête et braque sur nous ses yeux jaunes, l'air soupçonneux. Elle remue timidement la queue, mais ses épaules sont tendues — elle est prête à s'enfuir, pour la première fois peut-être de sa toute jeune existence.

— On y va très lentement, les gars… Comme si de rien n'était…

— Reçu cinq sur cinq, réplique Matt. Allez, viens voir papa, ma chérie.

Nous marchons vers elle à pas comptés. Toute une foule s'est massée à la devanture du restaurant pour suivre la capture de l'animal. Je lance :

— Bébé d'Or ! Allez, viens ici, ma belle !

Elle flaire le trottoir et s'affale par terre. De toute évidence, elle en a terminé pour ce soir.

Je me tourne vers Ryan.

— Je suis réellement navrée de ce cet incident.

Il fixe ma chienne d'un œil consterné.

— Mais pas du tout…, murmure-t-il sans la moindre conviction.

— Qui c'est, ma jolie petite chienne ? susurre Matt en faisant semblant de lui tendre une friandise. Tu veux un biscuit ?

Petit à petit, Bouton-d'Or se laisse approcher tandis que Trev, Ryan et moi restons en arrière. Mais, juste au moment où Matt fait le geste de l'attraper par le collier, elle se dégage d'un coup de tête, se relève maladroitement et file vers la liberté.

— Aaaahwoufffwoufffwoufff!

Elle se dirige d'abord vers nous trois, puis dévie en direction de la rue.

— Attrape-la, Chas! hurle Matt.

Mais ma chienne me passe devant comme une flèche.

Avec une étonnante agilité, elle dépasse Ryan, puis Trevor qui la manque de peu et continue sa course jusqu'au bout de la rue. Une grosse tache de sang imprègne de rouge le boxer de mon frère.

— Pétard de sort!

Mais j'éclate de rire.

— Allons-y!

Je me mets à courir. Bouton-d'Or est à mi-rue devant moi, je ris si fort que j'en ai mal aux côtes. Entre deux hoquets, je m'égosille :

— Bouton-d'Or! Viens voir maman!

Matt traverse la rue pour tenter de la rabattre vers moi, mais elle est trop loin. Dans mon dos, Trevor titube de rire, incapable de m'être du moindre secours. Son hilarité est si forte qu'il a du mal à rester debout. Une voiture ralentit. Bouton-d'Or s'oriente du côté du trottoir où se tient Matt, puis s'arrête pour renifler un horodateur. Ses grandes oreilles se dressent soudain, et je porte mon regard tout en haut de la rue.

— Oh! Attrape-la, Matt!

Dans l'autre sens arrive un minuscule yorkshire tenu en laisse par un homme plutôt replet.

— Non, Bouton-d'Or! s'écrie Trevor. Tu vas le tuer, ma grande!

Mon rire devient muet, les larmes coulent le long de mes joues. J'articule :

— Bouton-d'Or! Salami!

Je tape dans mes mains pour attirer l'attention de ma chienne. Peine perdue.

Le propriétaire du york scrute attentivement la devanture d'un magasin d'antiquités, inconscient, semble-t-il, du danger qui menace son minuscule animal de compagnie.

— Monsieur ! lance Matt. Hep, mon gars ! Elle est en chaleur ! Ramassez votre chien ! Ramassez-le !

Perplexe, l'homme obéit, juste à temps, puis recule avec dégoût en voyant Bouton-d'Or charger sur lui.

Je m'écrie :

— Bouton-d'Or, non !

Mais elle ne me prête pas une once d'attention.

— Aaaahwoufffwoufffwoufff…

Entièrement focalisée sur son partenaire potentiel, elle bondit sur le maître de ce dernier.

— Aah !! hurle l'homme. Non, le chien ! Méchant chien-chien ! Descends de là ! Non ! Couché !

Trevor jette un regard à droite et à gauche et s'élance pour traverser. Tirant violemment sur son collier, il détourne Bouton-d'Or de l'homme et de son malheureux petit toutou. Ma chienne relâche tous ses muscles et coule un regard torve en direction de Trevor, qui la force à s'éloigner de son grand amour.

— Ce chien devrait être tenu en laisse ! lance le maître du york.

— Oui, vous avez entièrement raison. Nous en aviserons son propriétaire dès que nous l'aurons retrouvé, acquiesce Trevor d'un ton conciliant, tout en m'adressant un sourire. Vous allez bien, monsieur ?

Il lui tend la main.

— Trevor Meade, de la caserne de pompiers d'Eaton Falls.

— Ça va, ça va… Merci d'avoir stoppé cet horrible monstre. Tu n'as rien, mon Puffy ?

Il dépose un baiser sur le crâne du petit yorkshire et me fusille du regard.

— Vous dites que vous connaissez le propriétaire de ce

chien, madame ? me demande Trevor avec un clin d'œil de conspirateur.

Je prends quelques secondes avant de répliquer :

— Hum, oui… Oui, tout à fait. C'est la chienne de mes voisins. Une très vilaine bête. C'est mal, ce que tu as fait là, Bouton-d'Or !

— Eh bien, dites à ces gens qu'à Eaton Falls la loi exige que les chiens soient tenus en laisse ! vitupère l'homme au york.

— Je n'y manquerai pas, monsieur. Bouton-d'Or, ta conduite est inqualifiable. Quand ils sauront ce que tu as fait, tes maîtres vont mourir de honte.

— Merci de votre aide, madame, me dit Trevor.

Son sourire me réchauffe jusqu'à la moelle de mes os.

— Allez, viens, Puffy, dit l'homme en faisant demi-tour.

Et, sur ces mots, il repart d'où il est venu.

— Pauvre Puffy… Tu as eu peur, hein ?

— « Peur » n'est pas le terme que j'emploierais, commente Matt en nous rejoignant, Trev et moi.

Il suit du regard le minuscule chien qui se contorsionne et gémit dans les bras de son maître, se démenant comme un beau diable pour retourner vers Bouton-d'Or.

— Puffy ne demandait pas mieux, je crois.

— Imagine un peu les enfants qu'ils auraient eus ensemble !

Trevor s'agenouille en riant pour caresser ma chienne.

Ryan vient vers moi et, à mon grand étonnement, il passe un bras autour des mes épaules. Dans l'affolement général, je l'avais presque oublié.

— Ryan ! Oh ! mais tu connais mon frère, n'est-ce pas ? Je te présente Matt.

Ils échangent une poignée de main.

— Désolé pour toute cette histoire, Chas, dit mon frère. Lucky est sorti de la maison pour appeler Tara, et ta petite chienne en chaleur en a profité pour prendre la poudre d'escampette.

— Bah, ce n'est rien. En tout cas, voilà une soirée qui restera dans les annales, n'est-ce pas, Ryan ?

— Incontestablement ! réplique-t-il.

Et tout à coup j'éprouve une bouffée d'affection pour lui. Après tout, il s'est montré beau joueur, non ? Je prends sa main dans la mienne et il sourit.

— Vous pouvez la ramener à la maison, les gars ?

— Pas de problème, Chas, répond Trevor. Passez une bonne soirée, les jeunes !

De retour chez Emo, et après un deuxième verre de vin bien mérité, Ryan me propose d'aller en boire un dernier chez lui. L'impression d'irréalité qui m'enveloppe chaque fois que je suis en sa compagnie me rattrape tandis qu'il ouvre la porte de son appartement. C'est un endroit cossu et stylé, situé dans une ancienne minoterie reconvertie en immeuble d'habitation. Les fenêtres donnent sur l'amont du fleuve, loin de la centrale. Les parquets de bois teinté luisent d'un éclat sombre, le tapis d'Orient rutile de teintes chatoyantes et une cheminée occupe la totalité d'un mur. Le tout donne une impression très moderne et très propre, tout à fait comme on imagine l'appartement d'un chirurgien.

— Quel charmant endroit…

— Merci, dit Ryan. Je peux te débarrasser de ton blouson ?

Il s'exécute, puis passe dans la cuisine et ouvre un placard.

— Quel genre de vin aimerais-tu boire, Chastity ? J'ai là un très bon pinot, un magnifique chardonnay de Nouvelle-Zélande, du cabernet…

— Oh… hum… choisis, toi !

Mon cœur bat un peu vite ; je déglutis. Pour tout dire, je me sens nerveuse. Je n'ai pas connu beaucoup d'hommes dans ma vie, et cela fait un bail que je n'ai pas eu de petit ami régulier. Mon dernier verre chez un homme remonte à une éternité. Je me demande si toutes les parties de mon anatomie sont encore en état de marche.

Une série de photos en noir et blanc ornent un mur — principalement des immeubles, bien que l'une d'elles représente un champ recouvert de neige.

— C'est toi qui as pris ces photos, Ryan ?

— Oh ! ça ? Non ! C'est ma décoratrice qui les a achetées. Mais je suis ravi qu'elles te plaisent, dit-il en me tendant un verre de vin blanc. Tu veux t'asseoir ?

Nous nous installons dans un somptueux canapé en cuir. Ryan s'empare d'une télécommande, appuie sur un bouton, et hop ! Un feu s'allume dans la cheminée.

— Très sympa, dis-je en buvant une gorgée de vin.

Il glisse une mèche derrière mon oreille et sourit. Je lui souris en retour. J'ai les genoux qui picotent… Il se rapproche un peu de moi. Dans mes genoux, le picotement s'accentue. Ryan fait glisser son bras le long du dossier du canapé, sa main s'approche de ma nuque. Puis il se penche pour m'embrasser dans le cou, provoquant des petits frissons tout le long de mon flanc.

— Hum… écoute, Ryan. Pardonne-moi, mais… il faut que je te pose une question… Désolée.

Je me déplace un peu, de manière à le regarder dans les yeux.

— Ryan, tu es un homme très séduisant, tu es médecin…

— Chirurgien, rectifie-t-il avec un sourire.

— C'est vrai ! Chirurgien, chirurgien traumatologue… Hum, comment se fait-il que… eh bien, que tu ne sois pas encore marié ?

Il se rencogne sur le canapé et fronce les sourcils.

— C'est une bonne question. A dire vrai, Chastity, j'ai toujours été d'avis qu'il fallait donner la priorité au travail. Ce n'est pas facile de devenir chirurgien…

Je souris.

— Oh ! ça, je suis au courant ! Je regarde *Grey's Anatomy* toutes les semaines.

Il ne daigne pas relever ma petite boutade. Les yeux rivés sur mes baskets montantes rouges, je marmonne :

— Pardon. Continue.

— J'ai toujours jugé qu'il serait déraisonnable de m'engager dans une relation sérieuse tant que j'étais autant accaparé par mon internat et par ma carrière.

Son regard revient sur moi.

— A présent, c'est fait.

Il hausse un sourcil.

— Et puis j'ai fait ta connaissance, voilà.

Je pique un fard, ravie.

— En fait, ce qui m'étonne, c'est que tu n'aies jamais rencontré personne à l'hôpital, une ancienne camarade d'internat, par exemple ? Comme Dr Mamour et Meredith…

— J'ignore de quoi tu parles, Chastity, dit-il avec tendresse. Mais je n'aimerais pas épouser un médecin. Cela suffit, avec un dans la famille.

— Ah… Et pourquoi ça ?

— C'est une profession très exigeante. Et quand il s'agit d'avoir des enfants, j'estime préférable qu'un des deux parents au moins puisse consacrer du temps à leur éducation.

Il s'interrompt quelques secondes, son regard se pose sur ma bouche, et il murmure :

— D'autres questions ?

— Hum… non.

Le picotement revient.

— Est-ce que je peux t'embrasser, maintenant ?

— Bien sûr…

Et sans attendre, il s'exécute. Il m'embrasse — un baiser très agréable, très tendre, très expérimenté. Je m'écarte, pose mon verre de vin sur la table basse et le dévisage de nouveau.

— Tu as des animaux domestiques ?

— Non.

Il se met à rire.

— OK, dis-je.

Empoignant sa chemise, je l'attire contre moi et l'embrasse un peu moins parfaitement qu'il ne vient de le faire.

— Pour ta gouverne, murmure-t-il contre ma bouche, je suis à la recherche d'une relation sérieuse. Durable et monogame.

— Bien reçu, dis-je en souriant.

Je crois pouvoir affirmer que c'est la première fois de ma vie qu'un homme me fait une telle déclaration.

— Moi aussi, Ryan.

Puis il m'embrasse de nouveau et, durant un bon bout de temps, nous cessons de parler.

J'ai le plaisir de vous informer que mon appareil génital est en parfait état de marche.

Nous nous câlinons. Caressant paresseusement l'épaule satinée de Ryan, je prends note de m'hydrater plus souvent avec un lait pour le corps. Ce type est cent fois plus mignon que moi. Je réprime un gloussement.

— C'était merveilleux, murmure-t-il en m'embrassant la tête.

— Oui, très agréable.

Mais à présent que c'est fait, eh bien, je me sens un tantinet nerveuse…

— Dis, Ryan, ça t'ennuierait de me ramener chez moi ?

— Quoi, tout de suite ?

Ses doigts cessent de jouer avec mes cheveux.

— Eh bien, non… pas à la seconde. Mais j'ai une réunion de bonne heure, demain.

C'est la vérité.

Il s'écarte pour me dévisager à son aise.

— Bien sûr, oui. Mais si tu veux passer la nuit ici, tu es plus que la bienvenue, Chastity.

— Merci, Ryan, c'est gentil. La prochaine fois… Mais là, je ferais sans doute mieux de… enfin, tu comprends.

Cinq minutes après, Ryan m'embrasse très tendrement, puis sort du lit et commence à enfiler ses vêtements. Je souris, rendant grâce à toutes ces années de karaté et d'athlétisme qui lui ont sculpté le corps sur le modèle parfait de Matthew McConaughey.

Mais, cette perfection mise à part, je sais que si je restais je ne fermerais pas l'œil de la nuit. Or ma petite voix intérieure attend de pied ferme d'avoir une petite discussion avec moi.

Dehors, les étoiles brillent de tous leurs feux et les rues d'Eaton Falls sont désertes. La Mercedes de Ryan ronronne de manière à peine audible et il me tient la main durant tout le trajet jusque chez moi.

— Tu ferais mieux de rester dans la voiture, dis-je en regardant ma maison. Mon frère est là, ce soir. Si Bouton-d'Or entend un inconnu, elle va devenir hystérique et le réveiller.

Evidemment, c'est faux. Il serait fort étonnant que Bouton-d'Or ouvre seulement un œil. Je ne sais pas trop pourquoi j'ai menti à Ryan.

— D'accord, dit-il en me dévisageant.

Il se penche pour effleurer mes lèvres d'un rapide baiser.

— Je suis content que nous soyons ensemble, Chastity.

Mon cœur se serre devant son air sérieux.

— Merci de me dire ça, Ryan. Moi aussi, je suis contente que nous soyons ensemble.

— Je t'appelle demain.

— OK. Merci.

J'ouvre la portière et remonte l'allée au pas de course. Il attend que je sois entrée chez moi, puis sa voiture repart sans bruit.

La seule lumière provient de la veilleuse de l'entrée, que Matt et moi laissons allumée au cas où il recevrait un appel de la caserne en pleine nuit… et au cas où j'éprouverais le besoin de me taper un petit casse-croûte à minuit. Bouton-d'Or grogne depuis le coin où elle est couchée, sa queue claque contre le parquet. Je chuchote :

— Salut, ma grande…

Elle n'ouvre même pas les yeux, trop épuisée par sa folle échappée pour émerger de son état d'inconscience. Elle se contente de cogner encore deux ou trois fois sa queue contre le parquet, avant de replonger dans un sommeil profond.

Dans la cuisine, j'ouvre le réfrigérateur et, clignant des yeux dans ce soudain flot de lumière, j'en inspecte le contenu. Pas grand-chose, là-dedans, qui puisse réchauffer le cœur d'une fille ou lui remplir l'estomac. Je sors le lait et prends les Choco-Puffs dans le placard. Attrapant un bol, je me retourne et bondis de terreur. Trevor se tient derrière moi, tel un spectre. Manquant lâcher la brique de lait, je siffle :

— Bonté divine ! Trevor !

— Désolé, Chas, murmure-t-il. Attends, laisse-moi t'aider.

Il me prend le lait des mains et le pose sur la table.

— Pardon. Je ne voulais pas te faire peur.

— Eh bien, figure-toi que c'est pourtant l'effet que ça fait quand on se glisse dans le dos de quelqu'un à 3 heures du mat' ! Tâche de t'en souvenir pour une autre fois.

Mon cœur cogne si fort que j'ai l'impression qu'il va jaillir de ma poitrine.

Trevor sourit et s'assied à la table, prenant soin de ne pas faire de bruit.

— Je pieute chez toi, ce soir.

— C'est ce que je vois.

Il est pieds nus, mais porte un jean et un T-shirt. Je suis bien sûre qu'il ne dormait pas tout habillé… Immédiatement, j'interromps le fil de cette pensée.

— Tu veux des céréales ?

Il me sourit.

— Non, merci. Alors, comment s'est passé ton rendez-vous ? Une fois que la grosse bestiole a retrouvé ta trace, je veux dire.

Je prends une profonde inspiration. Mon intention, en m'octroyant ce petit en-cas nocturne, était justement d'analyser ledit rendez-vous.

— C'était génial. On a passé une supersoirée. Ryan est un type formidable.

— Super.

Je lui décoche un regard aigu avant d'insister :

— La soirée était *super*. Ryan est *formidable*.

— Je ne dis pas le contraire, Chas.

Il croise les bras sur sa poitrine et continue de me dévisager, les muscles saillants, les cheveux en désordre, dans une attitude absolument torride. J'enfourne une grosse cuillerée de Choco-Puffs et me mets à mastiquer tout en l'exhortant mentalement. *Va-t'en, Trevor !* Car être assise avec lui dans la quasi-obscurité de 3 heures du matin est une situation bien trop intime pour moi.

— Et à propos de rendez-vous, comment va Angela ?

— Angela va très bien. C'est une fille très sympa.

J'engouffre une autre cuillerée de céréales.

— Alors, c'est sérieux, entre vous ?

— Chastity... Nous ne sommes sortis que deux fois ensemble.

— Et après ? Ryan et moi aussi, nous ne sommes sortis que deux fois ensemble

— Et c'est sérieux entre vous ?

— Mais oui, c'est sérieux. Nous nous sommes engagés dans une relation durable et monogame.

Je fais cogner ma cuillère contre le bol avec une brusquerie superflue.

— Deux rendez-vous, c'est un peu rapide pour s'engager dans une relation durable et monogame, tu ne trouves pas ?

— Ma foi, nous venons à peine de nous engager dans cette relation durable et monogame, Trevor. Il faut bien commencer à un moment.

Mon ton n'est pas aussi naturel que ce que je voudrais.

— C'est sûr, acquiesce-t-il. Et Ryan a certainement de nombreuses qualités.

Pourquoi prend-il la défense de Ryan ? glapit ma petite voix intérieure. *Pourquoi ne dit-il pas : « Et que dirais-tu de t'engager dans une relation durable et monogame avec moi, Chas ? »*

Parce que ce n'est pas ce qu'il veut, rétorque fermement la voix d'Elaina. *Il a eu sa chance, OK? Des chances, il en a eu plein.*

— Alors ? m'interroge Trevor. Qu'est-ce qui te plaît chez ce type, Chas ?

— Tu te prends pour qui, maintenant ? Ma grande sœur ?

Son sourire me retourne les entrailles.

— Pas loin. Réponds à ma question.

Je me lève de table, pose mon bol dans l'évier et contemple par la fenêtre le jardin plongé dans le noir.

— Il est très intelligent, c'est une évidence. *(Bien élevé.)* En plus, il a un sens de l'humour très agréable... d'un genre assez posé, tu vois ? *(D'excellentes manières.)* C'est un grand travailleur. Il est vraiment très bien avec moi. *(Bon conducteur.)* Ça ne l'a pas dérangé de courir après Bouton-d'Or.

— Ma foi, on dirait bien que votre histoire a du potentiel, Chas.

Ma gorge se serre.

— Oh ! ça oui ! Un potentiel évident, même. Ecoute, vieux, je vais aller me coucher. Tu as besoin de quelque chose ? D'un oreiller, d'une couverture… ?

— De rien, non, je te remercie. Je suis paré. Bonne nuit, Chastity.

— Bonne nuit, Trev.

Là-haut, dans ma chambre, Bouton-d'Or a pris sa place habituelle, c'est-à-dire qu'elle occupe les trois quarts de mon lit *king size*. Je me déshabille avant de m'apercevoir avec un soupir d'impatience que, crénom ! j'ai oublié de me brosser les dents. Et, vu que dans ma salle de bains à la noix je n'ai même pas de lavabo, il me faut redescendre. Au risque de croiser de nouveau Trevor !

Bon. Je me glisse dans la minuscule portion de lit que m'a laissée Bouton d'or, la repousse des pieds et soupire.

Assurément, j'ai perdu suffisamment de temps à fantasmer sur Trevor au cours de ces deux dernières décennies. C'est pourquoi, au lieu de fantasmer sur Trev, je m'ordonne de penser à Ryan Darling, un homme accessible, lui, et désireux de s'investir dans une relation sérieuse.

Je crois que je pourrais l'aimer. Comme je l'ai dit à Trevor, il me donne l'impression d'être un homme très gentil, très sérieux, très travailleur. Certes, ce n'est pas un marrant, du moins pas dans le genre potache auquel les garçons m'ont habituée — ce n'est pas lui, par exemple, qui me glisserait des lézards dans le lit —, mais il n'est pas non plus entièrement dénué d'humour. En outre, il s'opère entre nous une indéniable alchimie. Et, si mes orteils ne se recroquevillent pas tout à fait, disons qu'ils se crispent déjà un peu ; et puis… c'était seulement notre première fois. Ryan est indiscutablement bel homme. Si tout va bien, nos enfants seront grands, beaux et costauds. Et intelligents. De vrais camionneurs de l'Ivy League.

Et donc oui, nous avons couché ensemble. Nous avons fait progresser notre relation. Et même si nous sommes allés un peu vite en besogne, comme l'a souligné Trevor de manière si irritante, où est le problème ? Ryan et moi avons plus de trente ans. Nous sommes majeurs et consentants. Finalement, tout cela n'est pas très important. Je tressaille tandis que ces mots résonnent dans ma tête. *Pas très important.*

Non que coucher avec Ryan n'ait pas été agréable. Ça l'était. Agréable. Très. Nous avons pris notre temps, il s'est montré plein de sollicitude, m'a affirmé qu'il était en bonne santé, a pris toutes les précautions nécessaires. C'était très agréable. Et si je devais lui attribuer une note, ce serait un B +. Des ébats sérieux, soutenus, satisfaisants. Comme un bon petit plat bien nourrissant. Et même si le qualificatif d'« agréable » ne saurait guère correspondre aux attentes d'une femme, même si, à la place d'un bon petit plat, elle rêve d'un filet mignon, même si, au lieu de la terre ferme, elle rêve d'un séisme — de quelque chose d'un peu plus débridé, d'un peu moins lisse — elle doit malgré tout pouvoir s'en contenter.

18

— Bonne fête, maman ! dis-je en tendant à ma mère un bouquet de tulipes accompagné de quelques truffes et d'une carte.

— Oh ! ma chérie ! Que tu es gentille ! s'écrie-t-elle en déchirant le sachet de truffes. Mmm… elles sont délicieuses ! Tu en veux une, mon cœur ?

— Non, non, garde-les. Elles sont toutes pour toi.

Maman lit la carte, la déchire et me serre dans ses bras.

— Moi aussi, je t'aime, ma chérie. Ne le dis pas aux garçons, mais tu es ma préférée.

— Ne le dis pas aux garçons, tu parles ! rétorque Jack. Elle ne manque pas une occasion de nous le seriner.

J'embrasse l'aîné de mes frères.

— Oh ! pauvre petit bébé négligé… Ta maman ne t'aime plus ?

— Je resterai toujours son premier-né, réplique-t-il en me donnant une tape. Toi, tu n'es qu'un accident.

Je suffoque, feignant d'être choquée :

— Comment ? Tu ne voulais pas avoir deux enfants en onze mois, maman ?

— Oh ! arrêtez, tous les deux…, dit-elle tendrement. Vous savez bien que tous les enfants sont une bénédiction, et patati et patata !

Mon frère et moi nous mettons à rire.

Je désigne l'énorme composition de roses et de lys qui trône sur la table de la salle à manger.

— Qui t'a envoyé ces fleurs, maman ?

— Oh ! ça, minaude-t-elle, c'est de la part de Harry.

Jack me lance un regard.

— Jack, je crois que Graham est coincé dans l'arbre, commente maman.

Tous deux partent à la rescousse d'enfants divers et variés, puis interviennent dans une dispute dont l'objet est de savoir qui doit aller récupérer le ballon de foot tombé dans la boue.

Pendant ce temps, je vais examiner le bouquet dans la salle à manger. Très coûteux. Toutes les épines des roses ont été ôtées, et les lys sont aussi carnés et sexuels que ceux de Georgia O'Keeffe[1].

Je jette un coup d'œil à la carte : « A une femme extraordinaire qui mérite qu'on la fête en ce jour particulier. XOX Harry. »

— Meeeer… credi !

Je me demande ce que papa penserait de tout ça.

Je fais la grimace, puis entre dans le salon où trônent déjà mes belles-sœurs, impériales en ce jour qui leur est spécialement consacré. Comme il se doit, Lucky leur sert à toutes des bloody mary.

— Bonjour, Tara, dis-je en lui tendant une carte. Tu es une maman exceptionnelle.

— Oh ! Chastity ! Comme c'est gentil de ta part !

Tara ouvre sa carte tandis que je tends la sienne à Sarah.

— Bonne fête des Mères, Sarah ! Tu es une maman formidable, dis-je avec une consciencieuse honnêteté.

— Oh ! merci, Chas !

Je poursuis ma tournée.

— J'espère que tu m'as apporté autre chose qu'une carte, marmonne Elaina en prenant son enveloppe.

Je lui murmure en aparté :

— De la vodka. Dans la voiture. Je ne voulais pas rendre les autres jalouses. Et toi aussi tu es une maman extraordinaire, et patati et patata.

1. Georgia O'Keeffe (1887-1987) : peintre moderniste américaine.

Elaina me claque un gros bisou sur la joue tandis que je me laisse choir à côté d'elle dans le sofa.

— Ne t'en fais pas, *chiquita*, ton tour viendra, à toi aussi ! Et alors tu regretteras amèrement le temps où tu n'avais pas de petits culs à torcher, pas de lait régurgité dans le cou. N'est-ce pas, les filles ?

Les Starah opinent d'un air docte.

— J'ai porté le petit déjeuner au lit à Tara, ce matin, déclare Lucky. Elle a repos pour toute la journée. Elle ne s'occupe ni de la maison ni des enfants.

— Qu'est-ce que tu fiches ici, alors ? lui dis-je. Dépêche-toi, tu n'as pas de temps à perdre !

Tara éclate de rire et appuie la tête sur l'épaule de son mari.

— Où serais-je mieux qu'ici ? soupire-t-il d'un air ravi.

— Oh ! bouark ! dis-je, faisant semblant de vomir. Et toi, Sarah ? Jack t'a-t-il rendu hommage d'une façon quelconque, de préférence en claquant beaucoup d'argent ?

— Mais oui. En mari bien élevé qu'il est. Tu as vu mes nouvelles boucles d'oreilles ?

Elle met ses cheveux en arrière.

— Très jolies.

Je me tourne vers Elaina.

— Et Mark ? Il t'a offert quelque chose ?

— Eh bien, écoute, figure-toi que ce salaud s'est débrouillé pour me faire un cadeau, m'avoue Elaina en entortillant une mèche de ses cheveux. Ce matin, j'ai reçu une carte et des perles de bain des mains de Dylan ; de la part de son papa, m'a-t-il dit.

Ses prunelles sombres s'adoucissent.

— C'était plutôt gentil, non ?

Vraiment, je suis entourée de mamans formidables, attentives et désintéressées. Intelligentes, sages, drôles, aimantes et patientes. Et mon utérus me supplie de lui donner la chance de rejoindre le club.

Comme si elle lisait dans mes pensées, Elaina se tourne vers moi.

— Pour toi, je pense à une fille en premier, d'accord ? Blonde comme son papa. Et ensuite un garçon. Dr Darling Junior.

— Et pourquoi ne serait-ce pas la fille, Dr Darling Junior ? dis-je en tentant de me représenter Ryan à mon côté dans une salle d'accouchement.

— Ah, mais c'est vrai ! s'exclame Sarah d'une voix suraiguë. Il paraît que tu as un nouveau copain, Chastity ! Allez, dis-nous tout !

A cet instant, Trevor passe la tête dans l'embrasure de la porte et nous sourit.

— Salut, les filles ! Bonne fête des Mères à vous toutes, splendides créatures !

Son regard se pose sur moi.

— Salut, Chas.

— Va te faire voir, Trev ! Je note au passage que tu ne me mets pas dans le même panier que toutes ces « splendides créatures ».

— Je te trouve très belle, tu le sais. Canon, même.

Il m'adresse un clin d'œil qui me tord le ventre. Puis il entre dans la pièce, les bras chargés de bouquets, et s'avance en premier vers Sarah.

— Merci de me faire profiter de tes enfants, dit-il en l'embrassant sur la joue.

Il répète le même geste et les mêmes paroles auprès de Tara, puis d'Elaina. Chacune à son tour, mes belles-sœurs le serrent dans leurs bras, s'extasient sur sa délicatesse et essuient une larme.

Lorsqu'il s'approche de moi, je murmure :

— Fayot…

J'espère qu'il ne remarquera pas que moi aussi j'ai les yeux mouillés.

— Moi, je pensais plutôt à quelque chose du genre « Un prince parmi les hommes », rétorque-t-il.

Il me tend le dernier bouquet.

— Pour toi, Chas. Histoire que tu ne nous fasses pas un caprice.

Mon cœur saigne de… euh, voyons… d'affection. Oui, voilà, d'affection.

— Un lot de consolation, hein ?

— Pas tout à fait, murmure-t-il.

Soudain, la vision de Trevor et de la Parfaite Hayden s'impose à mon esprit, juste à temps. Savoir s'il a également eu cette délicate attention pour Hayden. Ou pour Angela. Ou pour toutes celles qu'il fréquente ou pas.

— Merci, Trev, tu es vraiment un amour, dit Elaina. Et à propos… Ce jean te fait un cul d'enfer. Un Carhartt, mmm… !

Les Starah émettent elles aussi un murmure approbateur, tandis que Lucky lève les yeux au ciel.

— Mais nous étions en train de parler de ta vie amoureuse, Chas, reprend Elaina en me lançant un regard aigu. Alors, ça y est ? Vous l'avez fait ?

Je prends un air modeste.

— Ça n'est que la deuxième fois qu'on sort ensemble…

— Réponds à la question ! m'ordonne Tara.

— Bien, à partir de là, murmure Trevor, permettez-moi de me retirer, mesdames.

— C'est ça, retire-toi, réplique Elaina en faisant mine de le chasser comme une mouche. On veut parler sexe, d'accord ? Et toi aussi, Lucky. Dehors !

Je lui lance un regard meurtrier qui ne la démonte pas le moins du monde. Trevor et Lucky obtempèrent, comme le font la plupart des hommes quand Elaina leur donne un ordre.

— Oui, bon… En ce qui concerne le sexe…

Mes belles-sœurs poussent des cris d'excitation et je souris, enchantée d'être pour une fois le centre d'intérêt de cette assemblée féminine.

En fin de journée, j'enfile mes runnings et fixe la laisse de Bouton-d'Or à son collier afin de contrecarrer les effets des pâtisseries danoises au fromage dont j'ai abusé chez ma mère.

— Allez, viens, on va courir, espèce de traînée !

— Aaaahwoufffwoufffwoufff !

— Et tu as interdiction de coucher avec quoi que ce soit d'inférieur à vingt-cinq kilos, tu m'entends ?

Elle remue aimablement la queue.

— Allons-y, alors !

A cet instant, j'aperçois le témoin lumineux de mon répondeur.

« Bonjour, Chastity, ici Ryan Darling, fait la voix de Ryan Darling. J'appelais simplement pour te dire que je passerai la journée chez mes parents, à Long Island, mais j'espère te revoir bientôt. J'ai passé un moment vraiment très agréable, l'autre soir. Salue Bouton-d'Or de ma part. A bientôt au téléphone. »

Ma foi ! Voilà qui est sacrément gentil, non ? Je souris. Il y avait même une tentative d'humour à la fin de son message. *Bien joué, Ryan !* Certes, il était inutile qu'il me précise son nom de famille — nous avons couché ensemble il y a deux jours, autant dire que je me souviens parfaitement de lui. Une partie de jambes en l'air tout à fait plaisante… Agréable… Incontestablement satisfaisante. Un bon petit plat, quoi.

— Bon, et maintenant j'arrête, dis-je à ma chienne qui renifle désespérément la porte. Allons courir comme on a dit !

Bouton-d'Or galope souplement à mon côté ; elle m'étonne par son niveau d'énergie. Vu que j'ai pris rendez-vous pour la faire stériliser la semaine prochaine, elle risque de retomber sous peu dans sa flemme de préado mal dans sa peau. Mais, pour le moment, ses oreilles battent au vent et ses bajoues ondulent. Nous nous dirigeons vers le cimetière. Mon coup est impeccablement calculé, mon timing parfait.

Le pick-up de Trevor est déjà là. Agenouillé sur la bande de terre qui borde la tombe de sa sœur, il lève un regard surpris en entendant cliqueter les plaques au cou de Bouton-d'Or.

— Salut, dit-il en se levant.

Les genoux de son jean sont maculés de boue.

— Qu'est-ce que tu fais ici ?

Bouton-d'Or et moi ralentissons le rythme avant de nous arrêter devant lui.

— Eh bien, maintenant que je sais ma chienne capable de mouvement en avant, je me suis dit que j'allais la prendre avec moi pour aller courir. Un peu d'exercice ne peut pas lui faire de mal. J'ai aperçu ton pick-up et nous voilà.

Si Trevor ne gobe pas mon boniment, il ne trahit pas non plus son incrédulité. Rougissante, je détache Bouton-d'Or et la laisse gambader parmi les pierres tombales, sa queue fendant l'air de manière audible, la truffe collée au sol à l'instar de ses ancêtres limiers. Elle émet un aboiement discret, heureuse, si l'on peut dire, comme un poisson dans l'eau. Trevor la regarde s'éloigner.

Je baisse les yeux sur la tombe de sa sœur, cette fillette qui a été brièvement mon amie. Comme toujours dès qu'il s'agit de sépultures d'enfant, il y a là l'expression d'un océan de douleur. *Michelle Anne Meade, notre magnifique petite fille, tu vis à jamais dans nos cœurs brisés. Tu nous manques, petit ange.* Mes yeux s'emplissent de larmes. Si elle avait eu la chance de pouvoir grandir, peut-être serions-nous toujours amies, Michelle et moi. Grâce à elle, Trevor aurait de véritables neveux et nièces, au lieu de se contenter d'un titre d'oncle honorifique. Ses parents n'auraient peut-être pas divorcé et il n'aurait pas été si seul.

Je savais que je le trouverais là. Michelle est morte le jour de la fête des Mères. Je ne peux même pas imaginer le chagrin qu'a dû éprouver sa mère, le chagrin qui doit être encore le sien aujourd'hui. Quel atroce jour de fête pour une maman qui a perdu un enfant !

La voix rauque, je demande à Trevor :

— Tu veux un coup de main ?

Il reste six ou huit plantes en godet dans la barquette.

— Volontiers. Tu peux démêler les racines ?

— Démêlage des racines, reçu cinq sur cinq, dis-je en m'agenouillant à côté de lui. Et merci pour le bouquet, Trevor. C'est vrai, tu n'étais pas obligé.

— Ça me faisait plaisir, réplique-t-il en creusant la terre au moyen d'un plantoir.

Nous travaillons en silence — enfin, lui travaille, moi, je lui passe les fleurs — jusqu'à ce que tout soit planté. Dans un mois, elles seront magnifiques, mais pour l'instant elles ont l'air un peu perdues, petites et trop espacées dans la terre retournée.

— Comment va ta mère, Trevor ?

Il soupire et s'assied sur ses talons, essuyant ses mains maculées sur son jean.

— Elle va bien.

— Tu l'appelles souvent ?

— Une fois par mois, environ.

J'ai du mal à imaginer Trevor, ce fils modèle pour mon père et ma mère, ne téléphonant à sa propre mère qu'une fois par mois. Il doit voir papa cinq jours par semaine et passe très souvent chez maman. Le mois dernier, il a aidé Jack à refaire la toiture de sa maison, à l'automne il est parti camper avec Matt et Lucky… mais sa propre famille est comme les aigrettes de pissenlit : éparpillée par le vent.

— Où se trouve ton père en ce moment ?

— La dernière fois que j'ai eu de ses nouvelles, il vivait à Sacramento. Tu as d'autres questions ?

Je secoue la tête.

— Pardon, vieux. Je ne voulais pas être indiscrète.

— Tu peux me demander tout ce que tu veux, Chastity.

Il tend la main pour m'aider à me relever. Je la saisis et, l'espace d'un bref instant de chaleur, nous mêlons la terre qui macule nos mains. Je murmure :

— Est-ce qu'elle continue à te manquer ?

Zut, ces maudites larmes sont de retour ! On pourrait pourtant croire qu'une fille aussi garçon manqué que moi n'aurait pas la larme facile !

— Oui, répond-il en brossant des petits fragments de terre de la pierre tombale. Chaque jour.

Il marque une pause, puis porte son regard vers les autres stèles. Quelque part au loin, le vent fait tinter quelque chose de métallique. Ting, clang.

— Chaque jour, j'imagine la vie que nous mènerions si

elle était encore là, adulte, mariée peut-être. Comment nous irions manger l'un chez l'autre. Des trucs de ce genre.

Son regard est empreint de tristesse et de douceur.

Je déglutis la grosse boule qui m'obstrue le gosier.

— Elle t'aurait adoré, Trev.

Il sourit.

— Merci.

— Et tu sais que pour nous tu es comme un véritable frère.

A peine ces mots prononcés, je me mords la langue.

Le sourire de Trevor s'estompe.

— Merci encore.

Il range la barquette vide dans son pick-up.

— Tu veux que je te dépose chez toi ?

— Volontiers. Ça serait sympa.

Je siffle Bouton-d'Or qui rapplique en bondissant gaiement, les oreilles au vent.

— Tu veux monter dans le pick-up de Trevor ?

Elle lance un unique aboiement.

— Génie, commente Trevor en la hissant à l'arrière du véhicule.

Bouton-d'Or s'écroule comme s'il lui avait tiré dans les pattes. Le rire de Trevor est doux, on en mangerait, comme une rivière de chocolat.

Je grimpe sur le siège passager, remarquant au passage mes jambes zébrées de traces de boue. Il faudrait aussi que je me rase plus souvent. Et puis mon T-shirt est humide de sueur — j'ai le visage d'Aragorn plaqué sur le sein gauche, Dieu le bénisse ! L'inscription « Je ne reçois d'ordres que du Roi de Gondor » s'est effacée au fil des lavages.

— Je t'ai dit que quelqu'un avait piraté le site en ligne de la *Gazette* ?

— Non, dit-il en mettant le contact. Qu'est-ce qui s'est passé ?

Je le mets au courant de l'affaire et lui confie mon impression que toute cette manœuvre a été conçue dans le seul but de me nuire, personnellement.

— Hier, quand je suis arrivée à mon bureau, mes petites… hum, non… laisse tomber.

Trevor me jette un regard en coin tout en s'engageant sur la route.

— Quoi, Chas ?

Je soupire et regarde par la vitre.

— Eh bien, j'ai des petites figurines sur mon bureau. Des figurines de… du *Seigneur des Anneaux*, tu vois ? OK, c'est bon, épargne-moi tes commentaires, je suis une indécrottable idiote, je le sais, alors inutile de me le démontrer.

— Du moment que tu en es consciente, réplique-t-il, le regard pétillant.

— Bref, ces figurines sont disposées selon un certain ordre, d'accord ? Sauf qu'hier elles formaient un petit cercle. C'était bizarre.

— Ce sont peut-être les agents d'entretien qui les ont renversées par inadvertance et qui les ont remises comme ça.

— Peut-être. Je n'en sais rien. Simplement, elles avaient… oh, tout ça paraît tellement débile !

Trevor se met à rire.

— Raconte, je t'en prie.

Je lève les yeux au ciel.

— Aragorn était étendu au centre du cercle, face contre terre, or il se trouve que dans cette série de figurines, tous les autres personnages sont armés. On aurait dit que tous les petits amis d'Aragorn étaient en train de le mettre à mort. Pour ainsi dire.

— Il faut que tu sortes davantage, Chas…

— C'est toi qui m'as demandé de tout te raconter, crétin !

Sans que je m'en sois rendu compte, nous sommes déjà arrivés dans ma rue. Il se gare devant mon adorable maison de poupée.

— Tu veux entrer ? Boire une bière, regarder un match peut-être ?

— Merci, Chastity, c'est gentil, mais non. J'ai des… euh, projets pour ce soir.

Je marque une pause, la main sur la poignée de la portière.

— Tu t'es remis avec Hayden, Trevor ?

Il ne répond pas tout de suite.

— Pas exactement.

— Pas encore, tu veux dire ?

Mon intonation est cassante.

Il soupire.

— Hayden m'a avoué que ça ne lui déplairait pas, c'est vrai…

— Et Angela dans l'histoire ? Je croyais que tu sortais avec elle ?

Je serre la poignée si fort que j'en ai mal à la main.

— Ecoute, j'ai dîné une fois avec Angela. Je ne dirais pas que nous nous fréquentons.

— Et elle, qu'est-ce qu'elle dirait ?

Il se tait.

— Ne la mène pas en bateau, Trevor.

— Je n'ai pas l'intention de faire une telle chose, Chastity, réplique-t-il à mi-voix, en fixant obstinément le pare-brise.

— Il se pourrait bien que tu le fasses sans le vouloir.

Il se tourne vers moi et me regarde droit dans les yeux.

— Non. Ça n'a jamais été mon intention, te dis-je.

— T'as intérêt !

J'inspire à fond.

— Ecoute, Trev, je sais que tu es un mec bien et que tu as tout à fait le droit de sortir avec qui tu veux. Mais conduis-toi correctement, d'accord ? Et pardon si j'ai l'air d'une mégère. En tout cas, merci pour les fleurs et merci aussi de m'avoir ramenée chez moi. A un de ces quatre !

Il hoche la tête. Je saute du pick-up et fais descendre Bouton-d'Or du plateau.

— A plus !

J'entre en courant chez moi, ma chienne trottinant pesamment à mon côté.

19

Quelques jours plus tard, je sors de mon cours de secourisme, portée par un sentiment de fierté inhabituel. Oui, de fierté. J'ai toujours été bonne élève, mais du jour au lendemain je me retrouve être la meilleure lorsqu'il s'agit de questionner un patient afin de connaître ses antécédents médicaux, je me souviens dans quel ordre évaluer les différentes fonctions vitales, je connais par cœur les éléments de physiologie sur lesquels on va nous interroger lors de l'épreuve écrite. Brusquement, les autres élèves me demandent de l'aide et sautent sur l'occasion de faire équipe avec moi, au grand agacement d'Ernesto qui me considère comme sa propriété exclusive.

A force de sortir avec Ryan Darling, il se peut que son expérience dans le domaine médical ait déteint sur moi. A moins que, plus probablement, mes performances s'expliquent par le fait qu'on ne m'a pas encore obligée à voir de véritables plaies. Qu'on ne me demande pas de porter assistance à une personne qui se tord de douleur. Ni de sentir les odeurs qui accompagnent la maladie et les blessures. Ni de voir les jumeaux, Sang et Guinolent. J'avale ma salive. Bientôt, il nous faudra effectuer des travaux pratiques en milieu hospitalier — toute une journée dans le service des urgences. Couarde comme je suis, j'espère que l'infirmière dont je dépendrai m'ordonnera simplement de ne pas rester dans ses jambes.

Je détache mon VTT du range-vélo et enfile mon sac à dos. Il faut que je me dépêche de rentrer pour récupérer Bouton-d'Or et repartir aussitôt. Ce soir, je garde Dylan — Elaina a rendez-vous avec quelqu'un. Je me sens un peu coupable de permettre à mon amie de sortir avec un homme qui n'est pas mon frère. Mais Mark s'est mis tout seul dans le pétrin, et puis j'adore Dylan, nonobstant sa fâcheuse tendance à me mordre.

Après plusieurs heures de cris et de douloureuses morsures, je contemple mon neveu endormi dans son petit lit. La bouche ouverte, les cils en éventail sur ses joues roses, il ronflote. On dirait un ange. Mais je ne suis pas dupe pour autant.

— Je t'aime, Dylan, dis-je à voix basse en caressant l'adorable amas de boucles à l'arrière de son crâne.

C'est un enfant d'une beauté à couper le souffle — cheveux noirs, yeux bleu foncé, les fossettes de Mark, les boucles d'Elaina. Nous sommes tous très beaux chez les O'Neill, mais je dois dire que Dylan est sans doute le plus renversant de nous tous — un splendide spécimen irlando-portoricain. Bien entendu, il y a aussi Claire, dont les joues abricot sont l'exemple même d'une peau sans défaut, dénuée de pores. Sans oublier la perfection cuivrée des boucles d'Olivia. Ni les yeux immenses de Graham et son rire communicatif… ni le sourire d'elfe de Christopher… ni le teint de porcelaine de Jenny. OK, j'avoue, je suis une tatie gâteuse.

Le bruit de la voiture d'Elaina me parvient depuis le garage. Je donne un dernier baiser à Dylan et descends l'escalier au petit trot. Elaina pose ses clés et son sac tandis que je m'enquiers :

— Alors, comment s'est passée ta soirée ?

Elle fond en larmes.

— Lainey ! Que s'est-il passé ? Allons, assieds-toi.

Je la conduis jusque dans le séjour. Elle prend place sur le sofa et, avant toute chose, s'empare d'un mouchoir sur la table basse.

— Tu as fait le ménage ou quoi ? Tout a l'air propre et rangé, articule-t-elle entre des larmes silencieuses.

— Ma chérie, mais qu'est-ce qui s'est passé ?

Elle se mouche et s'essuie les yeux.

— Oh ! le dîner était très bien… Le type était sympa et tout ce qu'on voudra… Je ne veux plus jamais le revoir !

— Pourquoi ? Il t'a fait quelque chose ?

— Mais non, Chastity ! Simplement, ça n'était pas ton frère, voilà tout !

— C'était peut-être un peu trop tôt, hein ?

Elle se met à sangloter pour de bon.

— Ton frère… Il est… Je suis toujours… Si seulement…

Je me rapproche de mon amie et lui passe mon bras autour du cou. Son gros chagrin d'amour me fait monter les larmes aux yeux.

— Ça va aller, Elaina. Vas-y, pleure.

Bouton-d'Or, qui dormait devant la cheminée, se dresse sur ses pattes et vient poser sa grosse tête sur ses genoux, ce qui provoque un rire mouillé chez mon amie.

— Tu vois, même ta chienne a pitié de moi.

Elle émet un hoquet.

— Tu ne trouves pas ça pathétique, toi ?

— Si, très, dis-je en m'emparant d'autres mouchoirs.

Elaina se laisse aller contre le dossier du sofa.

— Si je résume… Je suis toujours amoureuse de Mark. Je voudrais pardonner à cet infâme salaud, mais…

Sa voix se perd ; elle a l'air affreusement triste.

— T'a-t-il seulement présenté des excuses, Lainey ?

— Oh ! ça oui ! Du genre : « Je t'ai déjà dit que je regrettais ! Qu'est-ce qu'il faut que je fasse de plus pour que tu me croies ? » Et là-dessus il part en trombe ou un truc comme ça. Plutôt merdiques, comme excuses, si tu veux mon avis.

Elle renifle.

— Mais, Lainey… que voudrais-tu qu'il fasse au juste ?

D'un coup de queue, Bouton-d'Or renverse une tasse vide. Elle pousse un petit aboiement et s'écroule à sa manière bien à elle, ses pattes se dérobant avant l'effondrement final.

Elaina se mouche de nouveau.

— Je ne sais pas, dit-elle avec franchise. Il ne pourra jamais me tromper une seconde fois, mais comment en être sûre ? Tu comprends, être rejetée une fois, c'est une chose. Deux, c'est tout à fait différent. Trompée une fois, honte à lui. Trompée deux fois, c'est moi qui ne suis qu'une pauvre idiote… tu vois ce que je veux dire ?

J'opine.

— A-t-il consulté un conseiller conjugal ou un thérapeute quelconque ?

Mark est le frère avec lequel j'ai le moins d'échanges. Vivre sous le même toit que Matt me donne un aperçu privilégié de sa vie, cela va de soi ; quant à Lucky, c'est celui qui me ressemble le plus, nous nous parlons deux fois par semaine. Jack, lui, passe me voir tous les dimanches soir — il me fait son petit numéro d'aîné, ce que je trouve assez mignon.

Mais Mark, c'est un écorché vif. Tendu, nerveux, il souffre d'un trop-plein d'énergie… En même temps, c'est le plus généreux de nous tous. Personne ne fait davantage d'efforts que Mark… et personne ne se plante aussi souvent.

— Comment va Dylan ? s'enquiert Elaina en réussissant à m'adresser un sourire mouillé.

— Il a été adorable ! dis-je, décidant de passer sous silence ses vingt-sept minutes de hurlements ininterrompus quand j'ai voulu le sortir de la baignoire.

Tout comme les traces de dents qu'il a laissées sur mon épaule.

— Un ange. J'étais en adoration devant lui quand tu es arrivée.

— Alors, vous vous y mettez quand, Dr Beau Gosse et toi, pour nous en pondre un à vous ?

Je souris.

— Je ne sais pas.

— Mais ça se présente bien ?

Je hoche la tête.

— Oui. Très bien, même. Ryan est un petit ami merveilleux.

— Merveilleux comment ? Raconte ! J'ai besoin qu'on me dise à quoi ressemble un homme merveilleux.

Elle s'essuie une fois de plus les yeux et entortille une mèche de ses cheveux sur son doigt.

— Eh bien, hier, par exemple, il m'a envoyé des fleurs.

Mardi, il m'a emmenée dîner dans un restaurant très agréable, et l'autre jour il a demandé à une infirmière de m'appeler pour me faire savoir qu'il était coincé au bloc.

— Il a demandé à une infirmière de t'appeler ? Il la prend pour sa standardiste ou quoi ? s'insurge Elaina d'un ton sec.

— Ma foi, Lainey, il devait avoir les mains plongées jusqu'aux coudes dans l'abdomen d'un patient ou je ne sais quoi… Un déchirement ou un truc du même tonneau.

Elle renifle.

— Et tu es folle de lui ?

Elle me lorgne d'un regard excessivement entendu.

— Oui. Oui, absolument folle de lui.

Je laisse passer quelques secondes.

— En tout cas, ça en prend bien le chemin.

Elaina a la bonté de changer de sujet.

— En parlant de petits amis, tu as rencontré le fameux Harry ? Le type de ta mère ?

— Non. Mais je ne pense pas que ce soit sérieux entre eux. Maman s'amuse à faire enrager papa.

— Ça, je ne sais pas, Chas.

Elaine se mouche.

— Ils n'arrêtent pas de se voir.

— Qui, papa et maman ?

— Mais non, patate ! Ta mère et Harry.

Une pointe de consternation me transperce le ventre, mais je repousse ce sentiment d'un mouvement de la tête.

— Enfin, bref… Jamais elle ne quittera mon père.

Elaina ne répond pas.

— Quoi qu'il en soit, dis-je avec chaleur, de ton côté, essaie de ne pas déprimer, mon chou. Mark va se ressaisir. Et toi, garde la tête haute, d'accord ? Tu sais bien que le véritable amour triomphe de toutes les épreuves, et patati et patata.

— Tu as vraiment le chic pour faire des phrases, toi ! Pas étonnant que tu sois devenue journaliste.

Je la gratifie d'une affectueuse bourrade dans l'épaule avant d'aller récupérer mon blouson.

— Allez, viens, Bouton-d'Or !

Après avoir réussi à la faire se lever et l'avoir traînée de force jusqu'à la porte, ce qui me prend tout de même quelques minutes, je lui attache sa laisse et enfourche mon VTT.

J'adore pédaler de nuit. Bouton-d'Or court à mon côté de son allure pataude de grand chien, joyeuse et relâchée, et ensemble nous remontons les rues sombres, la lumière rosâtre des réverbères éclairant notre chemin. Loin devant nous, deux hommes s'avancent, tête contre tête, épaule contre épaule. *Il y a de l'amour dans l'air*, me dis-je en souriant. A mon approche, ils s'écartent gentiment vers la bande herbeuse qui sépare le trottoir de la route.

— Merci, les gars ! dis-je en leur jetant un regard par-dessus mon épaule.

Pétard de sort ! Je prends une brève inspiration et tourne brusquement la tête, faisant faire un léger écart à mon vélo.

L'un des deux hommes n'est autre que Teddy Bear, l'homme auquel Lucia est fiancée depuis quatre ans.

20

Depuis son piratage initial, le site de la *Gazette d'Eaton Falls* n'a subi aucune autre intrusion malveillante. Certes, je m'y connecte au moins dix fois par jour, et la sécurité en ligne est devenue mon obsession. Pour autant, je n'ai pas retrouvé mon statut d'enfant chérie de la rédaction. Avec moi, Penelope se montre cordiale, mais son attitude est moins amicale qu'avant l'incident. Je n'ose même pas m'enquérir d'une éventuelle chute du nombre d'abonnements. Je préfère continuer à faire profil bas et à travailler avec assiduité.

Je demande à Angela si elle est libre à déjeuner et, à midi, nous emportons nos sandwichs jusqu'au parc qui longe le fleuve. Nous sommes assises sur ce même banc où j'ai vu Trevor en compagnie de la Parfaite Hayden. Ce dernier fait partie des sujets qu'il me faut aborder aujourd'hui.

Je mords dans mon club sandwich garni de boulettes de viande.

— Alors, Ange, comment ça se passe avec Trevor ?

— Oh ! il est vraiment adorable. Franchement. C'est un type très sympa. Et hypercraquant, en plus.

— Mmm…, dis-je sans cesser de mastiquer. A ton avis, ça peut devenir sérieux entre vous ?

Angela incline la tête sur le côté et rajuste ses lunettes.

— Ma foi, pour le moment, nous en sommes au stade des « bons amis ». Mais pour tout t'avouer, je ne suis pas sûre que nous ayons de réels atomes crochus, lui et moi.

Je m'étouffe avec une boulette, avant de me ressaisir très vite.

— Vraiment ? Pas d'atomes crochus ? Avec Trevor ?

Son visage s'éclaire d'un grand sourire.

— Je ne dis pas qu'il n'est pas… enfin, tu sais bien. Exquis. Il l'est. Simplement, je ne sais pas si… bref.

Je bois une gorgée de citronnade, déchirée par un conflit de loyauté. Dois-je mentionner la Parfaite Hayden ? Ou vaut-il mieux que je m'abstienne ? Je m'efforce de trouver un moyen terme.

— Tu sais, il y a plusieurs années, Trevor a eu une histoire avec une fille. Je ne suis pas certaine qu'il l'ait oubliée.

Angela opine du chef.

— Hum… oui. C'est ça, le truc. Il est tout à fait charmant, drôle, etc., mais j'ai l'impression que de son côté le cœur n'y est pas.

A ma grande honte, un sentiment de satisfaction m'envahit la poitrine et je secoue la tête d'un air dégoûté. Si Trevor traîne un peu les pieds, c'est que la Parfaite Hayden est de retour. La fille qui lui a brisé le cœur. Celle qu'il voulait épouser.

— Tu as eu d'autres problèmes sur le site ? m'interroge Angela.

— Non, dis-je, soulagée de changer de sujet. Mais… tu vois les petites figurines du *Seigneur des Anneaux* que j'ai sur mon bureau ?

— Bien sûr, réplique-t-elle en prenant une bouchée de sa salade.

— Eh bien, quelqu'un les a tripotées. La semaine dernière, je les ai trouvées disposées d'une façon plutôt bizarre. Et ce matin, quand je suis arrivée, Aragorn n'avait plus de tête. On la lui a brisée net.

Angela fronce les sourcils.

— Attends, mais c'est flippant, Chastity !

— Je sais. J'ai l'impression d'être harcelée par un malade, ou du moins par quelqu'un qui fait une fixette sur moi.

— Tu ne crois pas qu'il faudrait le signaler à la police ?

Je soupire.

— Je n'en sais rien. Le fait est que seul le personnel du

journal possède les clés de l'immeuble, pas vrai ? C'est pourquoi j'ai le sentiment qu'il ne s'agit que d'une mauvaise blague.

— Qui irait faire une chose pareille ? Lucia ?

Je ferme les yeux. Lucia… Au sein de la *Gazette*, elle est la seule qui semble me vouer une véritable haine. Pour autant, cela ne signifie pas qu'elle ait fait quoi que ce soit, mais il n'empêche.

Nous nous taisons quelques minutes. Le vent fait bruire les frondaisons des cerisiers et des érables. Un adolescent file devant nous en roller — de toute évidence, il fait l'école buissonnière, aujourd'hui…

J'enchaîne avec maladresse :

— Ecoute, Ange, à propos de tout autre chose… J'ai un conseil à te demander, mais il faut que ça reste entre nous.

— Pas de problème, je t'écoute.

— C'est au sujet d'une… hum… d'une amie à moi, tu vois ? Il se trouve que j'ai vu son… euh… son copain en compagnie de quelqu'un d'autre. D'après toi, est-ce qu'il faut que je lui en parle ?

Gênée, je tressaille avant d'ajouter :

— Ce que je veux dire c'est que… ça ne me regarde pas, bien sûr, mais si une de mes amies savait quelque chose au sujet de mon copain… Oh ! et puis zut ! Je ne sais plus, à force. Mieux vaut que je m'abstienne, hein ?

— Dans la rubrique « Courrier du cœur », *Chère Abby* te dirait que ton initiative risque de te retomber sur le nez, murmure Angela. Tu sais comment ça se passe : c'est toujours au porteur de la mauvaise nouvelle qu'on s'en prend.

— Oui… c'est aussi mon avis. On t'en veut si tu parles et on t'en veut si tu te tais.

— Moi, conclut-elle, à ta place, je ne dirais rien.

De retour au bureau, nous sommes accueillis par la mine renfrognée de Lucia, qui n'apprécie pas qu'Angela et moi soyons devenues amies.

— Réunion du personnel dans dix minutes, lâche-t-elle d'un ton sec, sans cesser de pianoter sur son clavier d'ordinateur.

Je fonce vers mon bureau pour me connecter à notre site Web, au cas où il aurait été de nouveau corrompu. Non. Tout est normal. Et du côté de mes collaborateurs l'humeur est à la légèreté. Carl, notre photographe intrépide, arbore un large sourire et, dans son bureau, Penelope est en train de rire avec son correspondant au téléphone.

Alan s'appuie contre mon box, la mine réjouie.

— Tu es au courant de la nouvelle ?

Ces derniers temps, sa dent ne me dérange presque plus.

— Non. Que se passe-t-il ?

— Tu n'es pas au courant ?

— Non.

— Dans ce cas, je laisse à Penelope le soin de te l'annoncer, dit-il en s'éloignant.

Il tire d'un coup sec sur son pantalon et s'arrête pour dire deux mots à Angela.

Une fois que nous avons tous pris place dans la salle de conférences, Penelope fait son entrée d'un pas chaloupé, un immense sourire aux lèvres.

— Ce matin, comme certains d'entre vous le savent déjà, déclare-t-elle d'un ton solennel, il s'est produit un incendie à la Résidence Graystone.

Je me redresse d'un coup sur ma chaise. Et si un membre de ma famille avait été blessé — pourquoi ne m'a-t-on pas appelée ? Est-ce que mon père va bien ? Et Mattie ? Et Trevor ?

— Il n'y a aucun blessé, s'empresse de préciser Pen, interprétant avec justesse l'expression de mon visage.

Soulagée, je me laisse aller contre le dossier de mon siège tandis que mon rythme cardiaque revient à la normale. Angela me tapote gentiment la main.

— Quoi qu'il en soit, poursuit Pen, notre intrépide photographe s'est rendu sur les lieux du sinistre, juste à temps pour prendre quelques clichés. Carl ? Tu veux bien nous faire les honneurs ?

Carl éclate littéralement de fierté.

— Merci, Pen. Mesdames et messieurs, photo numéro un.

Il brandit une photo contrecollée d'environ un mètre carré. Je pousse une exclamation étouffée. Carl se tourne vers moi.

— Il s'agit bien d'un membre de la famille O'Neill, n'est-ce pas, Chastity ?

— Oui, dis-je, rouge de fierté. C'est mon frère Mark.

Sur la photo, il est en uniforme de pompier et porte son casque jaune, visière relevée. Son visage noir de suie affiche une expression grave et, dans ses mains gantées, il tient un chat tigré. Derrière lui, des nuages de fumée noire s'échappent d'un immeuble d'appartements en brique. Le chat a la gueule grande ouverte, ses yeux agrandis paraissent aveugles. Il a l'air mort.

— Oh ! pauvre petit minet ! s'exclame Lucia.

— Y avait-il des êtres humains dans le bâtiment ? s'enquiert Pete. Non que nous soyons insensibles au sort de ce petit Chat botté, mais…

— Pas d'êtres humains, réplique Alan. Carl, montre-leur la photo suivante.

— Par chance, explique Carl, toute la famille était en voyage. L'incendie s'est déclaré vers 6 heures du matin.

Il brandit une autre photo, se délectant visiblement de l'instant.

Sur celle-ci, Mark allonge le chat sur la chaussée. Une lance à incendie serpente sur le sol humide et, en arrière-plan, on distingue des bottes de pompier. Le chat a la gueule grande ouverte ; ses yeux fixent le ciel sans le voir.

— Mais attendez… ce n'est pas fini ! roucoule Pen.

— Ces photos sont fantastiques, Carl, dit Danielle qui s'approche pour mieux voir.

Elle a raison — les détails sont nets, l'arrière-plan bien cadré.

— Merci, dit-il, sans cesser d'arborer son petit sourire suffisant. Passons maintenant à la photo numéro trois.

Sur celle-ci, Mark applique un petit cône à oxygène sur la gueule du chat, dont les pattes raidies pointent vers le ciel. Mon frère affiche une expression concentrée et, de sa main libre, il soutient la tête de l'animal.

— Oh ! non ! s'émeut Lucia, mais Carl la rassure aussitôt.

— Ne t'inquiète pas, Lu.

Angela sourit.

— Je crois savoir ce qui se passe ensuite.

Carl brandit triomphalement la quatrième photo. On y voit Mark en train de rire tandis que le chat frotte sa tête contre le menton de son sauveur. La joie fait briller les yeux bleus de mon frère, son visage est maculé de suie — qu'est-ce qu'il est beau, le bougre !

— Ton frère est parvenu à réanimer le chat, Chastity ! explique Penelope, au cas où la chute de l'histoire nous aurait échappé. Et Carl a fixé la scène sur pellicule !

Nous laissons éclater les bravos et les applaudissements. Je rayonne de fierté et d'amour pour mon frère : il a peut-être des défauts, mais aujourd'hui il a sauvé une vie. La vie d'un chat, certes, mais une vie quand même.

— Félicitations, Carl ! C'est du beau travail ! dis-je en lui serrant la main.

— Et ce n'est pas tout, les amis ! crie Penelope par-dessus notre vacarme. Votre attention, s'il vous plaît ! Non contents d'admirer notre une de demain, vous êtes en train de contempler les photos du jour de Yahoo !

Nos acclamations se muent en cris de stupéfaction et de joie. Les rires succèdent aux embrassades, Lucia est en larmes, Penelope ne touche plus terre et Carl arbore un visage radieux.

— Champagne pour tout le monde ! s'écrie Pen.

— Je tiens à les poster sans attendre sur notre site, dis-je tandis qu'elle remplit les flûtes.

— Bonne idée, Chas ! réplique-t-elle en me tendant un verre de champ'. Et surtout dis bien à ton frère que nous sommes tous très fiers de lui.

— Je n'y manquerai pas, je te remercie. Hé, Carl ! Tu peux me faire des doubles de ces photos pour mon neveu ? Le fils de Mark ?

— Bien sûr, réplique-t-il, très grand seigneur. Je t'enverrai les fichiers par mail.

Je lui donne de nouveau l'accolade.

— Superboulot, Carl. Encore une fois. Bien joué !

— Je sais, merci.

Il exulte.

— C'est peut-être le plus beau jour de ma vie.

Je suis si heureuse pour la *Gazette* ! Etre sur Yahoo, c'est la consécration ! L'édition de demain va se vendre comme des petits pains, même si nous procédons à un tirage supplémentaire. La carrière de Carl vient de connaître un énorme coup d'accélérateur ; quant à l'exaltation qui doit être la sienne à l'idée que ses photos vont être vues *dans le monde entier*, j'imagine qu'il s'agit d'un sentiment indescriptible.

Je vais à mon ordinateur, extrais les fichiers et ouvre notre site en ligne. Pas de porno, Dieu merci ! J'agrandis les photos au maximum en les disposant deux par deux, les unes au-dessus des autres.

— Alan, tu as une manchette ?

Il passe la tête hors de la salle de conférences.

— « Pour les Pompiers d'Eaton Falls, toutes les vies se valent. » Et en sous-titre, « La CSPEF combat un incendie d'habitation. Le chat de la famille est sauvé. »

Il me sourit.

— Tu dois être sacrément fière de ton frère, Chas.

— Je le suis, Alan. Merci.

Après avoir entré les en-têtes qu'il m'a proposés, j'actualise le site, puis compose le numéro du portable de Mark. Sa boîte vocale se déclenche.

— Salut, Mark, ô toi, le superhéros supercostaud ! Félicitations ! On se voit tout à l'heure, d'accord ? Je t'aime.

Puis je clique sur ma messagerie électronique pour lui envoyer un mail, au cas très improbable où il serait chez lui.

Tiens, j'ai un nouveau message. De moi-même, semble-t-il. Oui, je m'envoie des messages de temps en temps — *N'oublie pas d'aller chercher Elaina* — ou des trucs de ce genre, sauf que, si ma mémoire est bonne, je ne me suis rien envoyé du tout aujourd'hui. En proie à une trépidation glacée, je clique sur le message, intitulé « chastity ».

Tu n'es qu'une petite garce égoïste, tu le sais, ça ? Regarde-toi dans le miroir, Hulk ! Tu ressembles à un homme.

21

Deux heures plus tard, Angela et moi faisons route vers la caserne dans sa voiture.

Je n'ai rien dit à propos du message, je ne voulais pas gâcher l'heure de gloire de Carl. Mais je suis un peu effrayée. Et même plus qu'un peu, à vrai dire. J'appellerai sans doute la police tout à l'heure, histoire de leur demander s'ils peuvent faire quelque chose. Quelqu'un essaie de me flanquer la trouille, et ce quelqu'un y réussit parfaitement.

Je chasse délibérément ces idées noires et tente de me concentrer sur Mark et l'incendie, sur Carl et ses photos. J'aurai tout loisir de penser à mon cyber-harceleur un peu plus tard.

Penelope nous a demandé d'interviewer quelques sapeurs-pompiers. Angela, en sa qualité de critique gastronomique, va bien évidemment s'intéresser plus particulièrement à la nourriture — quels sont les plats préférés de la caserne, comment cuisine-t-on pour toute une brigade, quelles sont les recettes des héros, etc. Moi, je vais réaliser un autre reportage pour notre série « Les héros d'Eaton Falls ». Alan a déjà interviewé le chef, le commissaire aux incendies et plusieurs des gars ayant participé à la sortie de ce matin. Suki a appelé la famille de l'appartement incendié, partie passer des vacances en Floride, et qui se trouve en ce moment même dans l'avion du retour. L'édition de demain de la *Gazette d'Eaton Falls* sera presque entièrement consacrée à nos soldats du feu.

Je n'ai pas le temps d'appeler Elaina, mais il me tarde de lui parler. Cette excellente publicité marquera peut-être un tournant décisif dans l'attitude de Mark. Peut-être émergera-t-il enfin de sa colère pour commencer à se sentir bien dans sa peau — il serait temps ! Mon Dieu, oui, je l'espère de tout cœur.

Angela s'engage sur le parking de la caserne de pompiers. Elle a du mal à trouver une place. Comme toujours après les incendies, plusieurs brigades s'y sont rassemblées. Les gars traînent dans le coin, se livrent à des analyses du feu, discutent avec les pompiers qui ont vu les flammes, décortiquent les performances de leurs pairs. Nous descendons de voiture, photos en main (il s'agit d'un simple prêt, vu que Carl tient à les admirer encore un peu) et entrons dans la caserne. Mark se trouve dans la zone des véhicules d'intervention, au milieu d'un petit groupe de pompiers — il y a là papa, Matt, Jake, Santo, George et Helen, la seule femme pompier d'Eaton Falls.

— Beau sauvetage, Mark, dis-je tandis que nous nous approchons.

— Tiens, salut, sœurette !

Il me sourit. Je vois à présent qu'il tient un chat en peluche, cadeau de l'un des gars, sans doute. Il lui fait faire coucou avec la patte.

— Ce n'était qu'un chat.

L'animal en peluche se met à miauler et nous éclatons de rire.

— Ma foi, nous connaissons tous ton amour pour les chattes, déclare finement Jake.

Mark perd son sourire et le silence se fait dans le petit groupe.

— Jake, ferme ta gueule, espère de connard ! lâche Santo.

— Va nettoyer la lance, ordonne sévèrement mon père.

L'intéressé file sans demander son reste. Papa le regarde partir d'un air mauvais, avant de se tourner vers moi.

— Salut, ma chérie. Figure-toi que ton frère a sauvé un petit chat.

— C'est ce que j'ai vu. Jette un coup d'œil à ça, Mark.

Angela et moi lui montrons les photos. Ses joues s'empourprent de plaisir.

— Tu rougis, espèce de bête de sexe ! minaude Santo.

Et tous les gars éclatent de rire.

— Ces photos sont déjà sur Yahoo, leur apprend Angela.

Le silence retombe.

— Waouh… ! s'exclame Helen. C'est la gloire pour notre bonne ville d'Eaton Falls !

— Ta mère va les adorer, murmure papa. Je l'appelle tout de suite. Sur Yahoo, tu dis, ma belette ?

— Papa, je te présente Angela. Angela, mon père, le capitaine Mike O'Neill, mon héroïque frère Mark, mon autre héroïque frère Matt, Santo, Helen et le reste de la bande.

Matt lui sourit.

— Bonjour.

— Bonjour, répond-elle en piquant un fard.

— Papa, nous faisons un article sur les héros de la ville — (mon père lève les yeux au ciel) — et ton chef a déjà ouvert la voie, alors inutile de te plaindre. Angela, notre critique gastronomique, aimerait s'entretenir avec certains d'entre vous de la qualité de la nourriture à la caserne.

— Bon, dit Helen, j'aime autant rentrer chez moi.

Je souris.

— Quant à moi, je suis censée interviewer quelques-uns des gars sur leur vécu de sauveteur.

— Et tu me dis que le chef a donné son feu vert ? s'étonne papa avec un regard peiné.

J'opine avec vigueur.

— Bon, dans ce cas…

Il soupire.

— Voyons, qui est le meilleur cuistot ici… hum. Matt ! C'est toi qui t'y colles, fiston.

— Pas de problème. Vous souhaitez voir la cambuse ? demande-t-il à Angela, dont les joues ont viré à l'écarlate. Vous êtes l'Angela de Trevor, c'est bien ça ?

— Hum… je… nous…, bredouille-t-elle.

Je me retiens pour ne pas éclater de rire.

Mes frères ne sont pas mal de leur personne, mais c'est bien la première fois que je vois une femme réagir aussi violemment à leur charme. Peut-être devrais-je parler à Angela de la fois où Matt, âgé de six ans, avait revêtu ma robe rose de Pâques avec chapeau assorti… Mais non, ils sont déjà partis voir la kitchenette.

— Et qu'est-ce qu'il te faut d'autre, ma chérie ? me demande mon père.

— Simplement m'entretenir avec certains d'entre vous de l'héroïsme, des mâles dominants qui risquent leur vie pour sauver celle de fainéants comme nous… Ou, dans le cas de Mark, celle de pauvres petits minets.

Papa fait la grimace.

— Ecoute, ma chérie, ça me paraît difficile… Tu sais bien que nous avons tous horreur de ce genre de foutaises.

— Ces foutaises, comme tu dis, sont mon gagne-pain, papa. J'obéis aux ordres de ma chef.

Il soupire.

— Bon, très bien. A charge de revanche. A qui veux-tu parler, alors ? A Mark ?

— Eh bien, non, puisque Alan s'occupe déjà de l'interviewer. En plus, il est de ma famille. Pas de O'Neill, pour des questions de neutralité.

— Et Jake, il ferait l'affaire ?

— Papa… Il me faut quelqu'un capable de s'exprimer par phrases complètes.

— C'est vrai. Et toi, Santo ? Qu'est-ce que tu en dis ? Tu veux bien parler à Chastity pour son article ?

Santo me sourit d'un air d'excuse.

— Désolé, Chas, mais c'est non. Pourquoi pas Helen ?

— Helen est déjà partie, intervient George.

— Et toi, justement, George ?

— Oui, mais… non. Désolé, ma grande. Faut que j'y aille, moi aussi. J'ai passé toute la sainte journée ici.

Il me tapote l'épaule et se dirige vers la sortie.

Je soupire. Je savais que ça se passerait comme ça. Les pompiers sont des gens modestes. Ils adorent leur métier, ils peuvent en discuter pendant des heures entre eux. Mais, dès qu'il s'agit d'affronter l'adulation du public, ils se referment comme des huîtres et reportent le mérite de leur action sur tout le monde sauf sur eux-mêmes.

— Désolé, ma poulette, me dit papa.

A cet instant, Trevor émerge de la zone des véhicules d'intervention.

— Trevor ! lance papa. Tu es cuit, fiston ! Viens par ici.

— Salut, Chas.

Il sent encore la fumée ; mon estomac se retourne à l'idée qu'il est entré dans un immeuble en flammes.

— Tu as participé à cette sortie ?

— Oui. Je remplaçais Dave. Mark a réussi un joli petit sauvetage.

Je m'empresse de détourner le regard de son sourire. Mon père explique :

— Chastity a besoin d'interviewer un pompier pour son article, mais personne ne veut s'y coller. Qu'est-ce que tu en dis, toi ?

Trevor fait la même grimace de douleur que mon père avant lui. J'insiste :

— Allez ! S'il te plaît, Trev… Ma chef ne voudra jamais croire qu'aucun pompier de la caserne n'a accepté de me parler. A tous les coups, je vais me faire virer.

Bien entendu, il n'y a pas une once de vérité là-dedans.

— Tu ne veux pas porter la responsabilité de mon renvoi de la *Gazette*, si ?

— OK, c'est bon…

Il soupire.

— Où veux-tu aller ?

— Dans un endroit calme.

— Tu veux qu'on aille s'asseoir dehors ? Il fait une belle journée.

Nous nous dirigeons vers l'arrière de la caserne, là où sont installés une table de jardin et quelques fauteuils en plastique. Le ciel est d'un bleu étincelant, ponctué ici et là de cumulus crémeux empilés les uns sur les autres. Les petits oiseaux chantent dans les arbres et, en arrière-fond, les montagnes arborent un brillant manteau de verdure. Même vu du bord d'un parking, c'est sacrément beau, comme paysage.

Trevor s'assied et croise les bras sur la poitrine — illustration parfaite de l'attitude signifiant « Je n'ai pas envie de parler » en langage corporel.

Je sors mon calepin.

— C'est vraiment très gentil de ta part, Trev. Je vais essayer de faire ça de façon amusante, d'accord ?

— Que dirais-tu plutôt de le faire vite ?

Il sourit pour atténuer l'agacement qui perce dans ses paroles. Sans me démonter, j'attaque mon interview avec un enjouement appuyé :

— Alors, Trev, est-ce que tu as toujours voulu être pompier ?

Il me dévisage avec attention et son sourire se transforme en masque de perplexité.

— Quoi, qu'est-ce qu'il y a ? J'ai une abeille sur moi ?

— Quelque chose ne va pas, Chas ? Tu as des ennuis ?

— Moi ? Mais pas du tout ! Je vais bien… je vais très bien. Pourquoi ?

— Tu as l'air… Chas, il s'est passé quelque chose, n'est-ce pas ? murmure-t-il en se penchant vers moi.

J'inspire profondément, retiens ma respiration, puis la relâche d'un coup.

— Surtout, ne dis rien à mon père.

— Merde ! C'est ce toubib, c'est ça ?

Son visage se rembrunit soudain.

— Non ! Non, Ryan est très gentil. Il est… il est merveilleux…

Je soupire.

— Ecoute, tu te souviens que je t'ai dit que quelqu'un m'embêtait au boulot, qu'on dérangeait mes affaires ?

Il acquiesce d'un hochement de tête.

— Eh bien, aujourd'hui, quelqu'un m'a envoyé un e-mail d'insultes.

— Qui ?

— Ça, je l'ignore. Apparemment, je me le serais envoyé à moi-même, alors comment veux-tu savoir ?

— Et que disait-il, ce message ?

Je détourne les yeux de ses prunelles sombres, incroyablement sombres.

— Oh ! rien de bien effrayant. Que je suis... hum... une garce. Et que je suis moche. Il me surnomme Hulk. Comme Hulk Hogan, je suppose, ou l'Incroyable Hulk. Dans un cas comme dans l'autre, ce n'est pas vraiment flatteur, tu vois ?

C'est lorsqu'il prend ma main que les larmes me montent aux yeux. Sa main est chaude, à la fois lisse et calleuse, et son contact est terriblement rassurant, réconfortant, merveilleux. Gênée, je m'essuie les yeux de ma main libre.

— Tu vas aller voir la police ?

— Oui, peut-être...

— Non, pas « peut-être ». Tu vas le faire, Chas. Et je t'accompagne au poste.

— Non, il n'en est pas question. Je vais...

— Je viens avec toi, Chas.

Il me serre les doigts, puis relâche sa prise. L'espace d'une minute, je ne sais plus quoi faire de ma main, comme si l'intérêt d'en avoir une n'existait plus pour moi.

— Ce message, tu l'as sauvegardé, n'est-ce pas ?

— Oui.

— C'est bien.

Je déglutis, puis baisse les yeux sur mon calepin.

— Bon, il faut vraiment que je fasse ce petit profil pour le journal, d'accord ? Alors si ça ne t'ennuie pas...

— Pas de problème. Vas-y, pose-moi tes questions.

Nous avons retrouvé des rapports normaux, cette relation bien particulière d'amitié privilégiée.

— OK, on reprend. Alors, Trev, pourquoi es-tu devenu pompier ?

La réplique fuse :

— Pour faire comme ton père.

J'ébauche un sourire, même si je connaissais déjà la réponse.

— Et ça te plaît comme métier ?

— Ouais. Bon, ça y est, c'est fini ?

Je me mets à rire.

— Ces questions préliminaires sont faites pour te mettre à l'aise, Trevor, et à ce que je vois elles font leur effet. Inspire profondément, détends-toi. On vient à peine de commencer.

— Ecoute, Chas, ce genre de truc, ce n'est vraiment pas ma tasse de thé.

— Pourquoi ça ? Vous êtes des types formidables ! Tout le monde adore les pompiers. Tu le sais bien.

Il lève les yeux au ciel.

— Ma foi, je n'ai pas envie de passer pour un héros. Personne n'a envie de ça.

— Mais vous êtes bel et bien des héros, et nous vous adorons, c'est la vérité ! Alors serre les dents et fonce, mon pote !

Il sourit et mes joues se mettent à brûler.

— Donc, sapeur-pompier Meade, quelle est pour vous l'aspect le plus intéressant de votre profession ?

— Servir la communauté d'Eaton Falls.

J'attends la suite, mais de toute évidence Trevor considère qu'il a répondu à la question.

— Trev, dis-je entre mes dents serrées, montre-toi un tant soit peu coopératif, s'il te plaît...

— D'accord. Eh bien, disons que c'est quand même mieux qu'être éboueur, non ?

Je jette mon stylo, écœurée.

— Papa a promis que tu m'aiderais, d'accord ? Alors aide-moi ou je cafte !

Enfin, il se met à rire.

— C'est bon, gros bébé...

— Ne m'oblige pas à être méchante avec toi.

Je reprends mon stylo.

— Si je devais te citer en écrivant quelque chose comme « Je suis fier d'être au service des habitants d'Eaton Falls... c'est agréable de savoir que mon métier me permet de venir en aide aux personnes en détresse », ça te conviendrait ?

— Du moment que tu le tournes plus joliment, oui, ça me convient.

Je ne relève pas sa remarque.

— Explique-moi ce que c'est de s'employer à sauver des vies.

Je le gratifie de mon plus beau sourire d'intervieweuse.

— Ben, c'est mieux que de ne pas en sauver du tout.

— Tu sais, Trev, tout à l'heure tu as été adorable, mais là, tout de suite, j'ai envie de te cogner.

— Enfin, Chas ! Comment veux-tu que je réponde à ce genre de truc ?

Je le foudroie du regard. Il s'agite sur son fauteuil, mal à l'aise.

— OK, te fâche pas…

Il soupire.

— Bon, évidemment on ne sauve pas des vies tous les jours, ni même des bâtiments. Le plus gros de notre travail, comme tu le sais déjà, c'est dispenser des soins médicaux, neutraliser des alarmes automatiques et nous rendre sur les lieux d'accidents de voiture. Mais c'est vrai que, de temps en temps, il arrive qu'on sauve une vie.

— Tu peux me donner quelques exemples ?

Il réfléchit.

— Eh bien, il y a deux jours, on s'est occupés d'un type d'une cinquantaine d'années qui avait été victime d'un infarctus. On l'a réanimé, c'est-à-dire qu'on lui a fait des électrochocs et que son cœur est reparti.

— Il s'en est tiré ?

— Non. Il est décédé le lendemain. La plupart des gens qu'on réanime ne s'en sortent pas.

Il observe un silence.

— Mais il est mort entouré de sa famille, et ses proches ont eu un peu de temps pour s'y préparer, pour lui dire certaines choses, même s'il ne pouvait plus les entendre.

Le cœur serré, je murmure :

— C'est un immense cadeau que tu leur as fait là, Trevor. Tu leur as donné la possibilité de lui dire au revoir.

Il hausse les épaules, mal à l'aise.

— Ça aurait été mieux de leur rendre un père. Un mari.

— N'empêche…

Il se tait.

— D'autres exemples te viennent à l'esprit ?

Il soupire.

— Eh bien, l'été dernier, nous avons sauvé de la noyade une petite fille qui était tombée dans le fleuve. Elle a survécu. De légers dégâts au cerveau, mais elle va bien.

— Tu l'as revue ?

— Ça, tu ne l'imprimeras pas dans ton journal, d'accord ?

J'acquiesce.

— Oui, je l'ai revue. J'étais dans l'équipe de plongeurs, ce jour-là, et c'est moi qui l'ai récupérée. Elle boitille un peu depuis son accident, mais elle va bien.

— Bon sang, Trev ! Tu as sauvé la vie d'une enfant !

J'ignore comment cela se fait, mais cette histoire ne m'est pas parvenue du temps où j'habitais encore à Newark. C'est à peine si je supporte de me représenter la scène, cette image est à la fois si terrifiante et si héroïque... Trevor sortant une enfant du fleuve, la chargeant dans l'ambulance, allant la voir à l'hôpital. Je me racle la gorge. Trevor, lui, est abîmé dans la contemplation du sol.

— OK, Trev. Parlons maintenant des sentiments — nos lecteurs adorent verser une petite larme. Quel effet cela fait de savoir qu'on a sauvé une vie ? De savoir qu'on est un héros ?

Son regard reste rivé au sol.

— Je ne pense pas être différent des autres. Simplement, j'ai un boulot plus sympa que la moyenne.

Spontanément, je m'insurge :

— Tu te trompes ! Je donnerais n'importe quoi pour sauver quelqu'un. Pour agir vraiment.

Il lève les yeux et me dévisage le temps d'une seconde.

— Mais tu agis, Chastity. Et tu l'as toujours fait, d'ailleurs.

Il y a quelque chose dans son regard que je n'arrive pas à cerner, quelque chose de triste et d'attentif. Si seulement je pouvais passer sur ses genoux et le serrer dans mes bras... Mais il détourne la tête, jette un coup d'œil à sa montre, et l'instant est passé.

Je déglutis.

— Ma foi, quand je parlais d'agir, j'entendais par là agir à un niveau plus important. « Celui qui sauve une vie sauve l'humanité tout entière » et tout le tremblement.

— C'est dans quoi ? La Bible ?

— Moi, je l'ai entendu dans *La Liste de Schindler*.

Trevor se met à rire.

— Chastity, tu es vraiment marrante comme fille. Tiens, en parlant de héros, voilà « Catman » qui arrive !

Levant les yeux, je vois mon frère émerger de la caserne par la porte de derrière. Je me mets à chanter :

— Et voici que s'avance le héros, assez costaud pour porter un petit chaton…

Mark pile net devant moi.

— Non, mais pour qui tu te prends, bordel ?

Je cligne des yeux de surprise.

— Pardon ?

— Tu gardes mon fils pendant que ma femme sort avec un connard ? hurle-t-il en se plantant à cinquante centimètres de moi. C'est quoi ce bordel, espèce d'idiote ?

Trevor se lève.

— Du calme, Mark…

— Toi, Trevor, reste à l'écart de ça ! Je viens d'avoir Elaina au téléphone. Il paraît que tu as passé la soirée à la maison, hier, pendant qu'elle faisait Dieu sait quoi avec son débile d'enfoiré ! Ne te mêle pas de mes affaires, Chastity, et fous la paix à ma famille !

Une vague de colère brûlante monte lentement en moi. Je me lève et avance d'un pas vers mon frère en grinçant :

— Je te signale que ta famille, c'est aussi la mienne, pauvre mec ! C'est toi qui as tout fait foirer avec Elaina, alors si elle sort avec quelqu'un d'autre ne viens pas me le reprocher, OK ?

— Tu crois tout savoir, hein ?

Plusieurs pompiers se sont massés à la porte de derrière, peu désireux de se retrouver impliqués dans une querelle familiale, mais refusant en même temps de l'ignorer.

— Je t'interdis de revenir garder mon fils !

— Oh ! pour l'amour du ciel !

— Pas quand ma femme me fait cocu !

Trevor intervient de nouveau.

— Mark, calme-toi.

— Va te faire foutre, Trevor !

Trevor s'interpose entre nous, mais je le bouscule pour m'adresser à mon frère d'une voix sifflante.

— Tu es en train de te ridiculiser devant tout le monde, Mark O'Neill ! Une fois de plus ! Pigé ? Alors, ferme ta gueule et va te faire soigner.

Il serre les poings.

— Espèce de petite garce !

— Mark ! lance Trevor. Ça suffit, maintenant !

Mark se tourne vers lui et le prend sèchement à partie.

— De toute façon, de quel côté tu es, toi ?

La réponse de Trevor ne se fait pas attendre.

— Du côté de Chastity.

— Pourquoi ? Tu la baises ?

La bouche de Trevor n'est plus qu'un trait. Son bras part en arrière pour frapper Mark, mais je l'ai pris de vitesse. Mon poing entre en contact avec la mâchoire de mon frère dans un bruit sourd des plus satisfaisants. La douleur remonte le long de mon bras telle la lame d'un couteau tandis que Mark, sonné, chancelle en arrière. Soudain, mon père est là et l'empoigne sans ménagement.

— Bon sang, mais qu'est-ce qui se passe, ici ?

— Ramène-le à la maison, Mike, dit Trevor. Chastity, ça va ?

Mes phalanges me font un mal de chien, mon bras me lance horriblement, mais pour rien au monde je ne donnerais à mon frère la satisfaction de me voir ne serait-ce que tressaillir de douleur. Je n'avais plus expédié de coup de poing à mes frères depuis l'âge de douze ans, mais je vais vous dire une bonne chose : Mark l'a bien cherché.

Plein de sollicitude, Trevor pose la main sur mon épaule

— Chas ?

— Ça va, dis-je d'un ton crispé en me dégageant.

— Qu'est-ce qui s'est passé ? demande papa.

Mark se masse la mâchoire en me fusillant du regard.

— Tu as menacé ta sœur, Mark ?

— Bon sang, papa, ne te mêle pas de ça ! Elle a réagi de manière excessive, comme d'habitude, maugrée mon frère.

— Hein ? Moi, j'ai réagi de manière excessive ? Alors ça, c'est la meilleure !

— Mark, sors immédiatement de cette caserne, ordonne papa en mode « capitaine des pompiers ». Rentre à la maison et calme-toi. Je viendrai te voir quand j'en aurai fini ici.

Mark obéit en grommelant, bousculant au passage les autres gars qui viennent de voir sa petite sœur lui coller un pain.

— Chastity…

Papa soupire.

— Tu ferais peut-être mieux de t'en aller, maintenant.

— D'accord, dis-je, la gorge subitement nouée.

Papa repart vers la caserne, lance quelque chose aux autres gars et disparaît à l'intérieur du bâtiment.

— J'avais l'intention de lui casser la figure, tu sais, me dit Trevor, avec un sourire dans la voix. Tu n'étais pas obligée d'intervenir. Mais merci quand même d'avoir défendu mon honneur.

— C'est pas drôle.

En fait, mes yeux picotent de larmes.

— Ne laisse pas les autres se moquer de Mark, d'accord ? Ça aurait dû être un grand jour pour lui.

— Ne t'inquiète pas, j'y veillerai.

Il me prend la main pour l'examiner, puis plante son regard dans le mien.

— Allons te chercher une poche de glace, dit-il avec tendresse.

— Hé, les mecs, rappelez-moi de ne jamais chercher de crosses à la petite O'Neill, commente Santo d'un ton admiratif, tandis que Trevor et moi rentrons dans la caserne.

Angela et Matt sont dans la cambuse, en train de rire devant la gazinière. A notre entrée, ils sursautent tous les deux. Trevor attrape une poche de glace et l'enveloppe dans un essuie-tout avant de me l'appliquer sur la main.

— C'est bon, dis-je. Je la tiens.

J'ai le cœur gros, trop gros pour ma poitrine oppressée. Encore une gentillesse de Trevor et je me mets à bramer.

— Ça va, Chas ? s'enquiert Matt.

— Je te raconterai, réplique Trev calmement. Salut, Angela. J'ignorais que tu étais ici.

Il lui adresse un sourire, mais un sourire forcé.

— Salut, Trevor. Hum… je te prie de m'excuser, mais j'étais en train d'interviewer Matt. Pour un article. La pizza des pompiers.

— Ange, il faut qu'on rentre au journal.

J'ai la gorge encore nouée de colère et de chagrin.

— D'accord, réplique-t-elle, fronçant les sourcils devant l'expression de mon visage. Merci mille fois, Matt. C'était génial. Je t'enverrai un mail si jamais j'ai d'autres questions à te poser.

— Pas de souci ! Je suis très content d'avoir fait ta connaissance.

Toute rougissante, Angela entreprend de rassembler ses affaires. Trevor et Matt se disent au revoir, et nous sortons sur le parking.

— Tout va bien ? me demande Angela en ouvrant la portière du côté conducteur.

— Oui, oui… Un petit accrochage avec Mark, c'est tout.

— Oh ! murmure-t-elle. Je suis navrée, Chastity.

Nous montons dans la voiture et Angela met le contact.

— En tout cas, ton frère est vraiment très sympa.

— Matt ? Il est génial.

Je détourne la tête et appuie mon front contre la vitre.

22

Une fois rentrée au journal, je suis prise dans un tel tourbillon d'activités — les photos sur Yahoo entraînent toutes sortes de reportages, y compris mon interview de Carl lui-même — que je ne trouve pas un instant pour parler à Penelope du message d'insultes qu'on m'a envoyé. Ce n'est que le soir, à la maison, que je parviens à la mettre au courant par téléphone de la décapitation d'Aragorn. Formulé à haute voix, cela ne fait pas très sérieux, c'est même carrément débile.

— Appelle toute de suite la police ! Vois s'ils peuvent faire quelque chose. Cette histoire craint un max, Chastity !

— Bah, ce n'est pas bien méchant, dis-je en caressant les oreilles de Bouton-d'Or. Mais c'est vrai que je me sentirais rassurée.

Et donc je me mets en contact avec la spécialiste en cyber-criminalité du poste de police qui, après avoir pris tout un tas de notes sur ma petite histoire, m'informe qu'elle va envoyer quelqu'un à la *Gazette* afin de procéder à quelques diagnostics sur mon PC.

— Et en dehors de votre lieu de travail il ne s'est jamais rien passé ?

— Non, rien. D'ailleurs, je me sens un peu bête de vous ennuyer avec quelque chose d'aussi insignifiant.

— Mieux vaut le signaler quand même. Avec tous les dingues qui courent les rues, on ne sait jamais s'ils ne vont pas s'en prendre à des personnes innocentes.

Miséricorde ! Merci beaucoup, madame, voilà qui me rassure !

— Oui, vous avez raison.

Matt est de service, ce soir, aussi sommes-nous seules à la maison, Bouton-d'Or et moi. J'insère *La Communauté de l'Anneau* dans le lecteur de DVD. Je m'apprête à m'installer devant la télé, munie d'un demi-litre de Ben & Jerry's, lorsque le téléphone se met à sonner.

— Bonsoir, ma chérie ! Comment vas-tu ?

— Ah, salut, Ryan ! Je vais bien. En fait, non, j'ai eu une journée plutôt pourrie.

— Navré de l'apprendre. Qu'est-ce que... ah, zut ! On me bipe. Je peux te rappeler plus tard ? Je suis vraiment désolé. Tu vas bien, n'est-ce pas ?

— Oui, oui, ça va. Raccroche. Je comprends.

— Je t'aime.

Et là-dessus il met un terme à la communication.

Je plisse l'œil droit en une moue dubitative. Il m'aime ? Depuis quand ? Alors ça, pour le coup, ça n'était pas très convaincant ! Nous avons dîné cinq fois. Couché trois. Et il prétend m'aimer ?

— La ferme, Chastity ! dis-je à voix haute.

Après tout, il n'est pas impossible qu'un homme puisse tomber amoureux de moi en l'espace de quelques semaines...

— D'ailleurs, je me trouve très aimable, comme personne. Tu n'es pas de cet avis, Bouton-d'Or ?

Si, elle l'est. Elle me lèche le visage et repose sa tête sur mes genoux dans un soupir.

J'en suis à peine à la séquence du Poney Fringant, le passage où l'on fait connaissance du sombre et exquis Aragorn, quand un coup frappé à la porte m'interrompt de nouveau. C'est Mark, une boîte de Twinkies sous le bras et un bouquet d'iris à la main.

— Salut. Je m'excuse.

Et, sans plus de cérémonie, il me fourre ses présents dans les mains. Si je lui en voulais encore, toute trace de ressentiment s'efface de mon cœur à la vue de sa figure tourmentée.

— Entre, dis-je en posant ses offrandes sur la console de l'entrée.

Il retire son manteau, s'arrête pour laisser Bouton-d'Or lui renifler les chaussures, et va s'asseoir sur le sofa.

— Qu'est-ce que tu regardes ? me demande-t-il en désignant la télévision.

— *Le Seigneur des Anneaux.*

J'éteins le poste et le lecteur de DVD avant de me tourner vers mon écorché de frère.

— Tu vas bien ?

Il prend une profonde inspiration.

— Non.

— Je peux faire quelque chose pour toi ?

— Tu aurais plutôt des raisons d'être furax contre moi, Chas. Putain, j'ai vraiment déconné tout à l'heure, hein ?

— Ma foi, non, je ne suis pas furax, Mark. Ravie de t'avoir collé mon poing dans la figure, ça oui, mais furax, non. Je me fais du souci pour toi, voilà tout.

Il lâche un petit rire teinté d'amertume.

— Pourquoi ça ? Elle est pas belle, ma vie ? Allez, viens, le chien ! Viens t'asseoir à côté de moi.

Bouton-d'Or s'allonge sur le sofa et pose la tête sur les genoux de mon frère en gémissant.

— Mark, dis-je timidement, quelles sont réellement tes intentions pour l'avenir ? En ce qui concerne Elaina, Dylan et tout le reste ? Tu sais ce que tu veux ?

— Je veux que tout redevienne comme avant, réplique-t-il d'une voix brouillée, en caressant Bouton-d'Or sans me regarder.

— Ça, c'est impossible.

— Je le sais. C'est pour ça que je suis coincé. Elle refuse de me pardonner.

Une larme tombe sur la tête de Bouton-d'Or, mais mon frère continue à la caresser comme si de rien n'était.

— C'est faux, Elaina ne demande pas mieux que de te pardonner, tu sais.

— Elle prétend qu'elle ne peut plus me faire confiance.

Il a la voix rauque. Mark ne pleure jamais. Moi, je brame des océans de larmes, mais Mark, lui, c'est... le désert.

— Ecoute, frérot, dis-je avec tendresse, tout ça prend du temps... Tu ne dois pas relâcher tes efforts, il faut lui montrer que, justement, elle peut te faire confiance.

Il hausse les épaules.

— Et puis, tu sais, Mark, tu es dans un état épouvantable. Tu es excessivement hargneux, amer. Franchement, en ce moment tu devrais baiser les pieds d'Elaina. Tu devrais tout faire pour la reconquérir. Elle est ce qui t'est arrivé de meilleur, et là tu es en train de la perdre.

Mon frère se cache les yeux derrière sa main.

— Je ne sais pas comment m'y prendre, Chas. Je veux agir au mieux, et tout ce que j'arrive à faire, c'est m'éloigner de plus en plus de ma femme et de mon foyer. Je me sens complètement perdu...

Il secoue la tête, mon grand baraqué de frère, ce séduisant sauveur de chat, et derrière sa main les larmes roulent sur ses joues. Il me fait de la peine.

— Ecoute... Voilà ce qu'on va faire. Bouton-d'Or, descends de là, ma fille.

J'oblige ma chienne à libérer le sofa, m'assois près de Mark et lui passe un bras autour du cou.

— En priorité, il te faut apprendre à gérer ta colère ou du moins ce malaise qui est en toi. Auprès d'un psychiatre, d'un psychothérapeute ou autre. Est-ce que tu serais prêt à le faire, ça?

Il opine.

— Dans ce cas, demande à Elaina si elle consent à t'accompagner chez un thérapeute conjugal.

— Ça fait beaucoup de psys et de thérapeutes, Chas...

— Et alors? Tu viens de me dire que tu te sentais perdu. C'est une manière de se retrouver, justement.

— Et puis?

— Et puis tu vas dire à Elaina que rien ne compte davantage

à tes yeux que ton couple et ton fils, et que tu es prêt à tout pour les récupérer. C'est aussi simple que ça, Mark. Ne l'accuse pas d'être amère, ne lui dicte pas les sentiments qu'elle devrait éprouver, ne pose aucune condition, explique-lui simplement ce que tu ressens. Elle t'aime toujours, frérot.

— Elle te l'a dit ?

— Oui.

Ses épaules tressautent violemment.

— Elle se languit de l'homme que tu étais, Mark.

A ces mots, mon frère me passe les bras autour du cou et se met à bramer contre mon épaule tel le gros bébé de quatre-vingt-quatre kilos qu'il est. Au bout d'une minute, Bouton-d'Or décide de se joindre à nous avec quelques aboiements de sympathie, suscitant chez Mark un petit rire mal assuré. Pour ma part, je tapote affectueusement son dos en lui promettant que tout va s'arranger.

23

Ce week-end, nous sommes tous convoqués à un repas de famille chez maman. Papa n'y assistera pas. Harry, si. Maman souhaite que nous fassions sa connaissance. J'en ai mal au ventre d'avance.

— Alors, tu y vas ? me demande sèchement mon père au téléphone.

Je rentre à peine de ma séance de natation. Il me faut encore prendre une douche, vérifier l'état du site de la *Gazette* depuis le PC de la maison, et m'assurer que je n'ai pas reçu d'autres messages angoissants. Autant dire que, d'une manière générale, je n'ai aucune envie de discuter avec mon père des problèmes qu'il rencontre avec ma mère.

— Oui, papa. J'y vais.

— Je préférerais que tu t'abstiennes, bougonne-t-il.

— Bon, écoute, papa. Si tu ne veux pas que maman fréquente d'autres hommes, bouge tes maigres fesses d'Irlandais et fais quelque chose, OK ? Tu sais très bien ce qu'elle attend de toi. Tu connais ses conditions. A partir de là, la balle est dans ton camp, papa. Et maintenant je raccroche.

Une fois douchée, je m'habille avec un certain soin, car, non contente de nous présenter Harry, maman a également convié Ryan à sa toute première réunion familiale chez les O'Neill.

Il passe me prendre à 14 heures pile, tapote timidement la tête de Bouton-d'Or et me conduit à sa voiture. Un bouquet de roses jaunes est posé sur la banquette arrière.

— Pour ta mère, m'explique-t-il en souriant.

J'éprouve une subite bouffée d'affection pour lui.

— Elle va t'adorer, Ryan, dis-je avec sincérité.

— Et je suis certain que la réciproque sera vraie, réplique-t-il en se penchant pour m'embrasser.

Puis il fait démarrer la voiture et sort en marche arrière de mon allée.

Maman nous ouvre la porte en grand, toute vibrante d'énergie.

— Bonjour ! Ah, Ryan, comme je suis heureuse de vous voir ! J'ai adoré votre cours ! Vous êtes un merveilleux professeur ! Bonjour, bonjour ! Bienvenue à la maison !

— Au pied, maman, dis-je en me courbant de vingt centimètres pour l'embrasser.

Ryan lui tend son bouquet de roses.

— Enchanté de vous revoir, madame O'Neill.

Maman manque défaillir de joie.

— Des fleurs ! Oh ! quelle délicate attention ! N'est-il pas adorable ?

Je lève les yeux au ciel.

— Ça sent bon chez toi, dis-je d'un air soupçonneux. Tu as commandé le repas chez le traiteur ?

— Oh ! Chastity ! Elle plaisante, évidemment, Ryan. J'adore cuisiner !

Et, sur ces bonnes paroles, elle repart en vitesse vers ses fourneaux.

— Non, j'ai pris quelques cours, voilà tout.

Je jette un coup d'œil à l'intérieur du four : de magnifiques côtes de porc en couronne, dorées et succulentes, finissent de cuire. J'en ai l'eau à la bouche et murmure :

— J'ai l'impression d'être dans un film de science-fiction. Un bon repas… Chez maman… Trop bizarre.

Maman me donne une tape.

— Tatie ! On joue au grand méchant loup ? Allez, steuplé ! Steuplé !

— Bonjour, Sophie ! Non, pas maintenant, ma puce.

Je soulève ma nièce pour lui faire un rapide bisou, avant de la reposer aussitôt par terre.

— Ryan, tu t'apprêtes à faire connaissance avec le reste de la famille. Prépare-toi au combat, mon gars !

Je le conduis dans la salle à manger où le reste de la famille s'est regroupé.

L'espace d'une seconde, je les vois avec les yeux de Ryan. Les hommes — grands et beaux, leurs séduisantes épouses, leurs splendides enfants... Le bruit, les chamailleries, les cris, les galopades, les coups de dent... ma foi, oui, c'est nous. Je hausse la voix.

— Hé, vous tous ! Laissez-moi faire toutes les présentations d'un coup. Voici mon copain Ryan Darling. Ryan, n'essaie même pas de retenir le nom de tout le monde, tu n'y arriveras pas. En tout cas, voilà mes frères : Matthew — que tu connais déjà —, puis il y a Mark, celui-là, c'est Luke — alias Lucky —, et voilà John, plus connu sous le diminutif de Jack. Mes belles-sœurs, Sarah et Tara, également désignées par le raccourci de « Starah » et enfin Elaina, que tu as peut-être aperçue à l'hôpital puisque vous y travaillez tous les deux.

— Bien sûr, dit Ryan.

Elaina me gratifie de son fameux coup de crinière latino — elle m'a déjà dit qu'elle ne connaissait pas Ryan personnellement, qu'elle l'avait juste croisé dans les couloirs et entendu quelques commérages sur son compte.

— Et voici mes neveux et nièces, dis-je en désignant les enfants au fur et à mesure. Christopher, Graham, Claire, Olivia, Dylan, Sophie, Annie et Jenny. Des questions ? Des commentaires ? Non ? Très bien. Et maintenant que dirais-tu d'un bloody mary ?

— Je suis vraiment ravi de faire votre connaissance à tous, déclare Ryan avec une certaine solennité.

Les Starah fondent sur lui, impatientes de vérifier les qualités qui en feraient un compagnon potentiel pour leur belle-sœur. Les enfants s'agglutinent autour de moi, leurs voix se mêlant en une seule et gigantesque supplication :

— Tatie ! Tatie ! On peut jouer au bébé géant/au grand méchant loup/à cache-cache/à pousse-moi sur la balançoire ?

Hein ? Hein ? T'es d'accord ? S'il te plaît ? Tatie ! Tatie, je te parle !

Je cale Graham sur un bras, Annie sur l'autre, et entreprends de grignoter leurs savoureux petits cous, entraînant gigotements, gloussements, ainsi que la formulation d'exigences supplémentaires.

Ma mère se joint au petit groupe de femmes admiratives qui entourent Ryan, veillant au passage à ce que nul n'ignore que le petit ami de sa fille lui a apporté des roses. Jack rappelle à Ryan que la semaine dernière son hélicoptère a évacué un polytraumatisé vers l'hôpital. Ensemble, ils discutent du pronostic médical du patient.

On sonne à la porte. Etant la plus proche de l'entrée, je vais ouvrir. C'est Trevor. Accompagné de la Parfaite Hayden.

— Oh ! zut ! dis-je, gracieuse comme à mon habitude. La Parf… Tiens, salut, Hayden ! Comment vas-tu ? Bonjour ! Entrez !

— Bonjour, Chastity, réplique-t-elle avec un sourire froid. Ravie de te voir.

Sa soyeuse chevelure blonde présente un dégradé lisse des plus intéressants, et elle arbore une tenue fort coûteuse, me semble-t-il, très classique, très cool… et taillée très petit. La Parfaite Hayden fait du 40. Voire du 38.

— Salut, Chas, murmure Trevor en la suivant à l'intérieur de la maison.

Tout le monde fait silence à la vue des nouveaux arrivants. Qu'elle le sache ou non, la Parfaite Hayden se trouve en territoire ennemi. Elle a plaqué notre Trevor, et nous ne lui avons pas pardonné d'avoir brisé le cœur vaillant de notre presque frère. La garce !

Mais bon… Nous ne sommes pas non plus des teignes et, passé quelques minutes, elle se retrouve avec Jenny dans les bras, en train de discuter avec Sarah de sa nouvelle vie à Albany. Elle me regarde par en dessous, ses yeux se détournant des miens, paupières baissées, alors que je me force à lui sourire.

Il y a un monde fou dans le salon de maman, et le vacarme

est à l'avenant ! Des gosses dans tous les sens et la Parfaite Hayden qui trône au beau milieu.

Ouvrant la porte menant au sous-sol, je lance à la cantonade :

— Qui veut regarder *Nemo* ?

Les enfants me suivent comme un essaim d'abeilles et se jettent sur le canapé défoncé et le fauteuil inclinable Lazy Boy qui constituent l'assortiment de sièges de la pièce du bas. Je mets le film en route.

— OK, les enfants, c'est parti !

Ils ne répondent pas. Bouche bée, ils fixent l'écran, quasiment hypnotisés par ce film qu'ils ont tous déjà vu une bonne dizaine de fois. Tant mieux. J'ai besoin d'une petite pause.

Les yeux me brûlent. Mon cœur cogne à mes oreilles. Je m'avise que mes mains tremblent légèrement.

Matt dévale pesamment les marches.

— Coucou ! Je vais rester avec les petits. Toi, remonte avec ton copain.

Je me force à sourire.

— D'accord. Merci, Mattie.

— Oh ! laisse tomber ! Le véritable privilège du statut de célibataire, c'est que je ne suis pas tenu de faire la conversation avec les autres.

— Veinard… Au fait, qu'est-ce qu'elle fait là, Hayden ? Trev te l'a dit ?

Je m'applique à garder un ton léger.

— Euh… oui. Ils étaient ensemble ce matin, je crois, et quand elle a appris qu'il venait manger ici elle lui a demandé la permission de se joindre à nous. Elle trouvait sympa de nous revoir tous.

Sans réelle intention de ma part, j'émets un reniflement de mépris.

— Bah, au fond, ce n'est pas une méchante fille, Chas…

— Je croyais qu'il sortait avec Angela. Mon amie. Et puis, je croyais aussi qu'on la détestait pour avoir jeté Trevor comme une vieille chaussette.

— Peu importe.

Matt hausse les épaules.

— Les enfants, faites une place à oncle Matt !

Je remonte l'escalier sans entrain et suis accueillie par de chaudes odeurs de porc et de sauce. Et voilà Hayden qui se tient tout près de Trevor, avec ma nièce dans les bras — une vraie petite famille nucléaire. Crénom ! Quel charmant tableau : le brun Trevor, la blonde Parfaite Hayden et un adorable petit bébé. Adorable, vraiment ! Matt prétend qu'ils étaient ensemble, ce matin. Ce qui veut dire qu'elle a dormi chez lui. Ce qui veut dire...

— J'adore ta famille, me murmure Ryan dans le creux de l'oreille, me faisant sursauter.

— Tant mieux ! Je t'avais bien dit qu'ils seraient fous de toi, eux aussi.

Ryan me gratifie de son sourire impeccable et m'effleure d'un rapide baiser. Je ne peux m'empêcher de remarquer que Trevor nous regarde, et aussitôt — oui, je sais c'est stupide — je me tourne vers Ryan pour lui rendre son baiser. A cet instant, ma mère sort de sa cuisine, l'air très affairée :

— Ryan ! Je me souviens que vous nous avez dit être chirurgien ! Comment c'est charmant ! Vos parents doivent être très fiers de vous !

— Tiens, commente Jack, elle prend sa voix « Père Donnelly ».

— Elle ne veut pas que Chas se plante sur ce coup-là, réplique Lucky. Maman a toujours rêvé d'avoir un médecin dans la famille.

Je darde sur mes frères un regard leur promettant de prochaines souffrances et humiliations, tandis que ma mère poursuit son babillage.

— Merci, dit Ryan. En effet, ils sont plutôt fiers de leur fils.

Il me presse les doigts.

— Et aussi très impatients de faire la connaissance de Chastity, évidemment. Vous avez une fille merveilleuse, madame O'Neill.

Lucky fait mine de s'étouffer.

— Oh ! je vous prie ! Appelez-moi Betty ! s'écrie joyeusement maman. Bon, je vous laisse. Il faut que j'aille remuer la sauce !

Une autre voiture se gare devant la maison. Maman va jeter un coup d'œil à la fenêtre et troque son intonation de Père Donnelly contre le timbre barytonnant du général Patton qui nous est déjà plus familier.

— Harry est là. Les garçons, tenez-vous bien ! C'est compris ?

Sa voix remonte dans les aigus tandis qu'elle se précipite vers la porte de la cuisine.

— Harry ! Bonjour ! Viens que je te présente mes enfants !

Harry Thomaston est un bel homme, plus petit que mon père, mais robuste, avec des cheveux argentés et des yeux sombres. Il embrasse ma mère sur la joue.

— Bonjour tout le monde.

Chacun à notre tour, nous lui serrons la main en échangeant quelques plaisanteries, le tout dans la plus totale hypocrisie. Harry contemple ma mère avec une évidente adoration. Tout cela n'augure rien de bien réjouissant… Aucun d'entre nous ne croit véritablement que papa et maman vont se séparer pour de bon, et ce malgré leur divorce. Ils sont trop habitués l'un à l'autre. Et pourtant maman roucoule sous nos yeux comme une tourterelle, vibrionnant autour de Harry avec bien trop de gaieté et d'empressement.

Ryan sait que mes parents sont divorcés, mais il ne connaît ni les raisons de leur séparation ni leurs personnalités respectives.

— Ryan Darling, dit-il en serrant la main de Harry. Je suis l'ami de Chastity.

— Heureux homme, réplique galamment ce dernier.

M'avisant que Hayden, un petit sourire aux lèvres, murmure quelque chose à l'oreille de Trevor, je passe spontanément un bras autour de la taille de Ryan.

Et c'est parti ! Mon combat unilatéral pour le titre du couple le plus craquant du jour.

Ma mère oblige les enfants à remonter du sous-sol pour dire bonjour à Harry. Seconde tournée de présentations. Trevor soulève Dylan de terre en précisant à Hayden qu'il s'agit de son filleul, puis il autorise Sophie à lui monter sur le dos et à lui ébouriffer les cheveux. Pour le coup, il n'y a pas photo : Trevor remporte haut la main le titre dans la catégorie du « meilleur relationnel avec les enfants ».

En guise de riposte, je fais venir Claire.

— Alors, que penses-tu de mon petit ami ? dis-je d'une voix suffisamment forte pour que tout le monde en profite. N'est-ce pas qu'il est très séduisant ?

Comme prévu, ma nièce se met à pouffer comme une folle tandis que Ryan sourit bravement. Graham supplie Trevor de le porter ; docilement, Trev s'exécute. Du coup, je me rabats sur Christopher :

— Devine ce que fait Ryan comme métier… Il recolle les membres des gens.

— Trop cool ! murmure Chris, admiratif.

— Hum, ce n'est pas tout à fait exact, rectifie Ryan. Je ne suis pas chirurgien orthopédiste, bien qu'il m'arrive de participer de temps en temps à des réimplantations.

Je me tourne vers mon neveu.

— Son truc à lui, c'est plutôt le sang et les tripes.

Ryan fronce les sourcils. Oui, il est un peu coincé avec les enfants… Il interroge Chris sur sa scolarité, *le* sujet qu'il faut à tout prix éviter d'aborder avec un enfant de dix ans, sous peine de le voir se métamorphoser en bûche. Mais qui pourrait en vouloir à ce pauvre Ryan ? Mes neveux et nièces ressemblent à un banc de dauphins qui ne cessent de bondir, de plonger, de crier, de manger ! Ils doivent être épuisants pour un homme issu d'une petite famille bien tranquille.

— Ce sont tous des sauvages, lui dis-je à l'oreille, obligée pour ce faire de me dresser sur la pointe des pieds.

Enfin, cela ne m'est pas absolument *nécessaire*, mais je le fais quand même, histoire de bien souligner que Ryan est plus grand que Trevor. Remarquant du coin de l'œil que Trev nous regarde, j'en profite pour caresser la nuque de Ryan. *Tu vois, Trev ? Ryan est un type formidable, beau et intelligent. Je suis folle de lui. Et il me le rend bien.* Je suis tout à fait consciente de mon immaturité, mais bon sang! C'est plus fort que moi. Je hais la Parfaite Hayden. Elle ne m'a pas encore adressé la parole, à part pour me lancer le bonjour initial obligatoire. La main me démange de lui en coller une.

Jack et Sarah se proposent pour surveiller le repas des enfants dans la cuisine. Je les envie. Un jour comme aujourd'hui, je préférerais autant rester en compagnie des petits. Toute cette situation est tellement embarrassante! Ryan et sa sempiternelle courtoisie, la Parfaite Hayden qui secoue sa crinière parfaitement disciplinée, ce vieux bonhomme qui tripote ma mère...

Néanmoins, je m'insère à table entre les autres adultes. Tiens... Mark s'assied à côté d'Elaina qui ne proteste pas, ne le fusille pas du regard et n'émet pas le sifflement mauvais qu'elle lui réserve d'habitude. Ryan est placé à côté de moi — il m'a avancé ma chaise avec les manières d'un prince — et la Parfaite Hayden tournicote autour de Tara pour s'assurer qu'on lui donnera un siège à côté de Trev. Un ange passe lorsque maman conduit son prétendant en bout de table. Mes frères se figent et Harry saisit l'allusion.

— Je préfère m'asseoir près de toi, Betty. Tenez, Matthew, prenez donc cette place.

Je lui octroie mentalement quelques points de bonus pour sa capacité à rester aimable sous la pression. Maman foudroie les garçons de son regard « Vous ne perdez rien pour attendre ». Courageusement, je me lance :

— Alors, Harry, maman m'a dit que vous étiez à la retraite?

Il se tourne vers moi, tout sourire.

— C'est exact, Chastity. Je viens de vendre mon entreprise, nous fabriquions un minuscule composant des puces électroniques. Ce n'est pas le métier le plus fascinant du monde, je vous l'accorde, mais ça me plaisait. A présent, j'essaie de voyager davantage.

— C'est merveilleux, dis-je en réprimant un soupir.

Un riche retraité passionné par les voyages... Papa est en train de se planter en beauté. Je goûte le porc qui a l'air très tendre. Il est délicieux. C'est sidérant!

— Vous avez des enfants ? s'enquiert Ryan.

— Deux filles. Martha, qui a quarante-trois ans et un fils de douze ans, et Greta qui a trente-sept ans et trois enfants — deux garçons et une fille. Et vous, Ryan ? Des enfants ?

L'œil pétillant, Ryan le gratifie d'un petit sourire en coin. Je crois entendre Tara soupirer.

— Non, Harry, pas encore. Mais, le moment venu, j'aimerais beaucoup en avoir deux : un garçon et une fille.

Il me regarde d'un air entendu tandis que mes dents se serrent involontairement. Pourquoi cette impression qu'on vient de me condamner sans appel à la maternité ? Durant quelques instants, personne ne dit rien. Maman pousse un plat vers Jack.

— Alors ! Trevor est venu avec Hayden, Chastity nous a amené son charmant médecin et Harry est parmi nous ! N'est-ce pas merveilleux ?

Mark lève les yeux au plafond et Matt esquisse un petit sourire narquois, mais personne ne se risque à la contredire.

— Harry, poursuit-elle, mettant à profit ce blanc dans la conversation. Sais-tu qu'à une époque, Trevor et Hayden ont été fiancés ? N'est-ce pas réjouissant de les voir de nouveau réunis ?

Hayden sourit d'un air modeste.

— Merci, madame O'Neill.

Ma main se crispe sur ma fourchette.

— Et pour quelle raison aviez-vous rompu la première fois, au juste ? s'enquiert maman.

J'explose.

— Enfin, maman ! Ça ne te regarde pas !

— Mais pas du tout, réplique Hayden, c'est tout à fait naturel comme question, madame O'Neill.

Bon sang, je la hais ! Trevor, lui, se concentre sur son assiette.

— Je crois que ça n'était pas encore le bon moment pour nous, voilà tout.

Elle sourit à Trevor, qui s'abstient de la contredire. On

ne peut pas dire qu'il acquiesce, mais il ne fait pas non plus d'objection.

J'en ai mal au ventre. Angela, passe encore, mais la Parfaite Hayden, c'est une tout autre histoire ! Elle ne mérite pas un homme comme Trevor. Qui plus est, elle a déjà eu sa chance avec lui. Et elle l'a laissée passer. Pourquoi faut-il que les femmes comme elles aient toujours tout ? Les mecs bien, les cheveux soyeux, le teint sans défaut, une jolie silhouette toute menue ? Pourquoi ? Hein ?

Maman décide de changer de cible.

— Et vous, Ryan ? Parlez-nous un peu de votre tribu à vous ?

— De sa « tribu » ?

Le reniflement moqueur de Lucky se mue en gémissement de douleur sous l'effet du coup de coude que Tara lui envoie dans les côtes.

— Mes parents habitent Long Island. J'ai une sœur qui vit à New York. Et j'espère leur présenter Chastity très bientôt.

Il me considère avec gravité.

— Oui, très bientôt.

— J'ai hâte de faire leur connaissance, dis-je en faisant glisser ma main sur sa cuisse.

Il me sourit… Je lui souris… J'ai mal à la tête.

— Autrement dit, c'est sérieux entre vous ? demande maman en se resservant du gratin de pommes de terre.

— Absolument, déclare Ryan.

J'ouvre la bouche pour dire quelque chose — quoi, je n'en sais rien — quand un fracas nous parvient de la cuisine où les enfants sont en train de prendre leur repas sous l'œil finalement pas si vigilant de Jack et Sarah. Je saisis ce prétexte pour bondir de ma chaise.

— Je vais voir s'ils ont besoin d'aide !

— Alors, comment ça se passe ? murmure Sarah en désignant la salle à manger de la tête.

— Tatie ! s'exclament en chœur les petits.

Un masse informe de haricots verts mâchés menace de

tomber de la bouche de Dylan qui, imperturbable, la renfourne aussitôt.

— Eh bien, maman nous interroge, Trevor et moi, sur nos intentions, dis-je avant d'effectuer un rétropédalage désespéré, prenant subitement conscience de l'ambiguïté de ma réponse. Je veux dire par là qu'elle a demandé à Trevor si c'était sérieux avec Hayden, et à moi si c'était sérieux avec Ryan.

— J'avais compris, dit Sarah avec un petit sourire.

— Tu viens manger avec nous, tatie ? me demande Olivia.

Il lui manque désormais deux dents sur le devant, charmante imperfection qui la rend d'autant plus craquante. En outre, cela me permet de jouir d'une vue imprenable sur le contenu de sa bouche pleine.

— Non, tatie est venue avec son petit ami, ma puce, répond son père. Mais de ton côté, Chas, c'est vraiment sérieux ? Ton Ryan a l'air d'être un type très bien.

— Et bel homme, murmure Sarah. Très bel homme.

— Bien sûr, dis-je. Ryan est un homme tout à fait merveilleux. Oui, oui, c'est très sérieux entre nous. Ou, du moins, c'est en passe de le devenir.

Je marque une pause.

— Jack, tu lui avais déjà parlé, à l'hôpital ?

Mon frère hésite.

— Oui… Enfin, disons que je l'ai croisé.

— Et comment est-il, dans l'action ?

Jack prend une gorgée de sa bière.

— Ma foi, comment te dire, Chas… c'est un chirurgien. Il est très boulot-boulot, tu sais, pas le genre à copiner avec nous autres, simples secouristes.

Il lève un sourcil.

— Mais du moment qu'il est gentil avec toi, tu n'as pas à te soucier du reste.

Les « si seulement » tentent de se faire entendre dans mon cerveau. Si seulement Trevor… Si seulement Hayden… Si seulement… Si seulement…

— Bon, et vous alors, vous avez besoin qu'on vous apporte

quelque chose ? dis-je, tandis que Claire tourmente Anne en lui montrant l'intérieur de sa bouche pleine. Du vin ? Des sédatifs pour les mioches ?

Jack transfère Jenny sur son autre bras et rattrape le verre de Christopher juste avant qu'il ne se renverse.

— Tout va très bien pour nous, Chas. Merci, ma grande.

Rien ne me retenant plus dans la cuisine, je regagne ma place à table. Hayden murmure quelque chose à Trevor, qui sourit d'un air contraint, et c'est avec un sentiment de vengeance personnelle que je rapproche bruyamment ma chaise de celle de Ryan.

— J'ai bien vu ton petit manège, aujourd'hui, me lance Elaina dans la soirée.

Nous sommes affalées dans son séjour, toutes deux repues jusqu'à l'écœurement de l'étonnant festin offert par maman, toutes les deux en sweat, toutes les deux envisageant de déguster quelques cuillerées de Ben & Jerry's. Dylan dort, épuisé par ses cousins et cousines.

— Comment ça ?

— Laisse tomber, Chas ! Je t'ai vue regarder Trevor, le comparer à Ryan, lui faire des mamours chaque fois que Hayden disait un mot à Trev.

Crénom de nom, j'ignorais que j'étais aussi transparente.

— Ah…

— Tourne la page, Chas. Laisse la vie suivre son cours, d'accord ? Tourne la page. Tu vis une belle histoire avec Ryan. Tu sais combien de filles à l'hôpital tueraient père et mère pour avoir une chance avec ce type ?

— Je sais, et d'ailleurs je l'aime énormément ! Il est merveilleux.

— Alors pourquoi t'accroches-tu encore à Trevor ?

— Je ne m'accroche pas à lui !

Elle émet un reniflement sceptique.

— Mais non, je t'assure ! J'ai été amoureuse de lui, d'accord, mais c'est du passé. Aujourd'hui, j'ai un petit ami avec lequel je vis quelque chose de formidable, OK ?

— Mais oui, c'est ça...

Démoralisée, je soupire.

— Alors qu'est-ce que je dois faire, Lainey ? Hein ? Chaque fois que je vois Trevor... Oh ! non ! Je ne veux même pas y penser.

Elaina change de position dans son fauteuil.

— Pff, mouais... Tu pourras peut-être tout simplement...

Elle n'achève pas sa phrase.

— Ecoute, il faut que tu adoptes une attitude plus positive, d'accord ? Cesse de considérer Ryan comme un choix par défaut. Ce type est bourré de qualités, non ? Et il t'aime vraiment, Chas.

Je déglutis.

— Je sais. Ryan est un type bien.

— Alors, où est le problème ?

— Eh bien, j'ai l'impression qu'il recherchait la candidate idéale au poste d'épouse, et que je corresponds plus ou moins au profil exigé.

— Eh bien, il faut peut-être que tu passes plus de temps avec lui. Change d'attitude, *querida*. Ce n'est pas parce que Trevor a été ton premier amour qu'il doit pour autant rester ta référence absolue en matière d'hommes.

Sauf que c'est le cas.

Elaina, qui lit parfaitement dans mes pensées, me lance un coussin à la tête.

— Au moins, Chas, donne-lui une chance ! Tu m'as bien dit que tu pensais pouvoir l'aimer, non ?

— Mais oui, tu as raison, espèce d'emmerdeuse ! Tiens, attaquons-nous plutôt à ce pot de crème glacée.

— Bonne idée.

Elaina met son ventre en avant à titre d'expérience.

— Je crois que j'ai pris trois kilos, aujourd'hui. Qui aurait cru Mamí capable de cuisiner aussi bien que ça ? C'est stupéfiant !

Je vais dans la cuisine et en reviens chargée de coupelles

remplies de Coffee Heath Bar Crunch et couronnées d'une montagne de crème fouettée. Elaina en goûte une cuillerée, pousse un gémissement de plaisir et me gratifie de son inimitable mouvement de crinière.

— Et au lit ? Ça se passe bien, au lit ?

Je lève les yeux au ciel.

— Oui, Elaina, ça se passe bien au lit. Très bien, même.

Ce n'est pas un mensonge. Ryan est un amant très agréable. Oui, très agréable. Bonté divine ! Non, mais écoutez-moi !

— Parlons plutôt de ta vie sentimentale, Lainey. Vous vous êtes conduits fort correctement, Mark et toi. C'est très inhabituel, ça… Alors, où en êtes-vous ? Il y a du progrès ?

Elaina mastique solennellement.

— Oui. Et ne compte pas sur moi pour m'étendre davantage là-dessus. Parmi les points soulevés par Mark au cours de nos séances de thérapie conjugale, il y a le fait que je te dis tout. Et d'ailleurs tu n'es pas censée savoir que nous voyons un thérapeute conjugal.

Je souris.

— Parce que, d'après toi, qui lui a conseillé d'aller en voir un, grosse maligne ?

Cette nuit-là, étendue sur mon lit les yeux grands ouverts, je prends peu à peu conscience de la justesse du raisonnement d'Elaina. Voir Trevor et Hayden réunis a provoqué un déclic dans ma tête. Trevor et moi, c'est de l'histoire ancienne. Il me faut faire une croix dessus. Tirer un trait. Tourner la page. Quant à Ryan, c'est vraiment un homme merveilleux, en dépit de son arrogance de chirurgien. Je l'écouterai d'un cœur plus sincère la prochaine fois qu'il me téléphonera, je me laisserai charmer par ses manières si méticuleusement attentionnées. Si je le souhaite, je peux construire quelque chose de solide avec lui. Ma vie sera formidable, pleine et heureuse. Cela ne fait pas l'ombre d'un doute. Du reste, c'est déjà le cas.

24

Le cyber-expert de la police s'appelle, vous ne devinerez jamais… Chip[1]. Un comble, pour un spécialiste de l'informatique !

Après m'avoir virée de mon bureau, il est en train de passer tous mes fichiers informatiques au crible pour voir s'il peut découvrir qui s'est introduit dans mon système. Je n'ai plus reçu de messages malveillants, et personne n'a réussi à franchir les nouveaux pare-feu que j'ai installés. On ne m'a pas cassé d'autres figurines non plus. Présentement, je regrette même d'avoir appelé les flics, car toute cette hostilité semble s'être calmée. Et, vu que mon box est trop petit pour contenir deux personnes (à moins que je ne m'assoie sur les genoux de Chip la Puce, ce qui, à mon avis, ne serait pas pour lui déplaire) et qu'Alan occupe la salle de conférences dans le cadre d'une interview, je me retrouve provisoirement contrainte de travailler sur un ordinateur portable dans le hall de réception, juste en face de Lucia.

— Avec l'informatique, de toute façon, on a toujours des ennuis, décrète-t-elle de son ton pète-sec. D'ailleurs, c'est bien simple, je n'ai même pas d'ordinateur à la maison.

— Mais Teddy Bear n'en a pas besoin d'un ?

— Teddy et moi ne vivons pas encore ensemble. Nous attendons d'être mariés. Nous nous gardons pour la nuit de noce.

1. « Chip » : en anglais, puce électronique.

C'est ça qu'il te raconte ? ai-je envie de lui crier. Je préfère ne pas imaginer ce que doit être la vie amoureuse de Lucia avec Teddy Bear, mais enfin soyons sérieux ! Croit-elle vraiment qu'il est normal, pour un homme de plus de trente ans, de rester fiancé durant presque cinq ans sans jamais avoir de rapports sexuels ? Allons !

— Ma foi, poursuit-elle, je l'avais bien dit à Penelope. Je savais que la *Gazette* n'aurait pas dû créer de site en ligne. « Ça dissuadera les gens d'acheter le journal », voilà ce que je lui avais dit à l'époque.

Je lève les yeux au ciel, me mords la langue, crispe les orteils, mais rien n'y fait.

— Excuse-moi, Lucia, mais c'est faire preuve de naïveté. Nous avons besoin d'un site en ligne. Dans dix ans, il se peut qu'il n'y ait plus de journal sur papier, mais le site sera toujours là, lui.

— Ça, tu n'en sais rien. Parce que, si tu vas par là, nous étions tous censés aller sur la lune en bus, à l'époque !

Je m'apprête à protester mais… zut ! Sur ce point, elle n'a pas tort. Elle ouvre son poudrier d'un geste sec et vérifie la bonne tenue de son maquillage style Masque de fer. Aujourd'hui, elle arbore un rouge à lèvres mat sang de bœuf, mais jamais je ne lui en ai vu la moindre trace sur la joue ou sur les dents. Lucia fait partie de ces femmes-là.

Comme si elle lisait dans mes pensées, elle lève les yeux sur moi.

— Tu devrais te maquiller un peu, Chastity.

— Oh ! tu sais, j'ai tendance à ressembler à une drag-queen si je me maquille davantage, dis-je en consultant ma montre.

— Eh bien, pour ma part, je pense qu'il est du devoir d'une femme de toujours se soucier de son apparence.

Elle jette un regard de dédain à mon pantalon chino, mon chemisier bleu tout à fait potable et mes baskets montantes rouges hyperclasse.

— Oui, je trouve qu'une femme se doit d'être impeccable en toutes circonstances.

— Et moi, je trouve que tu serais plus jolie si tu ôtais deux ou trois couches de ton maquillage de kabuki et si tu retournais dans le monde des vivants, dis-je avec un sourire aussi large que faux.

Elle se borne à me lancer un regard de pitié avant de répondre au téléphone, débitant son traditionnel couplet d'une voix chantante.

— *Eaton Falls Gazeeeeeette !* Lucia Downs à l'appareeeeeil !

La Puce s'approche de moi.

— Je ne trouve rien. Celui qui a fait ça a remarquablement bien masqué le chemin qu'il a emprunté. Et, avec le nombre de visiteurs qui fréquentent ce site, cela prendrait des semaines, voire des mois pour découvrir l'identité de votre hacker. Or, pour l'instant, nous ne considérons pas vraiment votre cas comme une priorité majeure.

— Mais cela changerait si je me faisais, disons… assassiner ?

— Sans aucun doute.

Il sourit.

— Chastity, ça vous dirait de sortir un soir ?

Je souris.

— C'est gentil, mais non. Je fréquente déjà quelqu'un.

— Et c'est sérieux avec lui ?

— Mm-hm.

— Alors, tant pis pour moi. Bon. A un de ces jours, peut-être !

— Au revoir, Chip.

Lucia affiche son air « J'ai marché dans de la matière fécale. »

— J'ignorais que tu fréquentais quelqu'un, Chastity.

— Je sors avec Ryan Darling.

Et, pour la première fois, j'éprouve un immense plaisir à décliner négligemment ses titres.

— Tu le connais ? Il est médecin. Chirurgien traumatologue. Ceinture noire de karaté. Cheveux blonds, yeux verts, un mètre quatre-vingt-huit, la musculature de Matthew McConaughey. Je vais dans les Hamptons ce week-end, pour faire la connaissance de ses parents. Bon. Il faut que je voie Pen. A plus, Lucia !

*
* *

Trois jours plus tard, je retrouve ma petite maison avec une joie indicible.

Ce séjour à Long Island s'est passé de façon mitigée. Le côté négatif… ma foi, je le garde pour tout à l'heure. Le positif : nous avons assisté à un match victorieux des Yankees. Ah oui, et puis notre vie sexuelle a fait un bond dans l'hyperespace — et pas seulement parce que j'étais à quelques mètres de Derek Jeter (quoique, ça n'aurait rien gâché).

En ce qui concerne le Dr Darling et sa femme (qui m'ont instamment priée de les appeler Dr Darling et Mme Darling), eh bien disons que… c'est le genre de gens qu'on voit dans les magazines. Ils vivent dans les Hamptons, jouent au golf, organisent des lunchs, refont la décoration de leur « cottage » de seize pièces. Ils ont passé leurs dernières vacances au Brésil, pour « se faire arranger quelques bricoles ». Tous deux ne cachaient pas leur enthousiasme pour le tout nouveau lifting au laser/traitement au Botox qu'ils m'ont d'ailleurs vivement encouragée à tester. Moi ! A trente et un ans, être vivement encouragée par ses beaux-parents potentiels à subir un lifting, vingt minutes après avoir passé le pas de leur impressionnante porte d'entrée ! Réprimant l'envie impérieuse de prendre mes jambes à mon cou, je me suis efforcée d'adopter une certaine ouverture d'esprit.

Entre-temps, Bubbles, le chihuahua chéri des Darling, grognait et jappait en direction de mes bagages depuis les bras de sa maîtresse. « Yi ! Yi ! Yiyiyiyi ! » glapissait-il d'une voix si aiguë que j'avais l'impression d'avoir les tympans transpercés par des balles de petit calibre.

Mme Darling l'a posé par terre et, à partir de là, il s'est promptement attaqué à mon sac de voyage.

— Oh ! Bubbles, vilain petit chéri ! s'est-elle écriée d'une horrible voix de fausset, tandis qu'il s'employait à ronger la poignée de mon sac de ses dents semblables à celles d'une chauve-souris. Il n'aime pas Chastity, ce bébé ? Hein ? Il ne l'aime pas, Chastity ?

Mme Darling a repris le rongeur furibond dans ses bras, d'où il a continué à me lorgner en grognant, expédiant des postillons sur la coiffure de sa maîtresse.

Ensuite, j'ai été quelque peu étonnée d'apprendre que j'étais censée dormir dans une aile séparée (oui, j'ai bien dit une aile) de celle de Ryan. Après tout, Ryan a trente-six ans, et on aurait pu supposer que ses parents ne jugeraient pas utile de nous séparer pour la nuit. Eh bien, si ! Nous avons pris quelques cocktails — des martinis, selon la tradition familiale — avant d'enchaîner sur un dîner aussi guindé qu'emprunté. Les deux parents ont échangé quelques regards inquiets à propos de ma famille nombreuse, de mon patronyme irlandais et de ma profession de journaliste, bien que le mot « Columbia » ait amené un léger spasme sur le pli impassible de leurs lèvres. Mme Darling a à peine touché à son assiette, ce qui explique qu'elle soit aussi osseuse et peu appétissante que le pâle et sombre Gollum.

Désagréablement consciente de mon physique tout en muscles, j'ai moi aussi chipoté du bout des dents, irritée de me voir agir ainsi, tout en me creusant les méninges à la recherche de sujets de conversation neutres.

— Dites-moi, docteur Darling, est-ce que vous…

— Yi ! Yi ! Yi ! Yiyiyiyi !

— Ah, non ! Bubbles, vilain petit garçon !

Mme Darling a soulevé la nappe damassée pour regarder sous la table.

— Chastity, ne le prenez pas mal, mais Bubbles vient d'avoir un petit accident tout près de votre pied. Vous comprenez, il n'aime pas les inconnus.

Ryan continuait à manger son saumon, souriant d'un air absent pendant que sa mère partait quérir une femme de ménage à l'air sinistre afin qu'elle nettoie le « petit accident » de Bubbles.

Certes, je ne m'attendais pas vraiment à un week-end de

franche rigolade… Après tout, ce n'était pas la première fois qu'un garçon me présentait à ses parents, mais cette expérience-là n'avait rien à voir avec les précédentes. Dans ce genre de situation, on s'attend toujours à éprouver une certaine gêne. Mais là, j'avais les épaules crispées et mal aux mâchoires à force de sourire en permanence. A la fin de ce dîner interminable, Ryan m'a accompagnée jusqu'à la porte de ma chambre et invoqué une immense fatigue avant de m'embrasser sur la joue. Quant à moi, j'ai été plus qu'heureuse de tomber dans le lit *king size* où je me suis endormie sitôt que ma tête a touché l'oreiller.

Le lendemain, nous nous sommes rendus au Yankee Stadium, après être restés une heure coincés dans les embouteillages — les gens riches ne prennent pas le métro et ce, quelle que soit la supériorité des transports en commun lorsqu'il s'agit d'aller dans le Bronx. J'arborais mon maillot Lou Gehrig — histoire d'afficher mon côté classe et vieille école — et j'avais fait l'impasse sur les rayures peintes sur le visage, même si, en cela, je dérogeais quelque peu à la tradition familiale pour un match au Stadium. Nos places se situant à douze rangs de la ligne de troisième base, j'étais un peu surexcitée de voir tous mes gars de si près. Il se peut d'ailleurs que j'aie hurlé quelques noms de joueurs. Mais ça se fait, non ? Si j'ai mangé beaucoup de hot dogs ? Ma foi… si l'on considère que quatre, c'est beaucoup, alors oui, j'ai en mangé beaucoup. Mais souvenez-vous que je n'avais pas eu grand-chose à me mettre sous la dent, au dîner de la veille, et que le petit déjeuner se composait de cappuccinos et de muffins tout à fait succulents mais qui ne pouvaient en aucun cas soutenir la comparaison avec mes trois bols de Choco-Puffs habituels ou avec le menu « Spécial bûcheron » du Minnie's Diner.

En revanche, pendant le match, je me suis éclatée ! J'avais du mal à me retenir de brailler mes encouragements classiques aux joueurs, mais je me suis tenue à carreau (sauf quand Jeter a réalisé un double coup en flèche dans la huitième qui a permis aux gars de prendre l'avantage au score. Inutile de préciser que Jeter a décliné ma demande en mariage, même si j'aime à penser qu'il en a été flatté).

A notre retour, nous sommes allés dîner en ville dans un restaurant français ultrachic, où les Darling ont papoté avec leurs connaissances des Hamptons, me présentant à eux comme « la petite amie de Ryan ». Petite ? Non, mais franchement... Je mesure un mètre quatre-vingt-deux. Alors j'apprécierais quand même qu'on me marque un peu plus de respect. Ryan, lui, souriait, bavardait et me tenait la main, mais il affichait cette expression de zombie qui gagne de nombreux hommes en présence de leurs parents — un air distant et sans vie. Je l'ai pincé à une ou deux reprises, histoire de vérifier qu'il était toujours avec nous... Il a violemment sursauté et m'a demandé si mon plat était bon. Il l'était. Succinct, cher, délicieux, mais... *succinct*, vous voyez ?

Une fois rentré, Ryan est enfin sorti de son apathie. Il a décidé qu'il serait amusant que je me glisse en douce dans sa chambre — à la mode étudiante —, arguant que cela donnerait à nos câlins le piment de l'interdit. Je me suis donc glissée en douce dans sa chambre et nous nous câlinions avec plus ou moins de bonheur (je ne cessais de penser à la faim qui me tenaillait le ventre, me demandant comment je pourrais m'y prendre pour chiper un petit en-cas), lorsqu'un léger bruit nous a fait dresser l'oreille.

— Darling ? a roucoulé Mme D. en pianotant sur la porte de ses doigts manucurés.

— Yi ! Yi ! Yi ! Yiyiyiyi !

Bubbles. Il ne manquait plus lui !

— Euh... Hum, une minute, maman ! s'est écrié le fils dévoué en tirant du lit sa copine dénudée et apparemment illégitime.

— Chastity, vite ! Entre là-dedans ! m'a-t-il chuchoté.

Et si on ne m'avait pas poussée sans ménagement à l'intérieur d'un placard, j'aurais trouvé son expression d'affolement plutôt craquante. Mais voilà, on me poussait sans ménagement dans un placard, avec ma culotte et mon soutien-gorge — et c'est tout. J'ai gloussé :

— Ryan !

— Chut, tais-toi ! Je t'en prie, Chastity ! Je t'expliquerai plus tard.

Il a refermé la porte du placard.

Etant donné ma stature, je ne pouvais pas me tenir debout, gênée par la présence d'une étagère placée exactement huit centimètres trop bas. J'ai donc dû m'accroupir sur ce qui, au toucher, semblait être une ancienne crosse de jeu, parfaitement inconfortable. Serrant les dents, je trouvais à présent le jeu de la Copine illégitime nettement moins rigolo. Je comprenais (plus ou moins) que Ryan ne veuille pas être surpris en pleine action, mais quand même ! De là à me cacher dans un placard !

Par-dessus les jappements du chien m'est parvenu le son d'une braguette remontée à la hâte.

— Darling ? continuait d'appeler maman.

Du fond de son placard, Copine illégitime s'interrogeait sur l'apparente incapacité de maman à désigner Fils dévoué par un terme d'affection différent de leur nom de famille.

— J'arrive, maman !

Il y a eu un silence, puis le bruit d'une porte qu'on ouvre.

— Oui, maman ?

Copine illégitime a alors entendu le crissement de minuscules griffes sur le parquet, tandis que Bubbles se précipitait dans la chambre et commençait à japper frénétiquement devant la porte du placard.

— Yi ! Yi ! Yi ! Yiyiyiyi !

— Darling ! Je pensais que nous pourrions bavarder un peu tous les deux, histoire d'échanger les dernières nouvelles. Papa et moi trouvons ta… euh… petite amie… tout à fait… euh…

— Elle est merveilleuse, n'est-ce pas ?

Brave Ryan ! a songé la Copine illégitime en tentant de changer de position, de manière à ce que la crosse en métal se fasse un peu moins intrusive.

— Yiyiyiyi ! Yi ! Yi !

— Oh ! certes, a répliqué Mme Darling. Elle est absolument… eh bien… Bubbles ! Arrête d'aboyer, mon chéri ! Tu donnes la migraine à maman !

La minuscule truffe noire du « chien » aux airs de chauve-souris est apparue dans l'interstice de deux centimètres entre le parquet de la chambre et le bas de la porte du placard. Copine illégitime s'efforçait de demeurer parfaitement immobile et silencieuse. Toutefois, il en fallait plus pour tromper Bubbles, qui s'est lancé dans un concert de reniflements et gémissements frénétiques. Puis les minuscules griffes noires se sont mises à gratter furieusement sous la porte.

— Yiyiyiyi !

La minuscule truffe est revenue à la charge avec le caractère impitoyable propre à la Gestapo.

Copine, craignant d'être découverte, a repoussé ladite truffe du bout de son gros orteil. A la seconde, une dent minuscule, acérée comme une lame de rasoir, s'est plantée dans l'orteil mentionné ci-dessus. Réprimant un glapissement de douleur, Copine a brusquement retiré son pied, anéantissant l'équilibre précaire qui l'avait jusqu'ici maintenue en place sur la vieille crosse en métal. Copine a dégringolé, heurté le fond du placard, et s'est, semble-t-il, cogné la tête contre de vieilles chaussures à crampons, à en juger par la sensation des pointes qui se sont enfoncées dans son cuir chevelu.

— Yi ! Yi ! Yiyiyiyi ! Yi ! Yiyi !

— Qu'est-ce que c'était ? a demandé Mme Darling.

— Quoi ? a répliqué Petit ami stupide, incitant Copine illégitime à s'interroger sur l'effet des universités de Harvard et de Yale sur cet esprit supposé brillant.

— Qu'est-ce qui a fait ce bruit sourd ? a insisté Mme Darling.

— Quel bruit sourd ?

— Il y a quelque chose dans le placard ?

— Quel placard ?

Redoutant de faire davantage de bruit, Copine demeurait étalée dans ledit placard, serrant toujours ses sous-vêtements contre sa poitrine. Copine était bien consciente que, si jamais la porte du placard s'ouvrait, l'intégralité de son anatomie féminine serait révélée de façon tout à fait inconvenante et flagrante.

Par chance, Bubbles, étant passé de la rage à l'hystérie, s'est mis à émettre les bruits caractéristiques d'un chien pris de vomissements.

— Rooohh ! Rooah ! Rooohh ! Rooaaaaaak !

— Oh ! Oh ! non ! Bubbles ! Ryan ! Darling ! Appelle le vétérinaire ! Darling ! Bubbles est malade !

Copine illégitime n'a pas pu voir la suite, mais les bruits d'un départ précipité lui sont parvenus aux oreilles. Les minuscules pattes de Bubbles ont disparu de son champ de vision limité à l'interstice du bas de la porte.

— Bubbles ! Mon bébé ! Oh ! le pauvre, pauvre, pauvre petit chéri ! Il avait bobo à son petit ventre, ce bébé…

Par-dessus le babillage de mon hôtesse et les bruits de gorge de son chien, il m'a semblé distinguer les mots « Je reviens tout de suite » prononcés par mon petit ami.

Un silence bienvenu s'en est suivi. Au bout de quelques profondes inspirations, j'ai estimé que je pouvais risquer un œil au-dehors. Dans un cliquetis de cintres, démêlant mes cheveux des crampons, je me suis relevée, mes sous-vêtements toujours serrés dans mon poing. J'ai alors légèrement poussé la porte. Et là, elle ne s'est pas ouverte.

Trouvant à tâtons le bouton de porte, je me suis assurée que, Dieu merci, il ne comportait pas de système de verrouillage. La porte était tout bonnement coincée. J'ai frappé timidement sur le panneau en appelant à mi-voix.

— Ryan ?

Pas de réponse. J'ai alors supposé, dans un soupir, que mon petit ami avait réquisitionné l'aide de l'autre Dr Darling pour maîtriser cette sale petite peste de Bubbles. Comme je regrettais que Bouton-d'Or ne soit pas là ! Elle aurait gobé cette espèce de rat d'un seul coup de glotte.

De nouveau, j'ai tenté d'ouvrir la porte, qui continuait de m'opposer une ferme résistance. Serrant les dents, j'ai poussé encore. Rien. C'était une chose de se planquer cinq minutes dans un placard — il se pouvait même que Ryan et moi en riions un jour — mais là, franchement, ça devenait carrément grotesque.

Reculant d'un pas pour prendre appui contre le mur, j'ai poussé plus fort, me coinçant quelques cheveux dans les cintres de bois.

— Aïe !

J'avais des crampes dans le dos et mon orteil me lançait. Finalement, j'ai réussi à me libérer des cintres, abandonnant quelques cheveux au passage. Crénom, la coupe était pleine ! J'ai lâché mes sous-vêtements et, mettant à profit mes fameuses épaules O'Neill, j'ai enfoncé cette maudite porte tel un taureau furieux.

La porte, qui n'était pas de taille à se mesurer à moi, a cédé brusquement. Emportée par mon élan, j'ai déboulé dans la chambre, nue comme un ver, et marché en plein dans une flaque de vomi de chien.

— Ah, Chastity, vous êtes là, a fait une voix. Justement, nous vous cherchions.

Le Dr Darling père se tenait dans l'encadrement de la porte. Le sang s'est retiré de mon visage. Je suis restée pétrifiée dans la flaque de vomi, horrifiée, consternée, nue, à découvert, sans protection.

— Mme Darling et Ryan ont emmené Bubbles chez le vétérinaire, a poursuivi le Dr Darling père après avoir jaugé ma situation d'un coup d'œil. Un petit cocktail, ça vous dit ?

Un peu plus tard, Ryan est venu dans ma chambre pour voir comment j'allais. Ce qui nous a amené à découvrir les joies du sexe réconciliateur.

Car voyez-vous, Ryan et moi ne nous étions encore jamais disputés. Non, depuis que nous avions commencé à sortir ensemble — un mois, grosso modo —, les choses se passaient sans heurts. Nous n'avions tout simplement pas eu d'occasion valable de nous quereller. Cependant, se faire pousser, abandonner et piéger dans un placard, se faire surprendre par son beau-père potentiel en train de défoncer la porte en tenue d'Eve… ma foi, il y avait là matière à conflit. Et puis, disons les choses franchement : c'est plutôt marrant de s'engueuler.

— Chérie, tu exagères, a conclu Ryan d'un ton calme après que je lui ai dit ma façon de penser. Je suis navré que cet incident t'ait bouleversée, mais tu ne peux pas m'accuser d'avoir su que la porte du placard allait rester coincée. Non, vraiment, je ne vois pas ce que j'ai à me reprocher dans cette affaire.

Un chapelet de glapissements enragés s'est échappé de ma gorge.

— Ryan ! Je… nue… placard… ton père !

— Le chien de ma mère était malade, Chastity. Je me devais de l'aider.

Il avait l'air si sérieux que je mourais d'envie de lui en coller une.

J'ai pris une profonde inspiration.

— Tu sais quoi, Ry ? T'es vraiment un sale con !

— Je ne suis pas un sale con ! Cet animal était malade, Chastity. Je devais lui porter assistance. C'est inscrit dans le serment d'Hippocrate.

— OK, c'est bon ! Tu t'es bien occupé du cabot de ta mère ! Mais il n'était pas malade. Il était hystérique parce qu'il savait que j'étais dans ce placard, Ryan ! Parce que tu m'y avais planquée !

— Chastity, mes parents sont très stricts en ce qui concerne les principes qui régissent leur maison, et je tenais à respecter leur sensibilité en…

— En te glissant dans ma chambre pour tirer un coup vite fait ?

— … aussi t'ai-je enfermée dans ce placard pour ne pas que maman soit choquée.

— Tu me fais peur, là !

— Et puis le chien était malade, a-t-il poursuivi sans se

démonter. J'ignorais que tu étais coincée à l'intérieur. Je pensais que pour cinq minutes tu n'en mourrais pas. D'accord ? Il n'y a aucun mal là-dedans.

Il a eu le culot de sourire.

— Et si tu inspirais à fond pour te calmer ?

— Me calmer ? Me calmer ! Mais je refuse de me calmer ! Sors de ma chambre !

— Très bien ! Tu l'auras voulu !

Et, tandis que je continuais à fulminer, il est allé droit sur moi et m'a saisie par les épaules.

— Bonne nuit !

Puis il m'a embrassée. Brutalement.

J'ai croisé son regard l'espace d'une seconde… et le naturel est revenu au galop, si vous voyez ce que je veux dire. Je l'ai empoigné par les cheveux, je lui ai fourré ma langue dans la bouche, et la seconde d'après nous roulions sur le lit, puis par terre, et enfin nous nous sommes plaqués contre le mur. Jamais nous n'avions pris un pied pareil !

— Je suis vraiment désolé, s'est-il excusé quand nous avons eu fini, rouges et haletants. Je n'aurais jamais dû t'enfermer dans ce placard.

— Oh ! ne t'en fais pas pour ça ! Tout est oublié.

Je lui ai souri. Il m'a souri. Et dix minutes après on remettait ça.

Durant le reste du week-end, Ryan n'a pas arrêté de me lancer des regards emplis d'une admiration inédite, me volant un baiser dès que ses parents regardaient ailleurs.

Puis, sur le trajet du retour, je lui ai demandé la permission de conduire. Il m'a lancé un regard agacé.

— Ecoute, Chastity, ce n'est pas une Subaru. Cette voiture est un exemple extrêmement sophistiqué de la supériorité allemande en matière d'ingénierie automobile.

— Je vois. Autrement dit, mes grosses pattes d'Irlandaise tout juste bonnes à ramasser les patates ne sont pas dignes de tenir un volant manufacturé par la race des seigneurs ?

— Ai-je jamais dit que tu avais des grosses pattes d'Irlandaise tout juste bonnes à ramasser les patates ? a-t-il répliqué d'un ton cassant. Non. Une fois de plus, tu exagères. En revanche, cette voiture exige un toucher subtil, si c'est là le sens de ta question.

— Gare-toi sur le bas-côté !

— Très bien !

Et c'est ainsi que nous avons bruyamment fait l'amour sur l'aire de repos Malden de Saugerties — commodément située à l'embranchement de l'Interstate 87 —, dans un exemple extrêmement sophistiqué de la supériorité allemande en matière d'ingénierie automobile.

Et c'est moi qui ai conduit durant tout le reste du trajet.

Ce qui nous ramène au point où j'en suis présentement, étendue sur mon lit en compagnie de Bouton-d'Or, en train de me demander si ma relation avec Ryan est une affaire qui marche ou si elle bat misérablement de l'aile.

25

Aujourd'hui, travaux pratiques aux urgences de l'hôpital d'Eaton Falls. Si je loupe cette épreuve, je ne décrocherai jamais mon brevet de secouriste. Ce qu'on attend de moi pour cette journée demeure mystérieux. Si j'en crois Bev, je dois me présenter à l'infirmière chef et me contenter d'obéir à ses ordres. Ne pas gêner et me rendre utile. Ne pas proférer de jurons. Ne pas blesser des personnes qui le sont déjà.

Après avoir donné une dernière tape affectueuse à *Rosebud*, je rentre me doucher et prendre un petit déjeuner. Penelope veut que j'écrive un article sur mes expériences paramédicales, que Dieu me vienne en aide ! *Alors, je laissai tomber une sacoche sur la jambe cassée d'une vieille dame qui saignait abondamment...* Je frémis intérieurement. Ai-je fait quelques progrès ? Suis-je en train de me désensibiliser ? Je l'espère de tout mon cœur !

Ayant un peu de temps à tuer avant de me présenter aux urgences, je sors mon manuel de secourisme. Assise sur le lit, Bouton-d'Or collée à moi, je prends une profonde inspiration. Aujourd'hui, il se peut que je sois confrontée à certains cas énumérés dans ce bouquin, non sous forme de photos sur papier glacé, mais en train de se tordre de douleur sur un lit d'hôpital. Mais j'y songe ! Ryan sera peut être appelé aux urgences pendant que j'y serai ? Peut-être qu'on se croisera ? J'aimerais qu'il me voie sous mon meilleur jour. Je ne peux décemment pas épouser un chirurgien traumatologue et ne pas supporter de l'entendre évoquer son travail, n'est-ce pas ?

Je m'imagine lui tendant un martini, le soir, à la maison :

— Alors, comment s'est passée ta journée, mon chéri ?

— Oh ! la routine… Un joggeur qui s'est fait attaquer par un puma, répondra mon bel époux en me bécotant sous le menton.

Il acceptera avec reconnaissance le martini que je lui aurai préparé, la main passée autour de ma taille de guêpe.

— Une flopée de déchirures… Certains membres ne tenant plus qu'à un fil, de graves lésions internes… C'était assez amusant, dans l'ensemble.

Et moi, au lieu de tourner de l'œil ou de me mettre à vomir, je hocherai la tête avec sympathie et lui poserai une question intelligente. Par exemple… Par exemple… Bon, là, je me sens un peu moite, mais raison de plus pour m'accrocher à ma formation de secouriste.

Je pose le doigt sur l'encoche du manuel menant à la table des illustrations. Très pratique, ce système d'encoches, pour qui veut aller directement aux photos les plus horribles.

— Allons-y, dis-je à Bouton-d'Or qui n'ouvre pas ses yeux.

Futée, cette chienne. Je la considère d'un œil nouveau depuis mon week-end chez Bubbles.

Prenant une profonde inspiration, j'ouvre le livre et baisse les yeux sur la première page. *Abrasion, Route. Aussi appelée plaie abrasive. Voir page…*

Je referme violemment le manuel, jetant Bouton-d'Or au bas du lit.

— Aaaawooof ! hurle-t-elle, consternée.

J'ai bien envie de me mettre à hurler, moi aussi. Mon estomac se contracte, la bile me brûle le gosier. La photo montrait une cage thoracique lacérée — on aurait dit une noix de coco rose, avec tous ces lambeaux de peau arrachés — des graviers noirs, de vilaines brûlures rouges, d'impitoyables écorchures… C'est bon ! Inutile de s'attarder là-dessus ! Nous avons vu. Passons à autre chose.

Je déglutis d'impressionnantes quantités de salive, mais je ne me suis pas évanouie. Loin de là, même. A peine un début de nausée. J'ai les mains moites, mais c'est tout. Décidément, il y a du progrès.

— Bouton-d'Or ! dis-je d'une voix aiguë. Maman a besoin de toi !

Elle revient avec méfiance, clignant des yeux d'un air soupçonneux avant de remonter sur le lit. J'inspire à fond, redresse les épaules et rouvre la partie illustrations.

Lacération, tendons encore intacts. Oh là là ! Bonté divine ! De nouveau, je referme le manuel d'un coup sec. Bouton-d'Or sursaute, cligne des yeux et se met à gémir, ses bajoues frémissant de désapprobation.

— On peut s'en regarder une dernière, Bouton-d'Or ? Hein, mon Bébé d'Or ? Moi, je crois qu'on peut, pas toi ?

Tu ne trompes personne, tu sais, semble-t-elle me dire. J'aurais tendance à acquiescer, mais je rouvre le manuel.

Arrachement facial. Vlan ! Je balance l'ouvrage loin de moi.

— OK ! C'est bon, Bouton-d'Or ! La leçon est terminée pour aujourd'hui.

Je me blottis contre elle, glissant mon bras autour de son ventre en lui grattouillant le poitrail.

— Gentil chiot, ça, c'est un gentil chiot…

Mais cela ne suffit pas. Je garde imprimée sur ma rétine l'image de la femme qui vient de donner un nouveau sens à l'expression « peeling facial ». Je ferme les yeux et inspire par la bouche. *Baby, we were born to run.*

— Hé, Chas !

Matt se tient sur le pas de la porte, il rentre de la caserne.

— Qu'est-ce que tu fais ?

Je rouvre les yeux et lui souris avec gratitude.

— Oh ! hum… je lisais un peu. Comment vas-tu, Matt ? Je t'ai à peine vu, cette semaine.

Mon frère pousse un soupir et entre dans ma chambre. Il s'assied par terre, contre le lit. Bouton-d'Or se lève péniblement et lui balance un grand coup de tête dans le torse.

— Je remplaçais Paul, explique Matt. Je fais le plus d'heures sup' que je peux.

Il gratte vigoureusement Bouton-d'Or dans le cou, ce qui lui arrache des gémissements d'extase.

— Tu mets de l'argent de côté en vue de quelque chose ?

Il continue de caresser notre chienne.

— Je songeais à reprendre mes études, marmonne-t-il sans lever les yeux.

Je me déplace afin de mieux le dévisager.

— Waouh ! Retourner à la fac... Dis donc, mais c'est génial, Matt ! Pour y faire quoi ? Gestion de l'urgence ou un truc de ce genre ?

— Non, réplique-t-il, les yeux toujours baissés. Je pensais plutôt m'inscrire en... en lettres modernes.

Mon silence dure apparemment quelques secondes de trop, car, soudain, Matt repousse Bouton-d'Or et me dévisage presque avec colère.

— Et alors ? C'est quoi, le problème ? Je ne peux pas faire autre chose que pompier, peut-être ? Ce n'est pas parce que toute la sainte famille s'échine à sauver des vies que tout le monde doit s'y coller !

— Mais, euh... bien sûr que non, Matt. Déjà, moi, je ne suis pas dans ce cas.

— Oui, bon... mais toi, tu es une fille.

— Ah, c'est vrai ! J'avais oublié.

Il me foudroie du regard, ignorant mon sarcasme. A cet instant, il ressemble plus à Mark qu'au doux Matthew.

— Matt, tu as le droit de faire ce que tu veux de ta vie. Tu n'es évidemment pas forcé d'être pompier.

— Ouais, tu parles ! rétorque-t-il amèrement, me mettant au défi de le contredire. Je suis le fils de Mike O'Neill et le petit frère de Jack, Lucky et Mark. J'ai quand même sacrément l'impression d'être *obligé* d'être pompier. Tu imagines ce que diraient les autres si je devenais prof d'anglais ?

— Et après ? Ils seraient surpris, voilà tout.

Je laisse passer quelques secondes.

— Bon. Professeur d'anglais. C'est donc ça que tu souhaites faire, comme métier ?

— Je ne sais pas, Chas. Peut-être. Oh ! et puis merde ! Je regrette de t'en avoir parlé, maintenant.

Il gratouille obstinément l'oreille gauche de Bouton-d'Or qui se lèche le flanc, remue la queue, et se tourne de manière à ce qu'il puisse atteindre son ventre. Cette chienne n'a aucune pudeur.

Il va sans dire que je me suis bien souvent sentie à part, au sein de ma famille, mais c'est une petite révélation d'apprendre que mon frère éprouve le même sentiment.

— Matt, dis-je prudemment, je croyais que ça te plaisait d'être pompier.

— Ça me plaît, reconnaît-il d'un ton plus calme. Simplement… Je ne sais pas, Chas. Je ne me vois pas faire ça toute ma vie. Pour des gars comme Trevor et papa — ou même Mark, n'en parlons pas ! —, on a l'impression qu'être pompier c'est leur destin. Comme s'ils avaient été mis sur terre pour accomplir cette carrière. Moi, je ne vois pas les choses du même œil.

Je hoche la tête, suivant du doigt l'ourlet en satin de ma housse de couette.

— Et tu penses que ton destin à toi c'est l'enseignement ?

Matt hausse les épaules, gêné.

— On a fait une intervention au collège en mars, tu te souviens ? Dans le cadre de la prévention des incendies et tout le toutim. J'ai trouvé ça génial. Les gosses posaient des tas de questions et… disons que ça m'a donné l'idée que peut-être je pourrais devenir prof. J'ai discuté de bouquins et de littérature avec Angela, le jour où vous êtes venues à la caserne et…

Il s'interrompt, soudain intimidé par l'aveu qu'il s'apprête à me faire.

— … et ça m'a bien plu. Chas, tu le répètes à personne, d'accord ?

— Promis juré. En tout cas, moi, je trouve ça super, Matt, dis-je gravement. Tu ne dois pas te sentir coincé dans un métier alors que tu n'as que trente-trois ans, frérot. Reprendre tes études, ce serait formidable, quelle que soit ton organisation.

A temps partiel, à temps complet, qu'importe. Moi, je te dis bravo !

— Vraiment ?

A cet instant, je l'adore, non parce qu'il est le plus prévenant de mes frères, ni parce qu'il est le plus proche de moi en âge, ni parce qu'il est du genre à partager son repas, mais parce qu'il fait suffisamment confiance à mon jugement pour m'estimer apte à l'orienter dans la bonne voie.

— Vraiment, oui. Mais maintenant il faut que je file, mon pote ! Et au fait, n'hésite pas à piocher dans ma bibliothèque.

Je désigne la longue étagère basse qui soutient mes sept années d'études supérieures.

— C'est déjà fait, m'avoue-t-il avec un grand sourire.

A mon arrivée aux urgences, je vais me présenter à l'infirmière de triage, une femme aux traits tendus prénommée Gabrielle Downs. Elle pousse un soupir théâtral en me voyant.

— Comme si j'avais besoin de ça aujourd'hui... Bon. Arrangez-vous pour ne pas gêner le personnel soignant dans son travail. Si j'arrive à avoir une minute à moi, ce qui, pour le moment, n'est pas le cas, je verrai si je peux vous trouver quelque chose à faire.

— Seriez-vous par hasard parente avec Lucia Downs ?

Second soupir théâtral.

— Oui. C'est ma sœur.

Evidemment. Un tel goût pour le mélodrame, ça ne peut être que génétique.

— Il se trouve que Lucia travaille avec moi à la *Gazette d'Eaton Falls*.

Gabrielle lève un sourcil dédaigneux.

— Ah oui... Le journal où elle est *réceptionniste* ?

Il y a tant de mépris dans sa manière de prononcer ce mot que je ne puis m'empêcher de prendre la défense de Lucia, même si Dieu sait qu'elle ne le mérite pas !

— Lucia est bien plus qu'une simple réceptionniste, dis-je froidement. La *Gazette* ne pourrait pas se passer d'elle.

— Oui, c'est ce qu'elle m'affirme aussi chaque fois que je lui en parle…

Gabrielle s'éloigne, me laissant perplexe quant à ce que je suis censée faire. Ma foi, il n'y a pas de mal à regarder autour de moi, je suppose. Dans le premier box fermé par un rideau — baptisé avec optimisme « Salle d'évaluation n°1 » —, un homme d'âge mûr est endormi. Dans le second, un petit garçon d'environ sept ans renifle sur le lit ; assise à côté de lui, sa maman lui tient la main. On sent entre eux un lien quasi palpable, et je me surprends à éprouver, devant cette scène, une admiration mêlée d'un désir d'enfant.

— Bonjour, dis-je en souriant.

— Bonjour, répond la mère. Vous êtes le médecin ?

— Non. Je suis secouriste. Enfin, élève secouriste. Me permettez-vous de poser quelques questions à votre fils ?

— Bien sûr. Il a très mal à la gorge.

Et de toute évidence pas de mutuelle, sinon, à l'heure qu'il est, sa mère et lui seraient chez le pédiatre, au lieu de devoir poireauter une demi-journée ou plus aux urgences de l'hôpital.

— J'en suis navré pour toi, mon bonhomme. Tu te sens barbouillé ?

Le petit garçon m'apprend qu'il s'appelle Nate, qu'il a six ans et trois quarts et que, quand il sera grand, il veut être pompier. Parfait. Je lui parle de mon père et de mes frères, souriant à la vue de ses yeux qui s'écarquillent sous l'effet d'une crainte respectueuse.

— Tu aimes les Yankees ?

— Bien sûr, réplique-t-il en déglutissant avec une grimace.

— Eh bien, je suis allée les voir jouer, la semaine dernière. Ils ont gagné. C'est qui, ton joueur préféré ?

Nous bavardons agréablement jusqu'à ce qu'une infirmière (pas la sœur de Lucia) entre pour lui faire subir un test de dépistage rapide de l'angine. On me prie alors de sortir du box.

— Au revoir, bonhomme.

Le garçonnet sourit, avant d'être pris d'un haut-le-cœur tandis que l'infirmière lui enfonce un écouvillon dans la gorge, pour prélever des cellules au niveau de ses amygdales.

— Merci, me dit sa maman. Vous lui avez fait passer le temps.

Rouge de fierté, je tourne les talons et percute de plein fouet Ryan Darling, chirurgien traumatologue.

— Ho-ho…

Il n'y a qu'une seule raison qui puisse expliquer la présence de Ryan aux urgences.

— Salut, Chastity. Qu'est-ce que tu fais là ?

— C'est ma journée de TP aux urgences, tu te rappelles ?

— Ah, oui, bien sûr. Alors, comment ça se passe ?

Il sourit, provoquant une pause dans la conversation qui regroupe quelques aides-soignantes non loin de nous. Imaginant que ces femmes se pâment devant l'extrême beauté de mon petit ami, je lui rends son sourire.

— Ça va bien se passer, Ryan. En fait, je viens à peine de commencer. Cela dit, je ne pense pas que je ferai grand-chose. Et toi ? Tu es ici pour une consultation ?

— Non, j'attends simplement l'ambulance, réplique-t-il nonchalamment. Vélo contre moto. Possible éclatement de la rate. Mais reste donc dans les parages… Ainsi tu auras l'occasion de me voir en action. Dès qu'on m'appelle, ça devient tout de suite plus excitant.

Entendant sa dernière phrase, une des aides-soignantes lève les yeux au ciel.

J'ironise gentiment :

— Quelle humilité de ta part, mon cher…

Il hausse les épaules comme pour dire : « Je n'y peux rien si c'est vrai. »

— De toute façon, Ryan, je ne pense pas qu'on m'autorise à me tourner les pouces pendant que je regarde s'activer les chirurgiens traumatologues.

— Oh ! du moment que je te le propose, tout est possible.

Il a beau m'adresser un sourire rassurant, intérieurement,

je frémis, et ce pour deux raisons. Primo, je ne veux pas être confrontée à la vue d'un blessé grave. A cette seule pensée, mes paumes sont déjà moites. Et secundo, Ryan se comporte vraiment de façon très arrogante, même pour un chirurgien.

— Alors ? m'interroge-t-il.

— Euh… oui, c'est d'accord.

— Formidable !

Il se tourne vers Gabrielle qui s'approche de nous, munie d'un porte-bloc.

— Alors, elle arrive quand, cette fichue ambulance ? Voilà déjà cinq minutes qu'on m'a bipé et elle n'est toujours pas là ! J'ai mieux à faire que poireauter ici, figurez-vous !

— Bien sûr, docteur. Je suis désolée.

Gabrielle me lance un regard plein de rancune.

— Une bonne fois pour toutes, mettez-vous dans le crâne qu'un chirurgien n'a pas de temps à perdre !

Gabrielle courbe la tête et s'éloigne à grands pas. Je suis atterrée.

— Bonté divine, Ryan ! Tu y es allé un peu fort, tu ne trouves pas ?

Il pousse un vague grognement.

— Je ne lui ai dit que la vérité, Chastity. Et avec certaines personnes il n'y a qu'en les bousculant qu'on obtient des résultats. Ça fait partie du métier.

Un médecin s'approche de Ryan, rédigeant en sténo un commentaire relatif au cas attendu. Ryan le salue d'un léger hochement de tête, mais sans lui adresser la parole. D'autres soignants poussent des chariots et s'affairent en tous sens en vue du patient qui va arriver. Mes genoux vibrent d'adrénaline et de peur.

C'est alors que les portes menant à la traumatologie s'ouvrent à toute volée, laissant passage à un brancard. Le patient est tellement emmitouflé sous des couvertures qu'il m'est impossible de dire s'il s'agit d'un homme ou d'une femme. Bev Ludevoorsk est la secouriste de service. Elle court à côté du brancard en tenant une poche à perfusion à bout de bras.

— Cycliste, trente-quatre ans, sexe masculin, heurté par une moto. Portait son casque. Conscient et orienté sur place, mais s'est affaibli durant le trajet. Douleurs abdominales à moins le quart. Respiration régulière. Abrasions sur les bras et les jambes, possible fracture de la clavicule et du visage. Sous insuline pour diabète de type 1.

Bev a son débit habituel — énergique, très professionnel. Pour moi qui n'ai aucune expérience, il me semble qu'elle a fait du superboulot. Ryan, lui, ne lui accorde pas même un regard. Se dirigeant à grands pas vers le blessé, il lui palpe l'abdomen, lui arrachant des hurlements de douleur. Imperturbable, il énonce ses ordres :

— Scanner et radio des poumons, stat. Groupe et rhésus, puis quatre unités. Appelez le bloc. Il s'agit bien de la rate.

Il dégaine son stéthoscope et ausculte le patient.

— Possible perforation pulmonaire. La respiration ne me paraît pas *si* régulière que ça. Appelez la pneumo.

Puis le patient repart, emporté en quatrième vitesse au bout du hall. Ryan suit le brancard.

— Tiens, salut, O'Neill ! lance Bev de sa voix de stentor, en me tapant sur l'épaule. C'est votre journée de TP ?

— Bonjour, Bev. Dites donc, c'était très impressionnant ! Vous avez été fantastique !

— Merci, ma petite ! Alors, comment ça se passe ? Vous étiez en train de vous faire engueuler par ce toubib ? C'est un enfoiré, ce type ! Ecartez-vous de son chemin si jamais vous le croisez de nouveau.

— Hum… Eh bien, oui, d'accord. Mais c'est mon petit ami.

La grimace de Bev est comique.

— Oh ! Pardon !

Je me mets à rire.

— Il n'y a pas de mal, Bev. Il doit se comporter différemment à l'hôpital, j'imagine, parce qu'en fait il est très gentil.

— Difficile à croire, O'Neill. Difficile à croire. Tiens, voilà les secouristes de la caserne. Ils amènent le conducteur de la moto. Ce n'est pas votre frère, là-bas ?

L'ambulance de la caserne de sapeurs-pompiers d'Eaton Falls se gare devant l'entrée des urgences. Un autre blessé est évacué sur un brancard, mais pas par mon frère. Par Trevor. Il parle en riant avec le blessé, qui n'a pas l'air trop mal en point.

— Tiens, salut, Chas ! s'exclame-t-il, les sourcils levés d'étonnement.

Mais il ne s'arrête pas et aide Jake à brancarder le blessé vers la zone de soins.

Gabrielle se matérialise à mon côté.

— Si vous voulez vous rendre utile, allez lui prendre la tension, ensuite je la lui reprendrai pour voir si vous l'avez fait correctement. D'accord ? Bon sang, je déteste ces journées de TP pour élèves secouristes !

— Merci, dis-je aimablement. A plus, Bev.

J'entre dans le box où vient d'être installé le conducteur de la moto.

— Quoi de neuf, Chastity ? me demande Jake en me jaugeant de son traditionnel coup d'œil appréciateur.

— Salut, les gars. Euh, ben… c'est-à-dire que je passe la journée ici. Je suis une formation de secouriste. Bonjour, dis-je au patient.

La soixantaine, un mètre soixante-quinze, crâne chauve et barbe grisonnante. Son bras gauche est immobilisé par une attelle.

— Je m'appelle Chastity. Vous permettez que je m'exerce sur vous ?

— Vous pouvez faire tout ce que vous voulez de moi, plaisante-t-il, révélant une dent en or.

— Un peu de respect, Jeff, intervient Trevor. Elle est des nôtres.

— Cool…, rétorque le type en jouant des sourcils d'un air faussement lubrique.

Je m'enquiers :

— Que lui est-il arrivé ?

Jeff me raconte les circonstances de l'accident. Un vélo s'est déporté pour dépasser une voiture en stationnement et les deux hommes ont fait un vol plané par-dessus leurs guidons respectifs.

— Je crois que je me suis cassé le bras, dit l'homme en fronçant les sourcils.

— Ah ça, oui, il est cassé et bien cassé ! confirme Trevor. Double fracture, mon gars.

— Autrement dit, je suis un brave couillon ! conclut Jeff.

Je souris et lui prends la tension à son bras valide. L'autre est recouvert de glace, et si Jeff est un peu pâle il me semble en effet très brave.

— Pourriez-vous vous pencher un peu plus, histoire que je puisse voir sous votre T-shirt, ma jolie ?

— Ça te dérange si je lui en colle une, Trev ?

— Pas de souci.

Jeff et moi nous sourions. Jake consulte les messages sur son téléphone portable. J'annonce :

— 16/9. Mais c'est sûrement dû à la douleur. Vous faites de l'hypertension, Jeff ?

— Seulement quand je regarde sous votre T-shirt, ma jolie.

Nous partons tous d'un éclat de rire au moment où Gabrielle entre dans le box, l'air très affairé.

— Que se passe-t-il, ici ? Chastity, vous flirterez avec les patients pendant vos loisirs. Aux urgences, on n'a pas le temps pour ce genre de bêtises ! Vous arrivez parfois à faire ce qu'on vous dit ?

— Salut, Gabby.

Elle fond aussitôt.

— Trevor ! Je ne t'avais pas vu ! Qu'est-ce que tu fais ici ? Comment vas-tu ?

— J'amène un blessé, c'est tout. Je vois que tu connais mon amie Chastity ?

L'infirmière me lance un regard soupçonneux — sa ressemblance avec Lucia est tellement marquée que j'en ai froid dans le dos.

— Oui. Bon, alors ? Quelle est sa TA ?

— 16/9.

— Et sa température ?
— Euh… je ne la lui ai pas prise.
— Et pourquoi ?
— Euh… parce que vous ne m'aviez pas dit de le faire.
Elle soupire.
— Ah là là ! Quelle perte de temps, tout ça !

Elle se précipite vers le placard, d'un geste vif en sort une de ces bandelettes en papier qui font office de thermomètre et la glisse sous la langue de Jeff. Je remarque qu'avec elle il s'abstient de flirter. Au lieu de quoi, son visage se tord en une grimace chagrinée et il cherche mon regard en quête de sympathie. Gabby lui prend la tension.

— 16/9.

D'un geste assez brusque, elle lui ôte la poche de glace et examine son bras. Celui-ci est enflé et visiblement déformé — une masse bizarre pointe entre le poignet et le coude. Instantanément, ma bouche se dessèche, mes jambes se transforment en tapioca et ma vue passe en mode brouillard comme elle sait si bien le faire.

Si je tourne de l'œil maintenant, je suis foutue. Je vais louper ma formation. J'avale ma salive, recule d'un pas et me cogne à quelque chose de solide. Trevor.

— Tiens bon, Chas.

Il parle si bas que sa voix me parvient à peine, mais elle est pleine de chaleur et de réconfort. Il sait. Il pense que j'en suis capable. Je prends une profonde inspiration et me redresse un peu.

— Oh ! putain de merde ! glapit Jeff.

Je cligne des yeux. Gabrielle est en train de lui palper le bras, sans tendresse, avant de replacer la poche de glace, sans ménagement.

— Cassé ! s'exclame-t-elle. Je vous inscris pour une radio.

Et sur ces mots, elle abandonne à son sort un Jeff au teint nettement plus gris qu'à son arrivée.

Me sentant moi-même au trente-sixième dessous, je m'enquiers :

— Ça va, Jeff?

— Ouais, vous en faites pas… Montrez-moi encore un peu de votre décolleté et il n'y paraîtra plus.

Je lui tapote la jambe.

— Plus haut, s'il vous plaît, dit-il en me gratifiant d'un clin d'œil.

Trevor intervient :

— Jake, tu termines le rapport, OK?

— Bien sûr, répond aimablement ce dernier. A plus, Chastity.

Un aide-soignant entre dans le box et se place à la tête du brancard.

— Alors, cher ami, que diriez-vous d'une petite balade?

— Merci pour tout, ma mignonne! me lance Jeff tandis qu'on l'emporte.

— Alors comme ça, tu suis une formation de secouriste? me demande Trevor en ajustant quelque chose à sa ceinture.

Pour la première fois depuis son arrivée, je le regarde droit dans les yeux. Il a les cheveux en bataille, comme à son habitude, et ses yeux sourient un peu.

— Oui, dis-je dans un murmure. J'essaie de me débarrasser de ma phobie du sang.

— Et comment ça se passe?

Je hausse les épaules.

— Pas trop bien. Tu as bien vu, j'ai failli tomber dans les pommes, tout à l'heure.

— A ta place, beaucoup de gens auraient réagi comme toi, Chas.

— Certes, mon enfant, mais pas une O'Neill, dis-je d'un ton théâtral.

— Tout le monde n'est pas taillé pour ce genre de chose. Ça ne signifie pas que tu n'es pas… douée… dans d'autres domaines.

Il me sourit.

— Merci. Enfin, je crois. Ecoute, Trev, j'aimerais bien que Jake et toi n'en parliez pas à mon père ni aux garçons.

— Pas de problème, Chas. Enfin, tu connais Jake, il n'a pas inventé la poudre, mais je verrai ce que je peux faire.

— Merci, mon pote.

Je laisse passer quelques secondes, puis jette un regard en direction du poste des infirmières. Gabrielle est en train de griffonner quelque chose sur une feuille de température d'un air débordé.

— Trevor, est-ce que vous vous êtes remis ensemble, Hayden et toi ?

Il s'absorbe dans la contemplation du sol. Chaque seconde de silence qui s'écoule me démoralise un peu plus.

— Nous… nous nous fréquentons.

— C'est complètement ringard, comme réponse, dis-je d'un ton léger.

Il hausse les épaules.

— Je ne sais pas, Chas… Parfois…

Il secoue la tête.

— Faut que je file. Bonne chance pour ta journée. Tu veux que je glisse un petit mot en ta faveur auprès de Gabby ?

— Non, ça ira. Je coulerai ou je nagerai seule.

A mon grand étonnement, il se penche pour m'embrasser sur la joue.

— Tu nageras. A plus, Chas.

Et là-dessus le voilà parti. Une infirmière ou une technicienne quelconque se dévisse la tête pour lui reluquer les fesses.

Le reste de ma journée se déroule sans histoire. Je prends la tension à seize patients, la température à onze autres, j'applique de la glace sur un doigt tuméfié et je regarde Gabrielle sectionner une alliance. J'accompagne en radiologie quatre personnes en fauteuil roulant et papote avec quelques malades pas trop malades. A la fin de mon service, je vais voir Gabrielle.

— Je crois que j'ai terminé, Gabby.

— Parfait ! Eh bien ? Qu'est-ce qui vous retient encore ici ?

— Vous voulez bien signer mon formulaire ?

— Bien sûr, bien sûr… Comme si je n'avais que ça à faire !

Elle appose sa signature au bas du document avant de me le rendre.

— Est-ce que ça veut dire que j'ai réussi l'épreuve ?

— Mais oui, vous l'avez réussie. Ça va comme ça ? Vous n'avez pas trop cafouillé, alors félicitations ! Et maintenant, si vous voulez bien m'excuser, j'ai du travail.

— Merci, dis-je, mon moral remontant en flèche.

J'ai réussi !

Je m'arrête dans le hall pour passer un coup de fil en interne au service de chirurgie, impatiente de communiquer la bonne nouvelle à quelqu'un.

— Je suis désolée, mais le Dr Darling est au bloc opératoire, me répond une voix de femme.

— Ah, d'accord.

— Etes-vous une patiente ou un membre de sa famille ?

— Non, rien de tout cela. Je suis sa petite amie.

— Ah bon ? J'ignorais qu'il en avait une. Eh bien, bonne chance, mon chou !

Et sur ces mots elle raccroche.

26

— Mais où est Lucia ? s'interroge Angela. J'ignorais que les cyborgs se faisaient porter pâle...

— Je ne saurais vous le dire, mademoiselle Davies, mais je vous ai apporté un présent.

Je me suis vraiment prise d'amitié pour Angela... J'apprécie son humour tranquille, sa conscience professionnelle et aussi sa disponibilité après le travail. Le week-end passé, par exemple, lorsqu'une urgence chirurgicale — rencontre entre une branche et des intestins — a contraint Ryan à annuler notre rendez-vous, elle est venue chez moi. Nous nous sommes rincé l'œil devant *Le Retour du roi*, chacune y allant de son petit commentaire sur le point de vue sexiste du film.

Je fouille dans mon bureau et lui tends un autocollant.

— « Que ferait Aragorn ? » J'adore ! s'écrie-t-elle. Où est-ce que tu te les procures ?

— Elle passe beaucoup trop de temps à surfer sur des sites de geeks, pas vrai, Chas ? lance Pete en mordant dans un bagel.

— Bien vu, Pete. Dis donc, tu sais où est Lucia ? On commence la réunion sans elle ?

— Ça serait une grande première, réplique-t-il en se tournant vers son ordinateur.

Penelope passe la tête par l'embrasure de son bureau.

— Chastity ? Il faut que je te voie !

Oh ! C'est sûrement mauvais signe. Alan est déjà assis dans un fauteuil et tous deux affichent une mine grave. Mon cœur fait un bond dans ma poitrine — un hacker a-t-il déjoué mes pare-feu ? Suis-je sur le point de me faire renvoyer ?

Je lance un bonjour timide.

— Assieds-toi, Chastity, ordonne Penelope.

Je regarde en direction d'Alan, abîmé dans la contemplation du sol. La peur fait battre mon cœur à tout rompre.

— Que se passe-t-il ?

Pen pousse une feuille de papier vers moi.

— Jette un coup d'œil à ça.

Il s'agit du registre des crimes et délits commis au cours de la semaine dernière — la main courante de la police, que la *Gazette* publie régulièrement. Après tout, ce sont des informations qui appartiennent au domaine public, et les gens prennent un plaisir coupable à se délecter des mésaventures de leurs concitoyens. Je parcours attentivement le document sans que rien de particulier ne me saute aux yeux. Ouf, quel soulagement ! Je craignais qu'il n'y soit consigné quelque chose à propos d'un O'Neill.

— La quatrième à partir du bas, marmonne Alan.

Je regarde l'entrée qu'il m'indique : « Théodore Everly, 42 ans, sollicitation d'un homme à des fins de prostitution. »

— Mais qui est-ce, ce Théodore… ah ! Oh !

— Teddy Bear, confirme Alan.

— Oh ! non…

— Avec un *homme*, murmure Penelope. Un prostitué…

Mon cœur se serre.

— Pauvre Lucia ! Pas étonnant qu'elle ne soit pas venue travailler.

Penelope s'adresse à nous :

— La question qui se pose à présent, c'est : devons-nous le publier ? Je vous rappelle qu'il s'agit d'un registre *public*. Jusqu'ici, nous n'avons jamais modifié le registre de la police, mais…

— Ça, c'est vraiment de ton ressort, Alan, dis-je, soulagée de lui refiler la patate chaude. Je ne sais vraiment pas ce qu'il faut faire en pareil cas.

— Merci du cadeau, ironise Alan.

Il m'adresse une grimace, révélant fugacement sa dent, mais avec le temps je m'y suis habituée, et c'est à peine si elle me fait encore flipper.

A cet instant, la porte s'ouvre ; Lucia passe la tête par l'entrebâillement, le visage maquillé en masque funéraire, comme à son habitude. Elle a les yeux rouges.

— Réunion du personnel à 10 heures, annonce-t-elle.

— Lucia ! Bonjour ! Comment vas-tu ?

Penelope se lève.

— Entre ! Assieds-toi ! Euh, hum… tu veux un café ?

Lucia passe le seuil, et nous nous retrouvons tous les quatre, serrés comme des sardines dans le petit bureau — je suis suffisamment près d'elle pour profiter de son parfum et de l'odeur de sa laque. Je m'extrais de mon fauteuil pour le lui proposer.

— Assieds-toi, Lucia.

Elle me considère d'un œil mauvais et reste debout. Penelope et Alan échangent un regard gêné. C'est Alan qui se jette à l'eau.

— Hum, Lucia, es-tu au courant que… Vois-tu, ce matin, le registre de la pol…

— Si je suis au courant que mon fiancé a été arrêté pour avoir sollicité les services d'un prostitué ? Oui, Alan, je suis au courant.

— Bon, très bien, ça règle la question.

Pen hésite.

— Nous étions en train de nous demander si…

— Vous pouvez l'imprimer. Ça m'est égal. Après tout, ce n'est pas mon problème, n'est-ce pas ?

— Lucia, reprend Penelope avec douceur, nous sommes tous sincèrement navrés pour toi.

— Je t'en prie, Pen, économise ta salive. Bon, on la fait, cette réunion, oui ou non ?

— Hum, oui, bien sûr qu'on la fait… Bien sûr… Très bien.

Penelope incline la tête sur le côté, pleine de sollicitude.

— Lu, tu es sûre de ne pas vouloir prendre ta journée, voire plus ?

— Pour quoi faire ? Mettre ma robe de mariée aux enchères sur eBay ?

Pen prend une profonde inspiration.

— OK. Réunion à 10 heures.

Lucia braque sur moi un regard haineux.

— Chastity, je peux te voir en privé ?

— Euh… oui bien sûr.

— Prenez mon bureau, propose Pen en bondissant vers la porte. Alan, j'aimerais qu'on discute de ton papier sur la grève des éboueurs…

Et sur ce ils m'abandonnent à une vitesse supersonique. Je me lance timidement :

— Lucia, je suis désolée de… de ce qui t'arrive.

— Tu le savais, n'est-ce pas ? siffle-t-elle. Tu le savais, que Teddy Bear était gay !

Mon visage s'enflamme.

— Eh bien, tu sais, je… On ne peut pas dire que je connaisse vraiment Teddy, alors…

— Il m'a dit que tu l'avais vu ! Un soir qu'il était avec un homme ! Tu les as dépassés à vélo !

Je me passe la main dans les cheveux.

— Oui, c'est vrai.

— Ça se voyait ? Qu'ils étaient… gays ?

Je tressaille.

— Ma foi, je… je… Ça avait l'air plutôt… romantique entre eux, oui.

— Et tu ne m'as rien dit ! Je n'arrive pas à le croire, Chastity !

— Ecoute, Lucia, dis-je d'un ton apaisant — du moins je l'espère. J'avais des soupçons. Rien de plus. Je ne te connais pas si bien que ça, finalement.

— C'est pourquoi tu m'aurais laissée épouser un homo sans me prévenir !

Elle me contemple, les poings sur les hanches, tremblante de rage.

— J'ai toujours eu le sentiment que ce n'était pas à moi de…

— Non, Chastity ! Tu m'as toujours détestée ! Parce que

j'étais fiancée ! Contrairement à toi, qui ne l'as jamais été ! Moi, je connais ce journal dans ses moindres détails ! Et toi… toi, la grosse Amazone sortie de Columbia, tu débarques ici en croyant tout savoir et tu me fais passer pour la reine des pommes !

— Bon, maintenant Lucia, tu la fermes ! Je regrette sincèrement qu'une telle mésaventure te soit arrivée, mais si tu ne t'étais pas rendu compte que Teddy Bear était gay, c'est que tu refusais de te rendre à l'évidence. Enfin, toute la rédaction était courant ! Tu as préféré rester dans le déni, et par conséquent tu n'as rien vu. Mais tout ça n'a rien à voir avec moi !

Son visage devient blême.

— Qu'est-ce que tu veux dire ? chuchote-t-elle, horrifiée. Tout le monde le savait ?

Puis, sans attendre la réponse, elle ouvre en grand la porte du bureau et se met à hurler d'une voix suraiguë :

— Vous saviez tous que Teddy Bear était gay ?

Un affreux silence s'ensuit. Angela, Penelope, Carl, Alan, Pete, Danielle la maquettiste, Suki, le reporter… Tous restent figés, leur expression reflétant la culpabilité, la compassion… et le fait qu'ils savaient.

Le visage plâtré de Lucia se marbre de plaques rouges.

— Je démissionne.

Et, sur ces mots, elle sort du bureau en trombe, faisant claquer la porte derrière elle.

La queue basse, nous retournons tous à notre poste de travail.

— La réunion est remise à plus tard, lance Penelope avant de s'enfermer dans son bureau.

Alors que, hébétée, je clique machinalement sur mes e-mails, Angela se faufile jusqu'à moi.

— Comment ça va, Chastity ?

— Bof.

— Je sais.

Son sourire est empreint de sympathie.

— Alors, pourquoi Lucia était-elle furieuse contre toi, en particulier ?

— J'ai aperçu Teddy Bear avec un homme, l'autre soir, et je ne lui en ai pas parlé.

— Je ne lui aurais rien dit non plus.

Elle me sourit gentiment et, du coup, je passe du coq à l'âne.

— Au fait, Angela, Trevor m'a dit que vous aviez rompu ?

Elle se met à rougir.

— Euh, oui... C'est-à-dire que tu sais, nous n'avons jamais réellement été ensemble. Trevor est très gentil et tout, mais... pour être franche, je ne pense pas l'avoir jamais intéressé. Entre nous, le courant ne passait pas vraiment, si tu vois ce que je veux dire.

Le reste de la journée s'écoule au ralenti. Tout le monde pense à Lucia, et pourtant personne ne veut en parler. Juste avant l'heure de partir, Penelope me convoque de nouveau dans son bureau.

A peine ai-je franchi le seuil qu'elle étend les mains devant elle.

— Que sais-tu sur les pathologies vasculaires périphériques ?

— Pas grand-chose.

— Tu ne trouves pas que mes mains ont un drôle d'aspect ?

— Il faut peut-être que tu te passes un peu de crème hydratante, Pen. Sinon, elles m'ont l'air tout à fait normales.

— Je sais, je sais, je suis hypocondriaque... Bon, écoute, il y a quand même une bonne nouvelle. Tu te souviens de ton papier sur James Fenimore Cooper ?

Et comment ! C'est celui que j'ai pondu le soir où j'ai mis Ryan à genoux, à son cours d'autodéfense. Je fais la grimace.

— Oh que oui, je m'en souviens ! Une fois de plus, toutes mes excuses...

Pen se met à rire.

— Ecoute ça.

Elle sort une feuille de papier.

— Chère Mme Constanopolous, nous avons le plaisir de vous informer que l'article de Chastity O'Neill intitulé « L'effet Cooper — Influence du premier romancier des Etats-Unis sur la fiction contemporaine » a remporté le premier prix, blablabla, blablabla, et patati et patata.

Penelope me considère avec un grand sourire.

— Cérémonie officielle. Dîner. Cinq cents dollars. Tout ça, c'est pour toi, Chastity.

J'en reste bouche bée.

— Cinq cents billets ?

— Oui. Félicitations !

— Cinq cents billets ! Pétard de sort ! Ça veut dire une nouvelle chaudière !

Je m'empare de la lettre qu'elle me tend pour la lire, inondée par un flot de plaisir qui m'incendie la nuque.

— C'est toi qui m'as inscrite à ce machin, Penelope ?

— Pas du tout. Apparemment, cette fondation passe au crible tous les articles rédigés sur les Américains célèbres, et il se trouve que le jury a adoré ce que tu as écrit. Je l'ignorais totalement.

Elle me sourit d'un air béat, telle une maman fière de sa progéniture.

— Mais ne te monte pas le bourrichon pour autant ! Il est hors de question que tu ailles travailler pour le *Times*, jeune fille !

— Je n'en ai aucunement l'intention, dis-je en souriant.

— Sérieusement, Chastity ? Tu te plais, à la *Gazette* ?

Je lève les yeux de la lettre.

— Oui ! Je m'y plais beaucoup.

— Si tu as besoin d'un peu plus de place pour tes articles, on te filera une rubrique, on réorganisera les responsabilités au sein de la rédaction, tout ce que tu veux. Tu n'as qu'un mot à dire, d'accord ?

— Je te remercie, Penelope. Waouh ! Compte sur moi pour te le rappeler.

— En attendant, je t'offre un pot pour fêter ça ?

Mon beau sourire s'envole.

— Une autre fois, peut-être. Avec ce qui arrive à Lucia, je ne me sens pas d'humeur.

Elle hoche la tête.

— Je comprends. Ce serait de mauvais goût. Bon, je m'en vais, alors. A demain, Chastity. Et encore toutes mes félicitations !

Je suis bien tentée de téléphoner à mes parents et à mes frères pour leur annoncer la bonne nouvelle, mais là encore cela me paraît un peu déplacé. J'appelle le portable de Ryan, mais aussitôt il bascule sur sa boîte vocale. Je raccroche sans laisser de message. Vaguement déprimée, je quitte les locaux du journal et rentre à la maison.

— Devine ce qui m'arrive, Bouton-d'Or ? dis-je à ma chienne dès qu'elle me plaque contre le mur de l'entrée. Maman a remporté un prix.

Elle se met à baver d'admiration, et je dépose un baiser sur son crâne.

— Merci.

Je fais réchauffer une pizza tout en lisant la composition nutritionnelle inscrite sur le côté de l'emballage. Beurk. Angela m'a récemment proposé de m'enseigner la cuisine — elle anime un atelier pour adultes axé autour de grands classiques de la gastronomie française, mais en même temps faciles à réaliser. Ryan m'a justement dit, la semaine dernière, qu'il souhaitait inviter des personnes à dîner. Le pauvre m'a demandé si je me sentais de taille à cuisiner pour huit ou dix personnes… Quand j'ai eu fini de rire, il a répliqué avec humeur qu'il s'adresserait à un traiteur. Nul doute qu'il serait ravi que j'apprenne à préparer un petit coq au vin ou une bonne crème brûlée.

Je vérifie le site de la *Gazette d'Eaton Falls*, pour le cas où il s'y trouverait de sales images, et, n'en trouvant aucune, j'exhale un grand soupir de soulagement. La conscience en paix, je cherche ensuite une adresse sur Google et, après avoir mis sa laisse à Bouton-d'Or, je pars à pied en direction de l'extrémité sud de la ville.

La maison de Lucia est encore plus riquiqui que la mienne — un petit nid douillet situé dans une rue bordée d'arbres. Il n'y a que la voiture de Lucia garée dans l'allée et aucun bruit ne s'échappe des fenêtres ouvertes. Gravissant les marches du perron, je frappe à la porte. Au bout de quelques secondes, ne voyant rien venir, je frappe de nouveau. Bouton-d'Or s'écroule par terre, exténuée. Enfin, j'entends un bruit de pas. Suivi d'un silence.

— Va-t'en, Chastity !

— Non. Allez, Lucia, ouvre !

— Pas question ! Va-t'en, je te dis !

— Je suis tout à fait capable d'enfoncer cette porte, tu sais ? Je peux aussi appuyer sur la sonnette jusqu'à te rendre dingo.

— Je te préviens, Chastity, je vais appeler la police !

— Tu ferais ça ?

La porte s'ouvre.

— Sans doute pas...

Son visage est terne, sa chevelure tout aplatie. Sans maquillage, on dirait quelqu'un d'autre... Elle paraît plus douce et incontestablement plus jeune. Il me revient que nous avons à peu près le même âge, elle et moi, sauf que je lui ai toujours trouvé une allure vieillotte. Elle porte un pyjama de soie rose ; derrière elle, la télé est allumée, sans le son. Où sont ses amies, ses parents, ses sœurs, ses frères, son chien, que sais-je, moi ? Où est donc sa garce de sœur qui bosse aux urgences ? Pourquoi Lucia passe-t-elle seule la pire soirée de son existence ?

— Je suis vraiment navrée que tu doives affronter un truc pareil, Lu.

Spontanément je la prends dans mes bras et dépose un baiser sur sa joue.

— Toute cette histoire, c'est franchement trop merdique !

Lucia fond en larmes.

— Ça va aller, dis-je, ça va aller...

— Ce chien est la chose la plus laide que j'ai jamais vue, sanglote-t-elle.

— Chuuut... Tu vas la froisser. Est-ce qu'elle peut entrer ?

— Evidemment.

Un quart d'heure plus tard, Bouton-d'Or est allongée sur le

dos devant la cheminée de Lucia, bajoues retroussées, oreilles étalées par terre, pattes figées en l'air. On dirait qu'un train lui est passé dessus. Lucia ne paraît pas en meilleure forme. Après avoir déniché des mouchoirs en papier (dissimulés sous l'un de ces machins en crochet dont on recouvre justement les boîtes de mouchoirs en papier), je lui sers un verre de vin.

— Tu lui as parlé ?

— Oh ! oui, bien sûr...

Elle renifle.

— Il prétend qu'il m'aime, mais qu'il ne peut s'empêcher d'être ce qu'il est.

Sa poitrine se soulève spasmodiquement tandis qu'elle refoule ses larmes.

— Tu l'as dit à ta famille ?

Elle opine.

— Ils s'en doutaient tous, déjà. Exactement comme toi.

Je me mords une phalange. Est-ce que sa sœur, sa mère ou je ne sais qui, l'a déjà prise entre quat-z-yeux pour l'interroger sur Teddy Bear ? Moi, je sais que je l'aurais fait, si elle avait fait partie de ma famille.

— Je regrette de ne t'avoir rien dit, Lu. Simplement, sur le moment, je me suis dit que ça n'était pas à moi de le faire.

Elle se mouche et vide son verre de vin d'un trait.

— Bah, de toute façon je te serais sans doute tombée dessus à bras raccourcis...

Elle regarde devant elle sans rien voir.

— Comment ai-je pu être aussi bête ?...

Sa voix se brise.

— Lu, dis-je en me penchant vers elle pour lui tapoter la main. Nous sommes tous aveugles lorsqu'il s'agit des gens que nous aimons.

— Ah oui ? Et ton toubib, il a un petit copain en parallèle à toi ?

— Pas à ma connaissance, non. Mais tu sais ce que c'est. Nous nous forgeons tous une certaine image des autres dans notre esprit.

Lucia hoche la tête.

— Moi-même, je suis certaine que je me suis forgé une certaine image de Ryan qui… bref. Ne parlons pas de moi. Ce soir, c'est pour toi que je suis là.

Elle renifle et me sourit à contrecœur.

— Chastity…

Elle s'interrompt pour mordre la griffe en acrylique qui lui tient lieu d'ongle.

— Oui ?

Elle baisse les yeux sur ses genoux.

— C'est Teddy Bear qui a mis ces images sur le site de la *Gazette.*

J'en reste interdite.

— Et c'est lui aussi qui a brisé ta figurine d'Aragorn.

— Teddy Bear ? Mais pourquoi ?

— Je n'étais pas au courant ! affirme-t-elle, sur la défensive. Il me l'a simplement dit aujourd'hui. Il prétend l'avoir fait parce qu'il savait que je te détestais…

Oh ! crénom de nom ! Trop aimable !

— … et qu'il voulait te nuire, voire te faire renvoyer, afin que je puisse avoir ta place. Parce qu'il trouvait que je la méritais plus que toi.

Elle déglutit à plusieurs reprises, les yeux pleins de larmes.

Je soupire.

— Bonté divine…

— Tu vas le dire ? s'inquiète-t-elle en rongeant son ongle.

— Pourquoi, tu veux que je le fasse ?

Des larmes roulent sur ses joues.

— Je pense qu'il souffre déjà suffisamment comme ça, murmure-t-elle.

— Bon, très bien. Dans ce cas, je ne dirai rien. Mais je suis quand même soulagée de savoir que je ne suis pas victime d'un harceleur.

— Je suis désolée…

— Tu n'y es pour rien, dis-je en lui tendant un autre mouchoir.

Elle se mouche bruyamment.

— Tu sais quoi, Chastity ? Je te prenais pour une horrible garce, mais je me rends compte que tu n'es pas si méchante que ça, finalement.

Je ne puis m'empêcher de rire.

— Merci, Lu. Idem de mon côté.

27

J'appuie mon front contre la vitre fraîche de la Mercedes pour calmer la douleur qui palpite à mes tempes. Nous rentrons chez Ryan. Il pleut — une pluie de juin apaisante qui tambourine sur le toit de la voiture et vient frapper les fenêtres. Si seulement nous pouvions rouler ainsi toute la nuit…

— Eh bien, il me semble que cette soirée s'est bien passée, déclare Ryan en s'engageant sur sa place de parking réservée.

— Ah, tu trouves ?

Je descends de voiture avant qu'il ait pu m'ouvrir la portière.

— Pour moi, ça a été un véritable calvaire.

Nous venons de dîner avec ma mère et Harry. Leur relation a pris un tour qui commence à m'inquiéter.

A moins que tout cela ne relève d'une tactique… Maman voulait peut-être tout bonnement qu'affolée, je me précipite chez papa. *Hé, papa ! Maman a l'air de s'être réellement entichée de ce Harry… Tu as intérêt à te remuer et à faire quelque chose !* Du reste, c'est peut-être ce que je devrais faire : courir chez papa. Jusqu'à quand maman compte-t-elle faire durer cette situation sans issue ? Plus trop longtemps, sans doute, car je ne la vois pas laissant Harry se bercer de douces illusions sur leur avenir. Qui plus est…

— Qu'est-ce que tu fais, ce week-end ? me demande Ryan en sortant de sa poche la clé de la porte d'entrée.

— Hein ? Oh… pardon. Ce week-end, j'ai mon épreuve pratique. Si je la réussis, je serai libérée de toute contrainte et, du même coup, secouriste.

— Je vois. Et cette épreuve, elle dure toute la journée ?

— Oui. Tout le samedi.

Je me force à sourire. Ce n'est pas la faute de Ryan si je me sens triste. Ce n'est pas non plus à cause de ma mère et de Harry… Non, c'est à cause de cette espèce de formation de secouriste.

J'ai supergazé à mon épreuve écrite… Un QCM, non mais, soyons sérieux ! L'épreuve pratique, en revanche, c'est une autre paire de manches : elle consiste en huit étapes ou plus, chacune présentant un aspect différent des premiers secours — arrêt cardiaque, empoisonnement, immobilisation, traitement d'une hémorragie, d'un choc. Les volontaires feront semblant de souffrir de toute une variété de maux, allant de la jambe cassée jusqu'à l'accouchement. Il y a de bonnes chances pour que je la réussisse. Jusqu'ici, le faux sang ne m'a jamais fait flipper, et puis je suis bonne élève. Mais qu'adviendra-t-il si, le moment venu… Je me pose des questions. Serai-je capable de mettre en œuvre mes toutes nouvelles connaissances et de les concrétiser en un geste efficace et utile ?

La semaine dernière, la *Gazette d'Eaton Falls* a publié un article sur un enfant qui s'est fait piquer par une abeille à l'école. Jusque-là, le gamin n'avait jamais fait de réaction allergique. Aussi, quand il s'est senti patraque, il s'est rendu aux toilettes où il a perdu connaissance — seul. Par miracle, un autre élève l'a trouvé. Or, il se trouve que ce dernier souffre d'une allergie aux arachides. Voyant le visage bleuâtre de son camarade, il n'a fait ni une ni deux : il a sorti son auto-injecteur d'adrénaline et le lui a planté dans la cuisse tout en appelant à l'aide. Au bout de cinq minutes, le garçon qui avait été piqué se dressait sur son séant, hébété, mais vivant.

Le jeune héros était resté modeste. « Heureusement que je suis allergique aux arachides ! », a-t-il dit aux policiers. « C'est trop de pot, non ? »

Puis, CNN a fait connaître l'histoire d'une dame qui a libéré son mari coincé sous une branche. La branche en question pesait presque trois cent cinquante kilos. « Je ne pouvais quand même pas le laisser là, a-t-elle déclaré. Même si c'était tentant. »

Ryan me débarrasse de mon imperméable — il a les manières d'un prince, cet homme-là — avant de passer dans la cuisine. J'entends le couinement d'une bouteille qu'on débouche et le glouglou du vin qu'on verse dans des verres.

— Alors, dis-moi franchement, Chastity, commence-t-il en venant s'asseoir à côté de moi sur le canapé.

Il me tend un verre de vin.

— Pour quelle raison t'es-tu inscrite à cette formation ? Tu ne veux tout de même pas devenir secouriste professionnelle, si ?

Je bois une gorgée de vin.

— Je n'en sais rien, Ryan. J'espérais sans doute… je ne sais pas. Rejoindre les rangs de mes héros de frères. Etre à la hauteur de l'héritage O'Neill.

— Et quel est-il au juste, cet héritage ?

Je tourne vers lui un regard incrédule. Il me dévisage en toute innocence, dans l'attente de ma réponse.

— Enfin, Ryan, tu es allé chez moi ! Tu as été chez ma mère ! Tu n'as pas remarqué toutes les coupures de journaux dans l'entrée ? Toutes ces photos de mes frères en compagnie de divers maires, victimes et tutti quanti ? Jack a été décoré de la médaille d'honneur du Congrès ! Mark a sauvé un petit chat ! Trevor a sorti une fillette du fleuve ! A lui seul, mon père a…

— C'est bon, c'est bon, je te prie de m'excuser. Calme-toi. Il est inutile de crier.

Je prends malgré tout une bonne rasade de son coûteux pinot.

— Je suis calme, Ryan. Simplement, je m'étonne que tu n'aies rien remarqué de tout ça.

— J'avais certes bien compris qu'ils travaillaient dans les secours d'urgence, réplique-t-il en prenant son intonation traînante de l'Ivy League. Mais je ne m'étais pas rendu compte qu'il s'agissait d'un héritage.

Il marque une pause.

— Jack a été décoré de la médaille d'honneur ?

— Mais oui ! D'ailleurs, je te l'ai dit lors de notre deuxième rendez-vous. Comment as-tu pu oublier sa médaille d'honneur ? Ils ne sont que, voyons… pas plus de trois mille cinq cents a l'avoir reçue !

Le regard de Ryan demeure sans expression.

— L'unité en rade ? L'hélicoptère de Jack ? Le type à la jambe fracassée ? Les tirs ennemis ? L'Afghanistan ? Le marine transporté sur trois kilomètres ? Ça ne te rappelle rien ?

— Ah oui, maintenant que tu m'en parles…

Il prend une gorgée de son pinard de snob, puis me dévisage de nouveau.

— Ainsi, tu as l'impression qu'en devenant secouriste tu t'élèveras d'une manière ou d'une autre au statut d'héroïne ?

J'en reste bouche bée.

— Là, tu es vache, Ryan !

— Crois-moi, il me déplaît d'être celui qui te confronte à la réalité, mais sache qu'un secouriste c'est à peine un bip sur l'écran de la médecine.

Sa voix dégouline de mépris.

Je m'apprête à lui mettre mon poing dans la figure quand, soudain, le déclic se fait dans mon esprit.

— Serais-tu par hasard en train de chercher la bagarre, Ryan ?

Il cligne des yeux.

— Euh… oui…

— Ta dernière remarque était particulièrement mesquine, tu sais.

— Pardonne-moi. C'est juste que… tu sais bien. Les disputes ont un effet, comment dire… stimulant sur nous.

Il me regarde avec un sourire.

— Ryan, on pourrait peut-être…

Je soupire.

— Disons que ça serait sympa si notre relation pouvait être tout aussi… passionnée… sans qu'on soit obligés chaque fois d'en passer par une dispute.

Il réfléchit quelques secondes avant de répondre.

— Tu as raison.

Il semble tellement démoralisé que je ferme les yeux.

— En même temps… c'est sûr que c'est plutôt marrant.

— Oh ! c'est même carrément génial ! acquiesce-t-il sur-le-champ. Et puis, surtout, ça apaise les tensions.

Il entreprend de me caresser le lobe de l'oreille.

— Je te demande pardon, Chastity. Je n'avais pas l'intention de t'offenser.

Je me demande vraiment comment sa remarque pouvait être prise autrement que de manière offensante, mais je lui tapote la cuisse et lui pardonne. Une demi-heure plus tard, nous sommes au lit, lovés l'un contre l'autre après une séance de jambes en l'air particulièrement satisfaisante. Retour à la case « bon petit plat ». Dommage.

— Je t'aime, marmonne Ryan, d'une voix ensommeillée.

Je laisse passer quelques secondes.

— Fais de beaux rêves…

Après m'être assurée qu'il dort à poings fermés, je me glisse hors du lit, m'empare de son peignoir et passe dans le séjour. J'ai toujours dans mon sac quelques provisions en cas d'urgence… Des Oreos, pour être précise, le genre de biscuits que glissent les mamans dans le panier du goûter de leurs enfants. Installée sur le canapé en cuir, je déchire le sachet individuel et en hume le contenu d'un air appréciateur — existe-t-il une meilleure odeur que celle des Oreos fraîchement déballés ? J'en enfourne un dans ma bouche. Le regard dans le vide, je réfléchis tout en mastiquant. Dehors, la pluie ruisselle le long des baies vitrées.

Ryan possède de nombreuses qualités. A vrai dire, je n'avais jusque-là jamais connu de relation semblable à la nôtre — une relation dans laquelle le type appelle quand il a promis d'appeler. Une relation comportant des dîners au restaurant, des présentations en règle aux parents et des conversations intimes presque tous les soirs. *La Communauté de l'Anneau* compte parmi les films préférés de Ryan. Nous aimons tous les deux courir… Franchement, je m'éclate avec lui. Je pourrais même arriver à l'aimer.

Mais pas comme je le souhaite. Ryan n'est pas l'homme de ma vie.

Une fois seulement, j'ai su avec certitude que j'avais trouvé l'Elu. Il y a bien longtemps que je ne me suis pas autorisée à penser à cet épisode de ma vie, pas en détail, du moins, car après tout il ne sert à rien de ressasser une histoire d'amour qui a duré en tout et pour tout soixante-douze heures. Mais là, assise dans le noir sur ce canapé, avec, en fond sonore, la pluie tambourinant sur le toit, je ne peux que me rendre à l'évidence : je n'ai jamais aimé aucun homme autant que Trevor.

Quand nous nous embrassions, lui et moi, c'était torride, bouleversant, fort et doux à la fois. Quand il me touchait, je n'éprouvais pas juste un chatouillis, mais une véritable décharge électrique. A aucun moment il n'était question du fameux bon petit plat ! Non, c'était un menu gastronomique d'un bout à l'autre.

Durant ce court week-end d'amour fou, j'ai eu l'impression que mon cœur avait enfin trouvé son rythme. Il y avait cette pulsation idéale, cette fusion entre deux êtres qui fait qu'on n'en forme plus qu'un. Mon cœur battait en parfaite harmonie avec celui de Trevor.

Je repense à notre rupture, sous le châtaignier. Je repense à cet été où il nous a présenté la Parfaite Hayden. A toutes ces années qui ont passé sans qu'il manifeste envers moi quoi que soit d'autre qu'une simple affection fraternelle. Nos deux cœurs à l'unisson… foutaises !

28

Deux jours après, je valide mon stage pratique et décroche officiellement mon brevet de secouriste. A mon grand étonnement, Jack faisait partie des instructeurs de l'épreuve, et le bruit s'est répandu comme une traînée de poudre dans notre entourage : Chastity a brillamment réussi son examen ! A présent, l'heure est aux réjouissances, du moins chez Emo.

— A Lou Gehrig, la fierté des Yankees ! lance papa, honorant la tradition qui veut qu'on porte un toast à St. Lou avant qui que ce soit d'autre. Et à ma fille Chastity ! Beau boulot, ma belette !

— A la belette ! reprennent en chœur mes frères.

— Merci, papa. Merci, tout le monde.

Je souris. Ma foi, cette petite soirée impromptue est assez exaltante. Nous occupons deux tables, en plus de notre box habituel. Il y a là la brigade de papa, tous mes frères, Elaina, ainsi que les Starah. Et puis Trevor, qui était censé être de service à la caserne, mais qui s'est débrouillé pour permuter avec un collègue afin de pouvoir assister à la petite fête. Il me surprend en train de le regarder et me sourit. Je lui rends son sourire, puis, me sentant coupable, je me tourne vers l'entrée pour voir si Ryan ne serait pas enfin arrivé. Manque de chance, l'un de ses patients présente des complications postopératoires et il est en retard.

Papa, Mark, Lucky et Matt s'éloignent pour faire une partie de billard. Elaina s'entretient au téléphone avec la baby-sitter de Dylan. Jake et Santo vont regarder le match des Mets. Très vite, il ne reste plus que Jack, Sarah, Trevor et moi, dans le box Gehrig.

— Alors, Chas ? Quid de la suite ? L'école d'infirmières ? me demande Jack en regardant sa femme.

Il tend la main pour lui caresser la joue. Sarah ferme les yeux tel un chat, c'est tout juste si elle ne ronronne pas. Les deux ans que Jack a passés en Afghanistan ont définitivement soudé leur couple et je souris, émue que mon frère soit toujours aussi amoureux de son épouse.

— Non, Jack, pas l'école d'infirmières. En réalité, je n'ai aucune idée de ce que vais faire de ce brevet. Je ne suis pas encore tout à fait à l'aise dans le monde des secours d'urgence. Obtenir le brevet, ce n'était pas bien sorcier, mais dans la vraie vie…

Je n'achève pas ma phrase.

— Tu t'en sortirais comme un chef, affirme Trevor.

— Tu es un homme loyal, Trevor Meade.

Il sourit.

— Et toi, Sarah, comment ça va en ce moment ?

— Pas si mal que ça, tout bien réfléchi. Jack, tu veux lui annoncer la nouvelle ?

Jack se redresse sur son siège avec un sourire.

— Nous attendons un enfant.

— Oh là là ! J'en étais sûre !

Je me penche pour embrasser Sarah et donner une bourrade dans l'épaule de mon frère.

— Félicitations, les amis ! C'est génial. Dites donc ! Cinq enfants ! Pétard !

La joie sincère que j'éprouve pour mon frère aîné et sa femme se teinte, je l'avoue, d'une bonne dose d'envie. Ils se sont connus à la fac, se sont mariés, ont engendré une tribu d'enfants magnifiques et, après toutes ces années, Jack fait encore les yeux doux à sa femme.

— Si quelqu'un peut gérer ça, c'est bien vous ! déclare Trevor en levant son verre en l'honneur de l'heureux couple.

— Merci, vieux, dit Jack. Au fait, où est Hayden ? Vous vous êtes remis ensemble, tous les deux ?

Sarah intervient.

— Jack ! Ça ne te regarde pas. Excusez-moi, mais il faut que j'aille faire pipi. Toutes les dix minutes, apparemment.

J'attends que Trevor réagisse. Mais il garde le silence et c'est Jack qui enchaîne.

— Et toi, Chas ? C'est sérieux avec… euh… Machin ?

— Ryan, glisse Trevor.

Je me tourne vers mon frère.

— Oui. Très sérieux. Il m'a présentée à ses parents, je te l'avais dit ?

— Et alors, c'était comment ?

— Glauque et flippant.

Mon frère se met à rire.

— Ma foi, la famille, c'est important. Si tu détestes déjà tes futurs beaux-parents, méfiance, ma petite !

Il se lève.

— C'est notre chanson. Faut que je danse avec ma femme.

Il m'ébouriffe les cheveux et part intercepter Sarah à la sortie des toilettes. Les accords de *Brown-Eyed Girl* s'échappent du juke-box. Ils sont trop mignons, tous les deux !

Ce qui nous laisse, Trevor et moi, assis l'un en face de l'autre sous les fossettes et les yeux souriants de St. Lou.

— Alors, dis-je, Hayden ?…

Il hoche la tête.

— Accouche, Trevor !

Il sourit.

— Oui, chef.

Mais il temporise en prenant une gorgée de sa Guinness.

— Nous… nous essayons de voir si ça peut marcher, cette fois.

Ce qui peut vouloir dire tout et n'importe quoi.

— Je n'ai jamais vraiment su la raison de votre rupture, à l'époque ?

Il me dévisage. Ses yeux sont si sombres et si graves qu'une décharge électrique me vrille le ventre. Je dois me retenir physiquement de tendre la main pour le toucher. Dans ses yeux danse une lueur indéfinissable, mais il se borne à reprendre une gorgée de sa bière sans répondre.

— Tiens, en parlant de relations, voilà ton homme.

— Bonsoir, dit Ryan en se glissant à côté de moi.

Il serre la main de Trevor.

— Content de te revoir, Trevor.

Il se tourne vers moi et m'enlace les épaules.

— Alors ?

— Je l'ai eu !

Il me sourit.

— Evidemment que tu l'as eu. Félicitations, ma chérie !

Il m'embrasse sur la joue et sort de sa poche un objet qu'il pose devant moi sur la table. C'est un écrin de velours noir, de forme étroite et rectangulaire. Je le fixe du regard, vaguement mal à l'aise, puis jette un coup d'œil en direction de Trevor qui sourit et m'adresse un bref hochement de tête. Je me mets à babiller :

— Wouah ! C'est euh… tout à fait… euh… inattendu !

— Ouvre-le, dit Ryan.

Je m'exécute. A l'intérieur de l'écrin se trouve un bracelet en perles et rubis absolument ravissant (autrement dit, cher).

— Oh ! pétard ! Enfin, je veux dire… waouh ! C'est… oh, là, là…

Le filigrane en or s'entrelace avec les pierres précieuses pour composer un motif délicat. C'est le plus beau bijou qu'on puisse imaginer mais, pour une raison qui m'échappe, une boule se forme dans ma gorge, une boule de tristesse.

— Merci, dis-je dans un murmure étranglé. Il est magnifique.

— Pas autant que toi.

Ryan sort le bracelet de son écrin et me l'attache au poignet. Pendant ce temps, je m'exhorte intérieurement à ne pas lever les yeux vers Trevor. Mais c'est plus fort que moi. Pendant que Ryan s'énerve sur le fermoir, je regarde Trevor. Son sourire s'est envolé et son visage affiche un air vide. Son sourcil gauche se lève alors brusquement, et il reprend son air adorable et taquin.

— Bonsoir, tout le monde ! fait une voix.

Suivie d'un corps. La Parfaite Hayden se glisse à côté de Trevor et passe un bras sous le sien.

Elle sourit à Ryan.

— Bonsoir, je m'appelle Hayden Simms.

— Ryan Darling, murmure-t-il en lui tendant la main.

— Salut, Hayden, dis-je avec mauvaise grâce.

— Oh ! quel joli bracelet !

Elle incline la tête sur le côté, puis appuie sa joue contre l'épaule de Trevor qui ne fait rien pour l'encourager, mais qui ne s'écarte pas d'elle non plus.

— Oui, acquiesce-t-il, très joli. Beau cadeau, Ryan.

Il se tourne vers Hayden.

— Bon. Tu veux boire quelque chose, Hayden ? Chas, Ryan, on se voit tout à l'heure, d'accord ?

Et sur ce, ils s'extraient du box et partent en direction du bar. Tant mieux. Je n'aime toujours pas cette fille, si ravissante et lumineuse soit-elle.

— J'ai été ravi de vous rencontrer, Hayden, dit Ryan avant de s'adresser à moi : C'est vrai, il te plaît, Chastity ?

— Il est splendide, Ryan. Je te remercie. C'est vraiment très gentil de ta part.

Il sourit.

— Ton père est ici ? J'aimerais faire sa connaissance.

— Mais oui, bien sûr ! Il est là-bas, avec les garçons. Viens, je vais te le présenter.

Nous allons vers la table de billard.

— Papa, je te présente Ryan Darling. Ryan, mon père, le capitaine Mike O'Neill, de la caserne de sapeurs-pompiers d'Eaton Falls.

— Enchanté de vous connaître, monsieur, dit Ryan en lui serrant la main. Votre fille m'a énormément parlé de vous.

Papa passe un bras autour de mes épaules.

— Il était temps que je vous rencontre, jeune homme.

Je lui donne un bon coup de coude dans les côtes.

— Moi aussi, je suis ravi de faire votre connaissance. Donc… vos intentions sont-elles honorables ?

Mes frères partent d'un rugissement de rire. Ryan sourit lui aussi.

— Oui, monsieur, parfaitement honorables.

— Dans ce cas, allons nous asseoir, histoire de bavarder un peu.

Et, posant sa main sur l'épaule de Ryan, papa le ramène au box Gehrig que nous venons de quitter.

— Ils doivent discuter de ta dot, Chas, plaisante Mark. Tiens, prends la place de papa.

J'obéis et empoche la bille n° 6 en lui imprimant un joli petit effet.

— Et de ton côté, Mark, comment ça va ?

— Mieux. Est-ce qu'Elaina t'a raconté ?

Il lance un coup d'œil du côté du bar, où sa femme est en train de rire en compagnie de Tara, à quelques mètres de Trevor et de la Parfaite Hayden.

— Vaguement… Bille n° 4 dans l'angle, mes chers frangins !

— Je réintègre le domicile conjugal, murmure Mark.

— Oh ! mais c'est merveilleux, mon pote !

Je le serre dans mes bras.

— Bon, on joue ou on se fait une séquence de Dr Phil[1] ? s'enquiert Lucky.

— La ferme, toi ! Bille n° 2, trou de côté. Ote ta main, Matt !

Clic, clac, plof. La bille tombe dans le trou comme je l'avais prévu.

— C'est-à-dire que… ça sera mieux pour Dylan, tu vois ? conclut Mark avec un petit sourire.

Il m'adresse un hochement de tête penaud.

— Merci, Chas.

— Mais de rien.

1. « Dr Phil » : talk-show animé par le psychologue Phil McGraw.

— Bon, les gars, vous pouvez vous grouiller de remporter la partie ? s'énerve Lucky. Ma femme me fait les gros yeux.

J'empoche la quatorze, mais rate la dix.

— A toi, dis-je.

Des éclats de rire nous parviennent de l'endroit où est assise la Parfaite Hayden, mais je ne tourne pas la tête.

Lucky aligne son tir, mais manque la bille qu'il visait. Matt déplore de faire équipe avec le pire joueur de billard de notre clan. De leur côté, papa et Ryan poursuivent leur conversation, entrecoupée parfois de petits rires. Sympa. Mon père et mon petit ami ont l'air de bien s'entendre. Tant mieux. Génial, même !

Mark empoche la huit.

— Par ici la monnaie, les pigeons ! ordonne-t-il à Matt et à Lucky qui lui tendent docilement leurs billets.

C'est alors que ce dernier lève les yeux et grimace.

— Ho-ho, les mecs…

Papa ressemble à un labrador qui aurait flairé la piste d'un faisan. Ryan suit le regard de mon père, comme nous tous.

Ho-ho, en effet… Par les portes-fenêtres séparant le bar du restaurant, nous apercevons maman et Harry en train de s'installer à une table. Le visage de mon père exprime un ahurissement total. Mon cœur se met à palpiter horriblement dans ma gorge.

Jack se dirige vers lui et pose sa main sur son bras en geste d'apaisement.

— En voilà assez ! vocifère papa.

Le silence se fait dans le bar. Prudents, Matt et Lucky rejoignent Jack. Jamais ils ne laisseront papa déclencher une bagarre, je le sais, mais ils ne veulent pas non plus le mettre dans l'embarras devant tout le monde.

— Dégagez, les garçons, maugrée-t-il.

D'un pas décidé, il se dirige vers les portes-fenêtres et reste planté là, les yeux fixés sur sa femme et son soupirant.

— Que se passe-t-il ? s'enquiert Ryan en s'approchant de moi.

Il m'enlace et m'embrasse dans le cou.

— Pas maintenant, Ryan, dis-je en m'écartant. Mes parents…

Maman soutient le regard de papa, sans défi, colère ou arrogance. Elle se contente de le dévisager de l'autre côté des portes-fenêtres. Harry, absorbé jusque-là par la carte des vins, lève les yeux et aperçoit lui aussi mon père. Après une légère hésitation, il s'adresse à maman qui détourne le regard.

Mon père semble écumer de rage. Il esquisse un pas vers la salle du restaurant, mais Jack le tire violemment en arrière. Papa fait volte-face vers son aîné, les traits déformés par la colère.

— Bas les pattes, John ! gronde-t-il en repoussant mon frère.

Je suis foudroyée par un éclair de panique. Oh ! mon Dieu ! Pourvu que papa ne fasse pas de scandale devant tout le monde, ce serait horrible…

Et soudain, Trevor est là — Trev, qui a toujours admiré mon père et qui ces derniers mois s'est également beaucoup occupé de lui. S'interposant entre Jack et papa, il leur murmure quelques paroles. Papa est au bord de l'explosion ; son regard passe alternativement de Jack à Trev. Finalement, il baisse les yeux et toute la tension retombe. Trevor hoche la tête et serre affectueusement l'épaule de papa qui s'en retourne vers notre box.

— Papa ? dis-je d'une voix un peu tremblante.

— Pas maintenant, Chastity, réplique-t-il sans me regarder.

— Chastity, veux-tu boire quelque chose ? s'enquiert innocemment Ryan.

Vu qu'il tournait le dos à l'action, toute cette petite scène lui a échappé. Je feins de ne pas avoir entendu sa question. Pendant ce temps, mon père a ouvert la porte et s'apprête à quitter le bar.

— Papa ?

Il se tourne enfin vers moi et, soudain, mon père à l'éternelle jeunesse me paraît vieux : il a un regard… un regard vide, sans expression. Mes yeux s'embuent de larmes.

— Papa, ça va ?

— Très bien. J'ai besoin d'être seul, c'est tout.

Et sur ces mots il s'en va, laissant une bouffée d'humidité estivale remplir l'espace qu'il occupait.

29

Mon humeur cafardeuse se prolonge jusqu'au dimanche matin. Je ne puis me débarrasser de l'impression que j'ai eue en voyant ce vide dans le regard de mon père. J'appelle ma mère, plutôt abattue, elle aussi.

— Je ne fais pas ça par esprit de revanche, je t'assure, m'explique-t-elle d'une voix douce. Harry me fait du bien, Chastity. J'ai beaucoup d'affection pour lui, nous sommes sur la même longueur d'onde. Et puis je suis, comment dire…

Elle pousse un soupir. Un soupir alourdi par des années de lassitude.

— Ton père m'a usée, voilà. Je me sens comme la petite gomme au bout des crayons à papier, tu vois ? Usée jusqu'à la base par des années de routine.

— Mais il avait l'air si triste, maman… Il t'aime toujours, tu sais.

— Là n'est pas la question, ma chérie.

Elle laisse passer quelques secondes.

— Et toi, où en es-tu avec Ryan ? C'est bien lui que j'ai vu chez Emo, l'autre soir ?

— Ne change pas de sujet, maman. Et papa, alors ?

— Mais que veux-tu que je te dise, Chastity ? réplique-t-elle sèchement. Crois-moi, la seule chose que j'aurais à te dire, tu refuserais de l'entendre.

— Mais de quoi parles-tu ?

— De toi, Chastity. Tu préfères te voiler la face devant certaines réalités.

Son ton s'est durci.

— Bon, comme tu veux, maman. Si tu ne veux pas m'en parler, c'est parfait. De toute façon, j'ai du travail.

J'appuie sur la touche « Fin de communication », regrettant le bon vieux temps où on pouvait raccrocher violemment le combiné du téléphone sur son socle.

Mais, contrairement à ce je viens d'affirmer à ma mère, ce n'est pas pour m'atteler à un article. Non, je pars ramer longuement. Le temps est humide, les insectes sont de sortie, la transpiration me pique les yeux. Parfait. L'ambiance est en accord avec mon humeur. De retour au ponton, une surprise m'attend : Ernesto. J'avais complètement oublié le cours d'aviron que je lui avais promis.

— Hé, Chastity ! Encore toutes mes félicitations pour ton brevet !

— De même, l'ami ! dis-je en m'extrayant du skiff. Je te demande pardon, Ernesto, je t'avais un peu oublié…

— On peut remettre la leçon à une autre fois, si tu veux.

— Non… Puisque tu es là, autant en profiter.

Je passe la demi-heure suivante à guider les premiers coups d'aviron d'Ernesto, qui se révèle un élève plutôt doué. Nous discutons du prix d'un simple de couple et de l'endroit où il pourrait entreposer une telle embarcation. Il est sympa, Ernesto. Ça va me manquer de ne plus le voir toutes les semaines.

— Au fait, Chas, j'ai décroché un job chez Ames Ambulance Services. Ils m'avaient embauché quinze jours plus tôt, à la condition que je décroche mon brevet.

— C'est vrai ? Formidable !

— Et toi, alors ? Tu vas poser ta candidature ? Ils recrutent, tu sais ?

Je grimace.

— Non, je ne vais pas me présenter là-bas. J'ai beau avoir obtenu mon brevet, Ernie, je ne suis pas vraiment faite pour le sang et toutes ces horreurs.

— Tu m'as bluffé plus d'une fois, pourtant.

— Bluffé, oui, c'est le mot, justement.

***

Ce soir, dîner chez Angela. Elle habite une maison jumelée, très douillette et chaleureuse. Au menu de l'apéritif : samoussas épinards/feta et crevettes caramélisées à la marmelade d'oranges, le tout confectionné par la maîtresse des lieux. Elle me tend un énorme cocktail agrémenté d'une ombrelle et d'une paille. Dedans, il y a de la mangue, du jus de pamplemousse, mais aussi quelque chose d'autre — c'est absolument délicieux.

— Angela, tu veux bien m'épouser ?

— C'est à Legolas que tu t'adresses ou à moi ? réplique-t-elle avec malice.

Il faut dire que je me tiens pile devant la silhouette en carton grandeur nature de l'elfe plein d'esprit du *Seigneur des Anneaux*.

— Aux deux, je pense.

Angela part vérifier le four en me priant d'aller m'installer dans le séjour.

— Ecoute, Chastity, il y a une chose dont j'aimerais te parler.

— Oui ?

J'aspire une gorgée de son exquise boisson.

— Attention, il y a de l'alcool dedans… Bon, tu te souviens que Trevor et moi, nous sortions plus ou moins ensemble ?

— Oui…

Elle a raison pour l'alcool. Je me sens déjà vaguement pompette.

— En fait, dis-je, j'aimerais bien que tu me racontes ce qui s'est passé entre vous. Moi qui étais persuadée que vous vous entendriez à merveille, tous les deux, voilà que j'apprends qu'il s'est mis avec cette… cette fille. Qui n'est guère sympathique, du reste.

Angela prend quelques instants avant de répondre.

— Ecoute, Chastity, Trevor était — est — un homme très bien. Et très séduisant, cela va sans dire.

— Tu m'étonnes…

J'aspire encore une petite gorgée de ce délice tropical.

— Mais je pense que nous n'avions pas d'atomes crochus, lui et moi.

— Quoi ? Enfin, Angela, comment peux-tu dire ça ? Trevor est si…

Je me mords la langue.

— Je peux te dire que la plupart des femmes se trouvent une flopée d'atomes crochus avec lui, d'habitude. Enfin quoi, merde ! Oh ! là, là, mais… Mais qu'est-ce que tu as mis dans mon verre, Ange ? Tu cherches à me droguer ou quoi ?

Elle se met à rire.

— De la vodka et du triple sec, c'est tout. Mais les deux en généreuse quantité, je l'avoue.

Elle mord dans un samoussa.

— Quant à Trevor… Pour tout te dire, Chastity, il y a un autre homme dans ma vie.

Ses joues virent au cramoisi, et elle se met à tripoter sa bague nerveusement.

— J'ai rencontré quelqu'un, et il se trouve que… que c'est ton frère, Matt.

Les yeux me sortent de la tête.

— Hein ? Matt ? Comment ça, Matt ?

Elle opine du chef.

— Tu t'intéresses à Matt ? ?

— Oui. En fait, on sort ensemble depuis déjà deux semaines.

Bonté divine, comment se fait-il que ce genre de choses me passe toujours au-dessus de la tête ?

— Mais c'est génial, Ange ! Matt est un type formidable. Et un sacré petit cachottier ! Pourquoi ne m'en as-tu pas parlé plus tôt ? Ça dure depuis quand, entre vous ?

— Tout a commencé le jour où nous nous sommes rendues à la caserne de pompiers. Matt m'a montré quelques recettes de cuisine, et entre nous ça a été… le déclic. Ensuite, il m'a demandé de l'aide pour ses cours de fac — il voulait que je le conseille — et finalement nous avons parlé pendant des heures. Mais de mon côté je continuais à sortir avec Trevor, tu vois... enfin plus ou moins — nous n'avons jamais échangé un seul baiser.

— Ah non ?

Angela sourit.

— Eh non, Chastity. A vrai dire, quand nous étions ensemble, Trevor et moi, je le sentais... comment dire ? Pas vraiment intéressé. Il est très sympa, très bien élevé, très mignon et tout ce que tu veux... Nous avons passé de très bons moments ensemble, mais quand j'ai rencontré Matt, nous... nous avons éprouvé la même sensation, lui et moi. La certitude d'avoir rencontré l'âme sœur, tu comprends ?

Je soupire.

— Eh bien...

Hélas, mon verre est vide.

— Donc si j'ai bien compris, tout va pour le mieux dans le meilleur des mondes ?

— Je pense, oui. Et si je ne t'en ai pas parlé plus tôt, c'est que, connaissant l'estime que tu portes à Trevor, je craignais que tu ne m'en veuilles terriblement.

— Non, non... Trevor est... C'est un mec formidable.

Je lève les yeux au plafond.

— Et puis j'imagine qu'en ce moment il file le parfait amour avec la Parfaite Hayden...

— La Parfaite Hayden, qui est-ce ?

— A la fois son ex et sa future fiancée, semble-t-il.

Je me lève en lui adressant un sourire lumineux.

— Alors ? Qu'est-ce que tu nous a préparé de bon à manger ? Moi, je meurs de faim !

Ce soir-là, je rentre chez moi, accablée par un inexplicable sentiment de solitude. Bientôt, je suppose, Matt partira de la maison. Il se mariera. Il aura des enfants. Mon amie Angela deviendra ma quatrième belle-sœur, elle me donnera d'autres neveux et nièces... Non que j'aie quoi que ce soit contre mes belles-sœurs, au contraire. Je les aime, je les admire, j'apprécie leur compagnie, mais… Bon sang, décidément, je ne sais pas ce que j'ai, ce soir ! Même *Le Retour du roi* ne parvient pas à me remonter le moral. Je passe sur le match des Yankees. Nous sommes en train de perdre — dix à deux — et c'est déjà la huitième manche.

Et si j'appelais Ryan, malgré l'heure tardive ? Gênée, je m'avise que je me suis d'abord tournée vers Aragorn, puis vers Derek Jeter, avant d'avoir l'idée de l'appeler. Stupide, n'est-ce pas ? J'ai beau avoir un gentil petit ami en chair et en os, je cherche avant tout du réconfort auprès de personnages de fiction et de dieux du stade.

Mortifiée, c'est avec d'autant plus d'ardeur que je compose le numéro de Ryan.

— Coucou !

— Bonsoir, ma chérie. Justement, je pensais à toi.

Voilà qui me met un peu de baume au cœur…

30

— Où vas-tu, Chastity ?

De retour au journal, Lucy a réintégré son personnage d'emmerdeuse. Et, si inconcevable que cela puisse paraître, je me réjouis qu'elle ait repris son bâton de gendarme.

— Eh bien, je vais couvrir le nettoyage des berges du fleuve — un sujet tout à fait palpitant —, ensuite, j'irai dîner chez ma mère et enfin je rentrerai sûrement chez moi pour me mettre au lit. J'ai ta permission ?

Elle fronce les sourcils.

— Tu es très proche de ta famille, n'est-ce pas ?

— Oui.

Une lueur d'envie traverse son regard.

— Et toi, Lu ? Tu es proche de la tienne ?

Ses lèvres se pincent.

— Pas vraiment. J'ai deux sœurs, plus âgées, et qui s'estiment supérieures à moi.

Je perçois beaucoup de souffrance dans cette réplique d'adolescente.

— Vu que mon job n'a rien de crucial, elles trouvent que je perds mon temps, à la *Gazette*.

— Ma foi, ce n'est que mon avis, bien sûr, mais l'autre jour, à l'hôpital, ta sœur Gabrielle m'a fait l'effet d'une authentique garce.

Un large sourire détend ses traits.

— Merci, Chastity.

Nous nous mettons à rire. Mais oui ! Lucia et moi sommes en train de nous fendre la pêche. Ensemble et simultanément.

— Lu…

— Quoi ?

— Si ça te dit de rédiger un article de temps en temps, sur un sujet de proximité… je serais ravie de te superviser.

Sous le maquillage de kabuki, son visage s'illumine.

— Mais attention, selon des critères stricts ! Entre autres, je conserve le droit absolu de refuser de l'imprimer. Et tu devras respecter le calibrage imposé — je n'ai aucune intention de me farcir dix mille mots pour un concours de pâtisserie.

Lucia bat des paupières pour refouler ses larmes.

— Eh bien, il serait temps !

Je lève les yeux au ciel.

— C'est quand tu veux. Et maintenant il faut que je file. A plus !

Le nettoyage des berges se révèle bien plus amusant que prévu. Du coup, mon entretien avec la responsable des espaces verts et ses nombreux bénévoles se prolonge bien au-delà du cadre imparti. Je rentre chez moi, déjà à la bourre, et le temps de faire monter Bouton-d'Or dans la voiture je repars pour la maison de ma mère avec un bon quart d'heure de retard sur l'horaire.

Quand je débarque enfin, je trouve maman dans la cuisine, occupée à sortir des bières.

— J'aurais bien aimé que tu sois à l'heure, Chastity. Les garçons s'impatientent.

— Et alors ? Qu'est-ce qu'on en a à fiche, des garçons ! dis-je, retrouvant automatiquement mes réflexes d'adolescente.

— Va dans le salon, réplique-elle sobrement.

Et soudain une légère appréhension se met à me titiller les articulations.

— Allez, viens, Bouton-d'Or !

Ma chienne abandonne à regret le microbe qu'elle était en

train de renifler pour me suivre. Arrivée dans le salon, elle s'affale sur le tapis dans un grognement. Mes frères et leurs épouses sont déjà tous installés — Jack et Sarah dans le grand fauteuil, Lucky et Tara sur le canapé. Matt est plongé dans *Sports Illustrated*, et je constate avec plaisir que Mark tient la main d'Elaina. Cette dernière me sourit. Je m'assieds à côté de Lucky, que j'oblige à me faire de la place en lui poussant l'épaule.

— Où sont les enfants ?

— En bas, ils regardent *Le Roi lion*, m'informe maman. Et maintenant taisez-vous tous, j'ai quelque chose d'important à vous dire. Matt, pose ton journal. Je répondrai à vos questions quand j'en aurai terminé, d'accord ?

Je tourne vers Elaina un regard dérouté. Même elle, qui adore ma mère, paraît inquiète.

Maman s'abîme dans la contemplation du sol et croise les bras sur sa poitrine.

— Harry et moi allons nous marier.

Le refrain de *Hakuna Matata* s'élève sous nos pieds. Bouton-d'Or gémit dans son sommeil. Nul autre bruit ne vient rompre les quinze secondes qui suivent.

— Putain de merde ! souffle Jack.

— Le 23 juillet, précise maman. Evidemment, je préférerais que vous assistiez à la cérémonie, mais si ça vous pose un problème je comprendrai.

J'ai l'impression d'avoir reçu un coup de poing dans le plexus solaire. Maman ne peut pas épouser Harry. C'est impossible. La gorge nouée, je murmure :

— Maman ?

— Enfin, tu viens à peine de le rencontrer ! proteste Mark.

— Ça fait trois mois, mon chéri.

— Papa est au courant ? s'enquiert Matt.

— Pas encore.

Maman a les traits tendus.

— Mamí, se lance Elaina d'une voix hésitante, pourquoi tant de précipitation ?

— Parce que la vie est trop courte, réplique vivement ma mère.

— Maman…

Cette fois, c'est Lucky qui m'interrompt.

— Tu es bien sûre de toi, maman ? Je sais que ça fait longtemps que tu en veux à papa, mais tout ça me semble un peu… théâtral.

— Il ne s'agit pas de ton père, Luke. Il s'agit de Harry, de moi et de mon avenir.

— Sommes-nous censés nous réjouir pour toi, m'man ? demande Jack, d'un ton crispé.

— Que tu te réjouisses ou non ne changera rien à l'affaire.

— Et papa ? s'inquiète Mark. Comment est-il censé réagir dans tout ça ?

Elle secoue la tête.

— Je n'en sais rien. Ecoutez, soupire-t-elle, il va très mal le prendre, j'en suis sûre. C'est là qu'il va avoir besoin de vous, les enfants.

— Quand comptez-vous le lui annoncer ? demande Sarah.

— Ce soir.

Maman a la mine sombre.

— Pour le moment, il assiste à une réunion syndicale, mais il est prévu qu'il passe tout à l'heure.

Mes cordes vocales ne fonctionnent plus. Et puis il y a aussi un truc qui cloche du côté de mon cœur — il bat d'une drôle de façon dans ma poitrine, à la fois trop lentement et trop fort.

— C'est tout ? s'enquiert Jack d'une voix tendue.

— C'est tout.

Maman soupire.

— Je sais, les enfants, cette annonce vous fait l'effet d'une bombe, mais je pense que vous devriez tous rentrer chez vous, maintenant. Appelez-moi demain si vous avez quelque chose d'autre à me dire. D'accord ?

Les garçons se lèvent docilement.

— Chastity, mon cœur, tu veux bien rester quelques instants ?

J'acquiesce sans mot dire.

Tels des fantômes, mes frères et leurs épouses rassemblent leurs enfants respectifs et sortent par petits groupes de la maison. Un silence inquiétant retombe. Toujours assise sur le canapé, je regarde fixement le tapis dans la lumière tombante. J'ai l'esprit complètement vide.

Après avoir fait au revoir à son dernier petit-fils, maman revient dans le salon et prend place en face de moi, dans le fauteuil.

— Je comprends très bien que ce mariage te prenne au dépourvu, Chastity.

Une lame de rasoir semble s'être logée entre mes cordes vocales.

— Maman, dis-je dans un murmure rauque, comment peux-tu faire ça ? Tu aimes papa…

Elle me considère un instant, puis vient s'asseoir près de moi.

— J'aimais ton père, ma chérie. Pendant très longtemps, il a été pour moi…

Elle soupire.

— C'était l'homme de ma vie.

— Alors, tu ne peux pas épouser Harry, maman ! Pas si tu aimes encore papa !

Je me fais l'effet d'avoir dix ans, mais c'est plus fort que moi. Bouton-d'Or vient poser sa tête sur mes genoux.

— L'amour, ça s'use, Chastity, murmure maman en me caressant les cheveux. S'il n'est pas réciproque, il s'use.

— Mais enfin, maman, tu sais bien que papa t'aime !

Une larme tombe sur le museau de Bouton-d'Or qui d'un coup de langue la lèche aussitôt.

— Papa t'aime, c'est évident !

— Plus comme avant, ma chérie.

Elle se laisse aller contre le dossier du canapé et se met à tripoter nerveusement son bracelet.

— Chastity, on ne peut pas passer sa vie à aimer quelqu'un sans être payé d'autant d'amour en retour. Tu es bien placée pour le savoir, n'est-ce pas ? Ce genre de situation te rabaisse dans ta propre estime et ce, quelle que soit ta taille.

Elle me regarde avec un petit sourire triste.

— Qu'est-ce que… Qu'est-ce que tu racontes, maman ?

— Trevor.

Je ravale mon souffle.

— Mais je… je… Je ne…

— Mais si, ma chérie. Tu es amoureuse de Trevor. Tu l'aimes depuis que tu es toute petite.

Mon visage se crispe, je sens les larmes toutes proches.

— Bon, d'accord, c'est vrai. Mais parlons plutôt de papa et toi.

— Si tu veux. Mais tu vois, moi, je t'approuve de chercher un autre homme que Trevor, un homme qui te considère comme la lumière de son existence.

Elle laisse passer quelques secondes, abîmée dans la contemplation du sol.

— Pas quelqu'un qui ne remarque même plus ta présence.

J'ignore si elle parle d'elle, de Trevor, de Ryan ou de papa. Je m'essuie les yeux et tente d'avaler ma salive.

— Je suis fatiguée de me battre pour que ton père se rende compte que j'existe.

Elle semble si lasse et résignée que je dois serrer les dents pour ne pas éclater en sanglots.

— Pour lui, je fais partie des meubles. Cela fait trop longtemps qu'il trouve normal que je sois là quand l'idée lui vient de s'apercevoir de ma présence. Pourtant, j'ai toujours été là, moi — sa femme, la mère de ses cinq enfants. J'ai tenu sa maison, j'ai préparé les repas, je vous ai couru après, je vous ai soignés quand vous étiez malades, et tout cela sans cesser de l'aimer comme au premier jour. Mais pendant ce temps-là, lui, il s'est consacré uniquement à ce qui lui plaisait. Son métier de pompier, ses gars de la caserne… ses enfants quand ça lui chantait. On aurait dit que tout était plus important que moi.

Bouton-d'Or transfère sa tête sur les genoux de ma mère, qui entreprend de caresser ses grandes oreilles.

Malgré les épines qui m'enserrent la gorge, je parviens à articuler :

— Mais Harry, tu l'aimes vraiment ?

— Oui, réplique-t-elle avec simplicité, tandis que mon cœur se brise. J'aime me sentir neuve dans ses yeux, intéressante et… disons-le, oui, adorée.

Je hoche la tête, le chagrin se levant en moi tel un brouillard.

— J'espérais que tu serais ma demoiselle d'honneur, Chastity… Bien que tu puisses réserver ta réponse, ça va de soi.

Ne voulant pas craquer devant ma mère, je me lève.

— Il faut que j'y aille, dis-je d'une toute petite voix.

— D'accord.

Elle se lève également et me serre dans ses bras.

— Je t'aime, ma chérie.

— Moi aussi, je t'aime, maman. Simplement, il faut que je monte cinq minutes dans ma chambre.

Et sur ce je m'enfuis dans le vestibule, Bouton-d'Or sur mes talons.

Comme j'étais la dernière à partir pour l'université, ma chambre n'a pas été convertie en bureau ou en salle de couture, ainsi que l'ont été les deux chambres des garçons. Assise sur mon lit de jeune fille, dans le noir, je regarde autour de moi, Bouton-d'Or à mes pieds. Mes trophées de basket sont toujours alignés sur la plus haute étagère de la bibliothèque. Les Goo Goo Dolls me dévisagent depuis leur poster. Mon tapis ouatiné couleur lavande, que je trouvais si féminin à l'époque, m'apparaît nettement plus rasta qu'auparavant. Sinon, il n'y a pas eu de grand changement depuis mon départ.

Les larmes roulent sur mes joues. Je tente d'inspirer profondément et de me ressaisir. En vain.

Fut un temps où je croyais à l'amour éternel. Je pensais qu'à la base de tout, sous les strates d'irritation, d'impatience et de prises de bec, le couple de mes parents était inaltérable. Qu'ils s'aimeraient toujours. Qu'ils resteraient toujours ensemble, même en étant séparés. J'ignorais que quelqu'un pouvait être l'homme de votre vie, puis un jour s'estomper de votre cœur. J'ignorais qu'un cœur pouvait avoir l'impression de n'être plus qu'un résidu de gomme érodé, noirci par la négligence et l'usage excessif. C'est une pensée qui m'est insupportable. Insupportable.

La porte d'entrée claque.

— Betty ?

C'est la voix de mon père, vibrante de panique. Je n'ai pas entendu sa voiture arriver.

— Betty, Jack vient de m'appeler ! Betty !

Mon père, qui trouve banal de pénétrer dans des immeubles en flammes au sol précaire, a la voix d'un enfant apeuré.

— Chérie, ce n'est pas sérieux ! Tu ne peux pas faire ça !

Leurs voix me parviennent avec une horrible netteté et, malgré ma répugnance à suivre leur conversation, je suis comme soudée au lit. Bouton-d'Or me regarde, la tête posée sur le tapis mauve.

— Je suis désolée, Mike, mais c'est on ne peut plus sérieux, au contraire. Je vais épouser Harry.

Il n'y a pas de colère dans la voix de ma mère : juste de la tristesse, de la résignation et une sombre franchise sous-jacente.

— Oh ! Betty…

C'est la première fois que j'entends pleurer mon père. J'ai déjà vu des larmes dans ses yeux, ça oui. Je l'ai également vu muet de chagrin ou rendu agressif par la peur, mais ses sanglots déchirants me prennent directement à la gorge.

— Ecoute, je vais prendre ma retraite, c'est promis. Dès demain ! Je vais appeler le chef, Betty, je l'appelle tout de suite…

— Ce n'est pas ça, Mike. Je suis vraiment navrée, mais il est trop tard.

— Tu ne peux pas faire ça ! Tu m'aimes toujours. Je t'en prie, Betty ! Je t'aime ! Je n'ai jamais cessé de t'aimer.

La voix de maman me parvient, douce et apaisante, affreusement tendre — pas sa voix de Père Donnelly, mais celle de la mère aimante, celle qu'elle prenait quand nous avions de la fièvre, mal au ventre, quand nous pleurions parce que nous n'avions pas assez d'amis à l'école ou parce que nous détestions être plus grands que les autres.

— Je t'ai donné des années pour prendre ta retraite, Mike.

Si tu la prends maintenant, c'est uniquement parce que tu ne veux pas que je parte avec quelqu'un d'autre. Ce n'est pas vraiment pour moi.

— Je t'en prie, Betty…

— Non. Je regrette, Mike. Une partie de mon cœur ne cessera jamais de t'aimer, et puis nous aurons toujours les enfants et les petits-enfants en commun, mais maintenant c'est fini.

Les pleurs de mon père me brisent le cœur.

Maman continue de lui parler, mais je ne l'entends plus. Au bout de quelques minutes, la porte de la cuisine se referme, un moteur démarre, puis les pas de maman résonnent dans le couloir. Elle ouvre la porte de ma chambre, s'adosse contre l'encadrement et me regarde. Je murmure :

— Papa va bien ?

— Je viens d'appeler Mark. Luke et lui vont passer le voir.

Elle baisse les yeux.

— Ma chérie, je crois que tu ferais mieux de partir, maintenant. J'ai besoin d'être seule.

Je rentre chez moi comme un zombie et donne à manger à Bouton-d'Or. Plantée devant ma chienne, je la regarde dévorer ses croquettes, ses babines claquant contre sa gamelle, avec l'impression que les murs se referment sur moi. Je ne veux pas penser à mes parents — c'est trop triste. Il faut que je sorte.

L'endroit où je *voudrais* aller et celui où je *devrais* aller sont deux lieux bien distincts. J'enfile mes baskets montantes à la hâte et me précipite au bout de la rue, vers l'endroit où je *dois* aller.

Il fait nuit noire à présent et je cours, enveloppée par la petite musique caractéristique des soirs d'été — les radios allumées, les portes qui claquent, les cris d'enfants qui jouent, un match de base-ball, là-bas, au Reilly Park. Les terrasses de restaurant sont noires de monde ; les guirlandes lumineuses clignotent ; les gens rient, boivent, mangent, prennent du bon temps. Je continue de courir, faisant claquer la semelle de mes baskets montantes sur la chaussée.

Le General Hospital d'Eaton Falls apparaît très accueillant sous l'illumination de ses éclairages artificiels. *Bonjour! Ravi de vous voir! Amusez-vous bien!* semble lancer le hall d'entrée — il est décoré de fresques brillantes et de ficus en pot. Quel goût exquis, vraiment! Mais c'est mon ressentiment qui s'exprime.

— Puis-je vous aider?

L'employée de l'accueil me dévisage avec un grand sourire.

— A quel étage se trouve le service de chirurgie?

— C'est au sixième. Vous venez rendre visite à un patient?

— Non, il faut que je voie le Dr Darling.

— Oh! mais je ne peux pas le biper...

Mais je me dirige déjà résolument vers les ascenseurs.

D'un pas rapide, je vais jusqu'au poste d'infirmières du sixième étage.

— Est-ce que Ryan Darling est là?

Une infirmière me dévisage d'un air désapprobateur.

— Il est avec un patient.

— Au bloc, vous voulez dire?

— Il est avec un patient, répète-t-elle d'une voix forte, comme si j'étais un peu dure d'oreille.

Elle me considère de pied en cap, son visage reflétant un jugement sans ambiguïté : « Pourquoi n'appelez-vous pas son cabinet de consultation pour prendre rendez-vous avec lui ? »

— Vous voulez bien me renseigner, oui? Ryan Darling est mon petit ami.

Franchement, on devrait pouvoir recourir à une autre expression que « petit ami ». Quelque chose de plus digne et de plus solennel. En disant « petit ami », j'ai l'impression d'avoir quinze ans.

— Il n'en demeure pas moins que le Dr Darling... est-avec-un-patient.

— Très bien! Dans ce cas, y a-t-il un endroit où je puisse l'attendre?

L'infirmière, qui est aussi douce et compatissante que… au hasard, miss Ratched[1], pousse un soupir théâtral.

— Au bout du couloir, il y a une salle d'attente réservée aux familles. Mais essayez de respecter leur sensibilité, je vous prie.

Réprimant l'envie folle de lui flanquer mon poing dans l'estomac, je fonce au bout du couloir en veillant bien à ne pas jeter un seul regard aux chambres qui s'alignent des deux côtés. Je ne tiens pas à voir des gens malades et des familles dans la peine ; je suis déjà assez malheureuse comme ça.

La salle d'attente est vide, même si quelques gobelets témoignent d'une occupation récente. La télévision fixée en hauteur est branchée sur CNN, mais je ne regarde pas non plus ce qui passe à l'écran. La voix brisée de mon père résonne encore dans mon esprit. Ce soir, le ciel lui est tombé sur la tête. Il n'y croyait pas, il n'a pas entendu ce que lui disait ma mère pendant toutes ces années.

Plus vite que je ne m'y attendais, Ryan ouvre la porte. Sous sa blouse blanche, il est en tenue stérile, mais s'il s'occupe de la souffrance humaine cela ne se voit pas sur son visage. Il conserve cette même séduction glacée qui m'avait frappée chez lui, la première fois que je l'ai vu. M. *New York Times*.

— Ryan, j'ai une mauvaise nouvelle.

De nouveau, ma gorge se bloque hermétiquement.

— Ma mère va se remarier.

Ma voix se brise sur ce dernier mot.

— Avec Harry ? me demande-t-il de façon assez obtuse.

Non, andouille ! Avec Barack Obama.

— Evidemment, avec Harry !

— Comme c'est charmant, murmure-t-il, avant de s'aviser de l'expression de mon visage. Quoique…

— Mon père est anéanti, Ryan, dis-je d'un ton dur.

— Bien sûr, bien sûr… Il n'en demeure pas moins que…

— Il n'en demeure pas moins que *quoi*, Ryan ?

1. Miss Ratched, personnage d'infirmière chef tyrannique dans le film *Vol au-dessus d'un nid de coucou* de Milos Forman.

Il incline la tête sur le côté et hausse les épaules.

— Il n'en demeure pas moins, Chastity, que tu dois voir le bon côté des choses. Je comprends que tu sois triste que ta mère ait tourné la page, mais après tout tes parents sont *divorcés*. Ta mère épouse un homme qui la tient en très haute estime, quelqu'un qui est à l'aise financièrement. C'est une excellente union.

Une excellente union ! Non, mais où se croit-il donc revenu ? Dans l'Angleterre du Moyen Age ? Mes yeux s'emplissent de larmes. Je déglutis bruyamment, le ventre palpitant de colère.

— Ne sois pas triste, mon cœur, me dit-il, tandis que son regard vole vers la pendule.

— Tu dois y aller ?

— Il faut que je fasse la tournée de mes malades.

Je me raidis.

— OK. A plus, alors.

— Dis, me demande-t-il, la voix enfin teintée d'une note d'inquiétude, tu crois qu'on pourrait aller à New York, ce week-end ?

Si je reste là une seconde de plus, je lui colle un œil au beurre noir.

— Faut que j'y aille. A plus, Ryan.

— Chastity !

Mais j'ai déjà dépassé l'infirmière revêche pour atteindre l'ascenseur. J'appuie sur la touche correspondant au hall d'entrée avec une violence inutile, serrant les dents en attendant que cette stupide cabine descende. Je sors en trombe de l'ascenseur, dépasse une famille au pas de course et ressors de l'hôpital dans la touffeur de ce soir d'été. Je me suis remise à courir, mais avec un point de côté, maintenant. Je m'oriente vers le centre-ville. Vers l'endroit où je voulais aller dès le départ. Mes yeux débordent de larmes, j'ai le nez qui coule. Bonjour le potentiel de séduction !

Avant de m'en rendre compte, je me retrouve plantée devant l'immeuble où habite Trevor. Non loin, quelqu'un joue de la guitare ; les doux accords de l'instrument flottent librement jusqu'à mes oreilles. Un bébé pleure. Levant les yeux vers les fenêtres qui bordent l'angle nord-est du bâtiment, je vois des lumières. Il est chez lui.

Quelqu'un vient de sortir de l'immeuble, m'évitant de sonner à l'Interphone. Je me contente de saisir la porte avant qu'elle ne se referme automatiquement. Je traverse le hall en courant, grimpe l'escalier quatre à quatre, m'enroulant autour de la rampe à chaque palier avant d'attaquer la volée de marches suivantes tête baissée, tel un marine. Arrivée au quatrième étage, je déboule dans le couloir et stoppe en dérapage contrôlé devant l'appartement 4D.

Haletante, je frappe un coup sec à la porte et, lorsque Trevor vient m'ouvrir, l'air franchement étonné, je ne fais ni une ni deux. Je me jette dans ses bras.

31

— Chastity ? Mais qu'est-ce qui se passe ?

Il tente de s'écarter pour voir mon visage, mais je l'en empêche en le serrant de toutes mes forces contre moi. Je sens la chaleur de son cou contre ma joue, la force rassurante de son étreinte, un parfum de savon et de shampooing. Oh ! mon Dieu, je reconnais ces odeurs, cette sensation ! Je me souviens de tout.

— Ma mère…

Je ne reconnais pas ma propre voix.

— Il lui est arrivé quelque chose ?

Même pour poser une question pareille, il garde un ton doux et posé.

Je sanglote :

— Non ! Elle va bien.

— Allons, entre, ma chérie.

Trevor se détache tant bien que mal de moi, me prend par la main et me conduit à l'intérieur de son appartement. C'est la première fois que je viens ici. Son séjour est d'un jaune chaleureux, orné d'une cheminée et de nombreuses plantes vertes, mais les larmes qui inondent mes yeux m'empêchent d'en voir davantage. Trevor me pousse avec douceur vers le sofa et quitte la pièce pour revenir une seconde après, muni d'une boîte de mouchoirs.

— Que se passe-t-il, Chastity ? me demande-t-il alors que je me mouche bruyamment.

Il me faut plusieurs mouchoirs pour éponger mes larmes.

Mes mains tremblent, mes jambes aussi. Je ne parviens pas à lui répondre sur-le-champ.

— Chas, ma puce, qu'est-ce qui ne va pas ?

Il s'agenouille devant moi et me prend les mains.

— Elle va se marier, Trevor, dis-je dans un souffle, avant de me remettre à bramer. Elle va se marier avec Harry et mon père est si… Il était tellement… et je n'arrive pas à… Jamais je n'aurais cru que… ils s'aimaient, tous les deux, mais maintenant…

Trevor se glisse sur le sofa couleur chocolat et m'étreint tendrement, me laissant pleurer dans son cou. Il me caresse les cheveux en murmurant des paroles que mes violents sanglots, semblables à des grognements de phoque, m'empêchent de distinguer. Il se rapproche de moi, dépose un baiser au sommet de mon crâne et… zut, je renonce !

Je ne peux plus continuer à me mentir. Je suis amoureuse de Trevor. Depuis toujours et pour toujours. Je n'ai jamais cessé de l'aimer et, à cet instant, mon amour pour lui dépasse tout. Voilà douze ans que je m'efforce de le considérer comme un des gars de la bande.

Mais c'est faux !

Je l'aime. Et, à l'instar de l'amour de maman pour papa, mon amour pour lui risque de s'user au fil des jours et à force de découragement. Il se peut qu'un jour, je considère Trevor de la même façon que ma mère considère mon père à présent… comme l'homme qui lui a usé le cœur.

— Trevor, je…

Ma voix se brise. Je m'écarte de lui pour le regarder.

Il sait. Je le vois dans son regard, il sait à quel point je l'aime encore, peut-être même l'a-t-il toujours su. Il prend mon visage au creux de sa main, son pouce effaçant mes larmes, caressant ma joue.

Je l'embrasse.

C'est un baiser rempli de désir, de chagrin, de tristesse, de souffrances et… d'amour, bien entendu, car au fond de mon âme je porte gravé au fer rouge que j'étais faite pour aimer

Trevor et cela, quels que soient ses sentiments envers moi. Mon amour pour lui est inscrit dans chaque repli de mon cœur, dans chaque molécule de mon corps, dans chaque fibre de mes muscles, dans chaque goutte de mon sang. Et je refuse de laisser ce sentiment s'estomper.

L'espace d'une seconde, il reste figé, sans réaction, et l'écho de son rejet se remet une fois de plus à résonner en moi.

C'est alors qu'il me rend mon baiser avec force et douceur, sa bouche se plaque à la mienne, avide et désespérée. *Oh ! merci mon Dieu ! Merci, mon Dieu !*

Sous mon T-shirt, ses mains courent sur ma peau, brûlantes. J'enfouis les miennes dans ses épais cheveux encore humides de la douche, entrouvrant mes lèvres sous la pression de sa bouche et enroulant mes jambes autour de lui. Mon pied va heurter la table basse qui se renverse dans un bruit sourd, mais cela ne nous arrête pas. Plus rien n'existe à part nous. Lui et moi, enfin réunis. Il nous a fallu très longtemps pour nous retrouver, mais à présent c'est comme si nous n'avions jamais été séparés. Je sens sous mes doigts son corps chaud, lisse, torride et follement désirable. Magnifique. D'une perfection absolue.

J'ouvre sa chemise d'un coup, arrachant quelques boutons au passage, mais quelle importance ? Je l'aime depuis si longtemps !

Nous ne sommes pas tendres, nous ne sommes pas élégants. Nous sommes une force de la nature qui nous pousse à arracher nos vêtements, à faire valser nos chaussures. Un autre objet se brise, mais ce n'est qu'un bruit dans le lointain. Le coussin du sofa se dérobe, et nous roulons par terre sans prendre la peine de remonter à la surface pour respirer. Mon cœur cogne si fort que c'est à peine si je perçois encore mon environnement. La peau embrasée de désir, j'étouffe un gémissement de plaisir en sentant son corps brûlant épouser le mien.

— Chastity, murmure-t-il d'une voix rauque et tendue.

— Je t'en prie, Trevor, je t'en prie…

Je t'en prie, ne t'arrête pas ! Je t'en prie, ne me repousse pas ! Je t'en prie, aime-moi encore.

Sans un mot de plus, il plonge son regard incandescent dans le mien et, lorsque ensemble nous atteignons l'extase, je comprends qu'il ne pouvait en être autrement. Voilà. Trevor et moi, c'était inéluctable. Il est ma patrie et je suis exactement à ma place dans ses bras. Puis, mon cerveau cesse de concevoir des pensées cohérentes, et seules demeurent en moi les sensations. Mon amour pour Trevor est si fort que mon cœur est à la limite d'imploser.

Il me faut un certain temps avant de recouvrer une respiration normale, avant que ma vue ne s'éclaircisse de nouveau. Trevor, lui, reste immobile, le visage niché dans mon cou, sans relâcher son étreinte. J'entends sa respiration haletante, les sourds battements de son cœur contre le mien.

Les coussins du sofa gisent pêle-mêle, l'un d'eux nous recouvre en partie, les autres sont tout de travers. La table basse est renversée sur le côté, entourée de quelques éclats de verre. A tous les coups, je vais avoir un bleu à la hanche, et je suis pratiquement certaine d'avoir labouré le dos de Trevor.

Je cherche à prolonger l'harmonie de ce moment, mais la réalité frappe à la porte de mon paradis. Une pointe de mauvaise conscience vient transpercer le flou idyllique de ma passion, et je ne puis supporter de laisser un sentiment de culpabilité s'insinuer dans la brèche déjà entrouverte.

— Trev ?

— Oui…

Il lève la tête et me regarde, le visage sérieux, les joues empourprées. Puis il prend une profonde inspiration et se lève.

— Tu veux boire quelque chose ? me demande-t-il en enfilant son jean.

Sans attendre de réponse, il se dirige vers la cuisine.

Ce n'est pas bon signe. Je porte la main à ma bouche encore brûlante et gonflée de ses baisers. Je reste encore allongée une minute, puis me redresse tant bien que mal, récupère mon T-shirt, mes sous-vêtements et mon short. J'ai gardé mes chaussettes. Je me rhabille à la hâte, jetant un coup d'œil en direction de la cuisine où Trevor se tient devant l'évier, les mains appuyées de part et d'autre du rebord, pendant que l'eau coule du robinet. Les muscles de ses larges épaules sont ramassés et tendus, il laisse pendre sa tête en avant. Il ne remplit pas un verre d'eau, il ne ferme pas le robinet. Non, il reste planté là, immobile, et je sens des ondes de regrets émaner de lui. Je le supplie silencieusement.

Dis quelque chose, Trevor ! Fais que tout aille bien ! Je veux qu'il revienne vers moi, qu'il m'enveloppe de ses bras, qu'il me dise que ça n'était pas une erreur. Mais il ne fait rien, il se contente de regarder l'eau couler du robinet.

Je brûle de le rejoindre, de le rassurer, de le toucher, mais je n'ose pas. Pas au moment où il n'arrive même pas à me regarder.

Une soudaine vibration à mes pieds me tire de mes pensées. Je baisse les yeux. C'est le portable de Trevor, apparemment tombé sur le tapis au cours de nos acrobaties. Je regarde de nouveau ses épaules crispées, puis me baisse et consulte l'écran du téléphone.

Appel entrant de Hayden.

Je lâche l'appareil et l'expédie d'un coup de pied sous le sofa.

Trevor n'aura qu'à le chercher tout à l'heure, n'est-ce pas ? Il devra fouiller tout l'appartement en se demandant : *Mais que diable ai-je fait de mon téléphone ? Où peut-il bien être passé ?*

Pour l'instant, il continue de fixer l'eau qui s'échappe du robinet.

Deux options se présentent à moi. Partir avec dignité ou lui avouer toute la vérité. Et je vais vous dire une bonne chose : merde pour la dignité !

— Dis donc, Trev… Tu pourrais peut-être revenir ici ?

Il tourne la tête et acquiesce. Puis il prend deux verres et les remplit, avant de daigner me rejoindre dans le séjour. Après avoir posé les verres sur la table, il entreprend de ramasser les morceaux de verre brisé, puis récupère sa chemise. Sauf qu'il ne peut pas la boutonner, vu que je la lui ai déchirée. Il redresse les coussins du sofa et s'assied.

— Chastity…, commence-t-il en croisant enfin mes yeux.

Mon estomac se décroche d'un coup en voyant l'expression de son regard.

— Trevor, si tu t'apprêtes à me sortir que « nous n'aurions jamais dû faire ça », tu me permets de te signaler quelque chose, avant ?

J'ai la voix rauque, et même un peu effrayée.

— Tu es avec quelqu'un, murmure-t-il.

Je baisse les yeux. Bien entendu, il a raison. Moi qui ai pratiquement réduit Mark en bouillie lorsqu'il a trompé Elaina, je viens à mon tour de tromper mon petit ami. La honte me brûle le visage. Je m'assieds en face de Trevor et déglutis avant de lâcher dans un souffle :

— Je sais.

— Et moi aussi.

Je prends une profonde inspiration.

— Trevor, il faut que tu saches que je t'ai toujours ai…

— Non, Chas, me coupe-t-il, les yeux fixés sur ses genoux.

— Non, quoi ?

— Ne le dis pas et ne romps pas avec Ryan.

Ce sont sans doute les paroles les plus blessantes qu'il pouvait prononcer dans de telles circonstances. J'ouvre la bouche, mais aucun son n'en sort. Il lève les yeux sur moi.

— Je ne veux pas être la cause de ton échec sentimental.

Ses yeux brillent à présent d'un éclat plus sombre, plus intense, terriblement grave.

— Ryan est un type bien, Chas. Il a bien plus à t'offrir que moi. Et puis il t'aime.

Il se penche pour saisir ma main inerte, totalement relâchée.

Je ne suis pas stupide. *Il t'aime, lui… ce qui n'est pas mon cas.* Pas besoin de traduction. Ma tête me fait souffrir. Mon cœur aussi. Il me fait mal physiquement, comme si on y avait planté un pic à glace. Je retire ma main d'un geste si brusque que mon coude heurte le bras du fauteuil avec un bruit sourd.

— OK, Trev, dis-je en m'efforçant de ne pas pleurer. Si je comprends bien, nous allons continuer à… disons, coucher ensemble tous les dix ans, et moi, je vais continuer à en baver dix ans de plus pendant que de ton côté tu continueras à jouer les grands frères.

J'ai haussé le ton sans m'en apercevoir.

— Hein ? C'est ça qui va se passer, Trev ?

— Non, Chastity. Ça ne se reproduira pas. Je regrette, je regrette vraiment. Ça n'aurait pas dû se produire du tout. Tu le sais aussi bien que moi.

Je me lève de mon fauteuil.

— Non, je ne sais rien, apparemment, sinon je n'aurais pas fait l'amour comme ça avec toi, pas vrai ?

— Chastity…

Lui aussi s'extrait du sofa, les mains levées en signe d'apaisement, et il me prend l'envie folle de lui en coller une bonne.

— Chas, tu…

Il laisse retomber ses mains le long du corps et secoue la tête.

— Allez, vas-y, Trevor ! Dis-le !

Je pointe sur lui un doigt tremblant.

— Si nous nous mettions ensemble et que ça ne marchait pas, tu te ferais virer de ta chère famille d'adoption. Tu as peur de les perdre, Trevor ! Au moins reconnais-le. A tes yeux, ma famille compte plus que moi.

Il change de visage. Fait un pas vers moi. Pour la première fois de ma vie, je vois qu'il est en colère. Peut-être même furieux.

— C'est faux, gronde-t-il d'une voix que je ne lui connaissais pas. Faux et archifaux, Chastity ! Si nous étions ensemble et que ça ne marchait pas entre nous, c'est toi qui me virerais. C'est toi que je ne veux pas perdre.

J'en reste interdite.

— Quoi ?

— C'est toi qui m'as dit un jour que nous avions tous deux bien trop à perdre dans l'histoire, tu te souviens ?

— Mais aujourd'hui la situation n'est plus la même, Trevor. Tu ne peux pas…

— Tu avais raison, voilà la vérité. Si nous en restons là, nous ne nous décevrons jamais, Chastity. Nous ne romprons jamais. Nous ne divorcerons jamais.

Il recule d'un pas, la colère se retirant de lui.

— Tu peux trouver mieux que moi, Chastity.

— Il n'existe personne de mieux que toi ! dis-je de toute mon âme, mais il se borne à secouer la tête.

— Tu sais très bien ce qui se passerait. Un pompier, ça ne gagne pas grand-chose. Je mènerais deux jobs de front, j'accumulerais le maximum d'heures supplémentaires, et au bout d'un moment tu te mettrais à me haïr. Comme ça s'est produit pour ton père et ta mère.

Mes yeux s'inondent de larmes. Une fois de plus. Il marque un point.

— Par contre, si nous restons chacun de notre côté, nous ne finirons pas comme eux, enchaîne-t-il d'un ton radouci. J'ai perdu Michelle, j'ai perdu mes parents, je ne veux pas te perdre toi aussi, Chastity. Je ne peux pas me le permettre.

— Trevor… Je ne pourrai jamais te haïr. Je t'aime ! Depuis toujours.

C'est cet instant que choisit son maudit téléphone pour se mettre à sonner. Pas le portable planqué sous le sofa : son téléphone fixe. Nous nous dévisageons tandis que les sonneries s'égrènent — une… deux… trois. Je sens mon sang propulsé vers mon cœur, mon pouls battre à ma gorge. Le répondeur de Trevor se déclenche.

— Salut, c'est moi, mon chéri. Je voulais simplement m'assurer que c'était toujours d'accord pour demain. Appelle-moi. Je t'aime.

Trevor ferme les yeux et ses épaules s'affaissent.

C'est bon, j'ai ma réponse.

— Tu sais quoi, Trev ? dis-je d'une voix à peine plus forte qu'un murmure. Je m'en vais.

— Chastity… Ce n'est pas ce que tu crois.

Oh ! Il n'aurait pas pu dire quelque chose de plus stupide ! Brusquement, ma colère revient en force, je tremble de fureur.

— Ah, non ? Eh bien, tu sais ce que je crois, moi ? C'est que la Parfaite Hayden veut te remettre le grappin dessus ! Et tout ton baratin sur ta peur de me perdre, c'est un tissu de conneries ! Mais au cas où tu serais sincère, je vais te dire une bonne chose. Tu m'as bel et bien perdue, Trevor. Là, maintenant.

— Ne dis pas ça, Chastity…

— Va te faire foutre, Trevor ! Je ne suis pas ta sœur, je ne suis pas ton meilleur pote, je ne suis pas ta copine ! Tu as raison. Il y a un homme qui m'aime, qui me désire, qui me trouve formidable. Alors tire-toi de mon chemin et laisse-moi aller le retrouver !

Ce qu'il fait.

Je marche le long du canal d'alimentation. Rectification : je marche rageusement le long du canal d'alimentation. Ma fureur est telle que je suis presque en lévitation. Si seulement j'avais un punching-ball sur lequel me défouler ! Bon sang ! Je n'ai donc rien appris en douze ans ? J'ai déjà oublié avec quel soulagement Trevor avait déjà rompu avec moi ? Comme se plaît à dire Elaina, trompée une fois : honte à lui. Trompée deux fois, c'est moi qui ne suis qu'une pauvre idiote !

Je m'assieds sur la berge, les mains tremblantes, les joues mouillées de larmes de rage. Je sens la rosée s'infiltrer dans mon short en jean. Un léger coup de vent fait bruire les branches des arbres, une sirène de police retentit à l'autre bout de la ville. Je renifle, pêche un mouchoir froissé tout au fond de ma poche et me mouche.

Maintenant, au moins, je suis fixée. J'ai tout mis sur la table, mon amour et mon désir. Au moins ai-je dit à Trevor ce qui me taraudait depuis toujours. Je lui ai dit que je l'aimais. Fini les suppositions gratuites.

Les paroles qu'il m'a dites s'insinuent de nouveau dans mon esprit. Il ne peut pas se permettre de me perdre… Il y a douze ans — j'en avais dix-huit — c'est moi qui lui avais fourni cette réponse commode. *Nous avons bien trop à perdre, tous les deux.* Et je comprends très bien ce qu'il entend par là… En restant simplement amis, nous pouvons rester amis pour la vie.

Mais nous ne sommes pas simplement amis ! Moi, je l'aime, et cet amour, je le lui ai offert ! Sauf que ça n'a pas suffi à lui faire surmonter sa peur. Sa peur d'être seul au monde. Sa peur de perdre encore un être cher. Conserver les choses en l'état, c'est le principe que Trevor place au-dessus de tout — son credo.

Simplement, je pensais que peut-être, pour moi, il estimerait que le jeu en valait la chandelle.

Ma respiration est encore entrecoupée de faibles sanglots de chagrin. Je sens encore sa peau contre la mienne, j'ai encore son goût dans la bouche, mais pour lui tout cela n'est qu'une erreur. Passer de temps en temps chez moi pour regarder un match des Yanks ou faire une partie de billard a plus de valeur, à ses yeux, que ce qui vient de se passer entre nous. Je lui suis plus précieuse si je me contente de faire partie de la bande.

Et puis il y a sa Parfaite Hayden ! S'il l'a suffisamment aimée dans le temps pour la demander en mariage, il doit suffisamment l'aimer, aujourd'hui, pour envisager de nouveau de l'épouser. Hayden vaut la peine qu'on tente le coup une nouvelle fois, elle. Moi non.

Je sursaute en entendant la sonnerie de mon portable. C'est peut-être Trevor. Peut-être m'appelle-t-il pour me dire qu'il regrette. Peut-être que…

Mais non.

— Salut, Ryan.

— Bonsoir, mon cœur.

Il s'interrompt.

— Tu pleures ?

Une nouvelle montée de larmes jaillit de mes yeux.

— Un peu, dis-je, subitement écrasée de honte et de culpabilité.

— C'est à cause de ta mère ?

Je ne mérite pas l'inquiétude que je sens poindre dans sa voix.

— Je… oui, c'est ça.

— Tu veux que je vienne ? J'ai fini mon boulot à l'hôpital.

Je m'essuie les yeux sur ma manche et lève les yeux vers les étoiles.

— Non, merci, Ryan. Je crois que j'ai simplement besoin d'être seule.

— Je comprends. Mais on se voit demain, d'accord ?

— Ryan ?

— Oui ?

— J'ai vraiment hâte de partir ce week-end.

Et je le pense du fond du cœur.

— Moi aussi, ma chérie.

J'entends un sourire dans sa voix.

— Bonne nuit, alors.

— Bonne nuit, Ryan. Je t'aime.

Je tressaille en prononçant ces paroles.

Car, même si je suis sincère, ces mots ont un sens bien différent de celui qu'ils avaient tout à l'heure, quand je les adressais à Trevor.

32

Quelque chose est mort en moi. Agréable pensée à ruminer lors d'un week-end romantique en compagnie de son petit ami, n'est-ce pas ?

Ryan et moi arrivons au SoHo Grand Hotel, un endroit si classe et élégant que les femmes de chambre sont mieux habillées que moi. Mais de toute évidence Ryan est un habitué des lieux, car le concierge l'accueille par un « Quel plaisir de vous revoir chez nous, docteur Darling ! ».

On nous conduit jusqu'à une chambre d'un chic incroyable, dotée d'un mobilier minimaliste et de vues sur New York à couper le souffle.

— C'est magnifique, Ryan, dis-je après qu'il a glissé un pourboire à un groom/aspirant acteur presque aussi beau que lui.

— Ma foi, je voulais faire de ce week-end un séjour unique, reconnaît-il, l'air légèrement intimidé.

Puis il me donne un baiser et lance un regard en direction du lit.

— Ça te dirait de… ?

— Très franchement, Ryan, je suis un peu fatiguée.

Ce n'est d'ailleurs pas un mensonge. Je suis réellement fatiguée d'établir des comparaisons entre les deux hommes de ma vie. Rectification : il n'y a pas deux hommes dans ma vie, n'est-ce pas ? Il n'y a que celui-ci.

Nous nous allongeons sur le magnifique lit design aux lignes profilées, main dans la main. Je lui parle un peu des endroits où j'aimais traîner du temps où j'étais étudiante, des lieux où je m'aventurais quand je travaillais encore à Newark et que je venais à New York pour me distraire. Il me parle avec amour de son interminable internat au Columbia Presbyterian, de ses gardes éprouvantes, du petit restaurant thaï qu'il fréquentait, des endroits de Central Park où il allait se détendre.

En le regardant, je n'éprouve pas le chagrin déchirant que j'éprouve — que j'éprouvais — pour Trevor. Et il y aurait beaucoup à dire là-dessus. Sauf erreur de ma part, Ryan compte me demander en mariage ce week-end, et je vais dire oui. Inutile de ressasser indéfiniment ma déception. Ce qui est mort en moi va durcir, puis se désagréger peu à peu en petits fragments. De la même manière que cela s'est passé pour maman à l'égard de papa.

Nous prenons quelques verres dans le lounge — des boissons très classe, délicieusement chères (qui aurait cru qu'un martini pouvait coûter vingt-cinq dollars ?) — avant de nous diriger vers Broadway pour y voir *Wicked*. C'est magnifique. J'adore cette comédie musicale. Ryan lui-même reconnaît que le spectacle était excellent. Nous enchaînons par un souper au… au Rainbow Room, rien que ça. Vu que je sors avec un chirurgien fortuné, je n'éprouve aucun remords à commander du filet mignon ainsi qu'un autre martini de tout premier ordre. Notre repas terminé, nous rejoignons la piste de danse où officie un petit orchestre et, bien entendu, Ryan se révèle un danseur hors pair.

— Décidément, tu es très doué, dis-je en levant les yeux vers lui.

Dans ma grande sagesse, j'ai pensé à mettre des talons plats.

— Les danses de salon étaient inscrites à mon programme d'études, avoue-t-il. En classe de cinquième.

— C'est la première fois que j'évolue au bras d'un cavalier réellement expérimenté.

— Tu te débrouilles pourtant très bien, tu sais, réplique-t-il en effleurant mes lèvres d'un baiser.

— Je t'aime, dis-je, plus pour lui que pour moi.

— Moi aussi, je t'aime. Et à ce propos…

Il lâche ma main pour fouiller dans sa poche de poitrine.

— … j'espère que tu me feras l'honneur de devenir ma femme.

Quel est l'air que joue l'orchestre ? Je ne le reconnais pas. Avec un sourire lumineux, Ryan glisse un énorme diamant à mon annulaire gauche.

— Oh… il est magnifique !

Et c'est la vérité. Il s'agit d'un diamant « taille émeraude », monté sur platine et flanqué de deux diamants plus petits. Epoustouflant, comme un bijou tiré du *New York Times*.

— Veux-tu bien m'épouser, Chastity ? me demande-t-il, plus pour la forme que pour autre chose.

— Oui, dis-je en nouant mes mains autour de son cou pour l'embrasser.

Autour de nous, les sourires et les applaudissements éclatent.

Voilà donc ce que va être ma vie, me dis-je sur le chemin du retour. L'air est frais et sec, une légère brise fait voler mes cheveux, une bonne odeur de pain flotte dans les rues. Tout autour de nous, Manhattan bourdonne et clignote. Je lève la main pour examiner ma bague, geste qui fait sourire Ryan.

— Mes parents vont être ravis, dit-il.

— Tu crois ?

Il se met à rire et me presse les doigts. Des visions de Thanksgiving et de Noël chez le Dr et Mme Darling me traversent l'esprit, aussi surréalistes qu'un tableau de Salvador Dalí.

— Les miens aussi seront ravis, tu sais.

— Je m'en doute, réplique-t-il.

Je me retiens de lever les yeux au ciel, préférant me représenter Ryan chez nous pour Thanksgiving, participant bravement à nos matchs de football sans plaquage qui, malgré leur côté bon esprit à la Kennedy, peuvent générer des essais créatifs, vachards et surtout hors jeu. Bien entendu, comme pour rien au monde nous ne voudrons abîmer les mimines en or de Ryan, il aura toujours la possibilité de se défiler. N'empêche. Ça pourrait être marrant.

Le lendemain, grasse matinée. Après avoir pris un brunch

à l'extérieur, nous passons l'après-midi à faire des emplettes chez Saks, principalement pour Ryan, à vrai dire, qui doit renouveler ses costumes, bien qu'il m'ait gentiment offert de fabuleux sous-vêtements ainsi qu'un pyjama de soie pêche — peut-être faut-il y voir une allusion au vieux maillot des Yankees que je porte habituellement pour dormir. De retour à l'hôtel, j'appelle maman pour lui communiquer la grande nouvelle.

— Oh ! Chastity ! Ma chérie, c'est merveilleux ! Merveilleux !

Et elle propose aussitôt d'inviter les garçons et leurs familles dès demain afin que Ryan et moi puissions leur annoncer nos fiançailles en direct.

— Mais oui, avec plaisir. C'est une bonne idée, maman.

A son tour, Ryan appelle ses parents et me passe Madame avec qui je m'entretiens quelques instants au téléphone.

— Je vous prie, appelez-moi Libby. Et pour votre robe, darling, j'ai tout un carnet d'adresses d'excellents créateurs.

Le Dr Darling prend la suite.

— Bienvenue dans la famille ! s'exclame-t-il chaleureusement.

Etc., etc.

Je vais à la fenêtre de notre élégante chambre pour contempler l'Empire State Building.

Est-ce à moi que tout cela arrive ? Ça me semble un peu irréel. Je ne suis pas à ma place dans un hôtel comme celui-ci. La bague, bien qu'elle soit à ma taille, ressemble à un accessoire de cinéma. Il y a moins de vingt-quatre heures que nous sommes ici, et déjà ma petite maison me manque. Bouton-d'Or aussi.

— Je ferais mieux d'appeler mon père, dis-je lorsque Ryan raccroche le téléphone.

Je consulte ma montre. Il est 5 heures passées, et cette semaine papa assure le service de nuit — il devrait donc être à la caserne. En compagnie de Trevor, comme d'habitude. Je refuse d'y penser.

— En fait, pour tout te dire, ton père est déjà au courant, sourit Ryan. Je lui ai demandé ta main, l'autre jour.

— Ah… Ma foi, c'est très… très vieux jeu de ta part. Mais charmant, je trouve.

Je compose le numéro du portable de mon père.

— Tu es heureuse, ma chérie ?

Derrière lui, je perçois le grésillement de la radio, les voix des autres pompiers.

— Oh oui ! Très heureuse.

— Hé, Trevor ! crie papa. Devine la nouvelle ? Chastity va épouser son toubib !

J'attends le coup de poing dans le ventre. Il ne vient pas.

— Tous mes vœux de bonheur, Chas, entends-je Trevor me lancer après quelques secondes de silence.

— Trevor te souhaite tous ses vœux de bonheur, relaie papa.

— Merci, dis-je d'une voix égale.

— Chastity te dit merci ! Bon… Tu veux bien me passer mon futur gendre, maintenant ?

Ils échangent quelques propos. Ryan, toujours très respectueux, donne du « monsieur » à papa et le remercie pour sa bénédiction. Enfin, une fois nos deux familles informées de notre mariage imminent, Ryan et moi — mon fiancé et moi — nous dévisageons en silence.

— Bon. Ça s'est bien passé, constate-t-il. Tu aimerais manger quelque part en particulier ?

Je me remémore le petit restaurant italien de Thompson Street, celui où Trevor m'a appris qu'il allait épouser Hayden. Nous pourrions peut-être aller dîner là-bas, histoire de remplacer cet horrible souvenir par un autre, plus heureux. Pourtant, je réponds à Ryan que non, je n'ai pas de préférence particulière pour ce soir. Quel que soit son choix, il me conviendra parfaitement.

Mes frères me serrent tour à tour dans leurs bras, les Starah s'extasient sur ma bague de fiançailles, mes petites nièces me demandent si elles pourront porter les fleurs à mon mariage.

— Bien sûr ! Absolument ! Et vous aussi, les garçons, vous

pourrez participer à la cérémonie de la façon qu'il vous plaira. Mais attention, hein, je ne veux ni coups ni morsures !

— Bah, ça ôte tout de suite le côté sympathique de l'entreprise, objecte Jack. Toutes mes félicitations, sœurette !

Il m'enveloppe de son étreinte et ma gorge se serre.

Elaina attend son tour. Quand je m'excuse pour aller au petit coin, elle fond sur moi, n'hésitant pas à me suivre jusque dans la salle d'eau.

— Lainey, j'ai très envie de faire pipi, est-ce que tu pourrais…

— Tu es vraiment sûre de toi, mon chou ?

Assise sur le rebord de la baignoire, elle se ronge un ongle. J'en ai le souffle coupé.

— Tu plaisantes ? Comment peux-tu me demander une chose pareille ?

Ma voix se répercute sur le carrelage vert avocat.

— Tu m'as suffisamment seriné que Ryan était la chance de ma vie !

Baissant la voix, j'imite son ton grondeur.

— Ne fais pas tout foirer, *querida*. Oublie Trevor, *querida*.

— OK, ça va ! Oui, bon, je l'ai dit ! Et alors, la belle affaire ! Chas, es-tu heureuse ?

— Oui ! Je… oui, absolument !

Ma mâchoire se contracte.

— Elaina…

Ma voix n'est plus qu'un murmure empreint de dureté.

— Ce mariage constitue la meilleure décision de ma vie. Ryan est un homme bien. Nous serons très heureux ensemble. Il m'aime et je l'aime. D'accord ? Alors, je t'en prie, ne dis plus rien.

— OK.

Elle s'apprête à ajouter quelque chose… et se ravise.

— Quoi, Lainey, qu'est-ce qu'il y a encore ?

J'ai un mal de tête épouvantable ; le repas n'a pas encore commencé et je meurs de faim. Je ne rêve que d'une chose : rentrer chez moi et me pelotonner contre Bouton-d'Or.

— Tu as annoncé tes fiançailles à Trevor ? murmure-t-elle.

— Il est au courant, dis-je en lui tournant le dos.

Je feins de me recoiffer, mais le miroir me renvoie le regard rempli d'inquiétude de mon amie.

— Et comment a-t-il réagi ?

— Il m'approuve à fond.

Je me retourne pour la regarder droit dans les yeux.

— Je lui ai avoué que je l'aimais, et il m'a conseillé de rester avec Ryan.

A l'évocation de ce souvenir, mon visage se crispe de chagrin.

— Oh…, dit Elaina dans un souffle. Bon, d'accord. D'accord, mon chou. C'est bon.

— Tu voudras bien être ma demoiselle d'honneur ? dis-je à travers mes larmes.

— Evidemment !

Et ses grands yeux noirs s'embuent d'émotion, eux aussi.

Au bout d'une éternité, repus de la bienveillance de ma famille et de la succulente *piccata* de poulet de ma mère, Ryan et moi rentrons à la maison. Bouton-d'Or accourt vers moi de sa démarche dégingandée. Je me serre tout contre elle, enfouissant mon visage dans ses bajoues.

— Tu m'as manqué, miss Mocheté.

— Aaaahwoufffwoufffwoufff ! aboie-t-elle gaiement.

Moi itou, voilà ce qu'elle me répond.

Ryan recule pour éviter un filet de bave.

— Tu sais, le règlement de ma copropriété n'autorise pas les chiens. Il faudra qu'elle reste avec ton frère.

Je le foudroie du regard.

— Bouton-d'Or reste avec moi. Et qui dit que nous allons nous installer dans ton appartement ? Hein ? Moi, j'adore cette maison. Nous allons peut-être vivre ici.

Un léger sourire étire la bouche de Ryan.

— Pourquoi resterions-nous ici alors que nous pouvons vivre dans mon appartement ? Cette maisonnette est charmante, Chastity, mais ce n'est certainement pas ici que je compte habiter, déclare-t-il d'un ton délibérément méprisant.

Et très vite nous enchaînons sur nos traditionnels ébats réconciliateurs dans ma chambre.

Une fois Ryan endormi, j'enfile mon peignoir dans l'intention de descendre grignoter quelques Oreos, voire une Pop-Tarts ou deux, peut-être même trois. Mais, en haut de l'escalier, mon regard est attiré par quelque chose. Je me retourne, incrédule, et ouvre en grand la porte de la salle de bains.

Elle est finie. Ma salle de bains est terminée. Un lavabo sur colonne étincelant, au sol un carrelage d'un gris très doux... la baignoire ! Le Jacuzzi est installé, et ce n'est pas tout : il y a aussi une fougère placée dans un coin. Et toutes mes affaires ont été déballées. Les serviettes vert pâle sont drapées sur le porte-serviette que j'ai choisi il y a des mois, le petit porte-savon en porcelaine ancienne est posé sur la tablette de verre au-dessus du lavabo. Le cache-interrupteur argenté en métal martelé est en place, la photo encadrée de l'arbre enveloppé de brume est accrochée au mur. Les luminaires sont fixés.

C'est fini. C'est magnifique.

Je m'entrevois dans le miroir. J'ai les joues toutes rouges et la bouche ouverte en un O de stupéfaction.

Les garçons ont bien gardé le secret ! Ils devaient vouloir me faire la surprise. Je n'en crois pas mes yeux !

Soudain, j'entends le bruit d'une porte qui s'ouvre, suivi d'un claquement répété. C'est Bouton-d'Or qui, en bas, s'est mise à fouetter de sa queue quelque malheureux élément du mobilier.

— Salut, ma belle !

C'est la voix de Matt.

Je jette un regard en direction de Ryan qui dort à poings fermés, pittoresquement étalé sur le dos. Après avoir contemplé quelques secondes ce parfait adonis, je ferme la porte de ma chambre et descend l'escalier.

— Matt..., dis-je, la voix brouillée par l'émotion. Je te remercie d'avoir fini la salle de bains. Elle est vraiment splendide !

— Oui ? Ça te plaît ? Tant mieux.

Ouvrant le réfrigérateur, il en sort une bière qu'il me tend. Je fais non de la tête.

— Tu sais, en réalité, je n'y suis pour rien. Je n'ai donc aucun mérite dans l'affaire.

— Ah… C'est Lucky, alors ?

— Non, en fait, c'est Trevor. Il a débarqué vendredi matin et s'est mis au travail. Finalement, ça ne lui a pas pris trop de temps, une fois qu'il a été lancé. Elle est sympa, hein ?

Je m'assieds sur une chaise de la cuisine.

— Oui ! C'est superbe.

— Alors ? Le toubib est là ?

— Oui. Il passe la nuit ici, si tu n'y vois pas d'inconvénient.

Matt fait la grimace.

— Bien sûr que non !

Il sourit.

— Evitez simplement de faire plus de bruit que nécessaire, OK ? Tu es encore ma petite sœur, même si tu es assez grande pour te fiancer.

— Ha ! C'est vrai.

— Pas mal, ton caillou… Il ne s'est pas moqué de toi, dis donc, commente Matt en prenant une rasade de sa bière Adirondack.

— Merci. Tiens, tu sais quoi ? Je crois que je vais prendre une bière avec toi, tout compte fait.

Finalement, nous nous lançons dans une partie de Scrabble qui nous tient jusqu'à minuit. Bouton-d'Or a la tête posée sur mes genoux, tandis qu'en haut Ryan dort du sommeil du juste.

33

Le lendemain matin, Ryan se réveille à 5 heures.

— Qu'est-ce que j'ai sur moi ? grommelle-t-il en lorgnant le pied du lit.

— Ça doit être notre petite fille, dis-je en libérant ma propre jambe du poids qui nous écrase.

Bouton-d'Or pousse un soupir qui s'achève en gémissement.

— Chastity, ce lit n'est pas assez grand pour nous trois, décrète Ryan. Bouton-d'Or est une très… hum… gentille chienne, mais elle ne peut pas dormir avec nous quand je passe la nuit chez toi.

— C'est son lit, Ryan. Rappelle-toi que tu ne dors ici que sur faveur spéciale de sa part.

Mais ma timide tentative d'humour ne parvient pas à le dérider.

— Bon, tu n'es pas du matin, à ce que je vois.

Il finit par sourire et, se dressant sur son séant, il m'embrasse l'épaule.

— Je ferais mieux de rentrer chez moi en vitesse. Il faut que je me douche et que je consulte mes messages.

Cinq minutes après, la Mercedes — oserais-je dire *notre* Mercedes ? — s'éloigne de ma maisonnette. Parfaitement réveillée à présent, j'entre dans ma salle de bains flambant neuve et passe sous la douche. Le bonheur. La ventilation fonctionne, la pomme de douche produit un merveilleux jet d'eau chaude, mon savon, choisi depuis des mois, sent divinement bon. *Merci, Trevor.*

Mais non. Je ne peux pas me permettre de penser à lui et, d'ailleurs, pourquoi le ferais-je ? Je suis fiancée. Trevor m'a conseillé de rester avec Ryan — c'est ce que je fais. Si, de son côté, il se sent coupable de m'avoir sautée, c'est à juste titre. Et si c'est la mauvaise conscience qui l'a poussé à finir ma salle de bains, eh bien, c'est tout bénef' pour moi !

Après m'être séché les cheveux, je m'habille et décide d'aller voir papa. Vu qu'il était de service la nuit dernière, il devrait avoir regagné ses pénates depuis peu. Je m'arrête à la boulangerie pour y prendre quelques viennoiseries, puis oriente mes pas vers son appartement. Je ne tourne même pas la tête en passant devant celui de Trevor.

— Tiens, ma toute petite fille ! s'exclame papa en me serrant très fort dans ses bras.

Quand il me lâche enfin, c'est pour prendre ma main et inspecter la bague.

— Très chère, dit-il en s'essuyant les yeux.

— Enfin, papa !

— Je n'arrive pas à croire que tu vas te marier, dit-il d'une voix rauque d'émotion. Ah, tu as pensé à apporter des viennoiseries ! Entre, je vais nous faire du café.

L'appartement de papa a meilleur aspect que la dernière fois que je l'ai vu. Les cartons ont disparu et il a accroché des rideaux aux fenêtres. Quelques minutes plus tard, nous prenons un agréable petit déjeuner, chacun muni d'une chope assortie.

— Tu es heureuse, ma chérie ?

Je commence à en avoir par-dessus la tête que tout le monde me pose cette question. Enfin quoi, ça ne saute pas aux yeux ?

— Oui, papa. Très heureuse.

— Ce Ryan m'a l'air d'un type bien.

J'opine du chef.

— Et puis c'est toujours une bonne chose d'avoir un médecin dans la famille.

Je souris.

— S'il était là, Jack te dirait que rien ne vaut un bon secouriste !

Machinalement, papa se met à rire.

— Oui. Bon…

Il déglutit.

— Ta mère t'a dit qu'elle avait fixé une date ? me demande-t-il sans croiser mon regard.

— Oui.

Je repose mon croissant au chocolat. Le mariage de maman obscurcit notre horizon, malgré la distraction fournie par mes fiançailles avec Ryan. Dans trois semaines, bonté divine, dans trois semaines !

— Que vas-tu faire, papa ?

Mon père boit longuement son café.

— Rien, Chastity.

— Tu ne vas même pas tenter quelque chose ? Et si tu prenais ta retraite ? Si maman voyait que tu en as vraiment fini avec la caserne, peut-être qu'elle te reprendrait ?

Il soupire.

— Non, elle va aller jusqu'au bout, ma puce. Ce n'est pas… Je m'y suis pris trop tard.

— L'autre jour, elle m'a dit que tu étais l'amour de sa vie.

J'ai la gorge serrée. Le parallèle entre ma mère et moi est on ne peut plus flagrant. Nous allons toutes les deux épouser un homme qui n'est pas l'amour de notre vie. Bon sang, on dirait bien que je pleure.

— Mon métier de pompier, c'est toute ma vie, déclare papa avec douceur. Il est hors de question que j'y renonce, du moins pas tant que je suis encore capable de faire mon boulot. J'aimerai toujours ta mère, ma chérie. Nous aurons toujours cinq merveilleux enfants en commun, et Dieu sait combien de petits-enfants, pas vrai ? Nous nous sommes mis d'accord pour rester en bons termes, et aujourd'hui je me réjouis pour elle.

— Menteur.

Il sourit tristement.

— Bah, après tout, je n'ai qu'à m'en prendre à moi-même…

Il se racle la gorge.

— Mais c'est de l'histoire ancienne, tout ça. Raconte-moi plutôt comment ton bonhomme t'a fait sa demande.

Je raconte, papa approuve et nous parvenons à nous arracher mutuellement quelques rires. Enfin, je regarde ma montre.

— Il faut que j'aille travailler, papa. Ça ira, toi ?

— Oui. Bien sûr que ça ira. Allez, va-t'en. File. Ouste !

Je pars pour le journal, où l'on fait grand cas de ma bague de fiançailles de chez Tiffany.

— « Embrassez le pouvoir de l'anneau ou embrassez votre propre destruction », dis-je à Angela qui éclate d'un rire joyeux.

J'attends que les autres soient repartis vaquer à leurs occupations pour l'interroger.

— Dis donc, Ange, Matt m'a parlé de toi, hier soir.

Son visage s'illumine.

— Oh ! Chastity, il est merveilleux, m'avoue-t-elle, le souffle court. Je suis… comment dire : folle amoureuse. Je n'arrête pas de penser à lui.

— On dirait bien que c'est réciproque…

Elle soupire de contentement.

— Eh bien, tu sais ce que c'est quand on rencontre l'homme idéal…

— Oui. Oui, bien sûr.

Et le visage de Ryan s'impose à mon esprit. Pas celui de Jeter, d'Aragorn, et encore moins celui de Trevor.

Dans l'après-midi, je reçois un appel de ma mère. J'accepte d'être sa demoiselle d'honneur, bien que cette perspective m'horrifie.

— Mais ne m'oblige pas à porter une de ces affreuses robes, maman !

— Tu porteras ce que tu voudras, mon cœur, répond-elle avec insouciance. Le maillot des Yankees, si ça te chante. Ce genre de détail m'est complètement égal. J'épouse Harry, nous passerons notre lune de miel en Norvège…

— En Norvège !

— … et nous allons bien nous amuser. Et toi aussi, avec Ryan. N'est-ce pas ? Quand partez-vous en voyage de noces ?

— Nous n'avons même pas abordé le sujet, maman. Tu sais, nous n'en sommes pas encore au stade des préparatifs.

— Eh bien, ne traînez pas trop. C'est merveilleux de se marier !

— Tu n'as pas toujours dit ça…

— J'ai très bien entendu, Chastity !

— Et alors ?

— Et alors, vide ton sac, jeune fille !

L'irritation pointe dans sa voix, et c'est d'un ton tout aussi acerbe que je lui demande :

— Es-tu bien sûre de vouloir épouser un homme que tu n'aimes pas autant que papa ?

— Et toi, es-tu bien sûre de vouloir épouser un homme que tu n'aimes pas autant que Trevor ?

Sa réplique me fait l'effet d'un coup de poing dans la gorge.

— Maman !

Elle s'empresse de faire marche arrière.

— Pardon, pardon ! J'essaie juste de t'amener à comprendre quelque chose, ma chérie. Que le meilleur parti possible n'est pas forcément l'homme qui te fait le plus vibrer au lit, tu me suis ?

Je blêmis.

— Changeons de sujet, d'accord ?

— Mais il y a d'autres qualités qui entrent en compte dans le succès d'une union. Or ton Ryan les possède. Et Harry aussi. Alors, fiche-moi la paix, chérie, d'accord ?

— Dis donc, maman… Tu es… ouf ! Je pense que tu… que tu as touché une corde sensible.

— Je t'adore ! Et je t'en prie, ne porte pas de bleu à mon mariage.

— Mais tout à l'heure tu m'as dit que tu te fichais complètement de ce que je porterais !

— C'était un mensonge. En fait, je te verrais bien en rose. Au revoir, ma chérie.

***

La semaine suivante se passe plus ou moins normalement. Mme Darling — Libby — me bombarde d'e-mails, histoire de me tenir au courant des dernières tendances observées à New York dans les salons du mariage. Serais-je d'accord pour qu'elle-même porte une robe couleur champagne ? Elle s'enquiert du nombre de personnes que je compte inviter et m'informe que, d'après ses premiers calculs, elle atteint de son côté un nombre avoisinant les deux cent soixante-treize. Il va sans dire que la sœur de Ryan (la fameuse Wendy Darling) aimerait faire partie des demoiselles d'honneur : cela me convient-il ? Je lui réponds par le même biais que tout me semble parfait et que l'organisation d'un mariage n'étant pas spécialement ma tasse de thé, je serai ravie de m'en remettre entièrement à elle.

Un soir, Ryan et moi allons dîner au restaurant en compagnie de deux autres couples. Les deux maris sont chirurgiens, leurs deux épouses très en forme, très sophistiquées, très agréables.

Pendant que les hommes échangent quelques propos sur certains de leurs collègues, je m'enquiers :

— Y a-t-il des femmes chirurgiens à l'hôpital ?

— Evidemment, me répond Ryan. Le Dr Thrift, le Dr Escobar et le Dr Adams.

Les deux autres hommes opinent du bonnet en silence. Leurs femmes sourient. A moins que le sourire permanent qui leur étire les lèvres ne soit dû à des injections de Botox.

— J'aimerais beaucoup faire leur connaissance.

— Bien sûr, dit Ryan. Tout cela se fera en temps voulu.

Je me tourne vers l'une des femmes.

— Et vous, Susan, vous travaillez ?

— Oh ! non, réplique-t-elle du bout des lèvres. Je suis une MAF.

— Une quoi ?

— Une MAF. M-A-F. Une Mère Au Foyer.

— Ah, c'est merveilleux… Deux de mes belles-sœurs sont également des, euh… MAF. Et vous, Liza ?

— Idem ! MAF moi aussi ! minaude-t-elle.

Et là-dessus, voilà qu'elles m'infligent un compte rendu exhaustif des activités de leurs enfants : karaté, violon, piano, basket, base-ball, crosse, football, chant, club de français, club d'échecs, club de théâtre. En mon for intérieur, je me jure de veiller à ce que mes enfants aient tout simplement le temps de jouer, comme moi quand j'étais petite. Je jouais, je lisais, je me baladais dans le quartier avec mes frères. Et Trevor.

Tiens, en parlant de lui, il m'a envoyé un e-mail il y a quatre jours.

> Chère Chastity, j'espère que tu vas bien. Je voulais juste te renouveler mes félicitations pour ton mariage. J'espère te voir chez Emo un de ces jours. — Trevor.

Je ne lui ai pas répondu parce que je ne sais pas quoi lui dire. Et je ne l'ai pas vu non plus chez Emo parce que je ne m'y suis pas rendue. Je fais tout pour l'éviter.

34

Quelques jours plus tard, je me retrouve contrainte de couvrir une réunion budgétaire du conseil municipal. S'il existe un remède efficace contre l'insomnie, je peux dire que je l'ai trouvé.

Afin de ne pas m'endormir avec le risque de baver sur mon chemisier, je m'assieds au premier rang sur une méchante chaise en métal et noircis mon calepin en maudissant intérieurement Suki — qui, d'habitude, couvre ce genre d'événements — tout en prenant note de lui offrir une boîte de chocolats... vu que c'est elle qui, d'habitude, couvre ce genre d'événements. L'interminable projet de construction a dépassé le budget alloué. Une fois de plus. Le conseil scolaire réclame une rallonge financière. Une fois de plus. Le club du troisième âge demande... horreur ! une enveloppe supplémentaire. Une fois de plus. Les employés municipaux sont... à court d'argent. Je me pince pour ne pas m'assoupir.

Au bout de quelques mois — d'accord, d'accord, ça n'a duré que quelques heures —, je m'échappe de l'enfer de cette réunion et me retrouve clignant des yeux dans la vive lumière d'un splendide après-midi d'été. Les arbres qui bordent Main Street sont luxuriants, d'un vert si appétissant qu'on en mangerait. L'air sec pétille, le ciel brille d'un bleu si pur qu'on en a le cœur serré de bonheur. Les oiseaux rivalisent avec le vacarme de l'heure de pointe, tandis que les habitants qui rentrent du bureau tentent de s'extraire des rues embouteillées pour franchir le pont menant au quartier de Jurgendskill. Le long de River Road, l'Hudson charrie paisiblement ses eaux claires et profondes. J'ai hâte de rentrer chez moi et d'aller faire de l'aviron.

Soudain, un crissement de freins s'élève, suivi d'un horrible boum ! Une voiture a percuté l'une des glissières de sécurité en béton qui bordent le chantier de construction. Tandis que je regarde la scène, les yeux agrandis d'horreur, une autre voiture vient s'encastrer dans la première. Le hurlement d'un avertisseur déchire l'air.

Je dévale la rue, pas vraiment consciente d'avoir appelé le 911 avant d'entendre la voix de la régulatrice à mon oreille.

— AVP impliquant deux véhicules au croisement de River Street et de Langdon Street, dis-je en franchissant d'un bond une liasse de journaux abandonnée sur le trottoir. Une voiture a percuté une glissière de sécurité avant de se faire emboutir à l'arrière par un second véhicule. Il se peut qu'il y ait des blessés.

— Je vous envoie les pompiers sur-le-champ, réplique la régulatrice.

Arrivée au croisement, je fourre mon portable dans ma poche. La circulation est arrêtée, maintenant. Les gens sortent de leur voiture pour aller voir ce qui se passe. Le conducteur qui a embouti la première voiture à l'arrière sort lui aussi de son véhicule. Il a déjà son portable collé à l'oreille.

Personne n'est sorti de la première voiture.

La chaussée est jonché d'éclats de verre. La première voiture ressemble à une canette de soda écrasée. Sa conductrice est inconsciente. J'avance jusqu'à la portière.

— Madame ? dis-je d'une voix tremblante.

Il y a du sang sur son visage, il s'écoule de sa tête.

— Madame ? Vous m'entendez ?

La femme lève la tête et cligne des yeux.

— Essayez de ne pas bouger. Vous avez eu un accident. Euh… euh… je suis secouriste. Je m'appelle Chastity.

Le hayon est enfoncé, mais en tirant fort j'arrive à l'ouvrir.

— Je vais juste vous maintenir la nuque bien droite, d'accord ?

— Qu'est-ce qui s'est passé ? me demande-t-elle, complètement groggy.

— Vous avez heurté la glissière de sécurité. Vous pouvez me donner votre nom ?

— Mary. Mary Dillon.

Du sang tiède et poisseux dégouline sur mes mains tandis que je lui soutiens la tête de façon à ce qu'elle regarde droit devant elle. J'ai du sable dans la bouche et les jambes en coton.

— Vous souffrez, Mary ?

— Un peu. Ma tête me lance.

— Et votre ventre ? Vous avez mal quelque part ? Une sensation douloureuse à un endroit quelconque ?

— Non. J'ai juste un peu mal à l'épaule. La gauche.

— D'accord. Ce doit être la ceinture de sécurité qui vous a meurtrie. Et à la nuque, vous avez mal ?

— Mmm… un peu.

Elle essaie de tourner la tête, mais je l'en empêche en lui immobilisant le cou.

— Ne bougez pas la tête, d'accord, Mary ? Regardez droit devant vous.

Ma voix me semble reprendre une intonation normale. Le sang a l'air de s'écouler plus lentement de sa blessure à la tête, mais je ne peux pas prendre le risque de vérifier en l'examinant.

— L'ambulance est en route, d'accord ? Les secours arrivent.

Je réfléchis une seconde.

— Savez-vous quel jour nous sommes ?

— Euh, jeudi. Le 11 juillet ?

— Très bien. Quel âge avez-vous ?

— Trente-cinq ans. Je suis gravement blessée ? me demande-t-elle d'une voix rauque d'angoisse. Est-ce que j'ai quelque chose à la nuque ?

— Dans le cas d'un accident, on s'occupe toujours en priorité de la nuque et du dos. Mais vous m'avez l'air en bon état. Ne vous inquiétez pas, les pompiers vont bientôt arriver. Ils prendront bien soin de vous.

La foule a formé un cercle autour de nous. Un homme, le conducteur de l'autre voiture, colle son visage à la vitre.

— Je peux vous aider ?

— Y a-t-il un médecin ou un secouriste parmi vous ?

— Je vais voir, dit-il en repartant.

Je l'entends poser la question à la cantonade, mais personne ne fait mine de s'avancer vers nous.

Je tente de me remémorer la conduite à tenir en pareil cas. Mon Dieu ! J'ai l'impression qu'il y a des tonnes de choses à faire !

— Mary, vous vous souvenez de ce qui s'est passé ? Vous avez eu un malaise au volant ?

— Oh… J'ai voulu attraper mon téléphone portable. Quelle idiote !

— OK, pigé. Vous prenez des médicaments ?

— Des vitamines, c'est tout.

— Vous avez des antécédents médicaux ? De l'hypertension, des pertes de connaissance, des troubles de ce genre ? Du diabète ?

— Non. Rien de tout ça.

— Y a-t-il une possibilité pour que vous soyez enceinte ?

— A moins qu'il ne s'agisse d'un cas d'immaculée conception, non.

J'aperçois son sourire dans le rétroviseur intérieur.

— Ma foi, vous vous appelez Mary, dis-je en lui rendant son sourire.

Devant nous, j'aperçois le fourgon des pompiers et l'ambulance de la CSPEF, tous gyrophares allumés. Malheureusement, l'embouteillage de voitures et le chantier de construction ne leur facilitent pas l'accès au lieu de l'accident. Mes bras se mettent à trembler sous l'effet de l'immobilité forcée… mais aussi de la peur, flûte !

— Vous êtes secouriste ? me demande Mary.

— Oui.

— Une chance pour moi.

Les sirènes me parviennent plus nettement, à présent.

— Vous souffrez ?

— Pas tant que ça. C'est surtout ma tête et mon épaule qui me font mal. Mais dites... je vais bien ?

— Rien d'autre ?

— Non.

Elle soupire.

— Dire que je viens à peine d'acheter cette voiture...

Je souris.

— L'essentiel, c'est que *vous* soyez en bon état.

Un fourgon de pompiers accompagné de l'ambulance de la caserne arrive enfin sur le lieu de l'accident. Les gars sortent du fourgon tel un essaim d'abeilles en uniforme, rapides et efficaces. L'un d'eux se penche vers moi. C'est Trevor. Etrangement, je savais que ce serait lui. Nous ne nous sommes pas revus depuis ce fameux soir, depuis notre dispute.

— Salut, Chastity, dit-il, l'air un peu étonné de me voir là. Tu peux me briefer ?

— Salut, Trev. Hum... eh bien, je te présente Mary, trente-cinq ans. Elle a voulu attraper son téléphone portable, c'est bien ça, Mary ? Elle a d'abord percuté la glissière de sécurité et ensuite, boum ! Elle a été emboutie par l'arrière.

Trevor hoche la tête ; ma voix gagne en assurance et en rapidité.

— J'ai été témoin de l'accident. La victime présente une lacération à la tête ainsi que des douleurs à l'épaule et à la nuque, c'est pourquoi je lui soutiens la colonne vertébrale. Elle se souvient de ce qui s'est passé, elle est consciente et orientée. PC de moins d'une minute.

Trevor opine.

— Bonjour, dit-il à Mary. Je m'appelle Trevor. Je suis pompier et secouriste. Nous allons vous sortir de là et vous emmener à l'hôpital pour un bilan complet. Ça vous va ?

— D'accord. Est-ce qu'elle peut rester avec moi ?

Trevor me regarde en souriant.

— Et comment !

Helen s'approche de nous. Après s'être entretenue brièvement avec Trev, elle repart vers le fourgon. Je reste sur la banquette arrière, le cœur cognant dans ma poitrine, sans cesser de soutenir la nuque de Mary.

Santo s'approche à son tour et monte à l'arrière avec moi. Il s'est muni d'un collier cervical.

— Tiens-lui la tête bien droite, Chas… voilà, c'est bien.

Il fixe le collier autour de son cou.

— On est bons, Chas. Tu peux sortir, maintenant.

— Bonne chance, Mary, dis-je à la jeune femme en lui tapotant l'épaule avec précaution.

— Merci mille fois pour votre aide, réplique-t-elle en me prenant la main pour la serrer très fort.

Je sors du véhicule accidenté, les jambes flageolantes. Après m'être éloignée de quelques pas, j'observe les citoyens les plus courageux d'Eaton Falls en train de faire leur travail. Trev semble diriger les opérations — mon père doit être à la caserne, il ne participe pas à cette sortie. Trevor dit quelques mots dans son talkie-walkie, puis se dirige vers l'ambulance dont il ouvre les portes arrière. Paul et lui en sortent un brancard. Pendant ce temps, Santo palpe l'abdomen et l'épaule de Mary, et lui pose un corset pour stabiliser encore plus sa colonne vertébrale. Jake, muni d'une cisaille de désincarcération, entreprend de découper la portière côté conducteur, apparemment coincée.

Dès qu'il a ménagé un passage, Trevor s'avance, procède au relevage de Mary sur un plan dur et lui prend la main. Son visage est si chaleureux et rassurant que je sais qu'elle va se sentir tout de suite mieux. Paul et lui la soulèvent avec les plus grandes précautions et la déposent sur le brancard avant de l'immobiliser avec des sangles. Durant tout ce temps, Trevor n'a pas cessé de lui parler, de lui sourire, d'agir en excellent professionnel qu'il est.

Je l'aime. Je l'aimerai toujours et je me rends compte que je préférerais rester seule plutôt que de vivre avec un autre homme que lui. Qu'importe ce que prétend Trevor, qu'importe avec qui il sort : pour moi, personne d'autre que lui ne fera jamais l'affaire. En cet instant, mon cœur meurtri est si vulnérable, la révélation qui me frappe si fulgurante, que mes genoux se dérobent sous moi et me forcent à m'asseoir au bord du trottoir.

Trevor se penche sur Mary pour entendre ce qu'elle lui dit, puis lève les yeux. Son regard croise le mien. Il fait un signe d'au revoir à Mary, qui agite la main en retour. Elle est ensuite embarquée dans l'ambulance ; Paul fera le trajet à l'arrière avec elle. Jake se met au volant, enclenche le deux-tons de la sirène. Les gyrophares se remettent à lancer des éclairs et les voilà partis en direction de l'hôpital.

Trevor vient s'accroupir devant moi.

— Tu vas bien, Chastity ?

Sa voix écorche mon cœur gonflé de chagrin. Saisissant mon poignet, il me prend le pouls.

— Je vais bien, Trev, je t'assure.

Mais je n'ose pas le regarder.

Je tremble toujours. Trevor scrute mon visage, ses beaux yeux sont empreints d'inquiétude.

— Ne t'en fais pas, je ne vais pas tomber dans les pommes, dis-je en croisant une seconde ses prunelles chocolat.

Je parviens enfin à lui adresser un petit sourire.

— Tu l'as fait, Chas, dit-il en me serrant affectueusement les doigts. On aurait dit une vraie O'Neill !

— Merci, dis-je dans un murmure, la poitrine oppressée.

Il me lâche la main.

— Chas, tu es sûre que tu vas bien ?

— Mais oui...

Je récupère une voix plus normale.

— Simplement, c'était une expérience un peu... bouleversante.

Il acquiesce de la tête avant de se retourner vers le fourgon. Santo est en train de parler à une petite fille qui lève vers lui un regard rempli d'étoiles — classique, c'est le regard « I love les pompiers ». Helen grimpe dans le fourgon et Trevor se tourne de nouveau vers moi.

— C'est une bien belle bague que tu as là, constate-t-il à mi-voix.

En dépit de mon cœur qui bat à tout rompre, je réussis à garder un ton léger.

— Oui, merci. Ryan a très bon goût.

— Et pas qu'en matière de bagues.

Il baisse les yeux sur la chaussée.

— Bon, il faut que j'y aille.

— D'accord, dis-je d'un air hébété. Merci, Trevor.

Quand il s'éloigne, les lettres réfléchissantes au dos de son uniforme brillent sous les éclairs des gyrophares. La brise qui s'élève du fleuve fait voleter ses cheveux. Tout, dans son attitude, trahit la lourdeur et la fatigue. Santo grimpe sur le siège conducteur, donne un petit coup d'avertisseur et me fait au revoir de la main. Je lui rends son salut et regarde le fourgon repartir.

De leur côté, les policiers continuent de s'affairer dans le périmètre du lieu de l'accident. Ils interrogent le conducteur de la seconde voiture, puis viennent également me poser quelques questions. La dépanneuse arrive. Quand on m'autorise enfin à partir, j'appelle le journal pour dire à Pen que je ne repasserai pas à la rédaction. De retour à la maison, j'enfile un short et un débardeur en vue d'aller nager. Et, tant que j'y suis, j'ôte ma bague de fiançailles et la range soigneusement dans ma boîte à bijoux.

35

Ramer est un formidable moyen de se vider la tête. Je remonte le fleuve dans un silence à peine troublé par le chuintement de mes pelles et le clapotis de l'eau contre la proue. Palettes à plat, palettes au carré, attaque, transmission, palettes à plat, palettes au carré… Le vent fait sécher la transpiration qui mouille mon dos, le soleil me tape sur les jambes. Des rires d'enfants me parviennent depuis le parc. Un golden retriever attrape un Frisbee dans sa gueule. Puis je dépasse le parc et, d'un seul coup, il n'y a plus personne alentour, seulement des arbres et les Adirondacks qui s'élèvent tout autour de moi, verdoyants et majestueux, aussi robustes qu'une enceinte de château fort.

Les paroles de Trevor résonnent encore dans mon esprit. *Tu l'as fait, Chas. On aurait dit une vraie O'Neill.*

Il a raison. Aujourd'hui, j'ai porté assistance à quelqu'un. Je n'ai pas sauvé de vie ni rien d'approchant, je n'ai arraché personne à un danger quelconque, je ne me suis pas précipitée à l'intérieur d'un bâtiment en flammes, mais j'ai aidé une personne en détresse. C'est drôle, après toutes ces années passées à rêver d'intégrer le club des sauveteurs, après toutes ces années à m'interroger sur l'effet que cela me ferait d'être celle qui possède ce savoir, ces compétences ou ce courage, je me sens étrangement vide. Certes, je suis contente d'avoir été là pour Mary, mais en ce qui concerne mon ego ou l'estime que j'ai de moi-même, ma foi, quelle importance ?

A mon retour, je trouve Bouton-d'Or gisant comme morte sur la pelouse.

— Viens ici, ma fille !

Elle lève sa tête osseuse et obéit, trottinant pesamment jusqu'à moi, sa queue fouettant l'air, avant de s'affaler à mes pieds. Je lui caresse les oreilles et plante un gros baiser au sommet de son crâne massif.

— Tu aimes ça tout autant que nous, les filles, pas vrai, ma grande ?

Elle remue la queue.

— Oui, moi aussi.

Vers 20 heures, à peine sortie de la douche, je descends l'escalier et découvre Matt et Angela blottis l'un contre l'autre devant *La Communauté de l'Anneau*. Je me fige dans mon élan, le temps de regarder la séquence où Arwen invoque les esprits de la rivière pour qu'ils balaient les Spectres de l'Anneau et sauvent la vie du petit Frodon.

— Ça ne fait rien, elle assure, dis-je à voix basse.

— Un peu, oui ! acquiesce Angela.

Mon frère me jette un coup d'œil.

— Tu sors, Chas ?

— Oui ! Je vais chez Ryan.

Je marque une pause d'un air dégagé.

— Au fait, tu sais si Trev travaille à la caserne, ce soir ?

— Je ne pense pas, non. Il était de service aujourd'hui, réplique Matt sans quitter l'écran des yeux.

— Ah bon. Je me demandais simplement s'il faisait des heures sup', vu que Le Lancier est toujours en…

Tu donnes trop de détails, Chastity, trop de détails !

— OK. Eh bien, bonne soirée, les amis ! A plus.

— Au revoir, Chastity, me lance Angela en souriant.

Mon frère la regarde avec adoration et effleure ses cheveux d'un geste d'amoureux transi. Elle rougit et lui rend son regard énamouré avec une mièvrerie égale à la sienne. Je leur donne cinq minutes avant d'arracher leurs vêtements et de se sauter dessus.

— Ah, les prémices de l'amour…

Je soupire. Ils ne m'ont même pas entendue.

Je me rends chez Trevor en voiture, dans l'espoir de ne pas avoir le temps de me dégonfler en cours de route.

— C'est Chastity, dis-je quand il répond à l'Interphone. Tu as une minute ?

— Bien sûr.

Il me fait entrer dans l'immeuble.

Je monte les marches quatre à quatre. Lorsque je débouche dans le couloir, Trevor m'attend déjà sur le seuil de son appartement, intolérablement sexy dans son jean et son T-shirt blanc tout simple. Une odeur d'ail émane de chez lui.

— Salut, dit-il.

— Salut.

Je sens mon visage s'enflammer, mais c'est sans rapport avec le fait que je viens de grimper quatre étages en courant. Trevor a l'air un peu nerveux, mais qui pourrait lui en vouloir ?

— Ne t'inquiète pas, je ne suis pas venue pour te casser la gueule.

Il lâche un petit rire, puis fait un pas dans le couloir et referme la porte de l'appartement derrière lui.

— Qu'est-ce qui se passe, Chastity ?

— Tiens, dis-je en lui mettant une feuille de papier sous le nez. C'est plus facile comme ça.

Il s'agit d'une lettre. J'ai dû me résoudre à coucher mes mots sur le papier, puisque je ne me sentais pas capable de lui dire tout ce que j'avais sur le cœur sans me mettre à pleurer. Trevor s'empare de la feuille avec prudence.

— Lis-la.

Son sourcil se lève d'un air interrogateur, mais il déplie la lettre et la parcourt en silence. Personnellement, je la sais par cœur. Ce fichu truc m'a demandé pas moins de cinq brouillons !

Cher Trevor,

Je tiens à m'excuser d'être passée chez toi ce fameux soir, il y a quinze jours. J'étais bouleversée, à fleur de peau, et me jeter à ta tête comme je l'ai fait était au mieux malavisé, au pire d'une incroyable stupidité. Je t'ai dit des choses que je regrette profondément aujourd'hui. Trev, quoi qu'il arrive, tu seras toujours mon ami ainsi qu'un membre de ma famille. Tu occupes une place à part dans mon cœur et tu l'occuperas toujours. Je suis navrée de t'avoir mis dans l'embarras comme je l'ai fait. J'espère que tu voudras bien me pardonner.

Chastity.

Il la relit deux fois avant de lever les yeux sur moi, le regard sombre et grave.

— Chastity…

A cet instant, la porte de l'appartement s'entrouvre et une tête blonde émerge de l'embrasure.

— Tiens, Chastity !

— Salut, Hayden.

Sa présence ne m'étonne pas outre mesure.

— Qu'est-ce que vous faites tous les deux dans le couloir ? Entrez donc !

Son sourire parfait n'atteint pas tout à fait ses yeux.

— En fait, j'allais m'en aller, dis-je en regardant Trevor. Il fallait juste que je lui… hum… que je lui apporte un truc.

— Oh ! réplique-t-elle, son sourire feint retombant d'un cran. Eh bien, au revoir ! Trev, mon chéri, je crois que les légumes sont sur le point de brûler, et tu sais bien qu'en cuisine je ne vaux rien…

Elle ne bouge pas du seuil de la porte.

— Bon, eh bien, je m'en vais, dis-je en m'éloignant d'un pas. Trev, tu… Je crois que c'est tout. Prends soin de toi. Et bon appétit.

— Je t'appelle, Chastity.

Il regarde de nouveau ma lettre et la replie soigneusement avant de la fourrer dans la poche de son jean.

— Chéri ? La courge…

La Parfaite Hayden tire sur le bras de Trevor.

Je repars dans le couloir et redescends l'escalier en un temps record. A mi-parcours, je m'assois sur une marche. Il me reste des tas de choses à faire ce soir, et pour cela j'ai besoin d'avoir les idées claires.

— Chastity ?

Je redresse brusquement la tête.

— Hayden ?

Elle descend les marches d'un pas aérien et se fige au-dessus de moi. Bon. Ça, ce n'est pas tolérable, aussi je me lève pour la dominer de toute ma hauteur. Il arrive que culminer à presque un mètre quatre-vingt-deux ait quelques avantages, et c'est le cas en ce moment.

A son crédit, Hayden n'est pas le moins du monde intimidée. Elle pose ses jolies mains manucurées sur ses hanches et me considère fixement.

— Il est temps de renoncer à lui, Chastity.

Aïe.

— A Trevor ?

— Evidemment, à Trevor. Arrête de lui donner tout le temps mauvaise conscience.

— Je te demande pardon ?

— Tu sais très bien ce que je veux dire. Tu entres et sors de sa vie en permanence, tu lui rappelles l'unique fois où vous avez couché ensemble, du temps où vous étiez à encore l'université.

Ah, je vois qu'il lui a tout raconté…

— Douze ans après, tu soupires encore après lui, et ça devient franchement pathétique.

Deux fois, Hayden. Nous avons couché ensemble deux fois. De toute évidence, il a oublié de te parler de la numéro deux. Gardant ces pensées pour moi, je me contente de toiser Hayden (au sens propre comme au figuré).

— Alors ? me demande-t-elle, expédiant d'un mouvement de la tête sa longue chevelure blonde par-dessus son épaule.

— Je ne cherche à culpabiliser personne, Hayden. Trevor et moi sommes très liés, que ça te plaise ou non, dis-je en haussant un sourcil.

— Il est amoureux de moi, tu sais.

— Bien sûr.

— Nous allons sans doute nous marier.

— Bien sûr.

— Alors, dégage !

— Bien sûr.

C'est un vieux truc O'Neill entre frères et sœurs : susciter la rage pure de l'adversaire, simplement en acquiesçant à l'infini. Et ça fonctionne toujours.

Le visage de Hayden se marbre de taches rouges, mais elle relève le menton d'un air de défi.

— S'il te voulait vraiment, siffle-t-elle, tu ne crois pas qu'il t'aurait fait signe, depuis le temps ? Tu crois qu'il serait avec moi, en ce moment ? Tu n'as donc aucun amour-propre, Chastity ?

Et sur ces mots, elle tourne ses tout petits talons et, d'un air indigné, remonte vivement l'escalier pour retrouver Trevor.

Quand j'arrive chez Ryan, il est en train de regarder CNN.

— Chastity ! Mais… on avait prévu de se voir ?

— Non, c'est… Ryan… il faut que je te parle.

Il éteint sa télévision à écran plasma et le visage d'Anderson Cooper s'évanouit aussitôt. Il se penche pour m'embrasser, mais s'interrompt dans son élan.

— Que se passe-t-il, ma chérie ? me demande-t-il gentiment.

Je suis incapable de lui répondre. J'ai la gorge nouée, la bouche sèche et mes yeux s'embuent.

Ryan me dévisage avec attention.

— Je vois, murmure-t-il.

Les larmes débordent de mes paupières.

— Je suis désolée… Je suis désolée…

Il me conduit jusqu'au canapé et me tend une boîte de mouchoirs en papier. Cette scène me rappelle terriblement une autre soirée chez Trevor, mais je ne suis pas d'humeur à goûter l'ironie de ce rapprochement.

— Tu veux rompre nos fiançailles, c'est ça ?

Ma respiration saccadée répond à ma place.

Ryan s'assied à côté de moi en soupirant, puis passe une main dans ses cheveux de Dr Mamour.

— Bon sang, mais qu'est-ce qui s'est passé ?

— Rien, rien de particulier, Ryan, me mets-je à bredouiller. Tu es un homme merveilleux. Bourré de qualités. Et j'ai énormément d'affection pour toi. Tu es toujours très prévenant et…

— Je t'en prie, Chastity ! Je n'ai pas besoin que tu me restaures dans mon estime.

— D'accord. Pardon, dis-je, le visage crispé de chagrin.

Je plonge la main dans ma poche et lui rends sa bague. Il la regarde, les sourcils froncés.

— Je croyais pourtant qu'entre nous tout allait pour le mieux.

Il a l'air irrité… et perplexe.

— Et tu avais raison. Rien ne s'est détraqué entre nous, il ne s'est pas vraiment passé quelque chose, Ryan, simplement…

Je n'achève pas ma phase. Que suis-je donc censée dire ? Il n'existe pas de réponse appropriée.

— C'est Trevor, c'est ça ?

Je courbe la tête. Harvard et Yale ont largement eu le temps d'enseigner à cet homme l'art de décrypter ses semblables, j'imagine.

Il déglutit.

— J'espère qu'il… J'espère qu'il te rend heureuse, dit-il, magnanime.

Il secoue légèrement la tête.

— Trevor et moi ne sommes pas ensemble, dis-je en tripotant nerveusement l'ourlet de mon short.

Ryan se tourne brusquement vers moi.

— Dans ce cas, pourquoi veux-tu rompre ?

J'avale ma salive.

— Parce que, Ryan, tu mérites une femme qui t'aime de tout son cœur.

— Ma foi, il s'agit là d'un sentiment très noble, quoique un peu mièvre. Tu es sûre de toi, Chastity ? Parce que, personnellement, je nous trouve vraiment très bien assortis.

Je me déplace sur le sofa pour le regarder droit dans les yeux.

— Ryan… Je suis amoureuse d'un autre homme. Je tiens beaucoup à toi et j'apprécie ta compagnie… Mais pas comme… Ça ne me suffit pas.

— Moi, ça me suffit très bien, réplique-t-il à mi-voix, et je sens bien qu'il est sincère.

— Pas à moi, dis-je dans un murmure, les larmes ruisselant sur mes joues. Je te demande pardon. J'espère qu'un jour tu trouveras la personne que tu cherches.

Il laisse passer quelques secondes.

— Tu vas me manquer, Chastity. Tu es une fille très amusante.

L'espace d'un instant, je crains qu'il ne verse dans le mélo, mais non.

— Bon. Eh bien, bonne chance.

— Bonne chance à toi aussi, dis-je.

Et sur ces mots, mes fiançailles sont officiellement rompues.

Quant à la suite, c'est le mystère total.

36

Par chance, le lendemain c'est l'effervescence au journal, je n'ai donc pas le temps de penser à Ryan, à Trevor ou à la Parfaite Hayden. Je m'immerge dans la correction d'articles, je supervise la répartition des reportages, je discute avec Alan de sujets divers et variés, je soumets des idées à Pen. Lucia me remet son article du mois — cinq cents mots traitant de la meilleure manière de confectionner une couronne pour votre porte d'entrée.

— Oh ! ça m'a l'air formidable, Lu, dis-je, lui filant sous le nez pour éviter toute discussion.

Soudain, je me fige dans mon élan et la considère avec un regain d'attention.

— Lucia… Comment vis-tu ta rupture avec Teddy Bear et tout le reste ?

— Très bien ! réplique-t-elle d'un ton cassant. Je vais très bien, compris ?

— Tu te sens prête à fréquenter quelqu'un d'autre ?

Elle hésite et son froncement de sourcils s'évanouit.

— Pourquoi cette question ?

— Laisse-moi présenter les choses comme ça. Tu veux des enfants ?

— Deux, me chuchote-t-elle, comprenant enfin où je veux en venir. Un garçon et une fille. Si possible dans cet ordre-là.

Je souris.

— Ça t'ennuie si je te branche avec un chirurgien ?

Parce que regardons les choses en face. On ne peut pas dire

que j'aie brisé le cœur de Ryan Darling. Et j'ai le sentiment qu'une rencontre entre Lucia et Ryan pourrait bien être le début d'une merveilleuse amitié…

Côté famille, je décide de ne parler à personne de ma rupture avec Ryan tant que le mariage de ma mère n'est pas passé. A vrai dire, pour le moment, je m'efforce de me faire oublier, et si Matt se doute de quelque chose il se tait. A moins qu'il n'ait rien remarqué du tout, trop absorbé par Angela et l'organisation de ses cours de fac pour se soucier de la vie sentimentale de sa sœur (ou plutôt de l'absence de ladite vie sentimentale). En attendant, je trompe mon petit monde en sortant deux ou trois fois avec mes collègues de la *Gazette*, en déplaçant le soir les cours d'aviron d'Ernesto, et en allant au cinéma avec un silo de pop-corn pour toute compagnie. J'emmène mon père dîner au restaurant, mais là encore je m'arrange pour que nous montions au lac Champlain, histoire que je ne tombe pas sur quelqu'un d'Eaton Falls.

Assez bizarrement, maintenant que me voilà redevenue célibataire, sans plus aucun mari potentiel à l'horizon, je me sens plus détendue. Plus heureuse, même, je ne saurais dire pourquoi. Sans doute parce que j'ai compris que je préférais être seule que mal accompagnée. Même si l'élu de mon cœur vit une histoire avec quelqu'un d'autre.

J'évite Emo's. J'évite la caserne de pompiers. Pour le moment, je n'ai pas la moindre envie de voir Trevor.

Je propose à ma mère de passer avec elle les derniers jours précédant la cérémonie.

— Oh ! ma chérie, ça serait merveilleux !

Elle sourit.

— Je te vois à peine, ces temps-ci. Oui, mille fois oui !

Et c'est ainsi que, deux jours avant le mariage, nous nous retrouvons dans le salon de mon enfance, à boire du pinot bon marché. Je dois reconnaître que nous passons de bons moments, toutes les deux. Bouton-d'Or, elle, en écrase sur mon lit de jeune fille ; même d'en bas, on l'entend ronfler.

— Tu es vraiment très attachée à cette chienne ? me demande maman.

— Il faut bien que quelqu'un l'aime.

Je regarde les murs du salon… Il y a là des dizaines de photos de nous, enfants et petits-enfants O'Neill réunis : sourires édentés, baptêmes, premières communions, remises de diplômes, base-ball, basket, aviron, randonnée, ski, camping. Matt et le petit couple de personnes âgées qu'il a sauvé d'une maison en flammes. Jack recevant la médaille d'honneur. Lucky et ses copains démineurs le jour où ils ont désamorcé une puissante bombe artisanale dans l'enceinte d'un lycée. Mark et le photomontage du petit chat.

Et puis papa. Il est partout, avec son sourire, ses yeux bleus étincelants, resplendissant de bonheur sur chaque cliché.

— Où est votre photo de mariage ? dis-je en avisant un espace vide sur le mur.

Maman soupire.

— Dans le placard.

Je déglutis.

— Tu peux me la donner ?

Elle ne fait aucun commentaire, se contente de boire une gorgée de vin.

— Maman ?

— Epargne-moi tes sermons, ma chérie, dit-elle en regardant la rue sombre par la fenêtre.

— Mais oui…

Je me ménage une pause.

— Ryan et moi avons rompu nos fiançailles, maman.

Son regard se reporte sur moi, mais je n'y lis aucun étonnement.

— Je le pensais bien. Ça fait des jours que tu ne m'as pas parlé de lui. Pourquoi cette rupture, ma chérie ?

— Eh bien, je… Nous ne… Trevor. C'est à cause de lui.

Elle pose son verre de vin sur la table proche de son fauteuil.

— Qu'est-ce qu'il a fait ? me demande-t-elle avec l'intonation menaçante d'un inquisiteur romain.

— Rien du tout.

Je mens effrontément, mais mes yeux s'emplissent de larmes, phénomène qui n'échappe pas à ma mère.

— Je l'aime, maman. Même s'il n'éprouve pas tout à fait les mêmes sentiments pour moi.

— Pas tout à fait ?

— Eh bien, je sais qu'il a beaucoup d'affection pour moi et tout ce qu'on voudra, mais il ne souhaite pas s'engager dans une relation sérieuse. Pas avec moi, en tout cas. Il a trop à y perdre.

— Autrement dit, tu as plaqué ton irréprochable fiancé pour des prunes, ma chérie ?

Je renifle.

— Oui. Je préfère être seule qu'avec un homme qui ne... qui ne fait pas le poids par rapport à lui.

Je m'essuie les yeux.

— Ne dis rien à personne pour le moment, d'accord ?

Elle acquiesce d'un signe de la tête, va dans la cuisine et en revient munie de la bouteille de pinot.

— Ma foi, nous verrons bien. J'admire ton courage, tu sais, de continuer toute seule. Mais avec toi, Chastity, c'est tout ou rien. Marche ou crève. A propos, on m'a raconté cet accident de voiture où tu as fait preuve de tant de sang-froid, l'autre jour. Bravo, ma chérie ! Je suis vraiment très fière de toi.

— Merci, maman.

Je prends une bonne rasade de vin, et peut-être est-ce l'alcool qui me donne l'audace d'ajouter une dernière fois, pour sa gouverne :

— Maman, tu n'es pas obligée d'épouser Harry, tu sais. Papa t'aimera jusqu'à sa mort.

— A sa façon, oui, réplique-t-elle amèrement, avant de fondre en larmes, à son tour. Qu'est-ce qu'on s'amuse, toutes les deux, hein ? sanglote-t-elle. Je suis tellement contente que tu sois venue passer ces quelques jours avec moi !

Je me mets à rire entre mes larmes et la serre dans mes bras.

— Et si on se faisait une virée à Las Vegas, entre filles ?

Elle me donne une tape affectueuse sur le bras.

— Je vais être très heureuse avec Harry. Devine ce que je lui offre en cadeau de mariage ?

— Une prostate toute neuve ?

— Non, vilaine ! *Les Joies du sexe.*

Je blêmis.

— Dis donc, c'est qui, la plus vilaine de nous deux, hein ? Bon, changeons de sujet ! Il n'y a pas *The Office*, ce soir ?

Le lendemain matin, je me réveille avec ma chienne couchée sur mon torse et la circulation sanguine coupée à toutes les extrémités.

— Dégage, Bouton-d'Or !

Je la repousse de tous mes membres engourdis.

— C'est l'heure du petit déjeuner.

Mais elle m'ignore complètement et demeure aussi lourde et inanimée qu'un cadavre. Je lui caresse les oreilles tout en m'abîmant dans la contemplation du plafond.

Dieu merci, il n'y a aucune répétition officielle du dîner, ce soir. Au lieu de ça, nous allons chez Harry pour faire la connaissance de ses filles et de ses petits-enfants autour d'une pizza.

— Allez, ma grande. On se lève et on y va.

Ma chienne et moi roulons hors du lit et nous dirigeons au bout du couloir. J'ai encore des fourmis dans les jambes. L'eau coule au robinet de la cuisine, signe que maman est en train de faire du café, merci mon Dieu ! Je me demande si je n'ai pas un peu la gueule de bois…

La porte de derrière s'ouvre, se referme et je reconnais un pas familier. Je n'ai que le temps d'empoigner Bouton-d'Or par son collier et de m'immobiliser sur le seuil de la cuisine.

— Que fais-tu ici, Mike ? demande ma mère.

Je retiens ma respiration. *Enfin !*

— Chastity, on sait que tu es là, dit papa. Viens ici, ma belette.

— Bonjour, dis-je en lui obéissant.

Papa lève un sourcil et me dévisage sans sourire — j'ai l'impression d'être revenue en classe de sixième. Je me glisse furtivement jusqu'à la cafetière et me remplis une tasse.

— Que veux-tu, Mike ? demande maman en se lissant les cheveux.

Elle est déjà tout habillée, très mignonne dans son twin-set rehaussé d'un collier de perles.

— Betty…

— Ah, ne commence pas ! Tu ne peux pas me faire ça la veille de mon mariage. Je ne tolérerai pas que…

— Tais-toi, et écoute-moi. Ce n'est pas ce que tu penses.

Il me jette un coup d'œil.

— Je vais aller boire mon café en bas, dans la salle de jeux, dis-je, comme ça je ne pourrai pas vous espionner.

— Non. Reste, ma chérie.

Papa reporte son regard sur maman puis lui prend la main, d'un geste très tendre, et la contemple du haut de ses vingt-cinq centimètres de plus.

— Betty, commence-t-il d'une voix très douce, tu as été pour moi une femme merveilleuse et une mère extraordinaire pour nos enfants. Je t'en remercie.

Un sanglot m'échappe, avec, pour effet, que je m'éclabousse le front de café.

— Pardon, dis-je en me couvrant les yeux.

Bouton-d'Or lèche le café renversé par terre avant de s'allonger lourdement à mes pieds. Les larmes roulent sur mes joues.

Papa ne m'accorde pas un seul regard.

— J'espère que Harry et toi serez très heureux ensemble, ma chérie, et je te demande pardon pour toutes les fois où je t'ai déçue.

Maman pleure, elle aussi.

— Je t'aimerai toujours, Mike, murmure-t-elle.

— Moi aussi, je t'aimerai toujours. Et je regrette de ne pas t'avoir donné ce que tu désirais.

Je presse mon bras contre ma bouche pour étouffer mes

pleurs. Papa courbe la tête, embrasse maman sur le front, puis la serre dans ses bras. Ses yeux brillent de larmes, mais en même temps il sourit.

— Mike ? dit maman. Tu veux bien faire quelque chose pour moi ?

— Tout de ce que tu veux, réplique-t-il.

Et, à cet instant, je sais qu'il le pense vraiment.

— Tu voudras bien me conduire à l'autel, demain ?

Papa s'essuie les yeux, puis se recule pour planter son regard dans celui de maman.

— Ce sera pour moi un honneur.

37

Le lendemain, à 13 h 30, je rajuste une dernière fois ma robe d'un coup sec.

— Comment je suis ? Ridicule ?

Elaina se recule pour m'examiner d'un œil critique.

— Tu es supersexy, *bambina*. C'est vraiment ta couleur.

— Quoi, le rose ? *Le rose ?*

Olivia déboule dans la chambre.

— Wouah, tatie, qu'est-ce que t'es belle… On dirait Cruella DeVille !

Je fusille ma nièce du regard.

— Merci, Livvy. C'est exactement l'effet recherché.

— C'est à cause de tes cheveux. Ils sont noirs et blancs, comme ceux de Cruella.

Je corrige ma nièce de six ans avec une impatience à peine voilée.

— Ils ne sont pas noirs et blancs. J'ai un ou deux cheveux gris, mais le reste est noir.

Elaina m'examine la tête.

— Dis donc, mais c'est vrai, tu as comme une mèche blanche qui part de là…

J'écarte sa main d'une tape.

— Où sont les autres filles ?

Toutes les demoiselles d'honneur — autrement dit mes nièces et moi — sont en rose. Rose profond pour moi, rose pâle pour les petites. Maman, à mon grand étonnement, porte une robe rouge. Elle est resplendissante. Son visage rayonne, ses yeux bleus pétillent d'excitation, et toute l'amertume et le chagrin qu'elle cachait jusqu'ici semblent avoir été dissipés par le noble geste de mon père.

Aucun homme n'est admis à l'intérieur de la maison ; nous sommes entre filles pour nous habiller, nous boucler, nous laquer et nous brosser les cheveux. Pendant que les Starah s'occupent de leurs filles, j'aide à fermer les petites chaussures et à remonter les petites fermetures Eclair. Mes frères, mon père et mes neveux — sans oublier Harry, bien entendu — nous retrouveront à l'église.

Au bout d'une heure et demie de séance de torture photographique, nous passons un siècle (me semble-t-il) à décider de qui montera dans la voiture de qui, pour nous rendre à l'église unitarienne.

— Je vous préviens, dis-je, excédée. Si ça continue, j'y vais à pied. Ça ira plus vite que toutes vos palabres.

Mais, vu qu'il pleut des cordes, mes menaces tombent à plat.

En définitive, nous grimpons toutes dans les minivans et autres véhicules de la famille, et nous voilà parties ! Maman, Elaina et moi sommes seules dans la Chrysler de ma mère ; je suis au volant tandis que les deux autres sont à l'arrière.

— Vous êtes magnifique, Mamí, déclare Elaina en fixant une mèche folle derrière l'oreille de ma mère.

— Chastity t'a dit qu'elle avait largué Ryan ?

Elaina soupire.

— Eh oui… Dommage pour la bague. Avec un diamant pareil, j'aurais pu envoyer mon Dylan à la fac !

Je lui souris dans le rétroviseur intérieur.

— Ma foi, Lainey, tu peux toujours divorcer de Mark et épouser Ryan.

— Tu sais très bien que je ne vais pas divorcer de Mark. Et d'ailleurs, je peux bien vous le dire : j'attends un enfant.

La voiture fait une embardée tandis que maman et moi poussons des cris de surprise et de joie.

— Lainey ! C'est merveilleux !

Elle pique un fard.

— Oui, bon, Mark est devenu un autre homme et tout le tremblement, vous voyez... Alors, cette fois, ce sera peut-être une fille.

Maman se tamponne les yeux.

— Je suis si heureuse, Elaina, ma chérie, dit-elle en étreignant très fort mon amie.

Je le suis également, et même si une lueur d'envie danse au fond de mon cœur, ma foi, je commence à avoir l'habitude.

— Oh ! regardez, voilà l'église ! s'exclame maman. Comme c'est excitant ! C'est à peine si je me souviens de mon mariage avec Mike, j'étais tellement malade à cause de Jack...

— Jack a été conçu hors mariage ? Je le savais !

Bien entendu, mes frères et moi avions déjà fait le calcul, mais papa et maman ont toujours refusé de reconnaître les faits. Ils persistaient à prétendre que Jack (quatre kilos quatre à la naissance) était né avec deux mois d'avance.

Nous sommes attendues par des hommes en costume, le visage obscurci par un océan de parapluies. Parmi eux se trouvent sans doute mes frères. Et Trevor. Et papa.

Jack m'aide à descendre de voiture, tout empêtrée que je suis dans ma robe longue.

— Lucky, plaisante-t-il, pourquoi tu t'es mis une robe ?

Je l'écarte gaiement d'une pichenette.

— Pardon, Chas, se reprend-il en m'escortant jusqu'à l'intérieur. Tu es très en beauté.

— Merci, Jack. Comment va papa ?

Je regarde tout autour de moi. Mon père discute avec Matt. Angela me fait signe depuis un banc.

— Papa va étrangement bien, réplique mon frère. Ça m'inquiète.

— Chas, tu peux charger une pellicule photo dans mon appareil ? me demande Lucky. Tu sais bien que j'ai deux mains gauches.

— Quand je pense que tu gagnes ta vie en désamorçant des bombes ! Ce n'est guère rassurant.

Je m'empare de l'appareil photo qu'il me tend et insère un rouleau de pellicule à l'intérieur du boîtier.

Lucky se met à rire.

— Ecoutez-la, celle-là ! Mettez-lui une robe, et tout de suite elle se donne des grands airs. Je te préfère quand tu t'habilles comme le reste de la bande, Chas !

— Bienvenue au club, dis-je dans un murmure en lui rendant son appareil.

— Salut, Chastity.

Je me retourne.

— Bonjour, Trevor.

Je me mords la lèvre.

— Tu es très beau.

Fatigué aussi, et un peu triste.

Il sourit, mais son regard ne suit pas.

— Tu… C'est une très jolie robe.

Il ferme brièvement les yeux, conscient de la médiocrité de son compliment.

— Merci, dis-je, lui pardonnant aussitôt.

Il s'éclaircit la voix.

— Chastity, qu'est-ce que ton père fait ici ?

— Oh ! tu n'es pas au courant ? C'est lui qui conduit la mariée à l'autel, dis-je avec un sourire forcé.

Sous l'effet de la surprise, ses sourcils font un bond vers ses cheveux.

— Tu veux rire ? s'exclame-t-il un peu trop fort.

— Trev ! Par ici, vieux ! lance Mark depuis l'un des bancs de devant.

Trevor marque une hésitation.

— Vas-y, lui dis-je. J'ai des trucs de demoiselle d'honneur à faire.

L'air toujours aussi abasourdi, il part vers l'avant de l'église, en me lançant un dernier coup d'œil. Je hausse les épaules.

Maman, tout excitée, arrive précipitamment dans mon dos.

— Ah, te voilà ! me dit-elle comme si je me cachais. Où est ton père ?

— Ici, Betty. Puis-je être le premier à embrasser la mariée ?

Papa lui plaque un gros bisou sur la joue.

— Qu’est-ce que tu es belle, dis donc ! s’extasie-t-il, et il a l’air de le penser sincèrement.

Lui-même fait très Cary Grant, aujourd’hui — souriant, débonnaire, bien disposé et plein de savoir-vivre. Maman lève les yeux vers lui, radieuse.

Les voyant abîmés dans un sourire rêveur, j’attends. J’attends que le sourire de maman s’envole sous l’effet d’unc subite prise de conscience. J’attends qu’elle fasse une annonce. Qu’elle annule tout. J’attends qu’elle se tourne vers Harry (un mètre soixante-dix) qui patiente devant l’autel — trop vieux pour elle, trop joufflu — puis qu’elle reporte son regard sur mon père — beau, grand, fort, héroïque — et qu’elle comprenne que dans son cœur personne ne peut succéder à Mike O’Neill. Qu’elle déclare à tout le monde que le véritable amour a triomphé du reste, et qu’elle et papa vont vivre heureux ensemble jusqu’à leur mort.

Mais elle n’en fait rien. Elle rajuste l’épingle de cravate de mon père — une croix de Malte, l’insigne des sapeurs-pompiers. Puis, elle vérifie que toutes ses petites-filles sont en place — et elles le sont : une assemblée chatoyante de crémeux satin rose. Sarah fait un petit signe de tête en direction du chœur et remonte l’allée jusqu’au banc où Jack et ses fils ont déjà pris place. L’orgue attaque la marche nuptiale et le cortège de filles s’ébranle. D’abord Sophie, répandant des pétales de rose roses, suivie d’Olivia, ses boucles cuivrées tressautant sur ses épaules. Vient ensuite Annie, qui fait les gros yeux à Luke qui tente de la prendre en photo. Claire, la petite Jenny dans ses bras, ferme la marche. Une fois qu’elles ont toutes pris place sur les bancs de devant en compagnie de leurs frères et de leurs parents, c’est à mon tour de m’avancer.

Je jette un dernier regard à mes parents, réunis pour la toute dernière fois, bras dessus, bras dessous. J’encourage ma mère en mon for intérieur. *Fais-le, maman !* Elle me sourit, comme si elle lisait dans mes pensées. Connaissant ma mère, c'est sûrement le cas.

— Vas-y, ma chérie, murmure-t-elle.

Alors je m'exécute. La mort dans l'âme, j'y vais.

Trevor me regarde remonter l'allée vers l'autel. J'espère que je souris, mais ça m'étonnerait. En fait, je ne sens plus mon visage. Trev, lui, semble… bizarre. Lugubre. Son expression reflète mon état d'esprit.

Je le dépasse, ça y est, je suis déjà devant le petit autel sans prétention.

— Vous êtes ravissante, Chastity, me murmure Harry.

Comment ma mère peut-elle épouser un homme que je n'ai vu que quatre fois ? Comment se peut-il que ce type s'asseye dans le fauteuil de mon père ?

Papa et maman sont juste derrière moi. Mon père embrasse ma mère sur la joue, échange une poignée de main avec Harry et j'essuie subrepticement une larme. Papa fait demi-tour vers l'église, et ma gorge se noue hermétiquement. *Non, papa ! Bats-toi pour elle !*

Mais maman est rayonnante. Harry aussi. Papa s'assied au second rang aux côtés de Mark et d'Elaina, prend Dylan dans ses bras et lui fait un bisou, peut-être pour masquer l'émotion qui noie son regard.

A cet instant, ma mère se tourne vers Harold H. Thomaston et devient sa femme devant Dieu, sans tambour ni trompette.

La salle paroissiale est toute décorée de banderoles et de fleurs roses en papier. Des bouquets de ballons roses ornent les piliers de béton et le DJ est en train d'installer son matériel dans un coin. Cela ressemble davantage à l'anniversaire d'une gamine de sept ans qu'au mariage de deux personnes âgées. Les Starah ont intelligemment engagé deux lycéennes pour veiller sur leur progéniture, et les enfants courent en tous sens, se goinfrant d'œufs mimosa ainsi que de sucre, sous forme de Shirley Temple et de sodas.

Mon plan à moi est de vider un grand verre de vin aussi vite que possible, mais maman tient à me présenter de force à tous les parents et amis de Harry, sans exception. Quand enfin j'arrive à m'asseoir, j'ai les joues douloureuses à force de feindre des sourires, et mes pieds, comprimés dans des *kitten heels* pointure 42, me font un mal de chien. Ces engins de torture ont dû être inventés par un homme quotidiennement battu par sa mère, pour lui avoir inspiré une telle haine des femmes !

— Comment vas-tu ? m'interroge Angela en se glissant près de moi.

— Pas fort. Et toi ?

— Matt est en train d'annoncer à ton père qu'il quitte la caserne, me murmure-t-elle, en tripotant nerveusement une serviette en papier.

— Il profite du fait qu'il est déjà à terre ?

Je regarde en direction de Matt et de papa qui sont assis têtes rapprochées, le visage grave.

— Eh bien, pour être franche, Chastity, réplique Angela avec douceur, ton père n'a pas l'air si malheureux que ça.

Elle a raison. C'est peut-être ça le plus déprimant dans l'histoire. Ça, ou le visage de Trevor. Assis à la table du coin en compagnie de Jack, de Lucky et de leurs nombreux rejetons, il contemple fixement la salière, visiblement perdu dans ses pensées. De sombres pensées. Au moins a-t-il eu la délicatesse de ne pas venir accompagné de sa Parfaite Hayden.

— Ton frère veut devenir prof ! m'annonce papa en se laissant choir sur la chaise voisine de la mienne.

Matt s'assied avec davantage de grâce à côté d'Angela.

— Et quel est ton sentiment là-dessus, papa ?

Il dévisage mon frère.

— Je suis étonné, c'est tout. Je croyais que tu aimais la caserne, fiston.

— Je l'aime, papa. Mais je veux aussi me frotter à l'enseignement.

— Très bien, très bien, marmonne-t-il. Si la vie m'a appris

quelque chose, c'est bien qu'on ne peut pas empêcher un homme d'exercer le métier qui lui plaît. N'est-ce pas, Chas ?

Je lève les yeux au ciel et prends une petite gorgée de vin.

— Ma foi, Matthew, tu feras un excellent professeur. Et un excellent mari sous peu, si je ne m'abuse, conclut-il cordialement.

Stupéfaite, j'en postillonne quelques gouttes de vin — très élégant, vraiment. J'aurais dû être princesse, moi.

— Pardon ?

Angela est devenue écarlate. Matt affiche un large sourire.

— Eh bien, oui, nous comptons nous marier. Rien n'est encore officiel, vu que je ne lui ai pas offert de bague ni rien, mais enfin je peux d'ores et déjà te donner mon préavis, Chas. Angie et moi allons vivre ensemble.

— Mais c'est génial ! Trop génial ! C'est merveilleux de chez merveilleux ! Je suis tellement contente pour vous ! Tous mes vœux de bonheur et toutes ces foutaises !

Angela se rembrunit, et aussitôt je m'en veux d'avoir dit ça.

— Désolée, Ange. Je suis vraiment très heureuse pour vous et tout...

A ma grande horreur, je fonds en larmes.

— C'est juste que... tu vas me manquer, Mattie. Et à Bouton-d'Or aussi.

— On sera à deux pâtés de maisons de toi, Chas, me console Matt en passant un bras autour des épaules d'Angela. Et puis je ne pouvais pas rêver mieux que cette fille, pas vrai ? Imagine un peu. Une belle-sœur de plus pour toi !

Mes quatre frères, tous mariés. Tous sauf moi. Bouhouhou ! Je me lève pour leur donner l'accolade à tous les deux, j'ébouriffe les cheveux de mon frère et lui claque un gros bisou sur la joue, avant de filer aux toilettes pour y verser quelques larmes. Cependant, mon répit est de courte durée : déjà mon père tambourine à la porte.

— Chastity ! Ta mère va ouvrir le bal avec mon remplaçant. Elle tient à ce que tu sois là.

— Génial, dis-je avec humeur à mon reflet dans le joli miroir.

Plongeant la main dans le corsage de ma robe, je remonte d'un coup sec mon soutien-gorge sans bretelles et sors des toilettes d'un pas traînant.

Tous les invités font cercle autour de la petite piste de danse.

— Mesdames et messieurs…, annonce le DJ.

Je résiste à l'envie impérieuse de me mettre un doigt au fond de la gorge en faisant semblant de vomir.

— Pour leur première apparition en tant que mari et femme, je vous demande d'accueillir chaleureusement M. et Mme Thomaston !

Tout le monde applaudit — même moi, la grosse boudeuse — tandis qu'ils s'avancent, sur la reprise du magnifique *The Nearness of You* de Hoagy Carmichael par Norah Jones.

Harry sourit d'un air énamouré à ma mère, qui lui rend son sourire, et soudain son bonheur transperce mon cœur lourd et meurtri. Maman le mérite. Elle le mérite vraiment, et mes yeux s'emplissent de larmes — une fois de plus ! — à la vue de son visage radieux.

— Et maintenant les mariés invitent tous les membres de leurs familles à les rejoindre sur la piste, susurre le DJ de sa voix onctueuse.

Evidemment, moi, je n'ai pas de compagnon, me dis-je intérieurement tandis que JacketSarah, LuckyetTara, MarketElaina et MattetAngela s'avancent sur la piste. Jack se penche pour embrasser le petit ventre de Sarah, Lucky fait rire Tara. Elaina et Mark se donnent à fond dans leur petit numéro torride : on dirait qu'ils vont se lancer dans un paso-doble ou une danse de ce genre. Matt appuie sa joue contre les cheveux blonds d'Angela. Force est de reconnaître que nous formons une belle famille. Les deux filles de Harry sont quelque part, elles aussi, mais je dois dire que notre patrimoine génétique est nettement supérieur au leur. Vraiment, papa et maman on fait du beau boulot !

Justement, mon père s'avance vers moi.

— Viens, ma belette.

Il me conduit jusqu'aux autres danseurs.

L'odeur familière de mon père m'enveloppe — shampooing pour bébé Johnson et eau de Cologne Old Spice — et j'appuie ma joue contre son épaule.

— Ça va, ma puce ? Au fait, ta mère m'a dit, pour Ryan.

— Bonjour la discrétion ! Elle m'avait promis de garder le silence.

— Et toi, alors ?

— Ça va.

— Mais qu'est-ce qui s'est passé au juste entre vous ?

— Ryan n'était pas le bon, voilà tout, papa. Blablabla et blablabla, patati et patata. Tu sais ce que c'est.

Papa se met à pouffer et m'embrasse les cheveux. Puis il s'arrête de danser et lève les yeux.

— Tu permets, Mike ?

Assurément, il s'agit d'une journée émouvante. Mais voir Trevor en train de demander à mon père la permission de danser avec moi… ça me fait quelque chose. Mon cœur bondit vers lui — l'homme que j'aime depuis mes dix ans, l'homme que j'aimerai toujours — et, l'espace d'une seconde, je me sens aussi vulnérable et exposée qu'un souriceau dans une pièce infestée de chats sauvages. Papa regarde Trevor, sourit et s'écarte en me gratifiant d'un clin d'œil. Trevor me prend dans ses bras.

Sa main recouvre fermement la mienne et la chaleur de son corps me pénètre, même si nous veillons à maintenir entre nous une distance convenable. Ma joue frôle la sienne, juste assez pour que je sente qu'il s'est rasé de près aujourd'hui, et une onde de désir se propage en moi. Je suis pour ainsi dire grisée par sa proximité.

Puis la chanson se termine et Trevor marque une pause — à tous les coups, on va avoir droit à *La Danse des canards* — mais non, le destin fait preuve de clémence et le DJ enchaîne avec un autre titre de Norah Jones. *Come Away with Me.* Oh là là ! Je peux à peine respirer. Nous recommençons à danser.

— Alors ? dis-je dans un souffle.

— Je ne t'ai pas dit à quel point tu étais belle, tout à l'heure.

Et, à ces mots, j'ai bien du mal à ne pas me noyer dans ses yeux chocolat.

— Merci.

Mes cordes vocales ne fonctionnent pas normalement. J'ai la main posée sur sa nuque, mes doigts effleurent ses cheveux, résistant à l'envie folle de s'enfouir dans leur masse luxuriante. Je vois le pouls battre à son cou — un peu rapide, peut-être. Nous gardons le silence une minute. Mon cœur bat si vite que j'en suis vaguement étourdie. Je tente de me concentrer uniquement sur mes sensations : la chaleur de son corps, ses mains sur moi, son odeur de savon.

— Et ton fiancé, où est-il ? me demande-t-il d'un ton détaché.

Je me raidis légèrement et Trevor s'écarte un peu de moi.

— Eh bien, comment dire… Nous avons… hum… rompu.

Les yeux de Trevor s'agrandissent une fraction de seconde, et il hausse un sourcil étonné. Il s'arrête de danser, mais aucun des autres couples ne semble s'en apercevoir, trop absorbés qu'ils sont par leur amour.

— Pourquoi ? murmure-t-il sans lâcher ma main, son bras toujours passé autour de moi.

Mon cœur se met à cogner plus fort, plus lentement, chacun de ses battements attendant la réponse que je vais faire à Trevor tandis que je me perds dans la profondeur de son regard. J'ouvre la bouche pour déclarer avec désinvolture : « Oh ! ça ne collait pas entre nous ! » ou quelque banalité de ce genre. Au lieu de quoi, je m'entends prononcer tout autre chose :

— Parce qu'il n'était pas toi.

Ses lèvres s'entrouvrent de façon quasi imperceptible. Il bat des paupières, à deux reprises. Sans rien dire. La chanson se termine.

— Ça vous a plu, les amis ? lance le DJ. Et maintenant

changement de rythme ! Y a-t-il quelqu'un dans cette salle qui sache danser la Macarena ?

Tout le monde applaudit à grand renfort d'acclamations, tandis que quelqu'un tire sur ma robe.

— Tatie ! Tatie ! Moi, je sais la danser, la Macarena ! hurle Claire. Allez, viens ! C'est rigolo ! Hééé... Macarena !

Je pose la main sur sa tête, et Trevor recule d'un pas. Sans un mot, il quitte la piste de danse et sort de la salle paroissiale.

J'ai enduré le reste de la réception en pilotage automatique. De même, mon cœur était aux abonnés absents. Lui aussi a ses limites, je suppose. Peut-être est-il en train de s'habituer à l'immensité de son chagrin. Qui sait ? *Hé, tu as fait tout ce que tu pouvais*, me murmure-t-il. *Merci d'avoir tenté le coup.*

Je danse avec mes neveux et nièces. Je les soulève de terre, les fais tournoyer, puis fais semblant de les lâcher, et ils se mettent à crier et à sauter. Tous piaffent d'impatience en attendant de danser avec leur tatie adorée. Je fais signe à ma mère et souris à mes frères. Quand Mark me demande où est parti Trevor, je me contente de secouer la tête et de hausser les épaules avec un geste d'ignorance. Puis je danse avec Harry que je domine de treize centimètres.

— Je veux que vous sachiez à quel point j'ai conscience de la chance qui est la mienne, me dit-il. Votre mère est une femme splendide. Je prendrai bien soin d'elle.

— Y'a intérêt, dis-je dans un marmonnement avant de me corriger. J'en suis certaine, Harry. Désolée.

Il me pardonne d'un sourire.

Juste au moment où je m'apprête à m'asseoir avec divers membres de ma famille pour avaler quelques restes refroidis du buffet, ma mère s'approche de moi.

— Tu veux bien prononcer un toast, ma chérie ? Le frère de Harry est un homme très timide.

— Bien sûr, dis-je sans réfléchir.

Papa, assis en face de moi, approuve d'un hochement de

la tête. Tout émue, maman trotte d'un pas léger vers le DJ, puis file rejoindre Harry.

— Et maintenant, lance le DJ qui décidément ferait un excellent M. Loyal chez Barnum & Bailey, la fille de la mariée va dire quelques mots en l'honneur de l'heureux couple.

Je me fraie un passage jusqu'à la piste de danse et m'empare du micro. Je me tourne vers les invités…

Et c'est le vide total dans mon esprit.

— Euh, oui… Donc… Bonsoir…

Lucky, jamais le dernier lorsqu'il s'agit de faire l'andouille, se cache le visage derrière la main. Tara lui lance un regard courroucé mais baisse aussitôt les yeux, gagnée elle aussi par un grand fou rire. Mark fait de même, imité par Elaina et Matt, et enfin par quelques-uns des enfants. Je souris, et mon cœur semble approuver, lui aussi. *On va s'en sortir*, me promet-il.

— La ferme, les garçons ! Pardon, maman.

Je souris avant de prendre une profonde inspiration.

— Il y a plusieurs sortes d'amour…

— Chastity.

Je me fige.

Trevor se tient debout au fond de la salle.

— Chastity, répète-t-il, et il se met à avancer vers moi.

Le silence s'est fait dans la salle, à peine troublé par le cliquetis des couverts maniés par les employés du traiteur, dans la cuisine adjacente. Il y a quelque chose qui cloche chez moi, me dis-je vaguement en regardant Trevor se rapprocher de plus en plus. Mes jambes se mettent à flageoler, mes yeux à picoter et mon cœur s'emballe. Je me demande si je ne vais pas vomir.

— Chastity, dit-il calmement. Je ne peux pas vivre une minute de plus sans toi.

Mon micro tombe sur la piste de danse avec un bruit mat tandis que je porte les deux mains à ma bouche. Les larmes débordent de mes yeux, je n'arrive plus à respirer. Il règne dans la salle un silence absolu.

— Je t'aime depuis toujours, Chas, depuis le jour où tu m'as invité chez toi après le décès de Michelle. Et je suis terrifié à l'idée que tu puisses me quitter, que tu cesses de m'aimer ou même pire, à l'idée qu'il puisse t'arriver quelque chose. Mais je ne peux plus vivre sans toi.

Il prend mes mains qui tremblent violemment et déglutit péniblement.

— Aujourd'hui, j'ai vu Mike renoncer à la femme qu'il aime. Je ne peux pas faire comme lui, Chas. J'ai cru que je le pourrais, j'ai cru qu'il valait mieux que tu sois avec quelqu'un d'autre, mais je me suis trompé. Je te jure que je t'aimerai jusqu'à la fin de mes jours et qu'à mes yeux rien ne sera jamais plus important que toi et toi seule. Je t'en prie, Chastity. Pardonne-moi, épouse-moi, fais-moi plein d'enfants et je…

J'interromps sa phrase en l'embrassant. Et en pleurant — ou plutôt en bramant. Trevor me serre longuement contre lui, de toutes ses forces. Je sens ses bras qui tremblent, ses yeux sont mouillés. Puis il se libère de mon étreinte et glisse une bague à mon doigt.

— J'ai dû aller jusqu'à Jurgenskill pour te la trouver, m'avoue-t-il avec un grand sourire. Tout était fermé, en ville.

Je me contente de nouer mes bras autour de son cou de nouveau car, à la vérité, je me moque éperdument de savoir à quoi ressemble cette bague ; en ce qui me concerne, il pourrait tout aussi bien m'offrir un bout de ficelle. Apparemment, je ne suis capable que de me cramponner à lui en pleurant.

C'est mon père qui le premier rompt le silence.

— Bon sang ! Celle-là, je l'ai pas vue venir !

— Il était temps, déclare Mark.

— Bravo ! renchérit Jack.

— Moi, je te souhaite bien du plaisir, ironise Matt. Essaie un peu de vivre avec cette fille-là !

— Vous savez quoi, les gars ? dit Lucky. Ça fait des années que je le sais.

— Je pourrai porter les fleurs à ton mariage ? me demande Claire.

Mais je les entends à peine, car Trevor m'embrasse sans cesser de me murmurer à l'oreille :

— Je t'aime, Chas. Je t'aime, je t'aime, je t'aime.

Epilogue

Huit mois plus tard, j'ai une telle envie de faire pipi que ma vessie va exploser.

— Je sais, c'est désagréable, commente Sally, la technicienne, en étalant un gel tiède sur mon ventre. Mais attendez un peu. Ça en vaut la peine. Vous en êtes à combien de semaines ?

— Quatorze.

Trevor me prend la main et la serre très fort. Il me sourit, ses beaux yeux bruns pétillent de joie.

Nous nous sommes mariés un mois après ma mère. Pour nous, ni fillette porteuse de fleurs, ni limousine. J'arborais pour l'occasion une jolie petite robe blanche et mes baskets montantes rouges. Bouton-d'Or nous attendait dehors, en poussant des aboiements lugubres, et Matt l'a fait entrer en douce juste avant le début de la cérémonie, en détournant l'attention de l'employée municipale avec son physique de star de cinéma.

La mairie était pleine à craquer. Il y avait là le clan des O'Neill au grand complet ainsi que les Brigades C, A et D (la Brigade B était de service), Bev Ludevoorsk, Ernesto et sa femme, sans oublier tout le personnel de la *Gazette d'Eaton Falls*, à l'exception de Lucia qui a démissionné juste après son premier rendez-vous avec Ryan Darling, docteur en médecine.

Pas de grand tralala, donc, juste Elaina dans le rôle de dame d'honneur et mon père dans celui de témoin. Lorsque Trevor m'a pris la main pour me promettre de m'aimer et de me chérir jusqu'à ce que la mort nous sépare, je me suis effondrée en larmes. En fait, il n'y avait plus un œil de sec dans la salle. Papa pleurait, maman pleurait, Elaina hoquetait, les Starah sanglotaient… Jusqu'à Harry, que je connaissais à peine… en larmes, lui aussi ! Pour la réception, nous sommes allés chez Emo. Ce fut le plus beau mariage de tous les temps.

Vous vous demandez peut-être ce qu'il est advenu de la Parfaite Hayden ? Eh bien, devinez ! Trevor l'avait larguée le soir même où j'étais venue lui apporter ma lettre. Et, quand je lui ai demandé pourquoi, il s'est borné à répliquer : « Qu'est-ce que tu t'imaginais, grande bécasse ? » Puis il m'a embrassée, et nous avons fait l'amour sur le palier, à l'étage, trop impatients pour aller jusqu'au lit.

— Vous souhaitez connaître le sexe de l'enfant ? nous demande la technicienne en scrutant l'écran de l'échographe.

— Bien sûr, répond Trevor.

Je me concentre sur les images floues, surnaturelles.

Soudain, nous distinguons un profil… un petit nez, un front, des lèvres, une minuscule menotte fantomatique. Mon cœur bondit, et Trevor ravale son souffle.

— Voilà votre bébé.

Sally nous sourit.

Notre bébé. C'est notre bébé. Je regarde mon mari, incapable de prononcer un mot. Il a les larmes aux yeux. Je lui adresse un sourire tremblant et il m'embrasse la main.

— Oh ! mais… qu'est-ce que c'est que ça ? dit Sally en fronçant les sourcils.

Mon estomac se décroche d'un coup, et une onde de terreur glacée siphonne toute la joie de mon cœur.

— Qu'est-ce qu'il y a ? s'enquiert Trevor en agrippant ma main.

— Hum… Vous savez que vous attendez des jumeaux ?

Il me faut une bonne minute avant d'assimiler le sens de ce qu'elle vient de dire.

— Bonté divine ! dis-je dans un souffle, un immense sourire éclatant sur mon visage.

Les épaules de Trevor se mettent à tressauter et il se cache le visage derrière la main — rire, larmes, un peu des deux.

— Oh ! Chastity, je t'adore…

— Et ils sont identiques, précise Sally. Vous voyez ? Un seul placenta, une seule poche. C'est formidable !

Je me retourne vers l'écran pour contempler mes bébés. Mes *deux* bébés !

— Vous pouvez nous dire le sexe ?

— Bien sûr ! Toutes mes félicitations. Ce sont des garçons.

— Bonté divine ! lâche Trevor en riant. Oh ! bon sang ! Tu es vraiment incroyable, Chastity ! Attends un peu que ton père apprenne ça !

Entre rires et larmes de joie, je caresse mon ventre légèrement arrondi. Mes petits garçons. Mes fils. Quatre frères, la caserne de sapeurs-pompiers d'Eaton Falls, Trevor, et maintenant nos jumeaux.

On dirait bien que je suis vouée à faire partie d'une bande de mecs !

Et vous savez quoi ? Ça me convient parfaitement.

Remerciements

Comme toujours, j'adresse toute ma reconnaissance à mon agent, la brillante et charmante Maria Carvainis ;

A Tracy Farrell et à Keyren Gerlach pour leur enthousiasme et leur soutien à propos de ce roman ;

A Rose Morris, amie très chère et lectrice idéale ;

Et à Beth Emery, entraîneur de l'équipe féminine de la Wesleyan University, pour avoir patiemment répondu à toutes mes questions sur l'aviron.

Enfin, un merci tout particulier à Terence Keenan, mon tendre époux, pour ses conseils, ses éclats de rire et ses bons petits plats tout au long de l'écriture de ce roman, ainsi qu'à mes deux merveilleux enfants. Vous êtes les trois amours de ma vie.

CHEZ MOSAÏC

Par ordre alphabétique d'auteur

LAURA CALDWELL	*La coupable parfaite*
LAURA CALDWELL	*Le piège des apparences*
PAMELA CALLOW	*Indéfendable*
PAMELA CALLOW	*Tatouée*
JOSHUA CORIN	*La prière de Galilée*
ANDREA ELLISON	*L'automne meurtrier*
LORI FOSTER	*La peur à fleur de peau*
LORI FOSTER	*Le passé dans la peau*
HEATHER GUDENKAUF	*L'écho des silences*
HEATHER GUDENKAUF	*Le souffle suspendu*
MEGAN HART	*L'ange qui pleure*
KRISTAN HIGGINS	*L'Amour et tout ce qui va avec*
KRISTAN HIGGINS	*Tout sauf le grand Amour*
KRISTAN HIGGINS	*Trop beau pour être vrai*
KRISTAN HIGGINS	*Amis et RIEN de plus*
ELAINE HUSSEY	*La petite fille de la rue Maple*
LISA JACKSON	*Le couvent des ombres*
LISA JACKSON	*Ce que cachent les murs*
LISA JACKSON	*Passé à vif*
LISA JACKSON	*De glace et de ténèbres*
ANDREA KANE	*La petite fille qui disparut deux fois*
ANDREA KANE	*Instincts criminels*
ALEX KAVA	*Effroi*
JASON MOTT	*Face à eux*
BRENDA NOVAK	*Kidnappée*
BRENDA NOVAK	*Tu seras à moi*
BRENDA NOVAK	*Repose en enfer*
ANNE O'BRIEN	*Le lys et le léopard*
TIFFANY REISZ	*Sans limites*
EMILIE RICHARDS	*Le parfum du thé glacé*
EMILIE RICHARDS	*Le bleu de l'été*

.../...

Composé et édité par les

éditions HARLEQUIN

Achevé d'imprimer en Allemagne
par GGP Media GmbH, Pößneck
en octobre 2013

Dépôt légal en novembre 2013